明人詩話要籍彙編

詩話卷

貳

陳廣宏　侯榮川　編校

復旦大學出版社

本册總目

楊慎◇撰

升庵詩話四卷

詩話補遺三卷

升庵詩話輯録不分卷

郭時羽◎點校

升庵詩話序

昔在孔子，博文約禮，孟氏博學反約。多識畜德，聖哲所尚，稽古博文，代有其人。反而説約，匪心會神悟，雖六經亦糟粕耳。吾友升庵楊子，正德辛未臨軒及第，蜚聲詞垣，纘承家學。嘉靖甲申，與新貴人争禮，譴戍南荒，十有八年。上探《墳》、《典》，下逮史籍、稗官小説暨諸詩賦，百家九流，靡不究心，各舉其辭，罔有遺逸。辯僞分舛，因微致遠，以適於道。淡而不俚，諷而不虐，玄而不虚，幽而不詭。其事核，其説備，其辭達，其義明，自成一家之言。往代之疑、前哲之誤，一朝悉之。嗚呼博哉，約之乎！升庵資禀穎絶，天將致之於成，投艱畀困，動心忍性，故其所得益深，所見益大，舉而措之，寅亮弘化，不在兹乎？若曰詞藻丹鉛，談鋒鋩鍔，是乃唐宋諸人之贅，升庵之見，當不如是也。升庵在滇，手所抄録漢、晉、六朝名史要語千卷，所著有《丹鉛餘録》、《丹鉛續録》、《韻林原訓》、《蜀藝文志》、《六書索隱》、《古音略》、《皇明詩抄》、《南中稿》諸集。此則挈其準於詩者，曰《詩話》云。

嘉靖辛丑陽月，嘉州初亭程啓充序。

升庵詩話卷一

錦城絲管

唐人樂府多唱詩人絶句，王少伯、李太白爲多。杜子美七言絶近百，錦城妓女獨唱其《贈花卿》一首，所謂「錦城絲管日紛紛，半入江風半入雲。此曲只應天上有，人間能得幾回聞」也。蓋花卿在蜀，頗僭用天子禮樂，子美作此諷之，而意在言外，最得詩人之旨。當時妓女獨以此詩入歌，亦有見哉。杜子美詩諸體皆有絶妙者，獨絶句本無所解，而近世乃效之而廢諸家，是其真識冥契，猶在唐世妓人之下乎？

落月屋梁

「落月滿屋梁，猶疑照顔色」，言夢中見之而覺其猶在，即所謂「夢中魂魄猶言是，覺後精神尚未回」也。詩本淺，宋人看得太深，反晦矣。傳神之説非是。

凝音佞

《詩》：「膚如凝脂。」凝音佞。唐詩「日照凝紅香」，白樂天詩「落絮無風凝不飛」，又「舞繁紅袖凝，歌切翠眉愁」，又「舞急紅腰凝，歌遲翠黛低」；徐幹臣詞「重省。别時淚漬，羅巾猶凝」，張子野詞「蓮臺香燭殘痕凝」，高賓王詞「想蓴汀、水雲愁凝，閑蕙帳、猿鶴悲吟」，柳耆卿詞「愛把歌喉當筵逞。遏天邊，亂雲愁凝」，今多作平音，失之，音律亦不協也。

關山一點

杜詩「關山同一點」，「點」字絶妙。東坡亦極愛之，作《洞仙歌》云「一點明月窺人」，用其語也；《赤壁賦》云「山高月小」，用其意也。今書坊本改「點」作「照」，語意索然。且「關山同一照」，小兒亦能之，何必杜公也！幸《草堂詩餘》注可證。

黄鶴樓詩

宋嚴滄浪取崔顥《黄鶴樓》詩爲唐人七言律第一，近日何仲默、薛君采取沈佺期「盧家少婦鬱金堂」一首爲第一，二詩未易優劣。或以問予，予曰：「崔詩賦體多，沈詩比興多。以畫家法論之，沈詩披麻皴，崔詩大斧劈皴也。」

巫峽江陵

盛弘之《荆州記》「巫峽江水之迅」云：「朝發白帝，暮到江陵，其間千二百里，雖乘奔御風，不以疾也。」杜子美詩：「朝發白帝暮江陵，頃來目擊信有徵。」李太白：「朝辭白帝彩雲間，千里江陵一日還。兩岸猿聲啼不盡，扁舟已過萬重山。」雖同用盛弘之語，而優劣自别。今人謂李、杜不可以優劣論，此語亦太憒憒。〔一〕

慧遠詩

晉釋慧遠《遊廬山》詩：「崇巖吐氣清，幽岫棲神迹。希聲奏群籟，響出山溜滴。有客獨冥遊，徑然忘所適。揮手撫雲門，靈關安足闢。留心叩玄扃，感至理弗隔。孰是騰九霄，不奮冲天翮。妙同趣自均，一悟超三益。」此詩世罕傳，《弘明集》亦不載，猶見於廬山古石刻耳。「孰是騰

〔一〕明萬曆刻本《升庵外集》卷七十三録此條，末增「白帝至江陵，春水盛時行舟，朝發夕至，雲飛鳥逝，不是過也。太白述之爲韻語，驚風雨而泣鬼神矣。太白娶江陵許氏，以江陵爲還，蓋室家所在」數句。

九霄」，與陶靖節「孰是都不營」之句同調，真晉人語也。杜子美詩「得似廬山路，真隨慧遠遊」，正用此事，字亦不虚，《千家注杜》乃不知引此。

詩用熨字

《説文》：「熨，持火申繒也[一]。」考詩人用「熨」字極少。杜工部詩「美人細意熨帖平」，此乃正用也；白樂天詩「金斗熨波刀剪文」，温庭筠詩「緑波如熨割愁腸」，陸龜蒙詩「波平熨不如」，又「天如重熨皺」，王君玉詞「金斗熨秋江」，此借用也。熨本謂火，而云熨江、熨波，尤爲奇特，詩人翻案之妙如此。

竹枝詩

元楊廉夫《竹枝詞》，一時和者五十餘人，詩百十餘首。予獨愛徐延徽一首云：「盡説盧家好莫愁，不知天上有牽牛。賸抛萬斛臙脂水，瀉向銀河一色秋。」

[一]「持」，原本脱，據《四部叢刊》景北宋本《説文解字》卷十上「熨」、嘉靖刻本《丹鉛總録》卷十八「詩用熨字」補。

瑟瑟

白樂天《琵琶行》「楓葉荻花秋瑟瑟」，此句絶妙。楓葉紅，荻花白，映秋色碧也。瑟瑟，珍寶名，其色碧，故以瑟瑟影指「碧」字。讀者草草，不知其解也，今以問人，輒答曰：「瑟瑟者，蕭瑟也。」此解非是。何以證之？樂天又有《暮江曲》云：「一道殘陽照水中，半江瑟瑟半江紅。」此瑟瑟豈蕭瑟哉？正言殘陽照江，半紅半碧耳。樂天有靈，必驚予爲千載知音矣。〔一〕

〔一〕《太史升庵文集》卷五十七録此條，作：

白樂天《琵琶行》：「楓葉荻花秋瑟瑟。」今詳者多以爲蕭瑟，非也。瑟瑟本是寶名，其色碧，此句言楓葉赤、荻花白、秋色碧也。或者咸怪今説之異。余曰：曷不以樂天他詩證之？其《出府歸吾廬》詩曰：「嵩碧伊瑟瑟。」《重修香山寺》排律云：「兩面蒼蒼岸，中心瑟瑟流。」《薔薇》云：「猩猩凝血點，瑟瑟蹙金匡。」《閒游即事》云：「寒食青青草，春風瑟瑟波。」《太湖石》云：「未秋已瑟瑟，欲雨先沉沉。」又云：「隱起磷磷狀，凝成瑟瑟胚。」亦狀太湖石也。《早春懷微之》云：「沙頭雨染斑斑草，水面風驅瑟瑟波。」《莫江曲》云：「一道殘陽照水中，半江瑟瑟半江紅。」諸詩以「瑟瑟」對「斑斑」，對「蒼蒼」，對「猩猩」，豈是蕭瑟乎？唐詩惟白公用「瑟瑟」字多，其他則王周《嘉陵》詩云：「嘉陵江水色，一帶柔藍碧。天女瑟瑟衣，風梭晚来織。」亦妙。元鄧文原詩：「楚江秋瑟瑟，吴苑曉蒼蒼。」王庭筠詩：「帝遣名山護此邦，千家瑟瑟嵌西窗。山僧乞與堦前地，招客先開四十雙。」詩亦工。併此。蕭遘《成都》詩曰：「月曉已聞花市合，江平偏見竹簰多。好教載取芳菲樹，剩照岷天瑟瑟波。」

張繼詩

《國語》：「室無懸耜，野無奧草。」《尉繚子兵法》：「耕有春懸耜，織有日斷機。」言用兵之妨於耕織也。唐張繼詩：「女停襄邑杼，農廢汶陽耕。」蓋祖尉子之語。

羊腸熊耳

庾開府詩：「羊腸連九坂，熊耳對雙峰。」鮑照詩：「二崤虎口，九折羊腸。」可謂工矣。比之杜工部「高鳳」、「聚螢」，「驥子」、「鶯歌」之句，則杜覺偏枯矣。

三句詩

《幽怪録》載唐人三句之詩，一首云：「楊柳裊裊隨風急，西樓美人春夢中，翠簾斜捲千條入。」詹天臞寄友云：「桂樹蒼蒼月如霧，山中故人讀書處，白露濕衣不可去。」亦佳，比之唐人則恧矣。

袁伯文詩

「玉墀滴清露，羅幌已依霜。逢春每先絶，争秋欲幾芳。」袁伯文《楚妃引》也。「風閨晚翻靄，月殿夜凝明。願君早流盼，無令春草生。」徐孝嗣《白雪曲》也。「淚滴珠難盡，容殘玉易消。倘隨明月去，莫道夢魂遥。」張文收《酺樂》也。「羅敷初總髻，蕙芳正嬌小。月落始歸船，春眠恒著曉」。又：「别前花照路，别後露垂葉。歌舞須及時，如何坐悲妾。」李暇《怨詩》也。數詩少時愛而誦之，然諸選皆不收，何見耶？

劉須溪

世以劉須溪爲能賞音，爲其於《選》詩、李、杜諸家皆有批點也。予以爲須溪元不知詩，其批《選》詩，首云：「詩至《文選》爲一厄，五言盛於建安，而勃窣爲甚。」此言大本已迷矣。須溪徒知尊李、杜，而不知《選》詩又李、杜之所自出。予嘗謂須溪乃開剪截羅段鋪客人，元不曾到蘇、杭、南京機坊也。

幽陽

陳子昂詩：「微月生西海，幽陽始化昇。」月本陰也，而謂之幽陽；三五陽也，而平明已缺。此語亦道家説「坎爲月而中滿」、「女本陰也，而爲嬰兒」之理也。《國語》亦云：「女，陽物而

晦時。」〔二〕

佛經似詩句

佛經有云：「樂行不如苦住，富客不如貧主。」又見《洞山語録》：「破鏡不重照，落花難上枝。」絶似唐人樂府也。

門外猧兒

「門外猧兒吠，知是蕭郎至。剗韤下香階，冤家今夜醉。扶得入羅幃，不肯脱羅衣。醉則從他醉，猶勝獨睡時。」此唐人小辭，前輩言觀此可知詩法。或以問子蒼，曰只是轉摺多，蓋八句而四轉折也。

涷洛

《集韻》：「凇，涷洛也。」《三蒼解詁》：「液雨也。」其字音送，俗曰霧凇。《漢書·五行

〔二〕　按，此語實出《左傳·昭公元年》第二十。《文淵閣四庫全書》本《升庵集》卷五十七「幽陽」條「國語」作「左氏」，是。

志》：「雨木冰。」亦曰樹介，又曰木稼，稼即介之訛耳。寒甚而木冰，如樹著介冑也。《曾南豐集》云：「齊地寒甚，夜如霧凝於木上，日出飄滿庭階，尤爲可愛。遂作詩云：『園林初日浄無風，霧淞花開樹樹同。記得集英深殿裏，舞人齊插玉籠鬆。』」齊地以爲豐年之兆，諺云：「霜淞加霧淞，窮漢備飯瓮。」然淞之極則以爲樹介木冰，諺云：「木若稼，達官怕。」蓋寒淺則爲霧淞，寒極則爲木冰，霧淞召豐，而木冰召凶也。李獻吉詩：「大寒冰雨何紛紛，曉行日臨江吐雲。」蓋詠木冰也。又云：「今朝走白霧，南枝參差開。紫宫散花女，騎龍下瑶陔。」蓋詠霧淞也。各極體物之妙云。

神瀵

陳希夷詩：「倏爾大輪煎地脉，愕然神瀵湧山椒。」神瀵出《列子》，即《易》所謂「山澤通氣」，《參同契》所謂「山澤氣相烝，興雲而爲雨」是也。地理書「沃焦」、「尾閭」，皆此理耳。

緑沉

杜少陵《遊何將軍山林》詩：「雨抛金鎖甲，苔卧緑沉鎗。」竹坡周少隱《詩話》云：「甲抛於雨，爲金所鎖；鎗卧於苔，爲緑所沉。有將軍不好武之意。」此瞽者之言也。薛氏《補遺》云：

「緑沉，精鐵也。」引《隋書》文帝賜張淵緑沉之甲〔二〕。趙德麟《侯鯖録》謂緑沉爲竹，引陸龜蒙詩「一架三百竿，緑沉森杳冥」。雖少有據，然亦非也。予考之，緑沉乃畫工色之名。《鄴中記》云：「石虎造象牙桃枝扇，或緑沉色，或木蘭色，或紫紺色，或鬱金色。」王羲之《筆經》云：「有人以緑沉漆管見遺。」《南史》：梁武帝西園食緑沉瓜。是緑沉即西瓜皮色也。梁簡文詩：「吴戈夏服箭，驥馬緑沉弓。」虞世南詩：「緑沉明月絃。」劉劭《趙都賦》：「弩有黄間緑沉。」若如薛與趙之説，鐵與竹豈可爲弓絃耶？楊巨源詩：「吟詩白羽扇，校獵緑沉槍。」與杜少陵之句同，皆謂以緑沉色爲漆，飾鎗柄耳。

帛道猷詩

晉世釋子帛道猷有《陵峰採藥》詩云：「連峰數千里，修林帶平津。茅茨隱不見，雞鳴知有人。」此四句古今絶唱也。有石刻在沃州巖。按《弘明集》亦載此詩，本八句，其後四句不稱，獨刻此四句，道猷自删之耶？抑别有高人定之耶？宋秦少游詩「菰蒲深處疑無地，忽有人家笑語聲」，道潛詩「隔林彷彿聞機杼，知有人家在翠微」，雖祖道猷語意而不及。庚溪作《詩話》，謂少

〔二〕「張淵」，當作「張大淵」。《北史》、《隋書》本傳皆作「張奫」，乃避唐高祖李淵諱，合二字爲一。

游、道潛比道猷尤爲精鍊，所謂「蘇糞壤以充幃，謂申椒其不芳」也。

秃節

晁以道家有宋子京手書杜少陵詩一卷，「握節漢臣歸」乃是「秃節」，「新炊間黄粱」乃是「聞黄粱」。以道跋云：「前輩見書自多，不似晚生但以印本爲正也。」慎按：《後漢書・張衡傳》云：「蘇武以秃節效貞。」杜公正用此語。後人不知，改「秃」爲「握」，晁以道徒知宋子京之舊本，亦不知秃節之字所出也，況今之淺學乎！

五言律起句

五言律詩起句最難，六朝人稱謝脁工於發端，如「大江流日夜，客心悲未央」，雄壓千古矣。唐人多以對偶起，雖森嚴而乏高古。宋周伯弜選唐三體詩，取起句之工者二：「酒渴愛江清，餘酣漱晚汀」，又「江天清更愁，風柳入江樓」是也，語誠工而氣衰颯。余愛柳惲「汀洲采白蘋，日落江南春」，吴均「咸陽春草芳，秦帝捲衣裳」，又「春從何處來，拂水復驚梅」，梁元帝「山高巫峽長，垂柳復垂楊」，唐蘇頲「北風吹早雁，日日渡河飛」，張柬之「淮南有小山，嬴女隱其間」，王維「風勁角弓鳴，將軍獵渭城」，杜子美「將軍膽氣雄，臂懸兩角弓」，孟浩然「八月湖水平，涵虚混太清」，雖律也而含古意，皆起句之妙，可以爲法，何必效晚唐哉？伯弜之見，誠小兒也！

芳梅詩

「新歲芳梅樹，繁苞四面同。春風吹漸落，一夜幾枝空。小婦今如此，長城恨不窮。莫將遼海雪，來比後庭中」。此劉方平《梅花》詩也。既不用事，又不拘對偶，而工緻天然，雖太白未易先後也。梅花詩被宋人作壞，令人見梅枝條可憎而香影無味，安得誦此詩及梁元帝、徐陵、陰鏗、江總諸詠，一洗梅花之辱乎？

謝詩

謝脁《訓王晉安》詩：「南中榮橘柚，寧知鴻雁飛。」後人不解此句之妙。晉安，即閩泉州也。「南中榮橘柚」，即諺云「樹蠻不落葉」也。「寧知鴻雁飛」，即諺云「雁飛不到處」也。樹不凋，雁不到，本是瘴鄉，乃以美言之，此是隱句之妙。

吹蠱

鮑照《苦熱行》：「含沙射流影，吹蠱痛行暉。」南中畜蠱之家，蠱昏夜飛出飲水，光如曳彗，所謂行暉也。《文選》注：「行暉，行旅之暉。」非也。

韓翃詩

唐人評韓翃詩，謂「比興深於劉長卿，觔節減於皇甫冉」。比興，景也；觔節，情也。

王適詩

「忽見寒梅樹，開花漢水濱。不知春色早，疑是弄珠人」。此王適《梅花》詩也。《唐音》選之，一首足傳矣。適，唐初人，《陳子昂列傳》云：「幽人王適見《感遇》詩，曰：『是必爲海内文宗矣。』」即其人也。予見《蜀志》載王適《蜀中旅懷》一首云：「有時須問影，無事則書空。棄置如天外，平生似夢中。别離同夜月，愁思隔秋風。老少悲顔駟，盈虚悟翟公。」蓋因旅遊入蜀，而見子昂也。近注《唐音》以王適爲韓退之銘其墓者，不知開元以後，安得此句法哉？不惟胸中無書，又且目中無珠，妄淺如此，何以注爲！

張諲

王右丞贈張諲詩云：「屏風誤點惑孫郎，團扇草書輕内史。」李頎亦贈諲云：「小王破體閒文策，落月梨花空滿壁。詩堪記室妒風流，畫與將軍作勍敵。」其爲名流所重如此。記室，左思也；將軍，顧愷之也。譚之畫有《神鷹圖》，予猶及一見之於京肆，以索價太厚，未之購也。

桃花詩

唐自貞觀至景龍，詩人之作，盡是應制。命題既同，體製復一，其綺繪有餘而微乏韻度。獨蘇頲「東望望春春可憐」一篇，迥出群英矣。予又見中宗賞桃花，應制凡十餘人，最後一小臣一絶云：「源水叢花無數開，丹跗紅蕚間青梅。從今結子三千歲，預喜仙遊復摘來。」此詩一出，群作皆廢，中宗令宫女唱之，號《桃花行》，惜不知作者名。然宋元、近時選唐詩者將百家，無有選此者，未之見耶？不之識耶？

七夕曝衣

沈佺期《七夕曝衣篇》云：「君不見，昔日宜春太液邊，披香畫閣與天連。燈火灼爍九微映，香氣氛氳百和然。此夜星繁河正白，人傳織女牽牛客。宫中擾擾曝衣樓，天上娥娥紅粉席。舒羅散綵雲霧開，綴玉垂珠星漢迴。朝霞散彩羞衣架，晚月分光劣鏡臺。上有仙人長命綹，中看寶媛迎歡繡。璹瑁筵中別作春，琅玕窗裏翻成晝。椒房金屋寵新流，意氣嬌奢不自由。漢文宜惜露臺費，晉武須焚前殿裘。」佺期此詩，首以藻繢，終歸諷戒，深可欽玩。近刻沈集，不載此詩，蓋本類書抄合，非當日全集也。

文思遲速

「相如含筆而腐毫」，「枚皋應詔而奏賦」，言文思遲速之異也。唐人云：「潘緯十年吟古鏡，何涓一夕賦瀟湘。」畫家亦云：「思訓經年之力，道玄一日之功。」

批頰

唐盧延讓詩：「樹上諮諏批頰鳥，窗間壁剥叩頭蟲。」王半山詩：「翳林窺搏黍，藉草聽批頰。」元人《送春》詩：「批頰穿林叫新緑。」韓致光《春恨》詩云：「殘夢依依酒力餘，城頭批頰伴啼烏。平明乍捲西樓幕，院静初聞放轆轤。」批頰，蓋鳥名，但不詳爲何形狀耳。或曰即鵯鵊也，催明之鳥，一名夏雞，俗名隔隥雞。

柳枝詞

《麗情集》載湖州妓周德華者，劉采春女也，唱劉禹錫《柳枝詞》云：「春江一曲柳千條，二

十年前舊板橋。曾與美人橋上别，恨無消息到今朝。」此詩甚佳，而劉集不載。〔二〕

金山寺詩

「靈山一峰秀，岌然殊衆山。盤根大江底，插影浮雲間。雷霆常間作，風雨時往還。象外懸清景，千載長躋攀。」此唐人韓垂《題金山寺》詩也，當爲第一。張祜詩雖佳，而結句「終日醉醺醺」，已入張打油、胡釘鉸矣。

劣唐詩

學詩者動輒言唐詩，便以爲好，不思唐人有極惡劣者。如薛逢、戎昱，乃盛唐之晚唐。晚唐亦有數等，如羅隱、杜荀鶴，晚唐之下者；李山甫、盧延讓，又其下下者，望羅、杜又不及矣。其詩如「一個襴衡容不得」，又「一領青衫消不得」之句。其他如「我有心中事，不向韋三説。昨夜洛陽城，明月照張八」，又如「餓猫窺鼠穴，飢犬舐魚砧」，又如「莫將閒話當閒話，往往事從閒話生」，又如「水牛浮鼻渡，沙鳥點頭行」。此類皆下净優人口中語，而宋人方採以爲詩法，入《全唐

〔二〕《升庵外集》卷七十七録此條，末增「然此詩隱括白香山古詩爲一絶，而其妙如此」句。

詩話》，使觀者曰：「是亦唐詩之一體也。」如今稱燕趙多佳人，其間有跛者、眇者、瓶甕者、疥且痔者，乃專房寵之，曰是亦燕趙佳人之一種，可乎？

劉駕詩

劉駕詩體近卑，無可采者，獨「馬上續殘夢」一句，千古絶唱也。東坡改之，作「瘦馬兀殘夢」，便覺無味矣。

馬戴詩

嚴羽卿云馬戴之詩爲晚唐之冠，信哉！其《薊門懷古》云：「荆卿西去不復返，易水東流無盡時。日暮蕭條薊城北，黄沙白草任風吹。」雅有古調。至如「猿啼洞庭樹，人在木蘭舟」，雖柳吴興無以過也。

劉言史詩

劉言史《瀟湘舟中聽夷女唱曖迺歌》云：「夷女采山蕉，緝紗浸江水。野花滿髻妝粉紅，閒歌曖迺深峽裏。曖迺知從何處生，當年泣舜斷腸聲。翠華寂寞嬋娟没，緑篠空餘紅淚情。青烟冥冥覆杉桂，崖壁凌天風雨細。昔人怨恨此地遺，碧杜緗蘤含怨姿。清猿未盡鼯鼠切，汨水淚到湘妃祠。北人莫作瀟湘遊，九疑雲入蒼梧愁。」暧迺，楚人歌也，元結集作「欸乃」，字不同而義一。此詩世亦罕傳，且録之。

劉元濟詩〔一〕

近覽廬山舊志，見唐人劉元濟《經廬岳迴望江州想洛陽有作》云：「龜山帝始營，龍門禹初鑿。出入經變化，俯仰馮寥廓。未若兹山功，連延並巫霍。東北流艮象，西南距坤絡。宏阜自鬱盤，高禋復迴薄。勢入柴桑渚，陰開彭蠡壑。九江杳無際，七澤紛相錯。雲霞散吴會，風波騰鄢鄀。迹隨造化久，利與乾坤博。肹蠁積氣通，紛綸潛怪作。石渠忽見踐，金房安可托。地入天子都，巖有仙人藥。二門幾迢遞，三宫何儵爚。咫尺窮杳冥，跬步皆恬漠。才驚羽翰幽，居静龍蛇蠖。明牧振雄詞，棣華殊灼爍。盛業匡西夏，深謀贊禹亳。黄雲覆鼎飛，絳氣横川躍。佐曆符賢運，人期夢天爵。禮樂富垂髫，詩書成舞勺。清輝靖嵒電，利器騰霜鍔。遊聖挹衢罇，鄰

〔一〕「劉元濟」，《舊唐書》、《新唐書》本傳並作「劉允濟」。

幾恭木鐸。墻仞包武侯，波瀾控文若。旋聞刈翹薪，遽睹外葵藿。稷卨序揆圖[一]，良平公輔略。重臣資出守，英藩諒求瘼。豫章觀偉材，江州訪靈崿。陽岫曉氛氲，陰崖暮蕭索。雌伏屢鯨奔，雄飛更鷙搏。驚蝠透烟霞，騰猿亂枝格。故園有歸夢，他山非行樂。帝鄉徒可遊，皇澗終旋泊。景物觀淮海，雲霄望河洛。城闕紫微星，圖書玄扈閣。神功多粉繪，元氣猶斟酌。丞相下南宫，將軍趨北落。横簪並附蟬，别鼎俱調鶴。四郊時迷路，五月先投龠。池榭宣瓊管，風花亂珠箔。舊遊勞寤寐，新知無悦樂。天寒欲贈言，歲暮期交約。夜琴清玉柱，秋灰變緹幕。風雲動翰林，宫徵調文籥。言泉激爲浪，思緒飛成繳。千里揮珠璣，五采含丹雘。鍾鼓旋驚鶢，瑾瑜俄抵鵲。竊價慚庸怠，叨聲逾寂寞。長望恨南溟，居然翳東郭。」此言綺繪焕發，比興温然，雖王、楊、盧、駱未能先也。然不甚流傳。而王周、李山甫、林寬、盧延讓、周曇、胡曾之徒，鄙猥俚淺[二]，優人羞道者，乃有集行世。噫！「至言不出，俗言勝也」，文亦有幸不幸哉？

[一]「卨」，原本作「尚」，據《四部叢刊》景明嘉靖本《唐詩紀事》卷十「劉允濟」改。

[二]「淺」，原本作「殘」，據《丹鉛總録》卷二十「劉元濟詩」改。

崇山

驩兜崇山，今以爲湖廣之慈利縣，非也。沈佺期詩集有《從崇山向越常》詩〔一〕，其序云：「按《九真圖》，崇山至越常四十里〔二〕。杉谷起古崇山〔三〕，竹谿從道明國來，於崇山北二十五里合。水欹缺〔四〕，藤竹明昧，有三十峰，夾水直上千餘仞，諸仙窟宅在焉。」其詩云：「朝發崇山下，暮坐越山陰〔五〕。西從杉谷度〔六〕，北上竹谿深。竹谿道明水，杉谷古崇岑。」以此證之，崇山乃在交、廣之域爲是。

〔一〕「常詩」，原本作「當時」，據嘉靖本《沈佺期集》卷下改。
〔二〕「崇山至越常」，原本作「崇山越當」，據《沈佺期集》卷下改。
〔三〕「起」，原本無，據《沈佺期集》卷下補。
〔四〕「欹」，原本作「歌」，據《沈佺期集》卷下改。
〔五〕「越山」，原本作「道當」，據《沈佺期集》卷下改。
〔六〕「度」，原本作「變」，據《沈佺期集》卷下改。

升庵詩話卷二

李益詩

《李益集》有《樂府雜體》一首云：「藍葉鬱重重，藍花石榴色。少女歸少年，光華自相得。」「愛如寒爐火，棄若秋風扇。山岳起面前，相看不相見。」「春至草亦生，誰能無別情？殷勤展心素，見新莫忘故。遥望孟門山，殷勤報君子。既爲隋陽雁，勿學西流水。」此詩比興有古樂府之風，唐人少及此者。或云非益詩，乃無名氏代霍小玉寄益之詩也。〔一〕

〔一〕《升庵外集》卷七十五録此條，末增「尤延之《詩話》云：『《會真記》「隔墻花影動，疑是玉人來」，本于李益「開門風動竹，疑是故人來」。』然古樂府『風吹窗簾動，疑是所歡來』，其詞乃齊梁人語，又在益先矣。近世刻李益集不見此詩，惟曾慥《詩圃》載其全篇，今録于此：『微風驚莫坐，臨牖思悠哉。開門復動竹，疑是故人來。時滴枝上露，稍沾階下苔。幸當一入幌，爲拂緑琴埃。』題云《竹窗聞風寄苗發司空曙》」一段。

石尤風

郎士元《留盧秦卿》詩云：「知有前期在，難分此夜中。無將故人酒，不及石尤風。」石尤風，打頭逆風也，行舟遇之則不行。此詩意謂行舟遇逆風則住，故人置酒而以前期爲辭，是故人酒不及石尤風矣，語意甚工。近人吴中刻唐詩，不解「石尤風」爲何語，遂改作「古淳風」，可笑又可恨也。

蝦蟆陵

白樂天詩：「自言本是京城女，家在蝦蟆陵下住。」蝦蟆陵在長安。謝良輔詩：「取酒蝦蟆陵下，家家守歲傳卮〔一〕。」齊己詩：「翠樓春酒蝦蟆陵，長安少年皆共矜。」

搗衣

《字林》云：「直舂曰搗。」古人搗衣，兩女子對立，執一杵，如舂米然。今易作卧杵，對坐搗

〔一〕「歲」，原本作「戚」，據《丹鉛總録》卷二十「蝦蟆陵」改。

之，取其便也。嘗見六朝人畫《搗衣圖》，其制如此。圖後有行書魏瓘賦云〔一〕：「夜如何其，秋兮已半。拽魯縞，攘皓腕。始于摇揚，終于淩亂。驚飛燕之兩行，遏彩雲而一斷。隱高樓而如動，度遥城而如散。夜有露兮秋有風，杵有聲兮衣可縫，佳人聽兮意何窮。步逍遥于凉景，暢容與于晴空。黄金釵（分）〔兮〕碧雲髮，白綸巾兮青女月，佳人聽兮良未歇。擘長虹兮乍開〔二〕，淩倒景而將越。是時也〔三〕，餘韻未畢，微影方流。逶迤洞房，半入宵夢。窈窕閒館〔四〕，方增客愁。李都尉以胡笳動泣，向子期以鄰笛增憂。古人獨感於聽，今者况兼乎秋〔五〕。願君無按龍泉色，誰道明珠不可投？」賦雖俳偶，自是齊梁風流之習也。

風箏詩

古人殿閣，檐稜間有風琴、風箏，皆因風動成音，自諧宫商。元微之詩：「鳥啄風箏碎珠

〔一〕「魏瓘」，明刻本《文苑英華》卷一百九《擣練賦》作「魏璀」。
〔二〕「擘」，原本作「臂」；「虹」，原本作「江」，據《文苑英華》改。
〔三〕「時」，原本脱，據《文苑英華》補。
〔四〕「閒」，原本作「開」，據《文苑英華》改。
〔五〕「兼」，原本作「義」，據《文苑英華》改。

玉。」高駢有《夜聽風箏》詩云：「夜静絃聲響碧空，宫商信任往來風。依俙似曲纔堪聽，又被風吹别調中。」僧齊己有《風琴引》云：「按吴絲，雕楚竹，高托天風拂爲曲。一一宫商在素空，鸞鳴鳳語翹梧桐。夜深天碧松風多，孤窗寒夢驚流波。愁魂傍枕不肯去，翻疑住處鄰湘娥。金風聲盡薰風發，冷泛虚堂韻難歇。常恐聽多耳漸煩，清音不絶知音絶。」王半山有《風琴》詩云：「風鐵相敲固可鳴，朔兵行夜響行營。如何清世容高枕，翻作幽窗枕上聲。」此乃檐下鐵馬也，今名紙鳶曰「風箏」，亦非也。

李太白論詩

李太白論詩云：「興寄深微，五言不如四言。七言又其靡也，况使束於聲調俳優哉？」故其贈杜甫詩有「飯顆」之句，蓋譏其拘束也。余觀李太白七言律絶少以此，今之未窺六甲，先制七言者，視此可省矣。

杜逸詩

《合璧事類》載杜工部詩云：「三月雪連夜，未應傷物華。只緣春欲盡，留著伴梨花。」此詩舊集不載。又：「寒食少天氣，春風多柳花。」又：「小桃知客意，春盡始開花。」則今之全集遺逸多矣。

簡文楓葉詩

梁簡文帝《楓葉》詩云：「萎緑映葭青，疏紅分浪白。落葉灑行舟，仍持送遠客。」此詩情景婉麗，本集亦不載。〔二〕

詠蟬詩

陸龜蒙《蟬》詩云：「伴貂金置影，映雀畫成圖。」按《梁書》，武帝賜吴興太守何戢蟬雀畫扇，陸詩用此事也。

劉文房詩

劉文房詩：「已是洞庭人，猶看灞陵月。」孟東野詩：「長安日下影，又落江湖中。」語意相

〔二〕《升庵外集》卷六十八録此條，題作「梁簡文詠楓葉詩」，引詩後改寫作「此詩二十字，而用彩色四字，在宋人則以爲忌矣。以爲彩色字多，不莊重，不古雅。如此詩何嘗不莊重古雅耶？」

似，皆寓戀闕之意。然總不若王仲宣云：「南登灞陵岸，迴首望長安。」涵蓄藴籍，自然不可及也。

彫苽

《説文》：「彫苽，一名蔣。」徐鉉曰〔一〕：「彫苽，《西京雜記》及古詩多作『雕胡』。」《内則》注作「彫胡」，亦作「安胡」。枚乘《七發》「安胡之飯」，注：「今所食茭苗米也。」宋玉賦：「主人之女，炊彫胡之飯。」《爾雅》：「齧彫蓬。」孫炎云：「米茭也，米可作飯，古人以爲五飯之一。」《周禮》：「魚宜苽。」干寶云：「苽米飯，膳以魚，同水物也，其米色黑。」《管子》謂之「鴈膳」。杜詩「波漂苽米沉雲黑」，言人不收取而雁亦不啄，但爲波漂、雲沉而已，見長安兵火之慘極矣。

波漂苽米

客有見予拈「波漂菰米」之句而問曰：「杜詩此首中四句，亦有所本乎？」予曰：「有本，但

〔一〕此條釋文見徐鍇《説文解字繫傳》通釋卷二「艸部」。

變化之極其妙耳。」隋任希古《昆明池應制》詩曰〔二〕：「回眺牽牛渚，激賞鏤鱷川。」便見太平宴樂氣象。今一變云：「織女機絲虛夜月，石鯨鱗甲動秋風。」讀之則荒烟野草之悲見于言外矣。《西京雜記》云：「太液池中有彫菰，紫蘀緑節，鳧雛雁子，唼喋其間。」《三輔黄圖》云：「宫人泛舟採蓮，爲巴人櫂歌。」便見人物遊嬉，宫沼富貴。今一變云：「波漂菰米沉雲黑，露冷蓮房墜粉紅。」讀之則菰米不收而任其沉，蓮房不採而任其墜，兵戈亂離之狀具見矣。杜詩之妙，在翻古語。《千家注》無有引此者，雖萬家注何用哉？因悟杜詩之妙。如此四句，直上與《三百篇》「牂羊羵首，三星在霤」同，比之晚唐「亂殺平人不怕天」、「抽旗亂插死人堆」，豈但天壤之隔！

銀燭

《穆天子傳》：「天子之寶，璿珠燭銀。」郭璞曰：「銀有精光如燭也。」梁簡文詩：「燭銀逾漢女，寶鐸邁昆吾。」江總《貞女峽賦》：「含照曜之燭銀，泝潺湲之膏玉。」唐人詩用「銀燭」字本此。

〔二〕「希」，原本作「布」，據《唐詩紀事》卷六「任希古」、《丹鉛總録》卷二十「波漂菰米」改。

帆字音

「帆」字，符咸切，舟上幔也。又扶泛切，使風也。舟幔則平聲，使風則去聲，蓋動静之異也。劉熙《釋名》曰：「隨風張幔曰帆。」注去聲。《廣韻》曰：「張布鄣風曰帆，音與梵同。」《左傳·宣十三年》注：「拔斾投衡上，使不帆風。」謂車斾之受風，若舟帆之帆風也。舟帆之帆平聲，帆風之帆去聲。《疏》云：「帆是扇風之名。」《孫綽子》曰：「動不中理，若帆舟而無柁。」《南史》：「因風帆上，前後連咽。」《荆州記》云：「宫亭湖廟神，能使湖中分風而帆南北。」晉湛方生有《帆入南湖》詩，又有《還都帆》詩；謝靈運有《遊赤石進帆海》詩；劉孝威有《帆渡吉陽洲》詩。《選》詩「無因下征帆」，徐陵詩「南浨大麓，北帆清湘」，劉删詩「迴艫乘派水，舉帆逐分風」，張曲江詩「征鞍税北渚，歸帆指南陲」，張燕公詩「離魂似征帆，常往帝鄉飛」，趙冬曦詩「帝城馳夢想，歸帆滿風飆」〔一〕，杜詩「浦帆晨初發」，韓退之詩「無因帆江水」，包何詩「錦帆乘風轉，金裝照地新」〔二〕，孟浩然詩「嶺北迴征帆，巴東問故人」，徐安貞詩「暮雨衣猶濕，春風帆正開」〔三〕。近蘇州刻孟詩，改

〔一〕此詩《四部叢刊》景明嘉靖本《張説之文集》卷六附載前首張説《岳州别王十一趙公入朝》後，爲趙國公王琚《奉别燕公》。
〔二〕此詩見載於《文苑英華》卷二百九十七，題作「送日本國聘和使晁臣卿東歸」，作者爲包佶。
〔三〕「徐安貞」，原本作「徐安身」，據《舊唐書》、《新唐書》本傳改。

「征帆」爲「征棹」，何仲默笑曰：「征帆改征棹，錦帆亦改曰錦棹，可乎？」蓋淺學妄改，非刀誤也。

江平不流

杜詩「江平不肯流」，意求工而語反拙，所謂鑿混沌而畫蛇足，必夭性命而失卮酒也。不若李端樂府云「人老自多愁，水深難急流」也〔二〕，又不若巴渝《竹枝詞》云「大河水長漫悠悠，小河水長似箭流」。詞愈俗愈工，意愈淺愈深。

陸賈素馨

陸賈《南中行紀》云〔三〕：「南中百花，惟素馨香特酷烈。彼中女子以綵絲穿花心，繞髻爲飾。」梁章隱《詠素馨花》詩云：「細花穿弱縷，盤向綠雲鬟。」用陸語也。花繞髻之飾，至今猶然。予嘗有詩云：「金碧佳人墮馬妝，鷓鴣林裏採秋芳。穿花貫縷盤香雪，曾把風流惱陸郎。」姜夢賓笑謂予曰：「不意陸賈風流之案，千年而始發耶？」

〔二〕「李端」，原本作「李群玉」，據宋刻本《樂府詩集》卷七十一、《唐詩紀事》卷三十、本書卷四「李端古別離詩」改。

〔三〕「云」，原本作「雲」，據萬曆十年蔡汝賢刊本《太史升庵文集》卷三十四《素馨花》詩注改。

洛春謡

劉須溪所選《古今詩統》，亡其辛集一册，諸藏書家皆然。予於滇南偶得其全集，然其所選多不愜人意，可傳者止十之一耳。辛集中皆宋人詩，無足採取，獨司馬才仲《洛春謡》、曹元寵《夜歸曲》，尚有長吉、義山之遺意，今録於此。《洛春謡》云：「洛陽碧水揚春風，銅駝陌上桃花紅。高樓叠柳緑相向，綃帳金鸞香霧濃。龍裘公子五陵客，拳毛赤兔雙蹄白。金鈎寶玦逐飛香，醉入花叢惱花魄。青娥皓齒别吴倡，梅粉妝成半額黄。羅屏綉幕圍寒玉，帳裏吹笙學鳳凰。細緑圍紅曉烟濕，車馬騑騑雲櫛櫛。瓊蕊杯深琥珀濃，鴛鴦枕鏤珊瑚澀。吹龍笛，歌白紵，蘭席淋漓日將暮。君不見灞陵岸上楊柳枝，青青送别傷南浦。」《夜歸曲》云：「饑烏啞啞啼暮寒，回風急雪飄朱闌。瑣窗繡閣艷紅獸，畫幕金泥摇彩鸞。吴妝秀色攢眉緑，能唱襄陽大堤曲。酒酣横管咽孤吹，吹裂柯亭傲霜竹。遠空寒雪渾不動，老狐應渡黄河凍。暗回微暖入江梅，何處荒榛挂么鳳？歸來穩跨青蓮錢，貂茸擁鼻行翩翩。籠紗蜜炬照飛霰，十二玉樓人未眠。」

西施

劉長卿《題西施障子》曰：「窗風不舉袖，但覺羅衣輕。」二語雖太白可頡頏也。

裴迪詩

湖廣景陵縣西塔寺，有陸羽茶泉。裴迪有詩云：「竟陵西塔寺，蹤迹尚空虚。不獨支公住，曾經陸羽居。草堂荒産蛤，茶井冷生魚。一汲清泠水，高風味有餘。」迪與王維同時，其詩自輞川倡和外無傳，此詩予見之石刻云。

五字

郭頒《世語》曰[一]：「司馬景王命中書郎虞松作表，再呈，不可意。鍾會取草，爲定五字，松悦服。以呈景王，景王曰：『不當爾耶？』松曰：『鍾會也。』景王曰：『如此可大用。』」沈佺期詩「五字擢英才」，用此事也。解者以五字爲詩，誤矣。

掘柘詩

《樂苑》云：「羽調有《柘枝曲》，商調有《掘柘枝》。此舞因曲爲名，用二女童，帽施金鈴，抃

[一]　「郭頒」，原本作「郭頌」，據百衲本《二十四史》景宋紹熙刊本《三國志·魏書》卷一《武帝紀》裴松之注改。

轉有聲。其來也，於二蓮花中藏之，花折而後見，對舞相呈，實舞中雅妙者也。」段成式《寄温庭筠雲藍紙》詩曰：「三十六鱗充使時，數番猶得寄相思。待將袍襖重抄了，寫盡襄陽掘柘詞。」今温集中有《掘柘詞》。掘，音抯。

詩用惹字

王右丞詩「楊花惹暮春」，李長吉詩「古竹老梢惹碧雲」，温庭筠「暖香惹夢鴛鴦錦」，孫光憲「六宫眉黛惹春愁」，用「惹」字凡四，皆絶妙。

韋詩誤字

韋蘇州詩「獨憐幽草澗邊生〔二〕」，古本「生」作「行」〔三〕。「行」字勝「生」字十倍。

〔二〕「草」，原本作「章」，據《丹鉛總録》卷二十「韋詩誤字」改。
〔三〕「古」，原本作「吉」，據《丹鉛總録》改。

右丞詩用字

王右丞詩「暢以沙際鶴〔一〕，兼之雲外山」，孟浩然云「重以觀魚樂，因之鼓枻歌」，雖用助語辭，而無頭巾氣。宋人黄、陳輩效之，如「且然聊爾耳，得也自知之」，又如「命也豈終否，時乎不暫留」，殆不止學步邯鄲，效顰西子，乃是醜婦又生瘡，雪上再加霜也。

感遇詩

或謂予曰：「朱子《感興》詩，比陳子《感遇》詩有理致。」予曰：「譬之青裙白髮之節婦，乃與靚妝袨服之宫娥争妍取憐，埒材角妙，不惟取笑旁觀，亦且自失所守，要之不可同日而語也。彼以《擬招》續《楚辭》，《感興》續《文選》，無見於此矣。故曰離之則雙美，合之則兩傷。」要有契予言者。

平楚

謝朓詩：「寒城一以眺，平楚正蒼然。」楚，叢木也。登高望遠，見木杪如平地，故云「平楚」，

〔一〕「暢」，原本作「楊」，據乾隆刻本《王右丞集箋注》卷九《泛前陂》、《丹鉛總録》卷二十「右丞詩用字」改。

猶《詩》所謂「平林」也。陸機詩「安轡遵平莽」，謝語本此。唐詩「燕掠平蕪去」，又「遊絲蕩平緑」，又因謝詩而衍之也。

瞑眠

《楚辭》「遠望兮阡眠」，陸機詩「林薄杳阡眠」。吕延濟曰：「阡眠，原野之色。」按《説文》「瞑，山谷青瞑瞑也」，則「阡眠」字當作「瞑眠」。又《列子》云：「鬱鬱芊芊。」注：「芊芊，茂盛之貌。」李白賦「彩翠兮芊眠」，「瞑眠」作「芊眠」亦通。《文選》別作「盰眠」，字皆從目。

菩薩鬘

唐詞有《菩薩蠻》，不知其義。按小説，開元中南詔入貢，危髻金冠，瓔珞被體，故號菩薩鬘，因以製曲。佛經戒律云「香油塗身，華鬘被首」是也。白樂天《蠻子朝》詩曰「花鬘抖擻龍蛇動」〔一〕，是其證也。今曲名「鬘」作「蠻」，非也。

〔一〕 此句實出《驃國樂》，見《四部叢刊》景日本翻宋大字本《白氏長慶集》卷三。

玉華仙子歌

李康成《玉華仙子歌》：「璇階電綺閣〔一〕，碧題霜羅幕。」蔡孚《打毬篇》：「紅鬣錦鬉風騄驥，黄駱絲鞭電紫騮。」以電、霜、風、電實字爲眼，工不可言。惟初唐有此句法。

人日梅詩

李群玉《人日梅花》詩：「半落半開臨野岸，團情團思媚韶光。玉鱗寂寂飛斜月，素手亭亭對夕陽。」亦有思致。「玉鱗寂寂飛斜月」，真奇句也，「暗香浮動」恐未可比。

杜審言詩

杜審言《早春遊望》詩，《唐三體》選爲第一首，是也。首句「獨有宦遊人」，第七句「忽聞歌古調」，妙在「獨有」、「忽聞」四虚字。《文選》殷仲文詩「獨有清秋日」，審言祖之，蓋雖二字，亦不苟也。詩家言子美「無一字無來處」，其祖家法也。

〔一〕「電」，《文苑英華》卷三百三十二《玉華仙子歌》作「霓」。

白蓮詩

陸魯望《白蓮》詩：「素蘤多蒙别艷欺，此花端合在瑶池。無情有恨何人見，月曉風清欲墮時。」觀東坡與子帖，則此詩之妙可見。然陸此詩祖李長吉，長吉詠竹詩云：「斫取青光寫楚辭，膩香春粉黑離離。無情有恨何人見，露壓烟啼千萬枝。」或疑「無情有恨」不可詠竹，非也。竹亦自嫵媚。孟東野詩云：「竹嬋娟，籠曉烟。」左太冲《吴都賦》詠竹云：「嬋娟檀欒，玉潤碧鮮。」合而觀之，始知長吉之詩之工也。

李陵詩

《修文殿御覽》載李陵詩云：「紅塵蔽天地，白日何冥冥。微陰盛殺氣，凄風從此興。招摇西北指，天漢東南傾。嗟爾窮廬子，獨行如履冰。短褐中無緒，帶斷續以繩。瀉水置瓶中，焉辨淄與澠。巢父不洗耳，後世有何稱？」此詩《古文苑》止載首二句，注云「下缺」，當補入之，以傳好古者。

郝仙女廟詞

博陵縣有郝仙女廟。仙女魏青龍，中山人，年及笄，姿色姝麗。採蘋水中，蒼烟白霧，俄失所在。其母哀求水濱，願言一見。良久，異香襲人，隱約于波渚間，曰：「兒以靈契，托蹟綃宫，陰主是水府，世緣已斷，毋用悲悒。而今而後，使鄉梓田蠶歲宜，有感而通，乃爲吾驗。」後人立廟焉，而有題《喜遷鶯》詞于壁云：「汀洲蘋滿。記翠籠采采，相將鄰媛。蒼渚烟生，金支光爛，人在霧綃鮫館。小鬟頓成雲散，羅幭凌波不見。翠鸞遠，但清溪如鏡，野花留靨。情睠。鷩變現。身後神功，緣就吴蠶繭。漢女菱歌，湘妃瑶瑟，春動倚雲層殿。彤車載花一色，醉盡碧桃清宴。故山晚，嘆流年一笑，人間飛電。」

坐猿坐鶯

杜詩「楓樹坐猿深」，又「黄鶯並坐交愁濕」，「坐」字奇崛。張説詩「樹坐參猿嘯，沙行入鷺群」，前人已云矣。孫逖詩「漁父歌金洞，江妃舞翠房」，最爲秀句。今本作「漁火」，非也。〔一〕

〔一〕「孫逖詩」以下至此，《太史升庵文集》卷五十五單列一條，題作「孫逖詩」。

薄霧濃雰

李易安重陽詞「薄霧濃雰」，出《古文苑》中山王《文木賦》。後人改「雰」爲「雲」，「雲」字與「雰」相去霄壤矣。

王建詩

擡起，俗語也，古亦有之。王建《宮詞》：「紅燈睡裏看春雲，雲上三更直宿分。金砌兩行來步滑，雙雙擡起隱金裙。」

詩用瘁字

瘁，《説文解字》云：「寒也，所臻切。」《集韻》：「寒病也，所錦切。」劉禹錫《述病》云「瘁如復瘝于躬」，「瘁」作「疹」，自注：「疏錦切。」韓退之詩「磔毛各禁瘁」，又「肌上生瘁㾕」，費冠卿詩「入林寒瘁瘁，近瀑雨濛濛」，韓渥詩「禁瘁餘寒酒半醒」。

李冠詞

《草堂詩餘》「蒙朧澹月雲來去」，齊人李冠之詞，今傳其辭而隱其名矣。冠又有《六州歌頭》，道劉、項事，慷慨悲壯，今亦不傳。

滇中詩人

滇中詩人，永樂間稱平、居、陳、郭。郭名文，號舟屋，其詩有唐風，三子遠不及也。如《竹枝詞》云：「金馬何曾半步行，碧雞那解五更鳴。儂家夫壻久離别，恰似兩山空得名。」又《登碧雞山太華寺》一聯云：「湖勢欲浮雙塔去，山形如擁五華來。」一時閣筆，信佳句也，但全篇未稱耳。其全集予嘗見之，如此二詩，亦僅有也。

杜詩用檐字

杜子美詩「步檐倚杖看牛斗」，「檐」即今「簷」字也，蓋用相如《上林賦》「步檐周流」之語。俗子不知古字，乃改「檐」爲「蟾」，且上句有「新月猶懸」，而此又云「步蟾」，太重複矣！况步蟾乃時俗舉子坊牌腐語，杜公詩寧有此等惡字面耶！

王季友詩

王季友《觀于舍人壁山水畫》云「野人宿在人家少」，《唐音》「人家」誤作「山家」，既云野人，何得少宿山家耶？

鏡聽

李廓、王建皆有《鏡聽詞》。鏡聽，今之響卜也。

耳衣

唐人邊塞曲：「金裝腰帶重，錦縫耳衣寒。」耳衣，今之暖耳也。

揭調

樂府家謂揭調者，高調也。高駢詩：「公子邀歡月滿樓，佳人揭調唱伊州。便從席上西風起，直到蕭關水盡頭。」

魚米

唐田澄《蜀城》詩：「地富魚爲米，山芳桂是樵。」俗名沃土爲魚米之地本此。

蜀詩人

唐世蜀之詩人：陳子昂、射洪。李白、彰明。李餘、成都。雍陶、成都。裴廷裕、成都。劉蜕、射洪。唐球、嘉州。陳詠、青神。岑倫、成都。符載、成都。雍裕之、成都。王嚴、綿州布衣。劉睽、綿州鄉貢進士。李渥、綿州。田章、綿州。柳震、雙流。苑咸、成都。劉灣、蜀人。張曙、巴州。僧可朋、丹稜。鹿虔扆、蜀人。毛文錫、蜀人。朱桃椎、成都。杜光庭。青城。若張蠙、韋莊、牛嶠、歐陽炯，皆他方流寓而老于蜀者。嘗欲裒集其詩爲一帙，而未暇焉。

南雲

詩人多用「南雲」字，不知所出。或以江總「心逐南雲去，身隨北雁來」爲始，非也。陸機《思親賦》云：「指南雲以寄欽，望歸風而效誠。」陸雲《九愍》云：「眷南雲以興悲，蒙東雨而涕零。」蓋又先于江總矣。

探情以華

《文選》王仲宣詩「探情以華，睹著知微[二]」，本于《史記·律書》「情核其華，道者明矣」之語。華者，貌也。然《史記》之語觀仲宣之詩而益明，仲宣之詩得李善之解而始白，觀書所以貴乎博證也。

杜詩本謝[三]

謝宣遠詩「離會雖相雜」，杜子美「忽漫相逢是別筵」之句實祖之。顏延年詩「春江壯風濤」，杜子美「春江不可渡，二月已風濤」之句實衍之。故子美諭兒詩曰：「熟精《文選》理。」

[二]「睹著知微」，原本作「睹微知著」，據《四部叢刊》景宋本《六臣注文選》卷二十三《贈文叔良》改。

[三]《太史升庵文集》卷五十七、《升庵外集》卷七十四録此條，題均作「杜詩本選」。

升庵詩話卷三

金潾

張籍《蠻中》詩：「銅柱南邊毒草春，行人幾日到金潾。」金潾，交趾地名，《水經注》所謂「金潾清渚」也。今刻本作麟〔二〕，非。

沙海

《戰國策》：「暉臺之下，沙海之上。」《九域志》有沙海。孟浩然《和張三自穰縣還途中遇雪》詩：「風吹沙海雪，來作柳園春。」正是梁地事。

〔二〕「麟」，原本作「麒」，據《丹鉛總録》卷二十一「金潾」改。

江蒲

《周禮》「汧浦」作「弦浦」，《左傳》「萑浦」作「萑蒲」，杜詩「側生野岸及江蒲」，江蒲，江浦也。

朅來

今文語辭「朅來」、「聿來」，不知所始。按《楚辭》「車既駕兮朅而歸，不得見兮心傷悲」，舊注「朅，去也」。又按《呂氏春秋》，膠鬲見武王于鮪水，曰：「西伯朅去？無欺我也。」武王曰：「不子欺，將伐殷也。」膠鬲曰：「朅至？」武王曰：「將以甲子日至。」注：「朅，何也。」若然，則「朅」之爲言「盍」也。若以解《楚辭》，則謂車既駕矣，盍而歸乎？以不得見而心傷悲也，意尤婉至。則今文所襲用「朅來」者，亦謂「盍來」也，非是發語之辭矣。《文選》注，劉向《七言》曰：「朅來歸耕永自疏。」顏延年《秋胡妻》詩曰：「朅來空復辭。」義皆謂「盍來」始通。

伏毒寺詩

杜詩：「鄭國伏毒寺〔一〕，瀟灑在江心。」劉禹錫詩：「曾作關中客，頻經伏毒巖。晴烟沙苑樹，晚日渭川帆。」

儲詩

儲光羲詩「落日燒霧明，農夫知雨止」，耿湋詩「向人微月在，報雨早霞生」，此即諺所謂「朝霞不出市，暮霞走千里」也。劉禹錫《武陵》詩「積陰春暗度，將霽霧先昏」，耿湋詩「晚雷期稔歲，重霧報晴天」，皆用老農占驗語。予舊日《秋成》詩云：「草頭占用暈，米價問天河。」亦用諺語「日暈長江水，月暈草頭空」。又七月七夕視天河顯晦，卜米價豐歉，蓋老農有驗之占云。

杜詩天棘

杜詩：「江蓮搖白羽，天棘蔓青絲。」鄭樵云：「天棘，柳也。」此無所據，杜撰欺人耳。且柳

〔一〕「鄭國」，《四部叢刊》景宋刊本《分門集注杜工部詩》卷十三《憶鄭南玭》作「鄭南」。

可言絲，衹在初春，若荼瓜留客之日，江蓮白羽之辰，必是深夏，柳已老葉濃陰，不可言絲矣。若夫蔓云者，可言兔絲、王瓜，不可言柳，此俗所易知，天棘非柳明矣。按《本草索隱》云：「天門冬在東嶽名淫羊藿，在南嶽名百部，在西嶽名管松，在北嶽名顛棘。」「顛」與「天」聲相近而互名也。此解近之。

韓退之詩

韓文公贈張曙詩云：「久欽江總文才妙，自嘆虞翻管相屯。」以忠直自比而以奸佞待人，豈聖賢謙己恕人之意哉？考曙之爲人，亦無奸佞似江總者，若曰以文才論，何不以鮑照、何遜爲比，而必曰江總乎？此乃韓公平生之病處，而宋人多學之，謂之占地步。心術先壞矣，何地步之有？

唐詩葳蕤

唐詩「春樓不閉葳蕤鎖」，又「望見葳蕤舉翠華」。葳蕤，旗名，鹵簿中有之。《孫氏瑞應圖》云：「葳蕤，瑞草。王者禮備至則生。」今之字書例解爲草木之狀，未得其原也。

行道遲遲

《詩》：「行道遲遲，中心有違。」思致微婉，《紫玉歌》所謂「身遠心邇」，《洛神賦》所謂「足往神留」，皆祖其意。

岳陽樓詩

余昔過岳陽樓，見一詩云：「樓上元龍氣不除，湖中范蠡意何如？西風萬里一黄鵠，秋水半江雙白魚。鼓瑟至今悲二女，沉沙何處吊三閭。朗吟仙子無人識，騎鶴吹簫上碧虚。」乃視其姓名，則元人張翔，字雄飛，不知何地人也。雄飛在元不著詩名，然此詩實可傳。同時虞伯生、范德機皆有岳陽樓詩，遠不及也，故特表出之。

謝臯羽詩

謝臯羽爲宋末詩人之冠，其學李賀歌詩，入其室而不蹈其語，比之楊鐵崖蓋十倍矣。小絶句如：「牽牛秋正中，海白夜疑曙。野風吹空巢，波濤在孤樹。」絶妙可傳，郊、島不能過也。

劉禹錫詩

元和以後，詩人之全集可觀者數家，當以劉禹錫爲第一。其詩入選及人所膾炙，不下百首矣。其未經選，全篇如《莾絲瀑》云：「飛流透嵌隟，噴灑如絲莾。含暈迎初旭，翻光破夕曛。餘波繞石去，碎響隔溪聞。却望瓊沙際，逶迤見脉分。」樂府絶句云：「大艑高帆一百尺，新聲促柱十三絃。揚州市裏商人女，來占西江明月天。」詠硯云：「烟嵐餘斐亹，水墨兩氤氲。好與陶貞白，松窗寫紫文。」詠鶯雜體云：「鶯。能語，多情。春將半，天欲明。始逢南陌，復集東城。林疏時見影，花密但聞聲。營中緣催短笛，樓上欲定哀箏。千門萬户垂楊裏，百囀如簧烟景晴。」五言摘句如「桃花迷隱迹，楼葉慰忠魂」，又「殘兵疑鶴唳，空壘辨烏聲」，又「路塵高出樹，山火遠連霞」，又「登臺吸瑞景，飛步翼神飆」。詠花云「香聞荀令宅〔一〕，艷入孝王家」，園景云「傅粉琅玕節，薰香菡萏莖」。榴花裙色好，桐子藥丸成」，妓席云「容華本南國，妝束學西京。月落方收鼓，天寒更炙笙」。七言如「中國書流讓皇象，北朝文士重徐陵」，又「桂嶺雨餘多鶴迹，茗園晴望似龍鱗」，又「連檣估客吹羌笛，盪槳巴童歌竹枝」，又「眼前名利同春夢，醉裏風情敵少年」，又

〔一〕「聞」，原本作「闡」，據《四部叢刊》景宋本《劉夢得文集》外集卷三《和令狐相公郡齋對紫微花》改。

「野草芳菲紅錦地，遊絲撩亂碧羅天」，又「春城三百九十橋，夾岸朱樓隔柳條」，又「三花秀色通春幌，十字春波繞宅墻」，又「海嶠新辭永嘉守，夷門重見信陵君」，又「水底遠山雲似雪，橋邊平岸草如烟」，又外集有《觀舞》一詩云：「山雞臨清鏡，石燕赴遥津。何如上客會，長袖入華裀。體輕若無骨，觀者皆聳神。曲盡回身去，層波猶注人。」宛有六朝風致，尤可喜也。劉全集今多不傳，予舊選之爲句圖，今録其尤者于兹云。

薛濤詩

「聞説邊城苦，如今到始知。好將筵上曲，唱與隴頭兒。」此薛濤在高駢宴上聞邊報樂府也。有諷諭而不露，得詩人之妙。使李白見之，亦當印可。元、白流紛紛停筆，不亦宜乎！濤有詩集，然不載此詩。

貫休詩

「霜月夜徘徊，樓中羌管催。晚風吹不盡，江上落殘梅。」此貫休絶句也。休在晚唐有詩名，然無可取，獨此首有樂府聲調，雖非僧家本色，亦猶惠休之「碧雲」也。

端硯詩

唐李咸用《端溪硯》詩：「媧天補剩石，昆劍切來泥。著指痕猶濕，經旬水未低。呵雲潤柱礎，筆彩飲虹霓。鴝眼工諳謬，羊肝士乍刲。連澌光比鏡，因墨膩於瑿。」「捧受同交印，矜持過乘珪。」「宜從方袋挈，枉把短行批。淺水金爲斗，泓澄玉作堤。」此詩不特句佳，亦具賞鑒，可補《硯譜》之遺。

喻鳧詩

喻鳧詩：「雁天霞脚雨，漁夜葦條風。」上句絶妙，下句大不稱，此所以爲晚唐也。

濾水羅詩

唐人白行簡，以《濾水羅賦》得名。其警句云：「焦螟之生必全，有以小爲貴者。江漢之流雖大，盡可一以貫之。」靈一詩曰：「濾泉侵月起，掃徑避蟲行。」濾水，蓋僧家戒律有此，欲全水蟲之命，故濾而後飲，今蜀中深山古寺猶有此規。白居易《送文暢》詩：「山宿馴溪虎，江行濾水蟲。」

劉綺莊詩

《續南部烟花録》有劉綺莊《揚州送人》詩云：「桂楫木蘭舟，楓江竹箭流。故人從此去，遠望不勝愁。落日低帆影，歸風引棹謳。思君折楊柳，淚盡武昌樓。」綺莊不知何時人，詳詩之聲調，必初唐也。〔一〕

蕭遇詩

蕭遇《春日》詩：「水堤烟報柳，山寺雪驚梅。」唐人賞之，謂不減庾子山。

三羅詩

晚唐江東三羅，羅隱、羅虬、羅鄴也。皆有集行世，當以鄴爲首。如《閨怨》云：「夢斷南窗啼曉烏，新霜昨夜下庭梧。不知簾外如珪月，還照邊庭到曉無。」《南行》云：「臘晴江暖鸑鷟飛，

〔一〕《升庵外集》卷七十二録此條，題作「劉綺莊揚州送人」，條末補述「龔明之《中興紀聞》云：『唐人劉綺莊爲崑山尉，研窮古今，緗帙所積甚富，嘗分類應用事，注釋于下，如《六帖》之狀，號《崑山編》，今其書尚存』」數句。

梅雪香沿越女衣。魚市酒村相識遍，短船歌月醉方歸。」此二詩，隱與虬皆不及也。

無名氏詩

唐無名氏詩：「江上送行人，千山生暮氛。謝安團扇上，爲畫敬亭雲。」僧皎然《送邢台州》云：「海上仙山屬使君，石橋琪樹古來聞。他時畫出白團扇，乞取天台一片雲。」二詩命意用事相類。晉人重扇頭書，謂之便面，又曰方麴，如羊孚《雪贊》、右軍蒲葵，是其事也。

牽絲

謝靈運詩「牽絲及元興，解龜在景平」，注引應璩詩「不誤牽朱絲，三署來相尋」。李善注云：「牽絲，初仕也。解龜，去仕也。」《文苑英華》康子元《參軍鶻子判》云〔二〕：「萬里牽絲，俄畢子荊之任；九流懸鏡，行披彥輔之雲。」又似用爲孫楚事。

〔二〕「鶻」，原本作「體」，據《文苑英華》卷五百三十五《參軍鶻子判》改。

夭邪

唐詩「錢唐蘇小小，人道最夭邪」，又「長安女兒雙髻鴉，隨風趁蝶學夭邪」。夭音作歪。

白頭烏

《三國典略》曰：「侯景篡位，令飾朱雀門，其日有白頭烏萬計集于門樓。童謡曰：『白頭烏，拂朱雀，還與吴。』」杜工部詩「長安城頭頭白烏，夜上延秋門上呼」，蓋用其事，以侯景比禄山也，而《千家注》不知引此。

黄蝶

胡蝶或白或黑，或五彩皆具，惟黄色一種，至秋乃多，蓋感金氣也。李白詩「八月胡蝶黄」，深中物理。今本改「黄」爲「來」，何其淺也！白樂天詩亦云「秋花紫濛濛，秋蝶黄茸茸」。

靈徹詩

僧靈徹有詩名于中唐，《古墓》詩云：「松樹有死枝，冢墓惟莓苔。石門無人入，古木花不開。」

《天台山》云：「天台衆山外，歲晚當寒空。有時半不見，崔嵬在雲中。」《九日》云：「山僧不記重陽節，因見茱萸憶去年。」諸篇爲劉長卿、皇甫冉所稱〔二〕。予獨取《天台山》一絶，真絶唱也。

幽州臺詩

陳子昂《登幽州臺歌》云：「前不見古人，後不見來者。念天地之悠悠，獨愴然而涕下。」其辭簡質，有漢魏之風，而文籍不載。

海紅

劉長卿集有《夏中崔中丞宅見海紅摇落一花獨開》詩，海紅未詳爲何花。後見李白詩注云：「新羅國多海紅。」唐人多尚之，亦戎王子之類也。又柑有名海紅者，見《橘譜》。

胡燕

《玄中記》：「胡燕胸斑聲小，越燕紅襟聲大。」李賀詩：「勞勞胡燕怨酣春。」《吴越春秋》：

〔二〕「皇甫冉」，據《四部叢刊》景宋鈔本《晝上人集》卷九《贈包中丞書》，當爲「皇甫曾」。

「越燕向日而熙。」丁仙芝之詩：「曉幕紅襟燕。」

桂子

劉績《霏雪録》載杭州靈隱寺月中墜桂子事，似涉怪異。余按《本草圖經》云：江東諸處，多于衢路間拾得桂子，破之辛香，古老相傳是月中下也。不知此地何意獨無，爲當非月路耶？餘杭靈隱寺僧云種得一株，近代詩人多所論述。《漢武洞冥記》云：「有遠飛雞，朝往夕還，常銜桂實歸于南土，所以北方無之，南方月路，固宜有也。」月路之説尤怪異，漫志之。白樂天詩：「偃蹇月中桂，結根依青天。天風繞月起，吹子下人間。」自注云：「杭州天竺寺有月中桂子。」

妾魚

古者一國嫁女，同姓二國媵之。《儀禮》有媵爵，謂先飲一爵，後二爵從之也。《楚辭》：「魚鱗鱗兮媵予。」江海間有魚，遊必三，如媵隨妻，先一後二，人號爲婢妾魚。唐詩：「江魚群從稱妻妾，塞雁聯行號弟兄。」

亞枝花

白居易集有《亞枝》，謂臨水低枝也。孟東野詩：「南浦桃花亞水紅，水邊柳絮由春風。」白詩又云「亞竹亂藤多照岸」，亦佳句也。

魚魚雅雅

古樂府《朱鷺曲》：「朱鷺，魚以烏，鷺何食，食茄下。」烏古與雅同，叶音作「雅」，蓋古字烏也，雅也，本一字也〔二〕。雅與「下」相叶，始得其音。魚以雅者，言朱鷺之威儀魚魚雅雅也。韓文《元和聖德詩》「魚魚雅雅」之語本此。茄，古荷字。

香毬金縷

白樂天詩「柘枝隨畫鼓，調笑從香毬」，又云「香毬趁拍迴環匝，花盞抛巡取次飛」，皆紀管絃酒席中事，但不知香毬何用。如今人詞中用「金縷」字，亦竟不知金縷于歌何關。

〔二〕「雅也」二字原本重，據《丹鉛總録》卷二十一「魚魚雅雅」删。

殘燈詩

韋蘇州《對殘燈》詩云：「獨照碧窗久，欲隨寒燼滅。幽人將遽眠，解帶翻成結。」梁沈氏滿願《殘燈》詩云：「殘燈猶未滅，將盡更揚輝。惟餘一兩焰，猶得解羅衣。」韋詩實出于沈，然韋有幽意，而沈淫矣。

青精飯

杜詩「豈無青精飯，使我顏色好」，青精飯一名南天燭，又曰墨飯草，以其可染黑飯也。道家謂之青精飯。故《仙經》云：「服草木之正，氣與神通。子食青燭之津，命不復隕。」謂此也。

蘭草

古樂府：「蘭草自然香，生於大道傍。腰鎌八九月，俱在束薪中。」孟郊詩：「昧者理芳草，蒿蘭同一鋤。」實本古樂府意。

黄鸍留

諺云：「黄鸍留，看我麥黄葚黑否？」見陸璣《草木疏》。今作「黄栗留」。

灩澦

《灩澦歌》云：「灩澦大如樸，瞿唐不可觸。金沙浮轉多，桂浦忌經過。」此舟人商估刺水行舟之歌，《樂府》以爲梁簡文所作，非也。蜀江有瞿唐之患，桂江有桂浦之險，故涉瞿唐者則準灩樸，涉桂浦者則準金沙。今《樂府》「桂浦」作「桂楫」，非也。

石城樂

《石城樂》，宋臧質作。《碧玉歌》一名《千金意》，晉孫綽作。《慕容攀墻視》，慕容垂作，《樂府》皆失其名，當表出之。

估客樂

《估客樂》，齊武帝之所作也。其辭曰：「昔經樊鄧後，阻潮梅根渚。感憶追往事，意滿辭不叙。」阻潮，一本作「假楫」。武帝作此曲，令釋寶月被之管絃。帝遂數乘龍舟遊江中，以紆越布爲帆，緑絲爲帆繂，鍮石爲篙足，篙傍者悉著鬱林布作淡黄袴，舞此曲，用十六人云。按史稱齊武帝節儉，嘗自言「朕治天下十年，當使黄金與土同價」，然其從流志返之奢如此，貽厥孫謀，何怪乎金蓮步地也！

金魚金龜

佩魚始于唐永徽二年，以鯉爲「李」也。武后天授元年改佩龜，以「玄武」爲龜也。杜詩「金魚换酒來」，蓋開元中復佩魚也。李白憶賀知章詩「金龜换酒處」，蓋白弱冠遇賀知章，尚在中宗朝，未改武后之制。

閭丘均

成都閭丘均，在唐初與杜審言齊名，杜子美贈其孫閭丘師詩云：「鳳藏丹霄暮，龍去白水渾。」蓋稱均之文也。均亦曾至雲南，有刺史王仁求碑文、爨王墓碑文，皆均筆也。爨墓碑，洛陽賈餘絢書。予修《雲南志》以均與餘絢入《流寓志》中。

太白用徐陵詩

徐陵詩：「竹密山齋冷，荷開水殿香。」太白詩「風動荷花水殿香」全用其語。

挂胡床

魏裴潛爲兖州太守，嘗作一胡床，及其去，留以挂柱。梁簡文帝詩：「不學胡威絹，寧挂裴潛床。」太白詩：「去時無一物，東壁挂胡床。」

屏風牒

梁蕭子雲上飛白書屏風十二牒，李白詩「屏風九叠雲錦張」，「牒」即「叠」也。唐詩「山屏六曲郎歸夜」，宋詞「屏風叠叠聞紅牙」，今改「叠」作「曲」，非。

小姑無郎

古樂府《青溪小姑曲》云：「開門白水，側近橋梁。小姑所居，獨處無郎。」唐李義山詩：「神女生涯元是夢，小姑居處本無郎。」小姑，蔣子文第三妹也。楊炯《少姨廟碑》云：「虞帝二妃，湘水之波瀾未歇；蔣侯三妹，青溪之軌迹可尋。」

颵颱

沈佺期有《夜泊越州》詩云：「颵颱縈海若，霹靂耿天吴。」颵颱，蓋指颶風也。字書不載此二字。

口脂

杜子美《臘日》詩：「口脂面藥隨恩澤，翠管銀罌下九霄。」唐制，臘日宣賜脂藥。李嶠有《賜口脂表》云：「青牛帳裏，未輟爐香；朱鳥窗前，新調鉛粉。揉之以辛夷甲煎，然之以桂火蘭蘇。」令狐楚表云：「雪散凝紅紫之名，香膏蘊蘭蕙之氣。合自金鼎，貯于雕奩。」劉禹錫有《代謝賜表》云：「宣奉聖旨，賜臣臘日口脂面脂、紫雪紅雪。雕奩既開，珍藥斯見。膏凝雪瑩，合液騰芳。」可補杜詩注之遺〔二〕。

〔二〕「杜」，原本作「社」，據《太史升庵文集》卷六十「口脂面藥」改。

竹笋江魚

杜子美送人迎養詩：「青青竹笋迎船出，白白江魚入饌來。」用孟宗、姜詩事。韋蘇州送人省覲，亦云「沃野收紅稻，長江釣白魚」，又云「洞庭摘朱果，松江獻白鱗」。然杜不如韋多矣。「青青」字自好，「白白」則近俗，有似兒童「白白一群鵝，被人趕下河」之謡也，豈大家語哉？

鳳林

《水經》：「河水又東，歷鳳林北。」注：鳳林，山名，五巒俱峙。杜詩：「鳳林戈不息，魚海路常難。」張籍詩：「鳳林關裏水長流，白草黄榆六十秋。邊將皆承主恩澤，無人解道取凉州。」

楖櫪

李屏山《達磨贊》所謂「楖櫪」者，稱杖也。范石湖詩：「病憐楖櫪隨身慣，老覺屠蘇到手遲。」

詩史誤人

宋人以杜子美能以韻語紀時事，謂之詩史，鄙哉！宋人之見，不足與論詩也。夫六經各有體：《易》以道陰陽，《書》以道政事，《詩》以道性情，《春秋》以道名分。後世之所謂史者，左記言，右記事，古之《尚書》、《春秋》也。若《詩》者，其體其旨，與《易》、《書》、《春秋》判然矣。《三百篇》皆約情合性，而歸之道德也，然未嘗有道德字也，未嘗有道德性情句也。二《南》者，修身、齊家，其旨也。然其言琴瑟鍾鼓，荇菜芣苢，夭桃穠李，雀角鼠牙，何嘗有修身、齊家字耶？皆意在言外，使人自悟。至于變《風》、變《雅》，尤其含蓄，言之者無罪，聞之者足以戒。如刺淫亂，則曰「雝雝鳴雁，旭日始旦」，不必曰「慎莫近前丞相嗔」也；憫流民，則曰「鴻雁于飛，哀鳴嗷嗷」，不必曰「千家今有百家存」也；傷暴歛，則曰「維南有箕，載翕其舌」，不必曰「哀哀寡婦誅求盡」也；叙飢荒，則曰「牂羊墳首，三星在罶」，不必曰「但有牙齒存，可堪皮骨乾」也。杜詩之含蓄蘊籍者，蓋亦多矣，宋人不能學之。至于直陳時事、類于訐訕，乃其下乘末劫，而宋人拾以爲己寶，又撰出「詩史」二字，以誤後人。如詩可兼史，則《尚書》、《春秋》可以併省。又如今俗卦氣歌、納甲歌，兼陰陽而道之，謂之「詩《易》」，可乎？

升庵詩話卷四

陳子昂詩

陳子昂《送客》詩云：「故人洞庭去，楊柳春風生。相送河州晚，蒼茫别思盈。白蘋已堪把，緑芷復含榮。江南多桂樹，歸客贈生平。」今本作「平生」，非，書所以貴舊本也。余見新本，疑其誤而思之未得，一見舊本釋然。

季隨

蕭穎士《蒙山》詩：「子尚捐俗紛，季隨躡遐軌。」季隨，即周八士中一人也。蒙山有季隨隱迹，事未知所出，亦奇聞也。

軋軋鴉

杜牧《登九峰樓》詩：「白頭搔殺倚柱遍，歸棹何時軋軋鴉。」棹聲也。

班(瞵)[璘]

何晏《景福殿賦》:「光明熠爚,文彩璘班。」皇甫士安《勸志》:「青紫之(瞵)[璘]班。」璘班,即斕班也。「斕」字俗書。到(既)[溉]《餉任昉杖》詩:「文彩既班爛。」「爛」即俗「斕」字。韓文公詩:「華燭光爛爛。」注亦作平音。「班爛」字古,勝俗用「斕」字。

丹的

潘岳《芙蓉賦》:「丹輝拂紅,飛須垂的。斐披艴赫,散焕熠爚。」的,子藥切,婦人以丹注面也。吴才老解爲指的,非。

子山詩用韻

庾子山《喜晴》詩:「王城水鬥息,洛浦河圖獻。伏泉還習坎,陰風已回巽。桐枝長舊圍,蒲節抽新寸。山藪欣藏疾,幽栖得無悶。有慶兆民同,論年天子萬。」巽,音旋;寸,音斷;悶,音慢:皆古韻也。《韻補》失引,今著之于此。

七經詩集句之始

晉傅咸作七經詩，其《毛詩》一篇略曰：「聿修厥德，令終有淑。勉爾遁思，我言維服。盜言孔甘，其何能淑。讒人罔極，有靦面目。」此乃集句詩之始。或謂集句起于王安石，非也。

盤渦

蜀江三峽中，水波圓折者名曰盤。盤音漩，杜詩：「盤渦鷺浴底心性。」張蠙《黄牛峽》詩：「盤渦逆入嵌崆地，斷壁高分繚繞天。」

上番

杜工部竹詩：「會須上番看（城）〔成〕竹。」獨孤及詩：「舊日霜毛一番新，别時芳草雨回春。不堪花落花開處，况是江南江北人。」番，去聲，但杜公竹詩「番」字於義不叶。韓石溪都憲家有蔡夢弼《杜詩箋》，上番音上箟，蜀名竹叢曰林箟。《易·説卦》：「爲蒼莨竹。」古注：「音浪。」

六赤打葉子

李洞集有《贈龍州李郎中先夢六赤後因打葉子因以詩上》，其詩云：「紅蠟香烟撲畫楹，梅花落盡庾樓清。光輝圓魄銜山冷〔二〕，彩鏤方牙著腚輕。寶帖牽來獅子鎮，金盆引出鳳凰傾。徵黄喜兆莊周夢，六赤重新擲印成。」六赤者，古之瓊畟，今之骰子也。葉子，如今之紙牌酒令。鄭氏《書目》有南唐李後主妃周氏《遍金葉子格》，此戲今少傳。

泉明

李太白詩：「昔日繡衣何足榮，今朝貰酒與君傾。且就東山賒月色，酣歌一夜送泉明。」泉明即淵明〔三〕，唐人避高祖諱，改「淵」爲「泉」也。今人不知，改「泉明」作「泉聲」，可笑。

〔二〕「圓」，原本作「圖」；「銜」，原本作「御」，據《丹鉛總録》卷二十一「六赤打葉子」改。
〔三〕「泉明」，原本脱，據《丹鉛總録》卷二十一「泉明」補。

菼草

杜工部有《除菼草》詩云：「草有害於人。」菼音焞，蜀名菼麻。字或作「蕁」，非。

解音賈

僧皎然《題周昉畫毗沙天王歌》：「憶昔胡兵圍未解，感得此神天上下。」解，讀如「道家尸解」之「解」，與「下」相叶。吴氏《韻補》亦失此一字不收云。

錦衣夜不襞

王子安《臨高臺》云：「錦衣夜不襞，羅帷晝未空。歌屏朝掩翠，妝鏡晚窺紅。」「錦衣夜不襞」應「妝鏡晚窺紅」，「羅帷晝未空」應「歌屏朝掩翠」，形容富豪家恣情極樂，反易晝夜，最有深意。今本爲妄人改竄，作「錦衣晝不襞，羅帷夕未空」，此乃常事，不足詠也。

書雲

詩人冬至用書雲事，宋人小説以爲分至啓閉，必書雲物，獨以爲冬至事，非也。余按《春秋感精符》云：「冬至有雲迎送日者，來歲美。」宋忠注曰：「雲迎日出，雲送日没也。」冬至獨用書雲事指此，未爲偏失也。

蘭亭杜詩

近有士人熟讀杜詩，余聞之曰：「此人詩必不佳。所記是棋勢殘著，元無金鵬變起手局也。」因記宋章子厚日臨《蘭亭》一本，東坡曰：「章七終不高。」從門入者非寶也，此可與知者道。

王粲詩用劉歆賦語

劉歆《遂初賦》：「望亭隧之皦皦兮，飛旗幟之翩翩。」王粲《七哀》詩：「登城望亭隧，翩翩飛羽旗。」實用劉歆語。

長河既已縈

《古文苑》王融《遊仙詩》：「長河既已縈，曾山方可礪。」縈，今本語作「榮」，解者遂謬云榮如草木之榮華，猶言海變桑田。可笑。不思縈帶也，帶河、礪山，眼前事何必遠引！

塞北江南

甘州本月支國，漢匈奴轉得上所居。後魏爲張掖郡，改爲甘州，以甘峻山名之。山有松柏五木，美水茂草，冬温夏凉；又有仙人樹，人行山中，飢即食之飽，不得持去，平居時亦不得見也。唐韋蟾詩云「塞北江南舊有名」，言其土地美沃，塞之江南也。

崔塗王維詩

崔塗《旅中》詩：「漸與骨肉遠，轉於奴僕親。」詩話亟稱之。然王維《鄭州》詩「他鄉絶儔侶，孤客親童僕」，已先道之矣。且王語渾含勝崔。

范季隨論詩

宋范季隨云：「唐末詩人雖格致卑淺，然謂其非詩則不可。今人作詩雖句語軒昂，但可遠聽，其理略不可究。」

月黄昏

林和靖《梅》詩：「疏影横斜水清淺，暗香浮動月黄昏。」《葦航紀談》云：「『黄昏』以對『清淺』，乃兩字，非一字也。」月黄昏，謂夜深香動，月爲之黄而昏，非謂人定時也。蓋晝午後陰氣用事，而花敷蕊散香，凡花皆然，不獨梅也。坡詩「只恐夜深花睡去，高燒銀燭照紅妝」，宋人梔子花詞「惱人惟是夜深時」，亦是此理。余嘗有詩云：「曉屏殘夢暖香中，花氣熏人怯曉風。」亦與此意同，蓋物理然耳。

十字平音

唐詩「三十六所臨春殿，一一香風透管絃」，又「緑浪東西南北水，紅闌三百九十橋」，又「春城三百九十橋，夾岸朱樓隔柳條」，又「煩君一日殷勤意，示我十年感遇詩」。陳郁云：「『十』音當爲『諶』也，謂之長安語音。律詩不如此則不叶矣。」

瓊澀

蔡衡仲一日舉温庭筠《華清宫》詩「澀浪浮瓊砌，晴陽上綵斿」之句，問予曰：「『澀浪』何語也？」予曰：「子不觀《營造法式》乎？宮墻基自地上一丈餘，叠石凹入，如崖險狀，謂之叠澀。石多作水文，謂之澀浪。」衡仲嘆曰：「不通《木經》，知澀浪爲何等語耶？」因語予曰：「古人賦景福、靈光、含元者，一一皆通《木經》，以郭熙界畫樓閣知之耳。」

王融詩

王融《巫山高》：「烟華乍卷舒，行芳時繼續。」今本「行芳」作「猿鳥」，「猿鳥」字遠不及「行芳」也。

鐃歌曲

漢《鐃歌曲》，多不可句。沈約云：「樂人以音聲相傳，訓詁不可復解。凡古樂録，皆大字是辭，細字是聲，聲辭合寫，故致然耳。」此説卓矣！近有好古者效之，殆可發笑。

女狀元

女侍中，魏元叉妻也；女學士，孔貴嬪也；女校書，唐薛濤也；女進士，宋女娘林妙玉也；女狀元，王蜀黄崇嘏也。崇嘏，臨邛人，作詩上蜀相周庠，庠首薦之，屢攝府縣，吏事精敏，胥徒畏服。庠欲妻以女，嘏以詩辭之曰：「一辭拾翠碧江湄，貧守蓬茅但賦詩。自服藍衫居郡掾，永拋鸞鏡畫蛾眉。立身卓爾青松操，挺志堅然白璧姿。幕府若容爲坦腹，願天速變作男兒。」庠大驚，具述本末，乃嫁之。傳奇有《女狀元春桃記》，蓋黄氏也。

日抱黿鼉

韓石溪廷延語余曰：「杜子美《登白帝最高樓》詩云：『峽坼雲霾龍虎卧，江清日抱黿鼉遊。』此乃登高臨深，形容疑似之狀耳。雲霾坼峽，山木蟠挐，有似龍虎之卧；日抱清江，灘石波盪，有若黿鼉之遊。」余因悟舊注之非。其云「雲氣陰黯，龍虎所伏〔一〕；日光圍抱，黿鼉出曝」，真以爲四物矣。即以杜證杜，如「江光隱映黿鼉窟，石勢參差烏鵲橋」，同一句法，同一解也。蘇子《赤壁賦》云：「踞虎豹，登虬龍，攀栖鶻之危巢，俯馮夷之幽宫。」亦是此意，豈真有烏鵲、黿鼉、虬龍、虎豹哉！

十樣鸞牋

韓浦詩云：「十樣鸞牋出益州。」《成都古今記》載其目，曰深紅，曰粉紅，曰杏紅，曰明黄，曰

〔一〕「伏」，原本作「仗」，據《丹鉛總録》卷二十一「日抱黿鼉」改。

深青，曰淺青，曰深緑，曰淺緑，曰銅緑，曰淺雲，凡十樣。又有松花、金沙、流沙、彩霞、金粉、桃花、冷金之别，即其異名。又《蜀志》載王衍以霞光牋五百幅賜金堂令張蠙，霞光即深紅牋也。又有百韻牋，以其幅長可寫百韻詩爲名。其次學士牋，則短于百韻焉。

朱萬初墨

元有朱萬初善製墨，純用松烟，蓋取三百年摧朽之餘，精英之不可泯者用之，非常松也。天曆己巳〔一〕，開奎章閣，揀儒臣親侍翰墨，榮公存初、康里公子山皆侍閣下，以朱萬初所製墨進，大稱旨，得禄食藝文館。虞文靖公贈之詩曰：「霜雪摧殘凋瘁非，深根千歲斧斤違。寸心不逐飛烟化，還作玄雲繞紫微。」蓋紀兹事也。又跋其後曰：「近世墨以油烟易松，滋媚而不深重。萬初既以墨顯，又得真定劉法造墨法于石刻中，以爲劉之精藝深心盡在于此，必無誤後世，因覃思而得之。」余嘗謂松烟墨深重而不姿媚，油烟墨姿媚而不深重，若以松脂爲炬取烟，二者兼之矣。若宋徽宗嘗以蘇合油搜烟爲墨，至金章宗購之，一兩墨價黄金一斤。欲放爲之，不能。此謂之墨妖可也。

〔一〕「己」，原本作「乙」，據《四部叢刊》景明景泰翻元小字本《道園學古録》卷二十九《贈朱萬初四首》詩注改。

庭珪贗墨

「庭珪贗墨出蘇家，麝煤添澤紋烏韡。柳枝瘦龍印香字，十襲一日三摩抄。」此山谷題庭珪贗墨詩，然其製可見。今贗者亦希見矣。

張飛書

涪陵有張飛刁斗，其名文字甚工，飛所書也。張士環詩云：「天下英雄只豫州，阿瞞不共戴天讎。山河割據三分國，宇宙威名丈八矛。江上祠堂嚴劍珮，人間刁斗見銀鈎。空餘諸葛秦州表，左袒何人復爲劉。」

請急

杜工部《偪側行》：「已令請急會通藉[一]。」山谷云：「晉令，急假者五日一急，一歲則六十日。《晉書》車武子早急出謁子敬，盡急而還是也。」

〔一〕「通」字原本闕，據《分門集注杜工部詩》卷二五補。

論詩畫

東坡先生詩曰：「論畫以形似，見與兒童鄰。作詩必此詩，定知非詩人。」言畫貴神、詩貴韻也。然其言有偏，非至論也。晁以道和公詩云：「畫寫物外形，要物形不改。詩傳畫外意，貴有畫中態。」其論始爲定，蓋欲以補坡公之未備也。

曹子建遺詩

曹子建《棄婦篇》云：「石榴植前庭，緑葉摇縹青。丹華灼烈烈，璀彩有光榮。光好曄流離，可以處淑靈。有鳥飛來集，拊翼以悲鳴。悲鳴夫何爲，丹華實不成。拊心長嘆息，無子當歸寧。有子月經天，無子若流星。天月相終始，流星没無精。栖遲失所宜，下與瓦石并。憂懷從中來，嘆息通雞鳴。返側不能寐，逍遥於前庭。踟蹰還入房，肅肅帷幕聲。褰帷更攝帶，撫弦彈鳴箏。慷慨有餘音，要妙悲且清。收淚長嘆息，何以負神靈。招摇待霜露，何必春夏成。晚穫爲良實，願君且安寧。」此詩郭茂倩《樂府》不載，近刻子建集亦遺焉，幸《玉臺新詠》有之，遂以傳。

鋃鐺

《後漢書》：「崔烈以鋃鐺鏁」。上音狼，下音當。鋃鐺，大鏁也。今多訛作金銀之「銀」，至有「銀鏁三公脚，刀撞僕射頭」之句，其傳訛習舛如此。

汃月杇月

蜀西南多雨，名曰漏天。杜子美詩「鼓角漏天東」，又「徑欲誅雲師，疇能補天漏」是也。自秋分後遇壬，謂之「入霑」，吴下曰「入液」。宋黄仁傑《夔州苦雨》詩：「九月不虚爲杇月，今年賴得是豐年。」汃音讀爲怕，平聲。《東方傳》諧語云：「令壺齟，老柏塗。」塗與汃同，注云：「丈加切。」其下解云：「塗者，漸洳徑也。」亦雨濕泥濘之義。《爾雅》：「十二月爲畢塗月〔一〕。」汃月之諺雖俗，其音義字形亦遐而尚矣。

〔一〕《四部叢刊》景宋本《爾雅》卷中「釋天・月陽」條作「十二月爲涂」。

茸母孟婆

宋徽宗在北虜，《清明日》詩曰：「茸母初生認禁烟，茸母，草名。北地寒食茸母生。無家對景倍凄然。帝城春色誰爲主，遥指鄉關涕淚連。」又戲作小詞云：「孟婆孟婆，你做些方便，吹個船兒倒轉。」孟婆，宋汴京勾欄語，謂風也。茸母、孟婆，正是的對。邵桂子《瓮天脞語》引《天會録》。

隋末詩讖

江都迷樓宫人杭静夜半歌云：「河南楊柳樹，江北李花營。楊柳飛綿何處去，李花結果自然成。」又煬帝作《鳳艒歌》云：「三月三日到江頭，正見鯉魚波上遊。意欲持鈎往撩取，恐是蛟龍還復休。」皆唐興之兆。又煬帝《索酒歌》云：「宫木陰濃燕子飛，興衰自古漫成悲。他日迷樓更好景，宫中吐焰弈紅輝。」其後迷樓爲唐兵所焚，竟叶詩讖。出《海山記》。

侯夫人梅詩

侯夫人《看梅》詩云：「砌雪無消日，卷簾時自顰。庭梅對我有嬌意，先露枝頭一點春。」

「香清寒艷好，誰惜是天真。玉梅謝後青陽至，散與群芳自在春。」〔一〕

褥繧芙蓉

《集韻》：「縫衣曰繧。」今俗云穿針繧線是也。杜詩「褥繧綉芙蓉」，而字借「隱」。

甘泉歌

秦始皇作驪山陵，周迴跨陰盤縣界，水背陵，障使東西流，運大石于渭北渚。民怨之，作《甘泉之歌》云：「運石甘泉口，渭水不敢流。千人唱，萬人謳，金陵餘石大如塸。」此歌見《三秦記》。余編《風雅逸編》，秦以前古歌謡搜括無遺，而乃復遺此。刻梓已行，不容竄入，遂筆于此。信乎纂録之難周也！

寄衣曲

唐長孫左輔《寄衣曲》云：「征人去年戍遼水，夜得邊書字盈紙。揮刀就燭裁紅綺，結作同

〔一〕《升庵外集》卷七十八録此條，「看梅詩」作「著梅詩」。末增「亦是一體」四字。

心達千里。君寄邊書書莫絶，妾答同心心自結。同心再解心不離，書字頻開字愁滅。結成一夜和淚封，貯書只在懷袖中。莫如書字固難久，願學同心長可同。」左輔，盛唐人，詩集亡逸。此詩《英華》亦不載，故謹録之。

高棅選唐詩正聲

五言古詩，漢魏而下其響絶矣。六朝至初唐，衹可謂之半格。又曰近體，作者本自馿分〔二〕，品者亦能區别。高棅選《唐詩正聲》，首以五言古詩，而其所取如陳子昂「故人江北去，楊柳春風生」、李太白「去國登茲樓，懷歸傷暮秋」、劉眘虚「滄溟千萬里，日夜一孤舟」、崔曙「空色不映水，秋聲多在山」，皆律也。而謂之古詩，可乎？譬之新寡之文君、屢醮之夏姬，美則美矣，謂之初笄室女則不可，于此有盲妁，取損罐而充完璧，以自練而爲黄花，苟有孱婿，必售其欺。高棅之選，誠盲妁也。近見蘇刻本某公之序，乃謂《正聲》其格渾，其選嚴。噫，是其孱婿乎！

〔二〕「馿」，當作「盱」，《丹鉛總録》卷二十一「高棅選唐詩正聲」作「曉」。

石碣陽鐫額

慎按：《東皋雜録》云：「漢碑額多篆，身多隸，隸多凹，篆多凸。惟張平子碑，則額與身皆篆也。」三代鍾鼎文有款識。隱起而凸曰款，以象陽；中陷而凹曰識，以象陰。刻之印章，則陽文曰朱文，陰文曰白文，蓋古今金石同一例也。劉禹錫《宜城歌》云：「花臺側生樹，石碣陽鐫額。」不見漢碑，不知此句爲何説也。

李端古别離詩

李端《古别離》詩云：「水國葉黄時，洞庭霜落夜。行舟聞商賈，宿在楓林下。此地送君還，茫茫似夢間。後期知幾日，前路轉多山。巫峽通湘浦，迢迢隔雲雨。天晴見海檣，月落聞津鼓。人老自多愁，水深難急流。清宵歌一曲，白首對汀洲。與君桂陽别，令君岳陽待。後事忽差池，前期日空在。木落雁嗷嗷，洞庭波浪高。遠山雲似蓋，極浦樹如毫。朝發能幾里，暮來風又起。如何兩處愁，皆在孤舟裏。昨夜天月明，長川寒且清。菊花開欲盡，薺菜泊來生。下江帆勢速，五兩遥相逐。欲問去時人，知投何處宿。空冷猿嘯時，泣對湘潭竹。」此詩端集不載，古樂府有之，然題曰「二首」，非也，本一首耳。其詩真景實情，婉轉怊悵，求之徐、庾之間且罕，况晚唐乎？大曆已後，五言古詩可選者，惟端此篇與劉禹錫《搗衣曲》、陸龜蒙「茱萸匣中鏡」、温飛卿「悠悠復悠悠」四首耳。

盛小叢

《樂府詩集》有《突厥三臺》，其辭曰：「雁門山上雁初飛，馬邑欄中馬正肥。日旰山西逢驛使，殷勤南北送征衣。」乃唐妓盛小叢詩也。傳者失其名。〔一〕

擂鼓

岑參《凱歌》：「鳴笳擂鼓擁回軍。」今本「擂」作「疊」，非。近制啓明、定昏鼓三通，曰「發擂」，當用此字。俗作「攂」，非。擂亦俗字，然差古於攂。古樂府「官家出遊雷大鼓」，雷轉作去聲用。

〔一〕《升庵外集》卷七十七録此條，題作「盛小叢突厥三臺」，引詩後重寫作「盛小叢，鴈門妓女也。此詩甚佳，樂府歌之。○《三臺》，曲名，自漢有之，而調之長短隨時變易。韋應物集有《上皇三臺》，元曲有《鬼三臺》，訛爲『三台』云」。

寶袜腰綵

袜，女人脇衣也。隋煬帝詩：「錦袖淮南舞，寶袜楚宫腰」、盧照鄰詩「倡家寶袜蛟龍被」是也。或謂起自楊妃，出于小説僞書，不可信也。崔豹《古今注》謂之腰綵，注引《左傳》衵服，謂日日近身衣也，是春秋之世已有之，豈始于唐乎？沈約詩：「錦上蒲桃繡，腰中合歡綺。」謝偃詩：「細風吹寶袜，輕露濕紅紗。」

曹孟德樂府

曹孟德樂府如《苦寒行》、《猛虎行》、《短歌行》，膾炙人口久矣。其稀僻罕傳者，若「不戚年往，憂世不治。存亡有命，慮之爲蚩」，又云「壯盛智慧，殊不再來。愛時進趣，將以惠誰」，不特句法高邁，而識趣近于有道，可謂文奸也已！

孔欣詩

南朝孔欣樂府云：「相逢狹路間，道狹正踟躕。輟步相與言，君行欲焉如？淳朴久已散，榮利迭相驅。流落尚風波，人情多遷渝。勢集堂必滿，運去庭亦虚。競趨嘗不暇，誰肯顧桑樞？

未若及初九，携手歸田廬。躬耕東山畔，樂道讀玄書。狹路安足遊，方外可寄娱。」此詩高趣可並淵明。欣早歲辭榮，不負其言矣。

楊素詩文

楊素作柳弘誄云：「山陽王弼，風流長逝；(穎)［潁］川荀爽，零落無時。修竹夾池，永絶梁園之賦；長楊映沼，無復洛川之文。」又嘗以五言詩七百字贈播州刺史薛道衡，詞氣穎拔，風韻秀上，爲一盛作，見《文苑英華》。素本以武功顯，而文藻若此！

䯲與涴同

韋莊《應天長》詞云：「想得此時情切，淚沾紅袖䯲。」「䯲」字義與「涴」同，而字則讀如「涴」字入聲，始得其叶。然《説文》、《玉篇》俱無「䯲」字。惟元詞中「馬驟䯲，人語喧」，北音作平聲，四轉作入聲，正叶。

靺鞨

靺鞨，國名，古肅慎地也。其地産寶石，大如巨栗，中國謂之靺鞨。文與可《朱櫻歌》云：

「金衣珍禽弄深樾，禁籞朱櫻班若纈。上幸離宫促薦新，藤籃寶籠貂璫發。凝霞作丸珠尚軟，油露成津蜜初割。君王午坐鼓猗蘭〔一〕，翡翠一盤紅靺鞨。」葛魯卿《西江月》詞云：「靺鞨斜紅帶柳，琉璃漲緑平橋。人間花月見新妖。不數江南蘇小。恨寄飛花薂薂，情隨流水迢迢。鯉魚風送木蘭橈。迴棹荒雞報曉。」二公詩詞皆用靺鞨事，人罕知者，故詳疏之。

荳蔻

杜牧之詩：「娉娉嫋嫋十三餘，荳蔻稍頭二月初。」劉孟熙謂《本草》云：荳蔻未開者謂之含胎花，言少而娠也。其所引《本草》是，言少而娠，非也。且牧之詩本詠娼女，言其美而且少未經事，人如荳蔻花之未開耳。此謂風情言，非爲求嗣言也。若娼而娠，人方厭之，以爲緑葉成陰矣，何足入詠乎！

木綿

唐李商隱詩：「木綿花飛鷓鴣飛。」又王叡詩：「紙錢飛出木綿花。」南中木綿樹大如抱，

〔一〕「鼓」，原本闕，據《丹鉛總録》卷二十二「靺鞨」補。

花紅似山茶而蕊黄，花片極厚，非江南所藝者。張勃《吴録》云：「交趾安定縣有木綿樹，實如酒杯，口有綿，可作布。」按此即今之斑枝花，雲南阿迷州有之，嶺南尤多。汪廣洋有《斑枝花曲》。

詩話補遺序

鄉先生升庵太史寓滇之日，杜門却掃，以文史自娱。著書凡十數種，流播海内，金桴玉屑，人亟珍藏。點翰之暇，復述綴《詩話》，以裨詞林之缺。三筆業已鍥棗，奇且富矣。兹《補遺》三卷，乃公門人晉陽曹壽甫詮次成帙，請于嚴君東崖郡公，授梓以傳。公掌合篆，卧而治之，雅尚文事，寔以有餘力也。先是升庵先生貽書不肖，俾引簡端，顧謭陋何能贊一辭，聊質疑於先生焉爾。叙曰：嚴滄浪氏云「詩有别材，非關書；别趣，非關理」，若然則鑿空杜撰，可謂殊材；謬誕謔浪，亦云異趣。詩之要指，果如斯而已乎？今觀編内，粗舉一二，如「天闕」、「偃曝」之訂正，「石蚨」、「卸亭」之考索，其於古昔作者取材寄興之端委，掇菁鈎玄，殆同堂接席而面與契勘也。嗚呼！杜紫微不識龍星，房叔遠能喻湖目。放翁《沈園》之詠，誠齋《無題》之什，非發揮於後村，二詩之意幾晦。然則詩材、詩趣，果在書與理外耶？陸士衡云：「傾群言之瀝液，漱六藝之芳潤。」此固太史公之餘事。嗟嗟小子，讀書滅裂不見目睫者，迹公之融神簡編，其精密該綜若此，將無愧汗浹背耶！藝苑君子三餘披覽，獲益良多，知不啻如乾腥之非炰非炙，聊甘衆口而已。

嘉靖丙辰夏，蜀東緱嶺山人王嘉賓序。

詩話補遺卷一

升庵楊慎著
門生曹命編校

浮渲梳頭

《本事詩》載劉禹錫《杜司空席上贈妓》詩云：「浮渲梳頭宫様妝，春風一曲杜韋娘。」今本「浮渲梳頭」作「高鬟雲鬟」，又以爲韋應物詩者，誤也。蓋韋與劉皆嘗爲蘇州刺史，是以傳疑。「浮渲」字妙，畫家以墨飾美人鬟髮，謂之渲染。渲，音眩。

險譚句

吴均詩「秋風瀧白水，雁足印黄沙」，爲沈約所笑。唐人以此類爲險譚句，傳奇詩多有之。沈青箱「夜月琉璃水，春風卵色天」是也。韓退之「水作青羅帶，山如碧玉篸」，杜牧詩「錢塘鸚鵡緑，吴岫鷓鴣斑」，東坡詩「山爲翠浪涌，水作玉虹流」，大家亦時有之也。

洞宮

《仙傳》：燕昭王得洞光之珠以飾宮，王母三降其地，名曰洞宮。劉滄有《宿洞宮》詩：「沐髮清齋宿洞宮。」又唐人稱道院曰洞宮，楊巨源詩：「洞宮曾向龍邊宿，雲徑應從鳥外還。」

燭剪詩

元武伯英詠燭剪詩：「啼殘瘦玉蘭心吐，蹴落春紅燕尾香。」爲一時所賞。國朝古廉李公時勉詠剪刀詩：「吴綾剪處魚吞浪，蜀錦裁時燕掠霞。深院響傳春晝静，小樓工罷夕陽斜。」公之直節清聲，而詩嫵媚如此，信乎賦梅花者不獨宋廣平也。

雯華

金國仙人王予可詩詞多用雯華字，見《中州集》。元好問詩「剥裂雯華漬月秋」，又《寶宫寺》聯云「七重寶樹圍金界，十色雯華擁畫梁」，雯，雲文也。又石文似雲，亦曰雯華。古《三墳書》：「日雲赤曇，月雲素雯。」劉因《登寺閣》詩：「雯華寶樹忽當眼。」

摯虞論詩賦四過

假象太過，則與類相遠。命辭過壯，則與事相違。辨言過理，則與義相失。麗靡過美，則與情相悖。

黄雲

《春秋運斗樞》曰：「黄雲四合，女訛驚邦。」《感精符》曰：「妻黨翔則黄雲入國。」妻黨翔，謂女謁盛也。《淮南子》曰：「黄天之氣，上爲黄雲，下爲黄埃。」江淹詩：「河洲多沙塵，風吹黄雲起。」李太白詩：「黄雲城南烏欲栖。」補《文選》注之未備。

欒些城

《唐書》：驃國之地，南盡濱海，即今滇海。北通南詔欒些城，東北距陽苴咩城六千八百里〔二〕。欒些，即杜詩所謂「和親邏逤城」是也。今作「摩些」，其字雖異，地一也，音一也。

〔二〕「北」，原本作「壯」，又「里」字原本闕，據嘉靖本《秇林伐山》卷三「欒些城」改補。

無名氏六言詩 或云李季章作。

蔣凝賦止四韻，邠老詩無全章。丫頭花鈿滿面，不及徐妃半妝。

塞北江南

杜氏《通典》論涼州云：「地勢之險，可以自保於一隅；財富之殷，可以無求於中國。故五涼相繼與五胡角立，中州人士避難者多往依之。蓋其風土之可樂如此。唐韋蟾詩曰：「賀蘭山下果園成，塞北江南舊有名。」稱其爲塞北之江南以此。

漢古詩逸句

庭中有奇樹，上有悲鳴蟬。
泛泛江漢萍，飄蕩永無根。
青青陵中草，傾葉晞朝日。陽春被惠澤，枝葉可攬結。
餓狼食不多，飢豹食有餘。
胡蝶遊西園，暮宿桑樹間。

天霜木葉下，鴻雁當南飛。古詩四十餘首，《文選》收其十九首，今其遺句見於類書多有之，聊録其一二。斷珪缺璧，猶勝瓦礫如山也。

人遠精魂近，寤寐夢容光。無名氏。

初秋北風至，吹我章華臺。浮雲多暮色，似從崦嵫來。同上。

石上生菖蒲，一寸八九節。仙人勸我餐，令人好顏色。同上。

羈縶繫世網，進退維準繩。江偉。

去婦不顧門，萎韭不入園。諸葛孔明。

探懷授所歡，願醉不顧身。王仲宣。

皎月垂素光，玄雲爲髣髴。劉公幹。

玄景如映璧，繁星如散錦。庾闡。

金荆持作枕，紫荆持作床。古歌。

争先非吾事，静照在忘求。王右軍。

來若迅風散，逝如歸雲征。李充。

翕如翔雲會，忽若驚風散。棗腆。

遥看野樹短，遠望樵人細。虞騫。

黄鳥鳴相追，咬咬弄好音。古詩。
相思心既勞，相望脰亦悁。陸彦聲。
迅飆翼華蓋，飄飆若鴻飛。石崇。
玄清渺渺觀，浴景出東渟。仙詩。
逍遥玄津際，轡景落滄溟。上。

子書傳記語似詩者

美色不同面，悲音不共聲。《論衡》。
片玉可以琦，奚必待盈尺。《抱朴子》。
兩江珥其市，九橋帶其流。揚雄。
生無一日歡，死有萬世名。《列子》。
善御不忘馬，善射不忘弓。《韓詩外傳》。
文繡被臺榭，菽粟食鳧雁。《晏子》。
日日獻玉衣，旦旦進玉食。《列子》。
駿馬養外廄，美人充下陳。《戰國策》。

操行有常賢，仕宦無常遇。王充。

觸露不掐葵，日中不剪韭。古諺。

飛鳥號其群，鹿鳴求其友。《楚辭注》。

膏以肥自焫，翠以羽殃身。蘇秦。

薰以香自燒，膏以明自煎。陳留父老。

良將如收電，可見不可追。《抱朴子》。

高不絶山阜，跛羊升其顛。深不絶涓流，孺子浴其淵。《牟子》。

急行無善步，促柱少和聲。王充。

孔子辭廪丘，終不盗帶鈎。許由讓天下，終不利封侯。《淮南》。

高山尋雲霓，深谷肆無景。羊祜《疏》。

南遊罔㝗野，北息况墨鄉。《淮南》。

日回而月周，時不與人游。《淮南》。

百里不販樵，千里不販糴。古諺。

兩貴不可同，兩勢不可雙。《説苑》。

女愛不敝席，男歡不盡輪。《鬼谷子》。

御馬不釋策，操弓不反檠。《家語》。
鵲巢知風起，獺穴知水生。《韓詩外傳》。
豐屋知名家，喬木知舊都。《吕覽》。
井水無大魚，新林無長木。上。
餓狼守庖厨，飢虎牧牢豚。仲長統《昌言》。
代馬依北風，越鳥翔故巢。《吴越春秋》。
荆土不貴玉，鮫人不貴珠。《韓詩外傳》。
蠹蝝仆柱梁，蚊芒走牛羊。《新序》。
青崖若點黛，素湍如委練。羅含《湘中記》。
白沙如霜雪，赤岸若朝霞。上。
洞庭對岳陽，修眉鑒明鏡。上。
神丘有火穴，光景照千里。崑崙有弱水，鴻毛不能起。《玄中記》。
日南有野女，群行不見夫。其狀皛且白，裸袒無衣襦。唐蒙《博物記》。
螻蛄鳴于朝，寒螿鳴于夕。《風土記》秋日。
蠅成市於朝，蚊成市於夕。夏。

煦氣成虹霓，揮袖起風塵。劉邵《趙都賦》。
不寶咫尺玉，而愛寸陰旬。《司馬法》。
鼓聲不過閶，柝聲不過閬。上。
鐸以聲自毁，膏以明自鑠。《淮南》。
大江如索帶，舟船如鳬雁。《郡國志》。
跣跗被商舄，重譯吟詩書。王充。
醴泉有故源，嘉禾有舊根。
白璧不可爲，容容多後福。《左雄傳》。
仲尼長東魯，大禹出西羌。《晉書·戴叔鸞傳》。
明月不妄映，蘭葩豈虚鮮。郭璞。
新霽青陽升，天光入隙中。佛經。
日從濛汜出，照樹初無影。上。
隴坂縈九曲，不知高幾里。《三秦記》。
高樹翳朝雲，文禽蔽緑水。應璩。
平流鼓怒浪，静樹振驚飆。《尚書正義序》。

搖木不生危，松柏不處卑。《國語》。

遁關不可復[二]，亡犴不可再。《淮南》。

一淵不兩蛟。《淮南》。

兩雄不並栖。《三國志》。

海魚空鳥

「大海從魚躍，長空任鳥飛」，唐荆州陟屺寺僧玄覽詩也。朱文公嘗書之，且跋之曰：「大丈夫處世，不可無此氣象！」蓋亦取之。玄覽齋壁有張璪畫松，符載讚之，衛象詩之，覽悉加堊焉，曰：「無事疥吾壁也。」異哉！此髡奴既能知魚鳥任其飛躍，又何必介意於三才子之筆乎？

顛當

顛當窩深如蚓穴，網絲其中，土蓋與地平，大如榆莢。常仰桿其蓋，伺蠅蠖過，輒翻蓋捕之，纔入復閉，與地一色，並無絲障可尋也。《爾雅》謂之王蛈蝪，《鬼谷子》謂之蛈母。秦中兒童戲

〔二〕「關」，原本作「閱」，據《四部叢刊》景鈔北宋本《淮南鴻烈解》卷十七、《秇林伐山》卷十七「子書傳記語似詩者」改。

曰：「顛當顛當牢守門，蠮螉寇汝無處奔。」范成大六言詩曰：「恐妨胡蝶同夢，笑倩顛當守門。」唐劉崇遠《金華子》云：「京師兒童以草臨此蟲穴呼之，謂之釣駱駝。須臾此蟲出穴。有明經劉寡辭曰：『此即《爾雅》王蛈蝪也。』時人服其博識。浙中謂之駝背蟲，其形酷似駱駝也。」蛈母，一作蛈鬼。

止觀之義

杜詩：「白首重聞止觀經。」佛經云：「止能捨樂，觀能離苦。」又云：「止能修心，能斷貪愛；觀能修慧，能斷無明。」止如定而後能静，觀則慮而後能得也。

晚唐絶倡

許渾《蓮塘》詩：「爲憶蓮塘秉燭遊，葉殘花敗尚維舟。烟開翠扇清風曉，水泛紅花白露秋。神女暫來雲易散，仙娥終去月難留。空懷遠道難持贈，醉倚西闌盡日愁。」此爲許《丁卯集》中第一詩，而選者不之取也。他如韋莊「昔年曾向五陵遊」一首、羅隱《梅花》「吴王醉處十餘里」一首、李郢《上裴晉公》「四朝憂國鬢成絲」一首，皆晚唐之絶倡，可與盛唐峥嶸，惟具眼者知之。

紫濛

慕容氏自云軒轅之後，徙於紫濛之野。《晉書》「慕容氏」贊曰：「紫濛徙構，玄塞分疆。角端偃月，步摇翻霜。乘危蝟起，怙險鴟張。守以不德，終致餘殃。」宋人送虜使詩云：「風急紫濛催玉勒，日長青瑣聽薰絃。」正用此事。

銅缸曉缸

器物款識有「王氏銅缸燭錠」。缸與「釭」同，如漢賦「金釭銜璧〔一〕」、唐詩「銀釭斜背解明璫」之類也。李賀詩「飛燕上簾鉤，曉缸屏中碧」，亦謂貴人晏眠而曉燈猶在缸也。

瓠蘆河苜蓿峰

岑參《塞上》詩：「苜蓿烽邊逢立春，瓠蘆河上淚沾巾。」《西域記》云：「塞外無驛郵，往往以烽代驛。玉門關外有五烽，苜蓿烽其一也。」又云：「瓠蘆河下廣上狹，洄波甚急，深不可渡。」

〔一〕「銜璧」，原本作「街璧」，據《六臣注文選》卷一《西都賦》改。

上置玉門關，即西境之咽喉也。」

金人詠物詩

《中州集》：金羽士王予可《詠西瓜》云：「一片冷沉潭底月，半彎斜捲隴頭雲。」孫鐸《詠玉簪花》云：「披拂西風如有待，徘徊凉月更多情。」鄭子聃《詠酴醿》詩云：「玉斧無人解羞月，珠裙有意欲留仙。」皆極體物之工。

六朝七言律 其體不純。〔一〕

「蝶黄花紫燕相追，楊低柳合路塵飛。已見垂鈎掛緑樹，誠知淇水沾羅衣。兩童夾車問不已，五馬城南猶未歸。鶯啼春欲駛，無爲空掩扉。」右梁簡文《春情曲》，後二句又作五言也。

「長安城中秋夜長，佳人錦石擣流黄。香杵紋砧知近遠，傳聲遞響何凄凉。七夕長河爛，中秋明月光。蠮螉塞邊絶候雁，鴛央樓上望天狼。」右後魏温子昇《擣衣》，第五、六句又作五言。

「文窗玳瑁影嬋娟，香帷翡翠出神仙。促柱默脣鶯欲語，調弦繫爪雁相連。秦聲本自楊家

〔一〕《升庵外集》卷七十録此條，「其體不純」作大字，下有小字「寄張禺山」。

解，吴歈那知謝傅憐。衹愁芳夜促，蘭膏無那煎。」右陳後主《聽箏》，後二句五言。「舊知山裏絶氛埃，登高日暮心悠哉。子平一去何時返，仲叔長遊遂不來。幽蘭獨夜清琴曲，桂樹凌雲濁酒杯。槁項同枯木，丹心等死灰。」右隋王無功《北山》，後二句五言。〔二〕

薰風啜茗

杜子美《何將軍出莊》詩「薰風啜茗時」，今本作「春風」，非。此詩十首皆一時作，其曰「千章夏木清」，又曰「紅綻雨肥梅」，皆夏景，可證。

米元章

米元章之書法，人皆知之；其詩律之妙，人或不盡知也。予愛其《望海樓》一詩云：「雲間鐵瓮近青天，縹渺飛樓百尺連。三峽江聲流筆底，六朝帆影落樽前。幾番畫角催殘日，無事滄洲起白烟。忽憶賞心何處是，春風秋月兩茫然。」又《詠潮》云：「怒氣號聲迸海門，州人傳是子胥魂。天排雲陣千家吼，地擁銀山萬馬奔。勢與月輪齊朔望，信如壺漏報朝昏。吴王越霸成何

〔二〕《升庵外集》卷七十此條末增「此四首聲調相類，七言詩之濫觴也。往年欲選七言律爲一集，而以此先之，老倦不能，聊書以呈一覽」數句。

事，一唱漁歌過遠村。」又《垂虹亭》一絶云：「斷雲一葉洞庭帆，玉破鱸魚霜破柑。好作新詩繼桑苧，垂虹秋色滿東南。」

南浦詩

寇準《南浦》：「春風入垂楊，烟波漲南浦。落日動離魂，江花泣微雨。」妙處不減唐人。

杜公引泉詩

杜工部《補稻畦水》詩云：「芊芊炯翠羽，剡剡生銀漢。鷗鳥鏡裏來，關山雲邊看。秋菰成黑米，精鑿傳白粲[二]。玉粒足晨炊，紅鮮任霞散。」陸龜蒙《引泉詩》：「曾聞瑶池溜，亦灌朱草田。皛伯弄翠蕊，鸞雛舞丹烟。凌風捩桂舵，隔霧馳犀船。」二詩曲盡農田之景，然而詞語且宕落。[三]

《燕子》詩「穿花落水益沾巾」，范德機：「善本作『帖水』。」「一笑正墜雙飛翼」，黄山谷云：「一笑俗作一箭，非。」「紛紛戲蝶過閑幔」，張文潛本作「開幔」。

[二]「粲」，原本作「餐」，據《四部叢刊》景宋刊本《分門集注杜工部詩》卷七改。

[三]《升庵外集》卷七十四録此條，題作「補稻畦水詩」。

東丹王千角鹿圖

遼太祖阿保機二子，長曰突欲，《遼史》名倍。次曰堯骨。後改名德光。唐明宗天成元年丙戌，遼主滅渤海，渤海，北海之地，今哈密、扶餘也。中國之滄州、景州名渤海者，蓋僑稱以張休盛。改爲東丹國，以倍爲東丹王。其後述律后立次子德光，東丹王曰：「我其危哉！不如適他國，以成泰伯之名。」遂立石海上，刻詩曰：「小山壓大山，大山全無力。羞見故鄉人，從此投外國。」遂越海歸中國，唐明宗長興六年也。明宗賜與甚厚，賜姓李，名贊華。以莊宗妃夏氏妻之，拜懷化軍節度使。東丹王有文才，博古今〔二〕，其泛海歸華，載書數千卷。尤好畫，世傳東丹王《千角鹿圖》，李伯時臨之，董北苑有跋，《宣和畫譜》列其目焉。東丹王事頗大，《遼志》及《宣和畫譜》董逌畫跋、陳桱《通鑑續編》梓之，以便覽考。

竹香

杜子美《竹》詩：「雨洗娟娟浄，風吹細細香。」李長吉《新笋》詩：「斫取青光寫楚詞，膩香春粉黑離離。」又《昌谷》詩：「竹香滿凄寂，粉節塗生翠。」竹亦有香，細嗅之乃知。

〔二〕「古」，原本脱，據《秋林伐山》卷十八「東丹王千角鹿圖」補。

屠蘇爲草名

周王褒詩：「飛（甍）［甍］彫翡翠，繡桷畫屠蘇。」屠蘇，本草名，畫于屋上，因草名以名屋。杜詩云：「願隨金騕褭，走置錦屠蘇。」此「屠蘇」屋名也。後人又借屋名以名酒，元日屠蘇酒是也〔二〕。又大帽形類屋，亦名屠蘇，《南史》謡云「屠蘇障日覆兩耳」是也。

虞世南織錦曲

「寒閨織素錦，含怨歛雙蛾。綜新交縷澀，經脆斷絲多。衣香逐舉袖，釧動應鳴梭。還恐裁縫罷，無信往交河。」此虞世南《織錦曲》也，分明是一幅織錦圖。綜，音縱；經，音逕。非深知織作者，不知此二句之妙。

王筠詠邊衣

王筠詠征婦裁衣《行路難》，其略云：「裲襠雙心共一抹，袙腹兩邊作八撮。襻帶雖安不忍

〔二〕「日」，原本作「是」，據《秇林伐山》卷九「屠蘇爲草名」、明萬曆二十三年刻本《山堂肆考補遺》卷四四改。

縫〔二〕，開孔纔穿猶未達。胸前却月兩相連，本照君心不照天。」數句叙裁衣曲折，纖微如出縫婦之口，詩至此可謂細密矣！

甄皇后塘上行

「蒲生我池中，緑葉何離離。豈無蒹葭艾，與君生別離。念君去我時，獨愁常苦悲。相見君顔色，感結傷心脾。念君常苦悲，夜夜不能寐。莫以豪賢故，棄捐素所愛。莫以魚肉賤，棄捐葱與薤。莫以麻枲賤，棄捐菅與蒯。倍恩者苦枯，蹶船常苦没。教君安息定，慎莫致倉卒。與君一別離，何時復相對？出亦復苦愁，入亦復苦愁。邊地多悲風，樹木何㮴㮴。從君致獨樂，延年壽千秋。」○此詩《樂府》亦載而詳略不同，然詞義之善，無如此録之完美，故書於此。○「蹶船常苦没」，黄河中行舟常有此患，俗云「著淺」。《説文》：「艘，船著沙不行也。」《尚書大傳》云：「三艘，國名。」亦在黄河側。甄后此句，正北方之語，特表出之。○㮴音颼，古本《楚辭》「風颯颯兮木㮴㮴」，今本作「蕭」，而音亦叶颼，故此詩亦作「蕭蕭」，又作「脩脩」，總不若「㮴㮴」字之古也。○甄后，中山無極人，爲文帝后，其後爲郭貴嬪譖，賜死，臨終作此詩。魏明帝初爲王時，

〔二〕「襻」，原本作「襷」，據《秇林伐山》卷十八「王筠詠邊衣」、《四部叢刊》景明活字本《玉臺新咏》卷九《行路難》改。

納虞氏爲妃，及即位，毛氏有寵而黜虞氏。卞太后慰勉之，虞氏曰：「曹氏自好立賤，未有能以令終，殆必由此亡國矣。」其後郭夫人有寵，毛后愛弛，亦賜死。魏之兩世家法如此，虞氏亡國之言良是。詩可以觀，不獨《三百篇》也。○元人傳奇以明帝爲「跳槽」，俗語本此。

柳花香

李太白詩：「風吹柳花滿店香。」温庭筠《詠柳》詩：「香隨静婉歌塵起，影伴嬌嬈舞袖垂。」傳奇詩：「莫唱踏春陽，令人離腸結。郎行久不歸，柳自飄香雪。」其實柳花亦有微香，詩人之言非誣也。[一]

隋後主詩

隋後主越王侗《楊叛兒歌》曰：「青春正陽月，結伴戲京華。龍媒玉珂馬，鳳軫繡香車。水映臨橋柳，風吹夾路花。日昏歡宴罷，相將歸狹斜。」越王嗣位，史稱其眉目如畫，温厚仁愛，風

[一]《升庵外集》卷七十三録此條，末增雙行小字「李又有『瑶臺雪花數千點，片片吹落春風香』之句」。

格儼然。後爲王世充所弒〔一〕，臨命禮佛曰：「願自今以往，不復生帝王家。」噫，亦可憐矣！觀其辭藻如此，若不生帝王家，豈不爲文人學士邪？○隋越王謚恭帝，李淵立代王侑，亦謚恭帝。二主同謚，蓋東西不相聞也。

香雲香雨

雨未常有香也，而李賀詩「衣微香雨青氛氳」，元微之詩「雨香雲淡覺微和」。雲未嘗有香，而盧象詩云「雲氣香流水」。

詠王安石

劉文靖公因《書事》絶句云：「當年一綫魏瓠穿，直到横流破國年。草滿金陵誰種下，天津橋上聽啼鵑。」宋子虚詠王安石亦云：「投老歸耕白下田，青苗猶未罷民錢。半山春色多桃李，無奈花飛怨杜鵑。」二詩皆言宋祚之亡由於安石，而含蓄不露，可謂詩史矣。

〔一〕「世」，原本脱，據《秋林伐山》卷十八「隋後主詩」補。

宋子虛詠史

宋子虛詠史凡三百餘首，其佳者如詠甘羅云：「函谷關中富列侯，黄童亦僭上卿謀。當年園綺猶年少，甘隱商山到白頭。」詠緑珠云：「紅粉捐軀爲主家，明珠一斛委泥沙。年年金谷園中燕，銜取香泥葬落花。」詠張果云：「滄溟幾度見揚塵，曾醉堯家丙子春。近日喜無天使至，蹇驢留得載閑身。」《徐佐卿化鶴》云：「化作遼東羽翼回，適逢沙苑獵弦開。寧知萬里青城客，直待他年箭主來。」詠陸贄云：「詔下山東感泣來，謫歸門巷鎖蒼苔。奉天以後誰持筆，不用當時陸九才。」詠宋宫人王婉容云：「貞烈那堪黠虜求，玉顔甘没塞垣秋。孤墳若是鄰青冢，地下昭君見亦羞。」王婉容隨徽、欽北去，粘罕見之，求爲子婦，婉容自刎車中，虜人葬之道旁。可謂英烈矣！

含笑花謎

施宜生《含笑花》詩：「百步清香透玉肌，滿堂皓齒轉明眉。褰帷跛客相迎處，射雉春風得意時。」

九字梅花詩

元天目山釋明本中峰有九字梅花詩云：「昨夜西風吹折千林稍，渡口小艇滚入沙灘泑。野樹古梅獨卧寒屋角，疏影横斜暗上書窗敲。半枯半活幾個擫蓓蕾，欲開未開數點含香苞。縱使畫工奇妙也縮手，我愛清香故把新詩嘲。」池南唐文薦錡謂余曰〔一〕：「此詩不佳。影不可言敲，又後四句有齋飯酸餡氣。」屬予作一首。乃口占云：「玄冬小春十月微陽回，緑萼梅蕊早傍南枝開。折贈未寄陸凱隴頭去，相思忽到盧仝窗下來。歌殘水調沉珠明月浦，舞破山香碎玉凌風臺。錯恨高楼三弄叫雲笛，無奈二十四番花信催。」近觀盧贊元《酴醿花》詩云：「天將花王國艷殿春色，酴醿洗妝素頰相追陪。絶勝濃英綴枝不韻李，堪友横斜照水攙先梅。瑶池董雙成浴香肌露，竹林嵇叔夜醉玉山頹。風流何事不入錦囊句，清和天氣直挽青陽回。」亦九字律也。詩亦有思致，以李花爲不韻，甚切體物，前人亦未道破者。

〔一〕「文」，疑爲「元」字之誤。

張旭詩

張旭以能書名，世人罕見其詩。近日吴中人有收其《春草帖》一詩，陸子淵爲余誦之，所謂「春草青青萬里餘，邊城落日見離居。情知海上三年别，不寄雲間一紙書」也。可謂絶倡。余又見崔鴻臚所藏有旭書石刻三詩，其一《桃花磯》云：「隱隱飛橋隔野烟，石磯西畔問漁船。桃花盡日隨流水，洞在清溪何處邊？」其二《山行留客》云：「山光物態弄春暉，莫爲輕陰便擬歸。縱使晴明無雨色，入雲深處亦霑衣。」其三《春遊值雨》云：「欲尋軒檻倒清樽，江上烟雲向晚昏。須倩東風吹散雨，明朝却待入華園。」字畫奇怪，擺雲捩風，而詩亦清逸可愛。好事者模爲四卷懸之。〔一〕

陳文惠公詩

陳文惠公堯佐《吴江》詩云：「平波渺渺烟蒼蒼，菰蒲纔熟楊柳黄。扁舟繫岸不忍去，西風斜日鱸魚鄉。」後人於其地立鱸魚鄉亭，和者百餘人，皆不及也。噫，此詩尚敢和耶！又《碧瀾

〔一〕《升庵外集》録此條，末增「《春草》一首真迹，藏江南人家」一句。

堂》詩云：「苕溪清淺霅溪斜，碧玉光寒一萬家。誰向月明中夜聽，洞庭漁笛隔蘆花。」二詩曲盡東南之景，後之作者殆無復措手。

宋人絶句

宋詩信不及唐，然其中豈無可匹休者？在選者之眼力耳。如蘇舜欽《吴江》詩：「月從洞庭來，光映寒湖凸。」「四顧無纖塵，魚躍明鏡裂。」王半山《雨》詩云：「山中十日雨，雨晴門始開。坐看蒼苔紋，欲上人衣來。」孔文仲《早行》云：「客行謂已旦，出視見落月。瘦馬入荒陂，霜花重如雪。」崔鶠《春日》云：「落日不可盡，丹林紫谷開。明明遠色裹，歷歷暝鴉回。」寇平仲《南浦》云：「春風入垂楊，烟波漲南浦。落日動離魂，江花泣微雨。」郭公甫《水車嶺》云：「千丈水車嶺，懸空九叠屏。北風來不斷，六月亦生冰。」蘇子由《中秋夕》云：「巧轉上人衣，徐行度樓角。河漢冷無雲，冥冥獨飛鵲。」《旅行》云：「猿狖號枯木，魚龍泣夜潭。行人已天北，思婦隔江南。」朱文公《雨》詩云：「孤燈耿寒焰，照此一窗幽。卧聽檐前雨，浪浪殊未休。」張南軒《題南城》云：「坡頭望西山，秋意已如許。雲影度江來，霏霏半空雨。」《東渚》云：「團團凌風桂，宛在水之東。月色穿林影，却下碧波中。」《麗澤》云：「長吟伐木詩，佇立以望子。日暮飛鳥歸，門前長春水。」《西嶼》云：「繫舟西岸邊，幅巾自來去。島嶼花木深，蟬鳴不知處。」《采菱舟》云：「散策下舸亭，水清魚可數。却上采菱舟，乘風過南浦。」五詩有王維《輞川》遺意，誰謂宋無詩乎？

子由四絶句

蘇子由《題李龍眠山莊圖》四絶句，其一《瓔珞巖》云：「泉流逢石缺，脉散成寶網。水神瓔珞看，山是如來想。」其二《雨花巖》云：「巖花不可攀〔二〕，翔蕊久未墮。忽墜幽人前，知子觀空坐。」其三《玉龍潭》云：「白龍晝飲潭，修尾掛石壁。幽人欲下看，雨雹晴相射。」其四《陳彭漈》云：「蒼壁立積鐵，懸泉瀉天紳。山行見已久，指與未來人。」此四詩，奇景奇句，可誦可想，放翁謂子由詩勝子瞻，亦有見也。〔三〕○漈，閩中水名，鄭樵號「夾漈」可證。

絶句四句皆對

絶句四句皆對，杜工部「兩個黄鸝」一首是也，然不相聯屬，即是律中四句也。唐絶萬首，惟韋蘇州「踏閣攀林恨不同」及劉長卿「寂寂孤鶯啼杏園」二首絶妙，蓋字句雖對而意則一貫也。

〔二〕「攀」，原本作「舉」，據《秋林伐山》卷十八「蘇子由四絶句」、《四部叢刊》景明嘉靖蜀藩活字本《欒城集》卷十六《題李公麟山莊圖二十首》其十二改。

〔三〕此句《太史升庵文集》卷五十六「蘇子由四絶句」改作「此四詩泉既奇，詩亦稱，何異王右丞」。

其餘如李嶠《送司馬承禎還山》云："蓬閣桃源兩地分，人間海上不相聞。一朝琴裏悲黄鶴，何日山頭望白雲。"柳中庸《征人怨》云："歲歲金河復玉關，朝朝馬策與刀鐶。三春白雪歸青冢，萬里黄河繞黑山。"周朴《邊塞曲》云："一隊風來一隊沙，有人行處没人家。黄河九曲冰先合，紫塞三春不見花。"亦其次也。

蓮花詩

張文潛《蓮花》："平池碧玉秋波瑩，緑雲擁扇青摇柄。水宫仙子鬥紅妝，輕步凌波踏明鏡。"杜衍《雨中荷花》詩："翠蓋佳人臨水立，檀粉不匀香汗濕。一陣風來碧浪翻，真珠零落難收拾。"此二詩絶妙。又劉美中《夜度娘歌》："菱花炯炯垂鸞結，爛學宫妝匀膩雪。風吹凉鬢影蕭蕭，一林疏雲對斜月。"寇平仲《江南曲》："烟波渺渺一千里，白蘋香散東風起。惆悵汀洲日暮時，柔情不斷如春水。"亡友何仲默嘗言："宋人書不必收，宋人詩不必觀。"余一日書此四詩，訊之曰："此何人詩？"答曰："唐詩也。"余笑曰："此乃吾子所不觀宋人之詩也。"仲默沉吟久之，曰："細看亦不佳。"可謂崛强矣！

唐彦謙詩

唐彦謙絶句詩用事隱僻而諷諭悠遠，似李義山。如《奏捷西蜀題沱江驛》云：「野客乘軺非所宜，况將儒服報戎機。錦江不識臨邛酒，幸免相如渴病歸。」即李義山「相如未是真消渴，猶放沱江過錦城」之意也。其餘如《登興元城觀烽火》云：「漢川城上角三呼，護蹕防邊列萬夫。褒姒冢前烽火起，不知泉下破顔無？」《鄧艾廟》云：「昭烈遺黎死尚羞，揮刀斫石恨譙周。如何千載留遺廟，血食巴山伴武侯？」此即唐人題吴中范蠡廟云「千年宗國無窮恨，只合江邊祀子胥」之句也。《漢殿》云：「鳥去雲飛意不通，夜壇斜月轉桐風。君王寂慮無消息，却就真人覓鉅公。」首首有醖藉，堪吟詠，比之貫休、胡曾輩天壤矣！考其世，蓋僖宗時人也。

洪容齋唐人絶句

洪容齋集録唐人絶句五十餘卷，詩近萬首。然余觀之，猶有不盡，隨即書於簡端二十餘首。近又得二首，其一無名氏《詠姑蘇臺》云：「無端春色上蘇臺，鬱鬱芊芊草不開。無風自偃君知否，西子裙裾拂過來。」其二柳公綽《題梓州牛頭寺》云：「一出西城第二橋，兩邊山木晚蕭蕭。井花净洗行人耳，留聽溪聲入夜潮。」

詩話補遺卷二

升庵楊慎著
門生曹命編校

王建宫詞

王建《宫詞》一百首，至宋南渡後失去七首，好事者妄取唐人絶句補入之。「淚盡羅巾夢不成」，白樂天詩也；「鴛鴦瓦上忽然聲」，花蕊夫人詩也；「寳仗平明金殿開」，王少伯詩也；「日晚長秋簾外報」，又「日映西陵松柏枝」，二首乃樂府《銅雀臺》詩也；「銀燭秋光冷畫屏」及「閑吹玉殿昭華管」二首，杜牧之詩也。余在滇南見一古本，七首特全，今録于左。

「忽地金輿向月陂，内人接著便相隨。却回龍武軍前過，當殿教看卧鴨兒。」唐著作佐郎崔令欽《教坊記》云：「左右兩教坊，左多善歌，右多工舞。外有水泊，俗號月陂，形如月也。」又云：「妓女入宜春苑，謂之内人，亦曰前頭人，言常在駕前也。其家在教坊，四季給米，得幸者謂之十家。」

「畫作天河刻作牛，玉梭金鑷采橋頭。每年宫女穿針夜，敕賜新恩乞巧樓。」

「春來懶困不梳頭，懶逐君王苑北遊。暫向玉階花上立，簸錢贏得兩三籌。」
「彈棋玉指兩參差，背局臨虛鬥著危。先打角頭紅子落，上三金子半邊垂。」
「宛轉黄金白柄長，青荷葉子畫鴛鴦。把來不是呈新樣，欲進微風到御床。」
「供御香方加減頻，水沉山麝每回新。内中不許相傳出，已被醫家寫與人。」
「藥童食後進雲漿，高殿無風扇小凉。每到日中重掠鬢，衩衣騎馬繞宮廊。」

艛艕

艛艕，小船名，音摟構，見《吕蒙傳》。白樂天詩「兩片紅旗數聲鼓，使君艛艓上巴東」，又「篳篂州乘送，艛艓驛船迎」，又「還乘小艛艓，却到古湓城」，「艓」當作「艕」，字之誤也。

吴二娘

吴二娘，杭州名妓也。有《長相思》一詞云：「深花枝，淺花枝，深淺花枝相間時。花枝難似伊。巫山高，巫山低，暮雨瀟瀟郎不歸。空房獨守時。」白樂天詩「吴娘暮雨瀟瀟曲，自别江南久不聞」，又「夜舞吴娘袖，春歌蠻子詞」，自注：「吴二娘歌詞有『暮雨瀟瀟郎不歸』之句。」今《絶妙詞選》以此爲白樂天詞，誤矣。吴二娘亦杜公之黄四娘也，聊表出之。

謝自然升仙

謝自然女仙白日飛昇，當時盛傳其事至長安，韓昌黎作《謝自然詩》，紀其迹甚著，蓋亦得於傳聞也。予近見唐詩人劉商集，有《謝自然却還舊居》一詩云：「仙侣招邀自有期，九天升降五雲隨。不知辭罷虚皇日，更向人間住幾時。」觀此詩，其事可知矣。蓋謝氏爲妖道士所惑，以幻術貿遷他所而淫之，久而厭之，又反舊居。觀商詩中所云「仙侣招邀」，意在言外。惜乎昌黎又不聞也！然則世之所謂女仙者，皆此類耳。

天闕象緯逼

杜工部《龍門奉先寺》詩：「天闕象緯逼。」或作「天閲」，殊爲牽强。（章）〔張〕表臣《詩話》據舊本作「天闚」，引《史記》「以管闚天」之語，其見卓矣。余又按：《文選》潘岳《秋興賦》「闚天文之秘奥」，注引陸賈《新語》「楚王作乾谿之臺闚天文」，杜子美熟精《文選》者也，其用「天闚」字正本此。况天文即象緯也，不但用其字，亦用其義矣。子美復生，必以余爲知言也！天闚，闚天也；雲卧，卧雲也。此倒字法也。言闚天則星河垂地，卧雲則空翠濕衣，見山中之殊於人境也。

石蛄卸亭

唐人《送元中丞江淮轉運》詩一首，王維、錢起集皆有之。其云：「去問珠官俗，來經石蛄春。東南卸亭上，莫使有風塵。」用事頗隱僻。石蛄，用《荀子》「紫蛄魚鹽」及《文選》「石蛄應節而揚葩」事也。卸亭，吴大帝駐輦所憩，後人建卸亭，在晉陵，庾信詩「卸亭一回望，風塵千里昏」是也。今刻本或改「石蛄」作「右却」，「卸亭」或改作「衍亭」，轉刻轉誤，漫一正之。

罨畫

畫家稱罨畫，雜彩色畫也。吴興有罨畫溪。然其字當用「罯」，罨乃魚網，非其訓也。張泌詩「罨岸春濤打船尾」，謂魚網遮岸也。此用字最得字義。左思《蜀都賦》：「罨翡翠，釣鰋鮋。」

王摩詰遺詩

王摩詰詩，今所傳僅六卷。如「輕陰閣小雨，深院晝慵開。坐看蒼苔色，欲上人衣來」一首，見於洪覺範《天厨禁臠》；「人家在仙掌，雲氣欲生衣」二句，見於董逌《畫跋》。而本集不載，則知其詩遺落多矣。

洛陽花雪

何遜與范雲聯句詩云：「洛陽城東西，却作經年别。昔去雪如花，今來花似雪。」李商隱《送王校書分司》詩云：「多少分曹掌秘文，洛陽花雪夢隨君。定知何遜緣聯句，每到城東憶范雲。」又《漫成》一絶云：「不妨何范盡名家，未解當年重物華。遠把龍山千里雪，將來擬並洛陽花。」二詩皆用此事，若不究其源，不知爲何説也。

麗人行逸句

松江陸三汀深語予：「杜詩《麗人行》，古本『珠壓腰衱穩稱身』下有『足下何所著，紅渠羅韈穿鐙銀』二句，今本無之。」淮南蔡衡仲昂聞之，擊節曰：「非惟樂府鼓吹，兼是周昉美人畫譜也！」

劉須溪

盧陵劉辰翁會孟，號須溪。於唐人諸詩集及李、杜、蘇、黄大家皆有批點，又有批評《三子口義》及《世説新語》，士林服其賞鑒之精博，然不知其節行之高也。余見元人張孟浩贈須溪詩云：「首陽餓夫甘一死，叩馬何曾罪辛巳。淵明頭上漉酒巾，義熙以後爲全人。」蓋宋亡之後，劉公竟不出仕也。噫，是與伯夷、陶潛何異哉！須溪私印，古篆「三代人物」四字，自許良不爲過。張孟浩蓋亦同時合志者。他如閩中之謝皋羽、徽州之胡餘學、慈溪之黄東發，自以中國遺人，不屈夷狄者，不知其幾。宋朝待士之厚，其效可驗矣！

元朝番書

元朝主中國日，用羊皮寫詔，謂之羊皮聖旨，其字用蒙古書，中國人亦習之。張孟浩詩云〔二〕：「鴻濛再剖一天地，書契復見科斗文。」張光弼《輦下曲》云：「和寧沙中撲遬筆，史臣以代鉛槧事。百司譯寫高昌書，龍蛇復見古文字。」侏儢犬羊之俗，而以科斗龍蛇稱之，蓋《春秋》多微辭之義也。

唐舞妓著靴

舒元輿詠妓女從良詩云：「湘江舞罷却成悲，便脱蠻靴出鳳幃。誰是蔡邕琴酒客，曹公懷

〔二〕「浩」，原本脱，據《丹鉛總録》卷十五「元朝詔書」補。

舊嫁文姬。」可考唐世妓女舞飾也。按《説文》：「鞮，四夷舞人所著屨也。」《周禮》有鞮鞻氏，亦是四夷之舞。今之樂部舞妝皆出四夷，唐人舞妓皆著靴，猶有此意。盧肇《柘枝舞賦》：「靴瑞錦以雲匝，袍蹙金而雁欵。」樂府歌：「錦靴玉帶舞回雲。」杜牧之贈妓詩曰：「舞靴應任傍人看，笑臉還須待我開。」黄山谷贈妓詞云：「風流太守，能籠翠羽，宜醉金釵。且留取垂楊，掩映庭階。直待朱輪去後，便從伊，窄襪弓鞋。」則汴宋猶似唐制。至南渡後〔一〕，妓女窄襪弓鞋，如良人矣。故當時有「蘇州頭，杭州脚」之諺云。「鑾靴」，一本作「鸞靴」。盧肇賦，一本云「靴瑞錦以鸞匝，袍蹙金而雁欵」，以「鸞」對「雁」，當是。併識於此。

評李杜

楊誠齋云：「李太白之詩，列子之御風也。杜少陵之詩，靈均之乘桂舟、駕玉車也。無待者，神於詩者與？有待而未嘗有待者，聖於詩者與？宋則東坡似太白，山谷似少陵。」徐仲車云：「太白之詩，神鷹瞥漢；少陵之詩，駿馬絶塵。」二公之評意同，而語亦相近。余謂太白詩，仙翁劍客之語；少陵詩，雅士騷人之詞。比之文，太白則《史記》，少陵則《漢書》也。

〔一〕「後」，原本作「頭」，據《太史升庵文集》卷五十九「舞妓著靴」改。

華不注

《左傳》成公二年，晉郤克戰於鞌，「齊師敗績，逐之，三周華不注」。相傳讀「不」字但作「卜」音。伏琛《齊記》引摯虞《畿服經》：「不」音「跗」，如《詩》「蕚不韡韡」之「不」，謂花蔕也，言此山孤秀如華跗之注於水。其説甚異而有徵。又按《水經注》云：「華不注山，單椒秀澤，孤峰刺天，青崖翠發，望同點黛。」《九域志》云：「大明湖望華不注山，如在水中。」李太白詩：「昔我遊齊都，登華不注峰。兹山何峻秀，綵翠如芙蓉。」比之芙蓉，蓋因「華不」之名也。以數説互證之，伏氏音「不」爲「跗」，信矣。

杜詩步檐字

杜子美詩：「步檐倚杖看牛斗。」「檐」，古「簷」字。《楚辭・大招》：「曲屋步櫩。」注：「曲屋，周閣也。步櫩，長砌也。」司馬相如賦：「步櫩周流，長途中宿。」「櫩」亦古「簷」字也。又梁陸倕《鍾山寺》詩〔二〕：「步檐時中宿，飛階或上征。」沈氏滿願詩：「步檐隨新月，挑燈惜落花。」

〔二〕「梁陸倕」，原本作「陸梁倕」，據《四部叢刊》景明本《廣弘明集》卷三十《奉和昭明太子鍾山解講》乙。

杜公蓋襲用其字。後人不知，妄改作「步蟾」。且前聯有「新月」字，而結句又云「步蟾」，複矣！況「步蟾」乃舉子坊牌字，杜公時寧有此惡字耶？甚矣，士俗不可不醫也！

天風海濤

趙汝愚詩：「江月不隨流水去，天風常送海濤來。」朱文公愛之，遂書「天風海濤」字於石。今人不知爲趙公詩也。

蘭廷瑞詩

滇中詩人蘭廷瑞，楊林人也。予過其家，訪其稿，僅得數十首。如《夏日》云：「終日憑闌對水鷗，園林長夏似深秋。槐龍細灑鵝黄雪，凉意蕭蕭風滿樓。」《冬夜》云：「枕上詩成喜不勝，起尋筆硯旋呼燈。銀瓶取盡梅花水，已被霜風凍作冰。」《題嫦娥奔月圖》曰：「竊藥私奔計已窮，藁砧應恨洞房空。當時射日弓猶在，何事無能近月中？」三詩皆可喜。

偃曝

孟浩然詩：「草堂時偃曝，蘭枻日周旋。」「偃曝」，謂偃卧曝背也，用《文選》王僧達「寒榮共偃曝」之句。今刻孟詩，不知其出處，改作「掩瀑」，可笑！而謬者猶曰：「詩刻必去注釋，從容咀嚼，真味自長。」此近日强作解事小兒之通弊也。蓋頤中有物，乃可言咀嚼而出真味；若空腸作雷鳴而强爲戛齒之狀，但垂飢涎耳，真味何由出哉！

沈氏竹火籠詩

陳范静妻沈滿願《詠竹火籠》詩曰：「剖出楚山筠，織成湘水紋。寒銷九微火，香傳百和薰。氤氲擁翠被，出入隨緗裙。徒悲今麗質，豈念昔凌雲。」此詩言外之意，以諷士之以富貴改節者，即孟子所云「鄉爲身死而不受，今爲宫室之美、妻妾之奉而爲之」者，而含蓄藴籍如此。「徒悲」、「豈念」四字，尤見其意。上薄風雅，下掩唐人矣。宋人稱李易安「所以嵇中散，至死薄殷周」之句，以爲婦女有此大議論。然太淺露，比之沈氏此詩，當在門墻之外矣。

蘇堤始末

東坡先生在杭州、潁州、許州皆開西湖，而杭湖之功尤偉。其詩云：「我在錢唐拓湖淥，大堤士女争昌丰。六橋横絶天漢上，北山始與南山通。忽驚二十五萬丈，老葑席卷蒼雲空。」此詩史也，而注殊略。今按宋《長編》云：「杭本江海之地，水泉鹹苦。唐刺史李泌始引西湖水作六井，故井邑日富。及白居易復浚西湖，所溉千餘頃。然湖多葑，近歲廢而不理，湖中葑田積二十五萬餘丈，而水無幾矣。運河失湖水之利，則取給於江潮，潮渾濁多淤，河行闤闠中，三年一淘，爲市井大患，而六井亦幾廢。公始至，浚茅山、鹽橋二河，以茅山一河專受江潮，以鹽橋一河專受湖水。復造堰閘，以爲湖水畜泄之限，然後潮不入市間。至湖上，周視良久，曰：「今願去葑田如雲，將安所置之？湖南北三十里，環湖往來，終日不達。若取葑田積之湖中，爲長堤以通南北，則葑田去而行者便矣。」堤成，杭人名之曰蘇公堤云。合是觀之，則公之有功於杭人大矣！予昔在京日，問之杭之士夫，亦不知。今閱公詩注亦略，故詳注之。嗚呼，治水之難久矣。宋之世修六塔河、二股河，安石以范子淵、李仲昌專其事，聽小人李公義、宦官黄懷忠之言，用鐵龍爪、濬川杷，天下皆笑其兒戲。積以數年，糜費百十萬之錢穀，漂没數十萬之丁夫，迄無成功，而猶不肯止。其績敗功圮，而奸臣李清臣爲考官，猶以修河問策，欲掩護之。甚矣，宋之君臣愚且戇也！視東坡杭湖、潁湖之役，不數月之間，無糜百金，而成百世之功，其政事之才，豈止十倍時流乎？公又欲鑿石門山運河以避浮山之險，當時妒者盡力排之。又欲於蘇州以東鑿挽路爲千橋，以迅江勢，亦不果用，人皆恨之。噫，難平者事，古今同一慨矣！

杜詩左擔之句

杜子美《愁坐》詩曰：「高齋常見野，愁坐更臨門。十月山寒重，孤城水氣昏。葭萌氏種迥，左擔犬羊存。終日憂奔走，歸期未敢論。」葭萌、左擔，皆地名也。「葭萌」人知之，「左擔」人罕知也。注者不知，或改作「武擔」，又改作「立擔」，皆可笑。按《太平御覽》引李充《蜀記》云：「蜀山自綿谷葭萌道徑險窄，北來擔負者，不容易肩，謂之左擔道。」又李公胤《益州記》云：「陰平縣有左擔道，其路至險，自北來者擔在左肩，不得度右肩。」常璩《南中志》云：「自僰道至朱提，有水步道九道，有黑水及羊官水道，度三津，至險難行。故行者謠曰：『楢溪赤水，盤蛇七曲。盤羊烏櫳，氣與天通。庲降賈子，左擔七里。』又有牛叩頭、馬搏坂，其險如此。」據此三書，左擔道有三，綿谷一也，陰平二也，朱提三也，義則一而已。朱提，今之烏撒，雲貴往來之西路也。

詩話補遺卷之二下

升庵楊慎著
門生曹命編校

趙李

阮籍詩：「西遊咸陽市，趙李相經過。」顔延年注：「趙飛燕、李夫人。」非也。按《漢書》，乃成帝時趙季、李款。延年之博，尚有此誤。〔二〕

〔二〕《升庵外集》卷六十八録此條，重寫作：阮籍《詠懷》詩：『西遊咸陽中，趙李相經過。』顔延年以爲趙飛燕、李夫人。劉會孟謂安知非實有此人，不必求其誰何也。不詳詩意，『咸陽趙李』，謂游俠近幸之儔。《漢書·谷永傳》『小臣趙李從微賤尊寵』，成帝常與微行者。籍用『趙李』字正出此。若如顔延年説趙飛燕、李夫人，豈可言經過？如劉會孟言當時實有此人，唐王維詩亦有『日夜經過趙李家』，豈唐時亦實有此人乎？乃知讀書不詳考深思，雖如延年之剥削，會孟之精鑒，亦不免失之，况下此者耶？（『趙李』，按《漢書》，乃宣帝時趙季、李款。）

朱滔括兵《麗情集》

朱滔括兵，不擇士族，悉令赴軍，自閲於毬場。有士子容止可觀，進趨淹雅，滔召問曰〔二〕：「所業者何？」曰：「學爲詩。」問：「有妻否？」曰：「有。」即令作寄内詩。援筆立成，詞曰：「握筆題詩易，荷戈征戍難。慣從鴛被暖，怯向雁門寒。瘦盡寬衣帶，啼多漬枕檀。試留青黛著，迴日畫眉看。」又令代妻作詩答曰：「蓬鬢荆釵世所稀，布裙猶是嫁時衣。胡麻好種無人種，合是歸時底不歸？」滔遺以束帛，放歸。

王霞卿

進士鄭殷彝旅遊會稽，寓唐安寺，見粉壁有題云：「瑯琊王氏霞卿，光啓三年，陽春二月，登於是閣。臨軒轉恨，睹物增悲，雖看焕爛之花，但比凄凉之色。時有輕綃捧硯，小玉觀題。詩曰：『春來引步暫尋幽，愁見風光倚寺樓。正好開懷對烟月，雙眉不展自如鈎。』」鄭生和曰：「題詩仙子此曾遊，應是尋春别鳳樓。賴得從來未相識，免教錦帳對銀鈎。」霞卿乃邑宰韓嵩自

〔二〕 原本衍一「曰」字，今删。

京師挈之任所，嵩遇暴寇而卒，鄭生欣然謁之。時霞卿竟辭以疾而不見焉，但令總角婢子輕綃持詩答曰：「君是烟霄折桂身，聖朝方切用儒珍。正堪西上文場戰，空向途中泥婦人。」鄭得詩，大慚而退。唐會昌中，三鄉有女子題詩于壁曰：「昔逐良人西入關〔二〕，良人身歿妾空還。謝娘衛女不相待，爲雨爲雲過此山。」進士陸真洞、王祝、劉谷、王條、李昌鄴、王碩、李倘、張綺、高衢、韋冰、賈馳十一人和之，曰：「三鄉略未聞。」謁之而不内，恧而退者也。

胡琴婢勝兒

吴泰伯祠在閶門之東，每春秋，市人相率牲醴，多圖善馬、綵輿、美女以獻之。時金銀行以輕綃畫侍婢捧胡琴以從，其貌勝於舊繪者，名其爲勝兒，蓋他獻者無以匹也。女巫方舞，有進士劉景復送客之金陵，置酒于廟東通波館。忽欠伸思寢，夢紫衣冠者，言襄王奉屈。劉生隨至廟，周旋揖讓而坐。王語劉生曰：「適納一胡琴妓，藝精而色麗，知吾子善歌，故奉邀作胡琴一曲以寵之。」生初頗不酣，命酌人間酒一杯，已醉，乃作歌曰：「繁弦已停雜吹歇，勝兒調弄邏娑撥。四弦攏撚三五聲，唤起邊風駝明月。大聲嘈嘈奔淈淈，浪蹙波間倒溟渤。小絃切切怨颸颸，鬼

〔二〕「昔」，原本作「西」，據《四部叢刊續編》景明本《雲溪友議》卷中「三鄉略」改。

哭神悲秋悉窣。倒腕斜挑掣流電，春雷直戛騰秋鶻。漢妃徒得端正名，秦女虛誇有仙骨。我聞天寶十年前，凉州未作西戎窟。麻衣右衽皆漢民，不省胡塵暫蓬勃。太平之末狂胡亂，犬豕崩騰恣唐突。玄宗未到萬里橋，東洛西京一時没。海内漢民皆入虜，飲恨吞聲空咽嗢。時看漢月望漢天，怨氣衝星成彗孛。國門之西八九鎮，高城深壘閉閑卒。河湟咫尺不能收，輓粟推車徒兀兀。今朝聞撥凉州曲，使我心神暗超忽。勝兒若向邊塞彈，征人淚血應闌干。」吟畢以獻，王召勝兒授之，王之侍兒有妒者，以金如意擊勝兒，劉生驚而寤。歌傳于吴中。

李芳儀 《乐麗情集》〇「乐」，古「續」字。

芳儀，江南國主李景女也。納土後，住京師。初嫁供奉官孫某，爲武彊都監妻，生女，皆爲遼中聖宗所獲，封芳儀，生公主一人。趙至忠虞部自北虜歸朝，嘗仕遼爲翰林學士，修國史，著《虜庭雜記》，載其事。時晁補之爲北都教官，覽其書而悲之，與顔復長道作《芳儀曲》云：「金陵宫殿春霏微，江南花發鷓鴣飛。風流國主家千口，十五吹簫粉黛稀。滿堂詩酒皆詞客，奪錦揮毫在瑶席。後庭一曲風景改，收淚臨江悲故國。令公獻籍朝未央，敕書築第優降王。魏俘曾不輸織室，供奉一官奔武彊。秦淮潮水鍾山樹，塞北江南易懷土。雙燕清秋夢柏梁，吹落天涯猶並羽。相隨未是斷腸悲，黄河應有却還時。寧知翻手明朝事，咫尺山河不可期。倉皇三鼓滹沱岸，良人白馬人誰見？國亡家破一身存，薄命如雲信流轉。芳儀如我名字新，教歌遺舞不由人。採珠拾翠衣裳好，深紅暗盡驚胡塵。陰山射虎邊風急，嘈雜琵琶酒闌泣。無言數遍天河星，只有南箕近鄉邑。當年十指渡江來，十指不知身獨哀。中原骨肉又零落，黄鵠寄意何當回。生男自有四方志，女子那知出門事。君不見李陵椎髻泣窮邊，丈夫漂泊猶堪憐。」江州廬山真風觀，李主有國日施財修之，刊姓氏於石，有太寧公主、永嘉公主，皆李景女，不知芳儀者孰是也。

秦少游女

靖康間，有女子爲金虜所掠，自稱秦學士女，道中題詩云：「眼前雖有還鄉路，馬上曾無放我情。」讀者悽然。曾裘父爲作《秦女行》云：「妾家家世居淮海，淮海文名渲宇内。自從貶死古藤州，門户凋零三十載。可憐生長深閨裏，耳濡目染知文字。亦嘗强學謝娘詩，女子未嫌稱博士。年長以來逢世亂〔一〕，黄頭鮮卑兵入漢。妾身亦復墮兵間，往事不堪回首看。一身漂蕩逐胡兒，被驅不異犬與雞。奔馳萬里向沙漠，天長地久無還期。北風蕭蕭易水寒，雪花滿地經燕山。千杯虜酒愁中醉，一曲琵琶淚裏彈。吞聲飲恨從誰訴，偶然信口題詩句。眼前有路可還鄉，馬

〔一〕「以來」，原本作「來來」，據《宛委别藏》本《梅磵詩話》卷上改。

上迷魂不知處。詩成吟罷更茫然，豈意漢地能流傳？當時情緒亦可念，至今聞者爲悲酸。憶昔中郎有女子，亦陷虜中垂一紀。暮年多幸逢阿瞞，厚幣贖之歸故里。惜哉此女不得如，終竟老死留窮廬。空餘詩話傳悽惻，不減胡笳十八拍。」

蘇雲卿

雲卿與張浚魏公友。魏公既相，雲卿隱豫章東湖，鬻蔬自給。公托帥漕聘之，微服乃得見，詰朝再至，則閉關矣。啓之，惟書與金在，不啓封。曾蒼山作歌云[一]：「東湖湖面波渺瀰，東湖岸上春土肥。先生鋤雲明月曉，種來蔬甲今成畦。把茅蕭蕭環四壁，此身不願人間識。乾坤清夷那復知，寸心杳緲黄塵隔。故人子房今九雲，交情不斷江湖濱。江西使漕却騶騎，故作敲門問字人。黄金百鎰牋一幅，多謝春風到茅屋。君爲使者吾邦民，見君容我更樵服。故人與我情重哉，君且歸矣明當來。明朝啓扉人不見，黄金不動書不開。使者持書三太息，封書徑上黄扉側。翩翩鶴馭雲冥冥，空向湖山訪行迹。向來桐江嚴子陵，曾得故人雙眼青。芒鞋却踏金華路，太史驚誇説客星。先生得書掉頭去，并此湖光不回顧。夢夫孀婦截鬢鬟，亦有老大閨中

[一]「蒼山」，原本作「茶山」，據《梅磵詩話》卷下改。參下「蒼山此歌」句。

女。」蒼山此歌，可激貪鄙。張世南《遊宦紀聞》載宋隱逸，記蘇翁本末甚詳。宋得翁東湖遺址〔二〕，北面挹湖山築庵仰高，章泉先生名曰灌園庵。

張千載

千載字毅甫，廬陵人，文山友也。文山貴顯，屢以官辟，皆不就。文山自廣還至吉州城下，千載來見曰：「丞相赴北，某亦往。」遂以故宋官營求江西省，（恣）〔咨〕之北，寓于文山囚所側近，日以美食奉之。文山知是千載，義焉。凡留燕三年，潛造一櫝，文山受刑後，即藏其首。仍尋訪文山妻歐陽夫人於俘虜中，俾出，火其屍，千載拾骨寘囊，并櫝南歸，付其家葬之。次日，其子夢父文山怒云：「繩鉅未斷。」其子心動，毅然啓視之，則有繩束其髮。當其云云，夢爾，且髮爾，何足計？又萬無繩繫理。繩見，衆服公英爽可畏。劉須溪紀其事，贊于文像後曰：「閒居忽忽，萬古咄咄。天風慘然，如動生髮。如何尋約，亦念續蔘。豈其英爽，猶累形軀。同時之人，能不纇泚。昔忌其生，今妒其死。」

〔二〕「址」，原本作「事」，《歷代詩話續編》本《升庵詩話附録》據《游宦紀聞》改，是，今從。

呂用之 以上俱《厎麗情集》。

唐呂用之在維揚日，佐高駢專權擅政。有商人劉損，妻裴氏有國色，用之以陰事構取。損憤惋，因成詩三首，曰：「寶釵分股合無緣，魚在深淵日在天。得意紫鸞休舞鏡，斷蹤青鳥罷銜箋。金杯倒覆難收水，玉軫傾攲懶續絃。從此蘼蕪山下過，只應將淚比流泉。」「鸞辭舊伴知何止，鳳得新梧想稱心。紅粉尚殘香羃羃，白雲將散信沉沉。已休磨琢投期玉，懶更經營買笑金。願作山頭似人石，丈夫衣上淚痕深。」「舊嘗遊處遍尋看，睹物傷情死一般。買笑樓前花已謝，畫眉窗下月空殘。雲歸巫峽音容斷，路隔星河去住難。莫道詩成無淚下，淚如泉涌亦須乾。」詩成，吟詠不輟。一日晚，見一虬鬢老叟行步迅疾，眸光射人，揖損曰：「子哀心，有何不平之事？」損具對之。叟夜果入用之家，化形於斗栱之上，叱用之曰：「所取劉氏之妻并其寶貨速還之，否則，隨刃落矣。」用之驚懼，夜遣幹事賫金并裴氏還損。損夜促舟去，虬鬢亦無踪迹。

詩話補遺卷三

升庵楊慎著
門生曹命編校

集句 升庵、晞鑯、欽聿。

亡友安公石，嘉州人，妙於集句，以「鱸魚正美不歸去」對「瘦馬獨吟真可哀」。又：「請君酌我一斗酒，與爾同消萬古愁。」又：「梁間燕子聞長嘆，李義山句。樓上花枝笑獨眠。劉長卿。」「水國蓮花府，韓翃。雲帆楓樹林。杜工部。」

又集杜句吊葉叔晦，讀者爲之泣下，其詩云：「臨江把臂難再得，便與先生成永訣。文章曹植波瀾闊，死爲星辰亦不滅。老去新詩誰與傳，男兒性命絶可憐。出門轉盻已陳迹，妻子山中哭向天。中夜起坐萬感集，人生有情淚沾臆。鳳凰麒麟安在哉？石田茅屋荒蒼苔。君不見空墻日色晚，悲風爲我從天來。」

曾子固詩

曾子固《享祀軍山廟歌》云：「土膏起兮，流泉駛兮。我徂于田，偕婦子兮。既耕且藝，芸且耔兮。一歲之功，在勤始兮。野無螽螟，塘有水兮。非神之力，其誰使兮。我苞盈兮，我實成兮。揮鐮掇掇，風雨聲兮。囷藏露積，如坻京兮。遺秉滯穗，富鰥煢兮。酒食勸酬，銷忿争兮。非神之助，歲莫登兮。我有室家，神所祐兮。我有旄倪，神所壽兮。神之惠我，惟其舊兮。土之報神，亦云厚兮。釃酒刑牲，肴核豐兮。吹蕭考鼓，聲逢逢兮。我民歲獻，無終窮兮。千秋萬歲，保斯宫兮。」○ 此詩王荆公稱賞，以爲有《雅》、《頌》之意，當表出。昧者言子固不能詩，豈其然乎！

鏡殿

唐高宗造鏡殿，武后意也。四壁皆安鏡，爲白晝秘戲之需。帝一日獨坐其中，劉仁軌奏事入，驚走下階，曰：「天無二日，土無二王，臣見四壁有數天子，不祥莫大焉！」帝立命剔去。后聞之，不悦。帝崩後，復建之。楊廉夫詩：「鏡殿青春秘戲多，玉肌相照影相摩。六郎酣戰明空笑，隊隊鴛鴦漾緑波。」

三句詩

古有三句之詩，意足詞贍，盤屈於二十一字之中，最爲難工。遍檢前賢詩，不過四五首而已。岑之敬《當壚曲》云：「明月二八照花新，當壚十五晚留賓。四眸百萬横自陳。」最爲絶倡。唐傳奇無名氏《春詞》云：「揚柳裊裊隨風急，西樓美人春夢中，繡簾斜捲千條入。」宋謝皋羽《寄鄧牧心》云：「杜鵑花開桑葉齊，戴勝芋生藥草肥，九鎖山人歸未歸。」洪武中，詹天耀《寄山中友人》云：「桂樹蒼蒼月如霧，山中故人讀書處，白露濕衣不可去。」近日雲南提學彭綱《詠刺桐花》云：「樹頭樹底花楚楚。風吹緑葉翠翩翩，露中幾枝紅鸚鵡。」亦風韻可愛也。刺桐花，雲南名爲鸚哥花，花形酷似之。彭公此詩本四句，命吏寫刻于扁，遺其一句，復誦之，自覺意足，乃不更改。余聞之晉寧侍御唐池南云。

瓊花

升庵《墐户録》。

揚州有蕃釐觀，觀中有瓊花，即陳後主所謂《玉樹後庭花》曲中云「瓊樹朝新」也〔一〕。其花後

〔一〕「陳後主」，原本誤爲「後陳主」，據乙。

萎，好奇者云：「瓊花無種。」過矣。宋傅子容詩云：「比瑒加馨總未嘉，要須博物似張華。因看異代前賢帖，知是唐昌玉蕊花。」注云：「唐楊汝士云：『唐昌觀玉蕊，以少故貴。』」王汝玉名爲玉蕊，王介甫名爲瑒花，取其色白也。山谷名曰山礬，以其可以供染也，即今之梔子花。佛經名薝音膽。蔔花，《本草》名越桃。劉禹錫詩：「玉女來看玉樹花，異香先引七香車。攀枝弄雪頻回首，驚怪人間日易斜。」張籍詩：「五色雲中紫鳳車，尋仙來到洞仙家。飛輪回首無蹤迹，惟見斑斑滿地花。」王建詩：「一樹瓏璁玉刻成，飄廊點地色輕輕。女冠夜覓香來處，惟見階前碎月明。」注云：「唐元和中，唐昌觀中玉蕊花盛開，有仙女來遊，取數枝，飄然而去。」余謂此説未必然。蓋因劉、張詩有玉女雲車、飛輪回首之句，遂傅會其説，又因仙女花飄然而去，遂傅會天下無種之説，不知詩人詠物托言也。滇雲處處有之，村姑采插盈路，仙女一何多乎！

草書枯澀

徐浩真書多渴筆，懷素草書多枯澀，在書法以爲妙品。戴幼公贈懷素詩曰：「忽爲壯麗就枯澀，龍蛇盤騰獸屹立。」魯收《懷素草書歌》〔二〕：「連拂數行勢不絶，藤懸槎蹙生其節。」竇冀亦

〔二〕「魯收」，原本作「曾收」，據《文苑英華》卷三百三十八「書」改。

云：「殊形詭狀不易説，中含枯燥尤驚絶。」任華云：「時復枯燥何襹褷，忽覺陰山突兀横翠微。」蓋深知懷素之三昧者。姜白石云：「徐季海之渴筆，譬如綺筵之素饌、美人之淡妝。」倪思以痴重筆迹，謂之墨猪，元班彦功之字，評者以爲死猪腸，可以喻矣。

司空圖論詩

司空圖字表聖，避亂居王官谷。胡致堂評其清節高致，爲晚唐第一流人物，信矣。余嘗愛其論詩云：「陳、杜濫觴之餘，沈、宋始興之後。傑出於江寧，宏思於李、杜，極矣！右丞、蘇州，趣味澄夐，若清沇之貫達。大曆十數公，抑又其次。元、白力(就)〔勍〕而氣孱，乃都市豪估耳。劉公夢得、楊公巨源，亦各有勝會。浪仙、無可、劉德仁，時得佳致，亦足滌煩。」又曰：「王右丞、韋蘇州澄澹精緻，格在其中，豈妨於遒舉哉？賈浪仙誠有警句，觀其全篇，意思殊餒，大抵附于寒澀方可致才，亦爲體之不備也。」其論皆是，而推尊右丞、蘇州，尤見卓識，宜其一鳴於晚唐也。其文集罕傳，余家有之，特標其論詩一節。又有韻語云：「知非詩詩，未爲奇奇。研昏練爽，戛魄凄肌。神而不知，知而難狀。揮之八垠，卷之萬象。河渾沇清，放恣縱横。濤怒霆蹴，掀鼇倒鯨。鑱空擢壁，峥冰擲戟。鼓煦呵春，霞溶露滴。鄰女自嬉，補袖而舞。色絲屢空，續以麻絇。鼠革丁丁，焮之則穴。蟻聚汲汲，積而隤凸。上有日星，下有風雅。歷詃自是〔二〕，非吾心也。」其目曰「詩賦」。首句言自知非詩，乃是詩也；謂末爲奇，乃是奇也。句法亦險怪。

書貴舊本

觀樂生愛收古書，嘗言古書有一種古香可愛。余謂此言末矣。古書無訛字，轉刻轉訛，莫可考證。余於滇南見故家收《唐詩紀事》抄本甚多，近見杭州刻本，則十分去其九矣。刻《陶淵明集》，遺《季札贊》；《草堂詩餘》舊本，書坊射利欲速售，減去九十餘首，兼多訛字。余抄爲《拾遺辨誤》一卷。先太師收唐百家詩，皆全集。近蘇州刻，則每本減其十之一。如張籍集本十二卷，今只三四卷，又傍取他人之作入之。王維詩，取王涯絶句一卷入之，詫于人曰：「此維之全集。」以圖速售。今王涯絶句一卷在《三舍人集》之中，將誰欺乎！此其大關係者。若一字一句之誤尤多，略舉數條。如王奂《李夫人歌》「修嫮穠華銷歇盡」，「修嫮」訛作「德所」。武元衡詩「劉琨坐嘯風清塞」，「清塞」訛作「生苑」。琨在邊城，則「清塞」字爲是，焉得有「苑」乎？杜牧詩「長空澹澹没孤鴻」，今妄改作「孤鳥没」，平仄亦拗矣。杜詩「七月六日苦炎蒸」，俗本「蒸」

〔二〕「詃」，原本作「試」，據宋蜀本《司空表聖文集》卷八《詩賦》改。

作「熱」，「紛紛戲蝶過開幔」，俗本「開」作「閑」，不知子美父名閑，詩中無「閑」字。今俗本「邀歡上夜關」作「卜夜閑」，「曾閃朱旗北斗殷」妄改「殷」作「閑」，「北斗閑」成何文理？前人已辨之矣。劉巨濟收許渾詩「湘潭雲盡暮烟出」，今俗本「烟」作「山」，亦是淺人妄改。湘水多烟，唐詩「中流欲暮見湘烟」是也，「烟」字大勝「山」字。李義山詩「瑶池宴罷留王母，金屋妝成貯阿嬌」，俗本作「玉桃偷得憐方朔」，直似小兒語耳。陸龜蒙《宫人斜》詩「草著愁烟似不春」，俗本作「草樹如烟似不春」，尤謬！小詞如周美成「愔愔坊曲人家」，坊曲，妓女所居，俗改「曲」作「陌」。張仲宗詞「東風如許惡」，俗改「如許」作「妒花」，平仄亦失。貽孫夫人詞「日邊消息空沉沉」，「日」俗本改作「耳」。東坡「玉如纖手嗅梅花」，俗改「玉如」作「玉奴」。其餘不可勝數也。書所以貴舊本者，可以訂訛誤、備參考，不獨古香可愛而已。

口脂面藥

杜子美《臘日》詩：「口脂面藥隨恩澤，翠管銀罌下九霄。」李嶠文集有《謝賜口脂表》云：「青牛帳底，未輟鑪香；朱鳥窗前，新調鉛粉。揉之以辛夷甲煎，然之以桂火蘭蘇。」又令狐楚

《謝臘日賜口脂紅雪表》云：「雪散凝紅紫之名[一]，香膏蘊蘭麝之氣。合自金鼎，貯于雕奩。」其子令狐綯《謝紫雪表》云：「靈膏有瓊液之名，仙散擬雪花之狀。職當喉舌，匪放魯國之三緘；任在燮調，請獻謝莊之六出。」此可考唐代臘日故事，亦可補杜注之遺。令狐父子兩世被賜，亦榮矣。

弓琱

天順初，英廟大獵，從官皆戎服弓矢以扈蹕，應制賦詩。有祭酒劉某詩，以「琱弓」爲「弓琱」，大學生輕薄者帖詩于監門云：「獵羽楊長共友僚，琱弓詩倒作弓琱。祭酒如今爲酒祭，銜官何以達廷朝。」廣東舉人王佐復上詩于劉云：「樂羊終是愧巴西，許下惟聞哭習脂。豈是先生無好句，弓琱何愧古人詩。」本爲能得司成之喜，劉覽之愈怒。其後王佐刻其桐鄉詩，具載此首，遂大傳其事。

[一]「名」，原本脱，據《丹鉛總録》卷二十一「口脂」、《文苑英華》卷五百九十六「節朔謝物二」補。

石苔可踐

隋王無功詩：「石苔應可踐，叢枝幸易攀。清溪歸路直，乘月醉歌還。」閑詠此詩，有疑難者曰：「石苔之滑，踐之豈不顛？」余曰：「非也。觀其詩中一『幸』字，便得其解。蓋言石苔本難踐，幸有叢枝可攀援耳。古人用意，須三思乃得之。謝靈運詩『苔滑誰能步，葛弱豈可捫』，此反其意。唐杜審言詩『攀崖踐苔易，迷路出花難』，又順用無功詩意也。」章後齋聞余此言，所見略同，因成一絶云：「哲匠應機成美錦，東風隨處點春功。若求巧出天然處，正在時人話柄中。」

阮籍詩

「昔余遊大梁，登于黄華顛。」「應龍沉冀州，妖女不得眠。」按《戰國策》：趙武靈西至河，登黄華之上，夢處女鼓琴歌詩，因納吴廣女娃嬴孟姚。其先七世而兆于簡子之夢，及入宫而奪敵亂國，豈非妖女乎？張平子《應間》曰：「女魃北而應龍翔。」合而觀之，可見其微意。蓋當是時，魏明帝郭后、毛后妒寵相殺，正類武靈王事，故隱語怪説，亦《春秋》定、哀多微辭意也。顔延年曰：「阮公身事亂朝，常恐遇禍，因兹《詠懷》，雖志在譏刺，而文多隱避。百代之下，難以情測，故粗明大意，略其幽旨也。」信哉！

多根樹

佛經云：「西城多根樹，蔽芾而婆娑。東西南北中〔二〕，五方不相見。國中有婬女，求偶者衆多。初有一男求，女約中枝會。復有四男子，亦欲求之宿。女亦以言許，東西與南北。各各抱被去，至晚女不來。東枝郎唱曰：『旭日光已出，農夫向田去。妄語既不來，可捨多根樹。』西枝郎吟曰：『彼妙必然來，定是不妄語。如何旭日光，急速現下土。』南枝郎嘆曰：『旭日光已出，農夫早向田。我等如痴羊，一夜受凍眠。』北枝郎賡曰：『我等没巴鼻，只爲求他妻。今遭寒與凍，各各被他迷。』中枝郎泣曰：『我不憂己身，一夜寒凍情。但恐多根樹，枝葉不復生。』樹神聞而笑曰：『汝勿憂外事，但憂身事急。樹枯生有時，欲苦無停息。』」

張亨父詩

張泰字亨父，姑蘇人。詩句清拔，名于一時。其《正月十六日》詩云：「長安元夕少燈光，此

〔二〕「北」字原脱，據《太史升庵文集》卷七十三「多根樹」補。

夜歡娛覺更忙。十里東風吹翠袖，九門銀燭照紅妝。虹橋御陌争春步，雲閣誰家閉晚香〔二〕。醉著吟鞭急歸去，老夫當避少年狂。」其手書稿，慎於先師李文正公處見之。

洛（澤）［澤］

三都尉居塞上，一治日勒澤索谷，一治居延，一治番和。澤，大洛切，从仌。洛澤，冰著樹如索，故曰（澤）［澤］索也。北方寒夜，冰華著樹如絮，《春秋》謂之雨木冰。《五行志》曰樹介，言冰封枝條如介胄也。訛作樹稼。諺曰：「木若稼，達官怕。」《集韻》：「凇，凍（洛）［洛］也。」又：「液雨也。」曾南豐集云：「齊地寒甚，夜霧凝於木上，日出飄滿庭階，尤爲可愛。」遂作詩曰：「園林日出净無風，霧凇花開樹樹同。記得集英深殿裏，舞人齊插玉瓏鬆。」又曰：「香銷一榻氍毹暖，月映千門霧凇寒。」又以爲年登之兆，諺云：「霜凇打霧凇，貧兒備飯瓮。」余舊有詩云：「怪得天雞誤曉光，青腰玉女試銀妝。瓊敷綴葉齊如剪，端樹花開冷不香。月白詎迷三里霧，雲黄先兆萬家箱。貧兒飯瓮歌聲好，六出何須賀謝莊。」

〔二〕「閉」，原本作「悶」，據明弘治三年成桂刻嘉靖十三年毛淵增修本《滄洲詩集》卷七《正月十六日夜》改。

陽明先生紀夢詩《墐户録》。

慎嘗反覆《晉書》，目王導爲叛臣，頗爲世所駭異。後見崔後渠先生《松窗雜録》，亦同余見。近讀陽明王先生《紀夢》詩，尤爲卓識真見，自信鄙説之有稽而非謬也。陽明公《紀夢》詩録於後。〇正德庚辰八月廿八夕，小閣忽夢晉忠臣郭景純氏，以詩示予，且極言王導之奸，謂世之人徒知王敦之逆，而不知王導實陰主之。其言甚長，不能盡録。覺而書其所示詩於壁，復爲詩以紀其略。嗟乎！今距景純若千年矣，非有實惡深冤，鬱結而未暴，寧有數千載之下，尚懷憤不平若是者耶！〇「秋夜卧小閣，夢遊滄海濱。神仙不可到，金銀宫闕高嶙峋。中有仙人芙蓉巾，顧我宛若平生親。欣然就語下烟霧，自言姓名郭景純。携手歷歷訴衷曲，義憤感激難具陳。切齒尤深怨王導，深奸老猾長欺人。當年王敦覬神器，導實陰主相緣夤。不然三問三不答，胡思使敦殺伯仁？寄書欲拔太真舌，不相爲謀敢爾云。敦病已篤事已去，臨哭嫁禍復賣敦。事成同享帝王貴，事敗仍爲顧命臣。幾微隱約亦可見，世史掩覆多失真。袖出長篇再三讀，覺來字字能書紳。開窗試抽晉史閲，中間事迹頗有因。因思景純有道者，世移事往千餘春。若非精誠果有激，豈得到今猶憤嗔？不成之語以筮戒，敦實氣沮竟殞身。人生生死亦不易，誰能視死如輕塵。燭微先幾炳亦道，多能餘事非所論。取義成仁忠晉室，龍逢龔勝心可倫。是非顛倒古多有，吁嗟景純終見伸。御風騎氣遊八垠，彼敦之徒草木糞，糞土臭腐同沉淪。」〇「我昔明易道，故知未來事。時人不我識，遂傳耽一技。一思王導徒，神器良久覬。諸謝豈不力，伯仁見其底。所以敦者慵，罔顧天經與地義。不然百口未負托，何忍置之死？我於斯時知有分，日中斬柴市。我死悲何足，我生良有以。九天一人撫膺哭，晉室諸公亦可恥。舉目山河徒嘆非，携手登亭空灑淚。王導真奸雄，千載人未識。偶感君子談中及，重與寫真記。固知倉卒不成文，自今當與頻謔戲。倘其爲我一表揚，萬世萬世萬萬世。」〇右晉忠臣郭景純自述詩，蓋予夢中所得，因表而出之。

賞梅懸燈 升庵《巵言閏集》。

余少年與恒、忱二弟賞梅世耕莊，懸掛燈于梅枝上，賦詩云：「疏梅懸高燈，照此花下酌。只疑梅枝然，不覺燈花落。」王浚川見而賞之曰：「此奇事奇句，古今未有也。」近閱趙德莊《眼兒媚》詞云：「黄昏小宴到君家。梅粉試春華。暗香素蕊，横枝疏影，月淡風斜。更饒紅燭枝頭掛。粉蠟鬥香奢。元宵近也，小園先試，火樹銀花。」則昔人亦有此興矣。

京師易春晚

杜審言詩「使出鳳凰池，京師易春晚」，奇句也！蓋言繁華之地，流景易邁。李頎詩「好在長安行樂地，空令歲月易蹉跎」，亦此意耳。近刻本改作「陽春晚」，非也，幸《唐詩品彙》可證。余嘗言古書重刻一番，差訛一番，一苦于人之妄改，二苦于匠之刀誤。書所以貴舊本以此。

齼字音 升庵《秇林(代)[伐]山》。

「齼」字，《玉篇》不載，齒怯也，音楚，去聲。今京師語謂怯皆曰齼，不獨齒怯也。曾茶山《和曾宏父餉柑》詩云：「莫向君家樊素口，瓠犀微齼初舉切，齒傷醋也。《五音類聚》。遠山顰。」黄山谷《和人送梅子》云：「相如病渴應須此，莫與文君蹙遠山。」茶山之詩全效之。方秋崖《楊梅》詩：「併與文園消午渴，不禁越女蹙春山。」

罨字義

罨，烏答、魚檢二切，罕也。罔从上，掩之也。然此字多爲借義所專。唐張泌詩：「罨岸春濤打船尾。」宋喻汝礪詩：「冥冥罨岸風，淫淫打船雨。」又罨畫，籠色畫也。吴興有罨畫溪，皆借「罨」字。罨畫字正作「黤」。

杜牧弄水亭詩

「弄水亭前溪，颭艷翠綃舞。綺席草芊芊，紫峰嵐伍伍。」「檻前汀雁栖，枕上巴帆去。」「停樽遲晚月，咽咽上幽渚。」「斷霓天帔垂，狂燒漢旗怒。」「塍泉落環珮，畦苗差纂組。」「不能自免去，但愧來何暮。」

杜牧池州别孟遲先輩

「昔子來陵陽，時常苦炎熱。」「寺樓最褰軒，坐見飛鳥没。一樽中夜酒，半破前峰月。烟院松飄蕭，風廊竹交戛。」「好鳥響丁丁，小溪光汃汃。」「離袖颭應勞，恨粉啼還咽。」「慵憂長者來，病怯長街喝〔二〕。」「呼兒旋供衫，走門空蹋襪。手把一枝物，桂花香帶雪。喜極至無言，笑餘翻不悦。人生直作百歲翁，亦是萬古一瞬中。我欲東召龍伯翁，水盡到底看海空。」「酌君一杯酒，與君狂且歌。離别豈足更關意，衰老相隨可奈何。」二詩奇崛而用韻古。舊見石刻多磨滅，節而書之。

〔二〕「長街喝」，原本作「長卿渴」，墨筆描改爲「長街喝」，檢《樊川文集》卷一，是，據改。

晚唐兩派詩

晚唐之詩，分爲二派：一派學張籍，則朱慶餘、陳標、任蕃、章孝標、司空圖、項斯其人也；一派學賈島，則李洞、姚合、方干、喻鳬、周賀、九僧其人也。其間雖多，不越此二派。學乎其中，日趨於下，其詩不過五言律，更無古體。五言律起結皆平平。前聯俗語十字，一串帶過；後聯謂之景聯，極其用工，又忌用事，謂之「點鬼簿」，惟搜眼前景而深刻思之，所謂「吟成五個字，撚斷數莖鬚」也。余嘗笑之，彼之視詩道也狹矣！《三百篇》皆民間士女所作，何嘗撚鬚？今不讀書而徒事苦吟，撚斷肋肢骨亦何益哉！晚唐惟韓、柳爲大家，韓、柳之外，元、白皆自成家。餘如李賀、孟郊，祖《騷》宗謝；李義山、杜牧之，學杜甫；温庭筠、權德輿，學六朝；馬戴、李益，不墜盛唐風格，不可以晚唐目之。數君子真豪傑之士哉！彼學張籍、賈島者，真處褌中之蝨也。

○二派見《張洎集》「序項斯詩」，非余之臆說也。

詩用兒字

古詩有用近俗字而不俗者，如孫光憲《採蓮》詩曰：「菡萏香連十頃陂，小姑貪戲採蓮遲。晚來弄水船頭濕，更脱紅裙裹鴨兒。」李群玉《釣魚》詩曰：「七尺清竿一丈絲，菰蒲葉裏逐風吹。

幾回舉手拋芳餌，驚起沙灘水鴨兒。」又《贈琵琶妓》詩有曰：「我見鴛鴦飛水去，君還望月苦相思。一雙裙帶同心結，早寄黄鶯孤雁兒。」盧仝新年亦有詩云：「新年何事最堪悲，病客還聽百舌兒。太歲只遊桃李徑，春風肯换歲寒枝。」

詩話補遺序

文中子曰：「仲尼多愛，愛道也。馬遷多愛，愛奇也。」含謂道未嘗不奇，何遽謂奇非道哉？吾友太史公升庵楊子，今之馬遷也。腹笥五車，言泉七略，詩其餘事。又出其緒綴爲《詩話》若干卷，有《庑集》，有《别録》，有《補遺》，皆詩評也。藝林同志，咸珍傳之。蓋與余同見聞者十八九，比之宋人《珊瑚鈎》、《漁隱話》，評品允當，不翅度越。「九變復貫，知言之選」，良可珍哉！

嘉靖壬子十一月七日，永昌禺山張含序

敘詩話補遺後

吾師太史升庵公，天篤至穎，一涉靈積，冲齡發詠，金石四遠。謫居南徼，肆力藝壇，休播士林，珪琳萃具。兹刻其藻評之餘風乎？曩小子孱廢離索，得師《詩話》先梓以傳者，寶帷潛玩，蹶然自謂：詩社靈筌，其在兹乎！袪習固，宣喆隱，恢本則，神物體。辭省而發興深，脂俚不捐而約之於義。半璧雙金，崇是可以妙悟三昧矣，竊稍合庠之二祀。適晉陽東巖曹公以渝別駕俯牧兹土，家承好古，復購師《補遺》數卷，捐俸登梓，與前妙並傳。小子又受而讀之，希音過繹，幸哉！然曰吟瀚評品雌白，無慮數十家，抑多隨興稱寄，睟盤百具，資發蓋鮮。滄浪以禪極喻，要亦竟概而尠暴於縷。維公白首精能，天出窈密，隻辭半撦，戛玉示牖，真詩林之神翼、騷圃之玄英也。迹是以階其尚，其有窮乎？其有窮乎？

時嘉靖丙辰三月，門生大理楊達之頓首謹序

升庵詩話輯録

升庵外集・詩品

古詩二言至十一言

黄帝《彈歌》：「斷竹，𥿢木，飛土，逐肉。」二言之始也。《詩・頌》：「振振鷺，鷺于飛。鼓咽咽，醉言歸。」三言之始也。「鬱陶乎予心」、「顔厚有忸怩」，五言之始也。《詩・雅》「我不敢效我友自逸」，八言之始也。杜詩「男兒生不成名身已老」，九言也。李太白「黄帝鑄鼎於荆山煉丹砂，丹砂成騎龍飛上太清家」，十言也。東坡詩「山中故人應有招我歸來篇」，十一言也。「我不敢效我友自逸」，亦可作兩句，若長吉「酒不到劉伶墳上土」，八言一句渾全。

四言詩

劉彦和云：「四言正體，雅潤爲本；五言流調，清麗居宗。」鍾嶸云：「四言文約義廣，取效

《風》、《雅》，便可多得，每苦文繁而意少，故世罕習焉。」劉潛夫云：「四言尤難，《三百篇》在前故也。」葉水心云：「五言而上，世往往極其才之所至，而四言詩，雖文辭巨伯，輒不能工。」合數公之説論之：所謂易者，易成也；所謂難者，難工也。方元善取韋孟《諷諫》云「誰謂華高，企其齊而。誰謂德難，厲其庶而」，以爲「使經聖筆，亦不能删」，過矣。此不過步驟《河廣》一章耳。予獨愛公孫乘《月賦》：「月出皎兮，君子之光。」「君有禮樂，我有衣裳。」張平子《西京賦》：「豈伊不虔，思於天衢。豈伊不懷，歸于枌榆。天命不慆，疇敢以渝。」《隷釋》載漢碑《唐扶頌》：「如山如岳，嵩如不傾。如江如河，澹如不盈。」其句法意味，真可繼《三百篇》矣。或曰：「唐山夫人《房中樂歌》何如？」曰：「是真可以繼《關雎》，不當以章句摘也。」曰：「然則曹孟德『月明星稀』，嵇叔夜『目送歸鴻』，何如？」曰：「此直後世四言耳，工則工矣，比之《三百篇》，尚隔尋丈也。」

雉噫

揚子言孔子之去魯，曰「不聽政諫而不用《雉噫》」者，注：「《雉噫》，猶歌嘆之聲，梁鴻《五噫》之類也。」按《家語》：「孔子去魯，歌曰：『彼婦之口，可以出走。彼婦之謁，可以死敗。優哉遊哉，聊以卒歲。』」此即《雉噫》之歌也。唐文：「聆鳳衰於接輿，歌《雉噫》於桓子。」

白渠歌

「田于何所？池陽谷口。鄭國在前，白渠在後。舉鍤成雲，决渠爲雨。水流竈下，魚跳入釜。涇水一石，其泥數斗。且溉且糞，長我禾黍。衣食京師，百萬餘口。」《漢紀》所載，比《漢書》多「水流」、「魚跳」二句。

鴻篆

謝莊詩「義標鴻篆」，宋詔「嘉篆缺文」，皆謂書也。王融詩「金滕開碧篆」，又云「彩標紫毫，華垂丹篆」，文人用往篆皆同。《南史》：「青箱起焰，素篆從風。」言焚書也。

四言詩自然句

江淹《别賦》：「春草碧色，春水緑波。送君南浦，傷如之何。」取諸目前，不雕琢而自工，可謂天然之句。他如梁元帝「秋水文波，秋雲似羅」、唐羅昭諫《蟋蟀賦》「美人在何？夜影流波。與子佇立，徘徊思多」，抑其次也。近世知學六朝、初唐，而以餖飣生澀爲工，漸流於不通，有改「鶯啼」曰「鶯呼」、「猿嘯」曰「猿唳」，爲士林傳笑，安知此趣耶？

上巳詩

王融《上巳》詩：「粤上斯巳，惟暮之春。」二句古雅。○《詩評》：「四言詩，《三百篇》之後，曹植、王融。」

雪贊書紈扇

羊孚作《雪贊》曰：「資清以化，乘氣以霏〔一〕。遇象能鮮，即潔成輝。」桓胤遂以書扇。余嘗有《夏日》詩云：「紈扇書羊孚雪，玉笛吹李白梅。」

孫思邈詩

孫思邈四言詩曰：「取金之精，合石之液。列爲夫婦，結爲魂魄。一體混沌，兩精感激。河車覆載，鼎候無忒。洪鑪列火，烘焰翕赫。烟未及黠，焰不假碧。如畜扶桑，若藏霹靂。姹女氣索，嬰兒聲寂。透出兩儀，麗於四極。壁立幾多，馬馳一驛。宛其死矣，適然從革。惡黜善遷，

〔一〕「霏」，原本作「靡」，據明覆刻宋淳熙陸游刻本《世説新語》卷二「文學第四」改。

情回性易。紫色内達，赤芒外射。熠若火生，乍疑血滴。號曰中還，退藏於密。霧散五内，川流百脉。骨變金植，顔駐玉澤。陽德乃敷，陰功乃積。南宫度名，北斗落籍。」此詩詞高古類魏伯陽，而世傳者少，録於此云。

袁崧山川記

高山嵯峨，巖石磊落。傾側縈迴，下臨峭壑。行者攀緣，牽援帶索。

南裔志

蚺惟大蛇，既洪且長。采色駁映，其文錦章。食象吞鹿，腴成養瘡。賓饗嘉食，是豆是觴。

六言詩始

任昉云：「六言詩始於谷永。」慎按：《文選》注引董仲舒《琴歌》二句，亦六言，不始於谷永明矣。樂府《滿歌行》尾一解「命如鑿石見火，居世竟能幾時」，亦六言也。

荔枝六言

曾吉甫《荔子六言》二首，其一云：「蕉子定成噲伍，梅丸應愧盧前。金谷危樓魂斷，白州舊井名傳。」其二云：「紅皺解羅襦處，清香開玉肌時。繡嶺堪憐妃子，苧蘿不數西施。」

弦超贈神女詩

「今日何日辰良，今夕何夕夜長。琅疏瓊牖洞房，中有美女齊姜。參差匏管笙簧，歌聲含宫反商。蕭暉窈窕芬芳，明燈朗炬煌煌。卸巾解珮褫裳，願言與子偕臧。」此詩甚佳而罕傳，余嘗選古今六言詩，刻已成，偶遺此詩，謾記於此。

晉沈巟前溪歌

「前溪滄浪映，通波澄淥清。聲弦傳不絶，寄汝千載名。永使天地并。」「黄葛結蒙蘢，生在路溪邊。花落隨水去，何當順流還。還亦不復鮮。」五言五句之詩，古今惟此而已。

樂曲名解

《古今樂録》云：「傖歌以一句爲一解，中國以一章爲一解。」王僧虔《啓》曰：「古曰章，今曰解。解有多少，當是先詩而後聲。詩叙事，聲成文，必使志盡於詩，音盡於曲，是以作詩有豐約，制解有多少。」「又諸曲調皆有辭有聲，而大曲又有艷有趨而亂。辭者，其歌詩也。聲者，若羊吾夷伊那何之類也。艷在曲之前，趨與亂在曲之後，亦猶吴聲西曲前有和、後有送也。」慎按：艷在曲之前，與吴聲之和，若今之引子；趨與亂在曲之後，與吴聲之送，若今之尾聲。羊吾夷伊那何皆辭之餘音嫋嫋，有聲無字，雖借字作譜而無義，若今之哩囉嗹唵吽也。知此可以讀古樂府矣。「齊歌曰歐，吴歌曰歈，楚歌曰些，巴歌曰嚁。」

謡作䚻

《爾雅》曰：「徒歌曰謡。」《説文》「謡」作「䚻」，注云：「䚻，從肉言。」今按徒歌，謂不用絲竹相和也〔二〕。肉言，歌者人聲也，出自胸臆，故曰肉言。童子歌曰童䚻，以其言出自其胸臆，

〔二〕「謂不」，原本作「不謂者」，據《丹鉛總録》卷二十五删改。

不由人教也。晉孟嘉云：「絲不如竹，竹不如肉。」唐人謂徒歌曰肉聲，即《説文》「肉言」之義也。

白苧舞

《韻語陽秋》曰：「《宋書・樂志》有《白苧舞》。《樂府解題》譽白苧曰：『質如輕雲色如銀，制以爲袍餘作巾，袍以光軀巾拂塵。』王建云：『新縫白苧舞衣成，來遲要得吴王迎。』元稹云：『西施自舞王自管，白苧翩翻鶴翎散。』則白苧，舞衣也。王建云『新换霓裳月色裙』，豈霓裳羽衣舞亦用白邪？《柘枝舞》起於南蠻諸國，而盛於李唐，傳於今者，尚其遺制也。章孝標云『柘枝初出鼓聲招，花鈿羅裙聳細腰』，言當招之以鼓。張承福云『白雪慢回拋舊曲，黄鶯嬌囀唱新詞』〔一〕，言當雜之以歌，今制亦爾。而鄭在德詩云『三敲畫鼓聲催急，一朵紅蓮出水遲』，則所用者一人而已。法振詩云：『畫鼓催來錦臂攘，小娥雙起整霓裳。』則所用又二人。按《樂苑》：

〔一〕「福」，原本脱，據宋刻本《韻語陽秋》卷十五補。

『用二女童[一]，帽施金鈴，抃轉有聲。其來也，於二蓮花中藏[二]，花坼而後見[三]。』則當以二人爲正[四]。今或用五人，與古小異矣。」

慢字爲樂曲名

陳後山詩：「吴吟未至慢，楚語不假些。」任淵注云：「慢謂南朝慢體，如徐、庾之作。」余謂此解是也，但未原其始。《樂記》云宫商角徵羽，「五者皆亂，迭相陵，謂之慢」。又曰：「鄭、衛之音，亂世之音也，比於慢矣。」宋詞有《聲聲慢》、《石州慢》、《惜餘春慢》、《木蘭花慢》、《拜星月慢》、《瀟湘逢故人慢》，皆雜比成調，古謂之嘖曲。「嘖」與「賾」同，雜亂也。琴曲有名散，元曲有名犯，又曲終入破，義亦如此。

[一]「二」，原本作「一」，據《韻語陽秋》卷十五改。
[二]「二」，原本脱，據《韻語陽秋》補。
[三]「坼」，原本作「折」，據《韻語陽秋》改。
[四]「二」，原本作「一」，據《韻語陽秋》改。

哀曼

晉鈕滔母孫氏《箜篌賦》曰〔一〕：「樂操則寒條反榮，哀曼則晨華朝滅。」「曼」與「慢」通，亦曲名。

吳趨趨非平聲

《莊子》有「不任其聲而趨舉其詩焉」，崔注云：「不任其聲，憊也；趨舉其詩，無音曲也。」劉會孟曰：「趨者，情愜而詞迫也。」與吳趨之「趨」當，音七注切。

妖浮

羊孚曰：「吳聲妖而浮。」

〔一〕「鈕滔」，原本作「鈕滔」，據《藝文類聚》卷四十四「樂部四」、《秇林伐山》卷二十「哀曼」改。

卿雲歌

《太平御覽》引《卿雲歌》：「卿雲爛兮，糺漫漫兮。」「糺」，今諸書所引誤作「札」。

天馬歌

《天馬歌》：「天馬徠，歷無草。」「草」即「皁」字，從「艸」從「早」，艸字可染皂也〔一〕，後借爲「皂隸」之「皂」。「歷」解爲槽櫪之「歷」，言其性安馴，不煩控制也。師古解爲水草之「草」，失之。

連臂蹋地

戚夫人侍兒賈佩蘭歌《上靈之曲》，連臂蹋地以爲節。蹋，以足踏地而歌也，丑犯切。揚雄《蜀都賦》：「蹋凄秋，發陽春。」

〔一〕「字」，《四庫》本《升庵集》作「子」，是。

朱鷺

古樂府有《朱鷺曲》，解云：「因飾鼓以鷺而名曲焉。」又云：「朱鷺咒鼓，飛於雲末。」徐陵詩有「梟鐘鷺鼓」之句，宋之問詩「稍看朱鷺轉，尚識紫騮驕」，皆用此事。蓋鷺色本白，漢初有朱鷺之瑞，故以鷺形飾鼓，又以朱鷺名《鼓吹曲》也。梁元帝《放生池碑》云：「玄龜夜夢，終見取於宋王；朱鷺晨飛，尚張羅於漢后。」與朱鷺飛雲末事相叶，可以互證，補《樂府解題》之缺。

井公六博

古樂府：「井公能六博，玉女善投壺。」蓋因井星形如博局而附會之，亦詩人「北斗挹酒漿」之意也。曹子建詩：「仙人攬六著，對博泰山隅。」齊陸瑜詩：「九仙會歡賞，六博具娛神。戲谷聞餘地，銘山憶舊秦。」周王子深詩：「誰能攬六著，還須訪井公。」庾子山詩：「藏書凡幾代，看博已千年。」陳張正見詩：「已見玉女笑投壺，復睹仙童欣六博。」

蘇李五言詩

蘇文忠公云：「蘇武、李陵之詩，乃六朝人擬作。」宋人遂謂在長安而言「江漢」，「盈卮酒」

之句又犯惠帝諱，疑非本作。予考之，殆不然。班固《藝文志》有《蘇武集》、《李陵集》之目。摯虞，晉初人也。其《文章流别志》云：「李陵衆作，總雜不類，殆是假托，非盡陵志。至其善篇，有足悲者。」以此考之，其來古矣。即使假托，亦是東漢及魏人張衡、曹植之流始能之耳。杜子美云：「李陵蘇武是吾師。」子美豈無見哉？東坡《跋黄子思詩》云「蘇李之天成」，尊之亦至矣。其曰六朝擬作者，一時鄙薄蕭統之偏辭耳。

古詩

「客從北方來，言欲到交趾。遠行無他貨，惟有鳳皇子。百金我不欲，千金難爲市。久在籠中居，羽儀紛不理。放之飛翺翔，何時到故里。」〇此漢無名氏詩也。以爲王羲之，非也。

古詩

古詩：「文彩雙鴛鴦，裁爲合歡被。著以長相思，緣以結不解。」著，昌慮切。鄭玄《儀禮注》：「著，充之以絮也。」緣，以絹切[一]。鄭玄《禮記注》：「緣，飾邊也。」長相思，謂以絲縷絡綿

[一] 「切」，原本作「也」，據《丹鉛總録》卷二十五「瑣語類」改。

交互綢之，使不斷，長相思之義也。結不解，按《説文》，結而可解曰紐，結不解曰締。締謂以針縷交鎖連結，混合其縫，如古人結綢繆同心製，取結不解之義也。既取其義，以著愛而結好，又美其名曰相思、曰不解云。合歡被，宋趙德麟《侯鯖録》有解。會而觀之，可見古人詠物托意之工夫。

古詩十九首拾遺

「閨中有一婦，擣衣寄遠人。深夜不安寢，杵聲聞四鄰。夫婿從軍久，别離無冬春。欲寄向何處，邊塞多風塵。蘭茝徒芬香，無由近君身。」此《古詩十九首》之遺也。鍾嶸云古詩凡四十餘首，陸機所擬十餘首。至梁昭明選十九首，其餘有見於《樂府》及《玉臺新詠》者，若「上山采蘼蕪」、「橘柚垂華實」、「紅塵蔽天地」、「十五從軍征」、「四坐且莫諠」、「悲與親友别」、「穆穆清風至」、「蘭若生春陽」、「步出城東門」、「白楊初生時」，凡十首，皆首尾全。近又閲《類要》及《北堂書鈔》、《修文殿御覽》，會合叢殘，得此首，其碎句無首尾者，載之於《詩話補遺》。

咄唶歌

「棗下何纂纂，榮華各有時。棗初欲赤時，人從四方來。棗適今日罄，誰當仰視之。」〇「咄唶」，《晉書》作「咄嗟」，《魯靈光殿賦》作「窋咤」。

麥含金

《梁鴻傳》載鴻詩二首，「麥含含兮方秀」，刻本皆如此。《藝文類聚》引之，作「麥含金」爲是，「金」與「含」相似而衍爲二字也。此當表出之。

狄香

張衡《同聲歌》：「灑掃清枕席，鞮芬以狄香。」鞮，履也。狄香，外國之香也。謂以香薰履也。近刻《玉臺新詠》及《樂府詩集》改「狄香」作「秋香」，太謬。吴中近日刻古書，妄改例如此，不能一一盡彈正之。

古歌銅雀詞

「長安城西雙員闕，上有一雙銅雀宿。一鳴五穀生，再鳴五穀熟。」○此詩《文選》注所引有缺字，今考《太平御覽》足之。○劉禹錫詩：「銅雀應豐年。」

（以上輯自《升庵外集》卷六十七）

橫浦論詩

橫浦張九成謂：「王粲《贈蔡子篤》詩，大有變風之思；嵇叔夜《送秀才從軍》詩，有古詩人之風；劉公幹《贈從弟》詩，有《國風》餘法。」

連綿字

左太冲《招隱》詩：「峭蒨青葱間，竹柏得其真。」五言詩用四連綿字，前無古，後無今。

陸士衡詩

陸士衡詩：「感别慘舒翮，思歸樂遵渚。」注：「舒翮謂鵠，遵渚謂鴻。言感别之情，慘於舒翮之飛鵠；思歸之志，樂於遵渚之征鴻也。」

湖陰曲題誤

「王敦屯于湖，帝至于湖，陰察營壘而去。」此《晉紀》本文。于湖，今之歷陽也。「帝至于湖」爲一句，「陰察營壘」爲一句。温庭筠作《湖陰曲》，誤以「陰」字屬上句也。張耒作《于湖曲》

以正之。

寄梅事

寄梅事始見于《説苑》：「越使諸發云：『豈有一枝梅可寄國君者乎？』」又《詩話》載南北朝范曄與陸凱相善，凱在江南，寄梅花一枝詣長安與曄，且贈一詩云云。按曄爲江南人，陸凱字智君，代北人。當是范寄陸耳，凱在長安，安得梅花寄曄乎？

苻堅詩

「商風隕秋籜」，苻堅詩也，何讓漢魏！

傅玄雜詩

傅玄《雜詩》：「攝衣步前庭，仰觀南雁翔。玄景隨形運，流響歸洞房。」五臣注：「景，雁影也，映於月光而色玄也。」二句皆承上文説雁，其旨始白。五臣注亦不可廢。

粘天

庾闡《揚都賦》：「濤聲動地，浪勢粘天。」本自奇語。昌黎祖之曰「洞庭漫汗，粘天無壁」，張祜詩「草色粘天鶗鴂恨」，黄山谷「遠山粘天吞釣舟」。秦少遊小詞「山抹微雲，天粘衰草」，正用此字爲奇。今俗本作「天連」，非矣。

古詩用古韻

南平王劉鑠《過歷山湛长史草堂》詩云：「兹山蘊靈詭，憑覽趣亦贍。九峰相接連，五渚逆縈浸。層阿疲且引，絶巘暢方禁。溜泉夏更寒，林交晝長蔭。伊余久緇涅，復得味苦淡。顧逐安期生，於焉愜高枕。」贍音憤。淡、枕與浸、蔭皆相叶爲韻，蓋用古韻也。又庾信《喜晴應詔》詩云：「御辯誠膺籙，維皇稱有建。柏梁驂四馬，高陵馳六傳。河堤崩故柳，秋水高新堰。王城水鬥息，洛浦河圖獻。伏泉還習坎，陰風已回巽。桐枝長舊圍，蒲節抽新寸。山藪欣藏疾，幽棲得無悶。有慶兆民同，論年天子萬。」亦古韻也。吴才老《韻補》自謂博極群書，而不引此，何邪？〇劉鑠字休玄，《文選》載其《擬古》二首，其別詩惟見此首耳。湛長史名茂之，其酬休玄詩云：「閉户守玄漠，無復車馬跡。衰廢歸丘樊，歲寒見松柏。身慚淮陽老，名忝梁園客。習隱非市朝，追賞在山澤。離離插天樹，磊磊間雲石。將此怡一生，傷哉駒過隙。」六朝詩今罕傳，併紀于此。

凝笳疊鼓

謝玄暉《鼓吹曲》：「凝笳翼高蓋，疊鼓送華輈。」李善注：「徐引聲謂之凝，小擊鼓謂之疊。」岑參《凱歌》：「鳴笳擂鼓擁回軍。」急引聲謂之鳴，疾擊鼓謂之擂。凝笳疊鼓，吉行之文儀也。鳴笳擂鼓，師行之武備也。詩人之用字不苟如此，觀者不可草草。

謝靈運逸詩

謝靈運有集，今亡。其詩獨《文選》及《樂府》、《藝文類聚》所載數十首耳。余見《永嘉記》所引斷章，諸選不收者，今録於此。《温州柟溪》詩曰：「澹潋結寒波，檀欒秀霜質。洞合水屢迷，林迴巖愈密。」《登石室飯僧》詩曰：「迎旭凌絶巘，映弦歸椒浦。」「結架非丹檻，藉田資宿莽。」又《泉山》詩曰：「清旦索幽異，方舟越坰郊。」「石室穿林陬，飛泉發樹梢。」《丹山》詩曰：「遨遊碧沙渚，坦蕩丹山峰。」

串

《文選》謝惠連詩：「聊用布親串〔一〕。」○注：「串，習也。」梁簡文詩：「長顰串翠眉。」《南史》：「軍人串噉粗食。」

晚見朝日

謝靈運詩：「曉聞夕飆急，晚見朝日暾。」此語殊有變互。凡風起必以夕，此云「曉聞夕飆」，即杜子美之「喬木易高風」也。「晚見朝日」，倒景反照也。孟郊詩：「南山塞天地，日月石上生。高峰夕駐景，深谷夜先明。」皆自謝詩翻出。

顔謝詩評

沈約云：「延年體裁明密，靈運興會標舉。」

〔一〕「布」，原本作「希」，據《四部叢刊》景宋本《六臣注文選》卷二《秋懷詩》、《秇林伐山》卷十一「串」改。

陶淵明九月九日

「野人迷節候，端坐隔塵埃。忽見黄花吐，方知素節回。映崖千段發，臨浦萬株開。香氣徒盈把，無人送酒來。」○按周麟曰：「淵明古體蟠曲入八句中，渾然天成，唐末諸人所不能也。」

東坡評陶詩

陶詩質而實綺，癯而實腴。

驅雁

鮑照詩：「秋霜曉驅雁，春雨暗成虹。」佳句也。杜子美詩「朔風驅胡雁，慘淡帶沙礫」之句本此。又陽休之《洛陽伽藍記》有「北風驅雁，千里飛雲」之語〔一〕。庾信詩「秋風驅亂螢」，句亦奇甚。

〔一〕 按，「陽休之」，當爲「楊衒之」之誤。

後山詩話[一]

鮑明遠《行路難》壯麗豪放，若决江河，詩中不可比擬，大似賈誼《過秦論》。

古今樂録

宋武帝出遊鍾山，幸何美人墓，朱碩仙歌曰：「爲憶所歡時，緣山破芿荏。山神感儂意，磐石鋭峰動。」帝不悦曰：「小人弄我。」時朱子尚亦善歌，復爲一曲曰：「暧暧日欲暝，觀騎立踟蹰。太陽猶尚可，且願停斯須。」於是並蒙賞。按「荏」音「宂」，蓋方言也。

湛方生酬南平王

「閉户守玄漠，無復車馬迹。衰廢歸丘樊，歲寒見松柏。身慚淮陽老，名忝梁園客。習隱非市朝，追賞在山澤。離離插天樹，磊磊間雲石。將此怡一生，傷感駒度隙。」○亦見《毗陵志》。方生，晉之文人，後仕於劉宋。

[一] 按，此條實出《許彦周詩話》。

夏侯湛補亡詩

夏侯湛補亡詩曰：「既殷斯虔，仰説洪恩。夕定辰省〔二〕，奉朝侍昏。宵中告退，雞鳴在門。孳孳温恭，夙夜是敦。」

魏收挾瑟歌

「春風宛轉入曲房，兼送小苑百花香。白馬金鞍去未返，紅妝玉筯下成行。」此詩緣情綺靡，漸入唐調。李太白、王少伯、崔國輔諸家皆效法之。

魏收贈裴伯茂詩

「臨風想玄度，對酒思公榮。」誠秀句也。惜不見全篇。

〔二〕「夕定辰省」，原本作「名定匡省」，據《世説新語》卷二「文學第四」改。

王融詩

「游禽暮知返，行人獨不歸。坐銷芳草氣，空度明月輝。嚬容入朝鏡，思淚點春衣。巫山彩雲合，淇上緑條稀。待君竟不至，雙雙秋雁飛。」〇「想像巫山高，薄暮陽臺曲。烟雲乍捲舒，蘅芳時斷續。彼美如可期，晤言紛在矚。憮然坐相望，秋風下庭緑。」此詩多誤字，以《樂府》及《英華》、《玉台新詠》、《初學記》參對定之。

梁武白紵辭

「朱絲玉柱羅象筵，飛琯促節舞少年。短歌流目未肯前，含笑一轉私自憐。」此喻君臣朋友相知不盡者也。《楚辭》「私自憐兮何極」，三字極有意。人君之聘臣，宰相之薦賢，相知必深，相信必素，而後可出。「曰黄昏以爲期兮，羌中道而改路」，「交不終兮怨長，期不信兮告予以不閑」，屈子所以三致意而怨嘆也。還觀古今，炯戒多矣。有相知相信之深，一出而成功者，伊尹、傅説也；有相知相信未深，確乎不拔者，嚴子陵、蘇雲卿也。孔明感三顧而出，先主終違草廬之言，守小信不取荆州，狼狽當陽，欲奔蒼梧，非孔明求救孫將軍，是亦劉表而已。後人好議論者，猶云「只合終身作卧龍」。下此如苻秦之王猛、唐氏之魏徵，不思其身後之言，伐晉，伐高麗，以致敗亡。余謂二君之驕忿甚矣，王猛、魏徵縱不死，亦不能止其行也。又下此則范增、韓生而已，是女之見金夫而不有躬者也。○宋人詩話以此詩爲古今第一，良有深見，而不著其説，余特爲衍之。

瑟居

梁武帝詩：「瑟居超七浄。」「瑟」與「索」同，「蕭索」字一作「蕭瑟」，則「索居」亦得作「瑟居」也。蓋「瑟」、「索」皆借用字，正字作「摵」。

梁簡文和蕭侍中子顯春別

「別觀蒲桃帶實垂，江南豆蔻生連枝。無情無意尚如此，有心有恨徒自知。」《詩》云：「隰有萇楚，猗儺其枝。夭之沃沃，樂子之無知。」此詩祖其意。

梁元帝螢火詩〔二〕

本隨秋草並，今與夕風清。縈空若星隕，拂樹似花生。屏疑神火照，簾似夜珠明。逢君拾光彩，不恡此身輕。

韋應物螢火詩

「月暗竹亭幽，螢光拂席流。還如故園夜，又度一年秋。暫慨觀書興，何慚秉燭遊。府中徒冉冉，明發好歸休。」此二詩絶佳，予愛之。比之杜子美，則杜似太露。

梁元帝陽雲館柳詩

「楊柳非花樹，依樓自覺春。枝邊通粉色，葉底映紅巾。帶日交窗影，因風掃隙塵。入簾應有意，偏宜桃李人。」此詩諸本所載不同，以定本正之。

〔二〕《文苑英華》卷三百二十九録此詩，題作「梁簡文帝詠螢詩」。

梁元帝登百花亭懷荆楚 此詩又以爲邵陵王綸作。

「極目纔千里，何由望楚津。落花灑行路，垂楊拂砌塵。柳絮飄春雪，荷珠漾水銀。試酌新清酒，遥勸陽臺人。」見江州石本。

落星遠戍

「落星依遠戍，斜日半平林」，梁元帝句也。「故鄉一水隔，風烟兩岸通」，陳後主句也。唐人高處始能及之。見《五代新説》。

蕭子顯春别

「江東大道日華春，垂楊掛柳掃輕塵。淇水昨送淚沾巾，紅妝宿昔已迎新。」昨别下淚而送舊，今已紅妝而迎新，娼樓之本色也。六朝君臣，朝梁暮陳，何異於此。

蕭紀巫峽詩

巫峽七百里，巴水三回曲。黄牛隱復見，清猿斷還續。

蕭懿春庭晚望

「春庭聊縱望，春臺自相引。窗梅落晚花，池竹開新笋。泉鳴知水急，雲來覺山近。不愁花不飛，只畏花飛盡。」二詩載入《千里面談·寄張禺山》。

江總長安九日詩

「心逐南雲逝，身隨北雁來。故園籬下菊，今日爲誰開。」○總爲梁人，歷梁、陳、隋，至唐貞觀中，九十餘矣。此詩在唐時矣，故編之。

江總怨詩

「採桑歸路河流深，憶昔相期柏樹林。奈許新縑傷妾意，無由故劍動君心。」六朝之詩，多是樂府，絶句之體未純，然高妙奇麗，良不可及。泝流而不窮其源，可乎？故特取數首於卷首，庶乎免於「賣花擔上看桃李」之誚矣。○古樂府「下山逢故夫」詩曰：「新人工織縑，舊人工織素。」故劍，用干將、莫邪雌雄二劍離而復合事。

劉之遴酬江總詩

「上位居崇禮，寺署鄰棲息。忌聞曉騶唱，每畏晨光艷。高談意未窮，晤對賞無極。探急共遨遊，休沐忘退食。曷用消鄙吝，枉趾觀顔色。下上數千載，揚確吐胸臆。」○探急，謂其請急也。古云請急，今曰給假。

（以上輯自《升庵外集》卷六十八）

八詠

沈約《八詠》詩云：登臺望秋月，會圃臨春風，秋至愍衰草，寒來悲落桐，夕行聞夜鶴，晨征聽曉鴻，解佩去朝市，被褐守山東。此詩乃唐五言律之祖也。「夕」、「夜」，「晨」、「曉」四字，似複非複，後人決難下也。東坡詩「朝與鳥鵲朝，夕與牛羊夕」二句尤妙，亦祖沈意。

鄉里夫妻

俗語云：「鄉里夫妻，步步相隨。」言鄉不離里，如夫不離妻也。古人稱妻曰「鄉里」。沈約《山陰柳家女》詩曰：「還家問鄉里，詎堪持作夫？」《南史·張彪傳》曰：「我不忍令鄉里落他處。」姚令威曰：「會稽人曰家里〔一〕，其義同也。」見《西溪叢語》。

昔昔鹽

梁樂府《夜夜曲》，或名《昔昔鹽》，昔即夜也。《列子》：「昔昔夢爲君。」鹽亦曲之別名。

薛道衡和許給事善心戲場轉韻

「京洛重新年，復屬月輪圓。雲間璧猶轉，空裏鏡孤懸。萬方皆集會，百戲盡來前。臨衢車不絕，夾道閣相連。驚鴻出洛水，翔鶴下伊川。艷質迴風雪，笙歌韻管弦。佳麗儼成行，相攜入戲場。衣類何平叔，人同張子房。高高城裏髻，峨峨樓上妝。羅裙飛孔雀，綺帶垂鴛鴦。月映班姬扇，風飄韓壽香。竟夕魚負燈，徹夜龍銜燭。歡笑無窮已，歌吹還相續。羌笛隴頭吟，胡舞龜兹曲。假面飾金銀，盛服摇珠玉。宵深戲未闌，競爲人所矚。卧驰飛玉勒，立騎轉銀鞍。從衡既躍劍，揮霍復跳丸。抑揚百獸舞，盤珊五禽戲。狻猊弄斑足，炬象垂長鼻。青羊跪復跳，白馬回旋騆。忽見羅浮起，俄看鬱島至。峰領既崔嵬，林薄亦青翠。麐麚下騰倚，猴猿或跂企。

〔一〕「里」，原本脱，據明嘉靖俞憲崑鳴館刻本《西溪叢語》卷下補。

金徒列舊刻，玉律動新灰。甲荑垂陌柳，殘花散苑梅。繁星漸寥落，斜月尚徘徊。王孫猶勞戲，公子未歸來。共酌瓊酥酒，同傾鸚鵡杯。普天逢聖日，兆庶喜康哉。」○按《隋·柳彧傳》有《請禁正月十五日角觝戲奏》云：「京邑内外，每以正月望夜，鳴鼓聒天，燎炬照地，人戴獸面，男爲女服，倡優雜伎，詭狀異形，高棚跨路，廣幕凌雲，肴醑肆陳，絲竹繁奏。以穢嫚爲歡娱，用鄙褻爲笑樂，淫行因此而生，盜賊由兹而起。請敓行天下，並即禁斷。」即此時事也。

若光嵫景

江淹詩：「屬我嵫景半，賞爾若光初。」嵫景，崦嵫之景；若光，若木之光。一喻老，一喻少也。

江淹詠美人春遊

「江南二月春，東風轉綠蘋。不知誰家子，看花桃李津。白雪凝瓊貌，明珠點絳脣。行人咸嘆息，争擬洛川神。」此詩見《文通外集》。點絳脣，後人以爲曲名，以此知是詩膾炙人口久矣。〔二〕

〔二〕　此條《太史升庵文集》卷六十一題作「點絳脣」，節引五、六兩句詩。

三雅杯

劉孝綽詩：「共摛雲氣藻，同舉雅文杯。」于志寧詩：「俱裁七步詠，共傾三雅杯。」句法相似。

庚肩吾燭影詩

「垂焰垂花比芳樹，隨風隨水俱難駐。秦娥軟舞隙中來，李吾夜績光中度。燭龍潛曜城烏啼，陰陰疊鼓朝天去。」一作「春枝拂岸影上來，還杯繞客光中度」。

樹如薺

《羅浮山記》云：「望平地樹如薺。」自是俊語。梁戴暠詩「長安樹如薺」，用其語也。後人翻之益工，薛道衡詩：「遥原樹若薺，遠水舟如葉。」孟浩然詩：「天邊樹若薺，江畔洲如月。」

庾信詩

庾信之詩，爲梁之冠絶，啓唐之先鞭。史評其詩曰綺艷，杜子美稱之曰清新，又曰老成。綺艷、清新，人皆知之，而其老成，獨子美能發其妙。余嘗合而衍之曰：綺多傷質，艷多無骨。清易近薄，新易近尖。子山之詩，綺而有質，艷而有骨，清而不薄，新而不尖，所以爲老成也。若元人之詩，非不綺艷，非不清新，而乏老成。宋人詩則强作老成態度，而綺艷、清新，概未之有。若子山者，可謂兼之矣。不然，則子美何以服之如此？

清新庾開府

杜工部稱庾開府曰清新。清者，流麗而不濁滯；新者，創見而不陳腐也。試舉其略。如「文昌氣似珠，太史明如鏡」、「凱樂聞朱雁，鐃歌見白麟」、「楊柳歌落絮，鵝毛下青絲〔二〕」、「覆局能懸記，看碑解暗疏」、「池水朝含墨，流螢夜聚書」、「含風摇古度，防露動林於」，古度、林於，皆竹木名，自來無人用也。「漢陰逢荷蓧，細林見杖拏」、「濁醪非鶴髓，蘭肴異蟹胥」、「漢帝看桃核，齊侯問棗花」、「冬嚴日不暖，歲晚風多朔」、「賦用王延壽，書須韋仲將」、「千柱蓮花塔，由旬紫紺園」、「建始移交讓，徽音種合歡」、「螢排亂草出，雁拾斷蘆飛」、「羊腸連九阪，熊耳對雙峰」、「北梁送

〔二〕 按，此詩楊慎誤將七言記作五言。《四部叢刊》景明屠隆本《庾子山集》卷二《楊柳歌》有「獨憶飛絮鵝毛下，非復青絲馬尾垂」句。

孫楚，西堤別葛龔」、「古槐時變火，枯楓乍落膠」、「香螺酌美酒，枯蚌藉蘭肴」、「盛丹須竹節，量藥有刀圭」、「京兆陳安世，成都李意期」、「山精逢照鏡，樵客值圍棋」、「野爐燃樹葉，山杯捧竹根」、「被龍文瓜熟，交塍香穗低」、「學異南宮敬〔二〕，貧同北郭騷」、「蒙吏觀秋水，萊妻紡落毛」、「雪花開六出，冰珠映九光」、「階下雲峰出，窗前風洞開」、「澗底百重花，山根一片雨」、「峽路沙如月，山峰石似眉」、「荷風驚浴鳥，橋影聚行魚」、「水影搖叢竹，林香動落梅」、「水似桃花色，山如甲煎香」、「路高山裏樹，雲低馬上人」、「酒正離悲促，歌工別曲淒」、「山明疑有雪，岸白不關沙」。《詠杏花》云：「依稀映林塢，爛熳開山城。」《寄王琳》云：「玉關道路遠，金陵信使疏。獨下千行淚，開君萬里書。」《望渭水》云〔三〕：「樹似新亭岸，沙如龍尾灣。猶言吟暝浦，應有落帆還。」此二絶，即一篇《哀江南賦》也。《又別周尚書》云：「陽關萬里道，不見一人歸。惟有河邊雁，年年南向飛。」《詠桂》云：「南中有八桂，繁華無四時。不識風霜苦，安知零落期。」唐人絶句，皆倣效之。

〔二〕「宮」，原本作「官」，據《庾子山集》卷四《和裴儀同秋日》、《太史升庵文集》卷五十八「清新庾開府」改。

〔三〕「渭」，原本作「滑」，據《庾子山集》卷六《望渭水》改。

任希古和七月七日臨昆明池

「秋風始搖落，秋水正澄鮮。飛眺牽牛渚，激賞鏤鯨川。岸珠淪曉魄，池灰斂曙烟。泛槎分寫漢，儀星別構天。雲光波處動，日影浪中懸。驚鴻結蒲弋，游鯉入莊筌。萍葉疑江上，菱花似鏡前。長林代輕幄，細艸即芳筵。文華開翠激，筆海控清漣。不挹蘭尊聖，空仰桂舟仙。」〇此詩工致嚴密，杜詩「石鯨鱗甲」之句實祖之。結句尤工。

梁宮人前溪歌

「當曙與未曙，百鳥啼前窗。獨眠抱被嘆，憶我懷中儂，單情何時雙。」用韻甚古。窗，粗叢切；雙，疏工切。今《樂府》刻倒其字作「窗前」，失其音矣。

古鏡詩

「我有古時鏡，初自壞陵得。蛟龍猶泥蟠，鬼魅幸月蝕。」〇無名氏作，見《梁書》。

晨雞鳴高樹

「晨雞振翮鳴，出洞擅奇聲。蜀道隨金馬，天津應玉衡。摧冠驗遠石，繫火出連營。争栖斜揭暮，解翼横飛度。試飲淮南藥，翻上仙都樹。枝低且候潮，葉淺還承露。枝低觸嚴霜，葉淺伺朝陽。不見猜群怯寶劍，勇戰出花場。當損黄金距，誰論白玉璫。豈知長鳴逢漢帝，恃氣遇周王。流名説魯國，分影入陳倉。不復愁苻朗，猶能感孟嘗。」〇金馬碧雞，無中生有，妙句也。緯書：「玉衡星精散爲雞〔二〕。」

梔子同心

梁徐悱妻劉三娘詩：「兩葉雖爲贈，交情永未因。同心何處切，梔子最關人。」唐施肩吾《雜曲》：「憐時魚得水，怨罷商與參。不如山梔子，却解結同心。」結句又與劉三娘《光宅寺》詩同。〔三〕

〔二〕「散」，原本脱，據《藝文類聚》卷九十二「鳥部中」補。
〔三〕《太史升庵文集》卷六十録此條，引施肩吾詩後作：「韓翃詩：『檳榔滿把能消酒，梔子同心好贈人。』」

碑生金

陰鏗詩曰：「表柱應堪燭[一]，碑書欲有金。」上句用張華然燭化狐事[二]。下句碑生金事，人鮮知之。考《水經注》：「《魏受禪碑》六字生金，論者以爲司馬金行，故曹氏六世而晉代之也。」又《符子》曰：「木生蝎，石生金。」又賈逵祠前碑石生金，干寶以爲晉中興之瑞。《郭璞傳》：「碑生金，庚氏禍至矣。」陰所用蓋出此。

張正見詠雞

張正見《詠雞》詩曰：「蜀郡隨金馬，天津應玉衡。」上句用「金馬碧雞」事，下句用緯書「玉衡星精散爲雞」事也。以無爲有，以虛爲實，影略之句，伐材之語，非深於詩者，孰能爲之？嚴滄浪乃云張正見之詩「雖多，亦奚以爲」，豈知言哉！

[一]「碑生金」之題及「陰鏗詩曰表」五字，原本漫漶，據《太史升庵文集》卷五十八「碑生金」補。

[二]「華然」二字，原本漫漶，據《太史升庵文集》卷五十八補。

鄰舍詩

陳張正見《鄰舍》詩曰：「檐高同落照，巷小共飛花。」符載詩：「緑迸穿籬笋，紅飄隔户花。」于鵠詩：「蒸藜嘗共竈，澆薤亦同渠。傳屐朝尋藥，分燈夜讀書。」劉長卿：「雞聲共林巷，燭影隔茅茨。」〔一〕徐鍇詩：「井泉分地脉，碪杵共秋聲。」〔二〕梅聖俞詩：「壁隙透燈光，籬根分井口。」〔三〕總不如杜工部《贈朱山人》云：「相近竹參差，相過人不知。幽花欹滿樹，曲水細通池。歸客村非遠，殘樽席更移。看君多道氣，從此數相隨。」渾成不見剞劂，而句句切題。

顧野王芳樹詩

「上林通建章，雜樹遍林芳。日影桃蹊色，風吹梅逕香。幽山桂葉落，馳道柳條長。折榮疑路遠，用表莫相忘。」詠芳樹，而中四句用桃、梅、桂、柳，不覺其冗。若宋人則以爲忌矣，在古人

〔一〕此詩見錢起《錢考功集》卷四，題作「贈鄰居齊六司倉」。
〔二〕《知不足齋叢書》本《臨漢隱居詩話》録此詩，爲徐鉉作，題作「喜李少保卜鄰」。
〔三〕原本二句倒乙，據《臨漢隱居詩話》改正。又參見《四部叢刊》景明萬曆梅氏祠堂本《宛陵先生集》卷六《南鄰蕭寺丞夜訪别》。

則多多益善，與宗懔《春望》詩相似。

複裙詩

陳蕭鄰《詠複裙》詩：「晶晶金沙净，離離寶縫分。纖腰非學楚，寬帶爲思君。」

宗懔荆州泊

「南樓西下時，月裏聞來棹。桂水舳艫回，荆州津濟鬧。移帷向星漢，引帶思容貌。今夜一江人，惟應妾身覺。」有《國風》之意，怨而不怒，艷而不淫。

宗懔春望

「日暮春臺望，徙倚愛餘光。都尉新移棗，司空始種楊。一枝猶桂馥，十步有蘭香。望望無萱草，沉憂竟不忘。」此詩用事奇崛工緻。漢人尹都尉著書，名《種楊法》，中有云「棗鼠耳，槐兔目」之語。《淮南子》：「正月之官司空〔二〕，其樹楊。」用事頗僻，故須略釋。棗、楊、桂、蘭，所見

〔二〕「正月」，原本作「二月」，據《四部叢刊》景鈔北宋本《淮南鴻烈解》卷五《時則訓》改。

也，興也。萱草，所懷也，比也。八句之中，草木居其五焉，在後人不勝其堆垛矣。用之不覺者，以意勝也，與顧野王《芳樹》詩相似。

劉三娘光宅寺見少年頭陀有感

「長廊欣目送，廣殿悦逢迎。何當曲房裏，幽隱無人聲。」「兩葉雖爲贈，交情永未因。同心何處切，梔子最關人。」○韓翃「檳榔滿把能消酒，梔子同心好贈人」，正用此事。

楚妃吟

「窗中曙，花早飛。林中明，鳥早歸。庭前日〔二〕，暖春閨，香氣亦霏霏。香氣飄，當軒清唱調。獨顧慕，含怨復含嬌。蝶飛蘭復熏，裊裊輕風入裙。春可游，歌聲梁上浮。春遊方有樂，沉沉下羅幕。」○句法極異。

〔二〕「日」，原本脱，據《四部叢刊》景汲古閣本《樂府詩集》卷二十九《楚妃吟》補。

蘇子卿梅花詩 後周人。

中庭一樹梅，寒多葉未開。只言花是雪，不悟有香來。上郡春恒晚，高樓年易催。織書偏有意，教逐錦文回。

王褒渡河

「秋風吹木葉，還似洞庭波。常山臨代郡，亭障繞黄河。心悲異方樂，腸斷隴頭歌。薄暮疲征馬，失道北山阿。」首二句警絶。

隋煬帝野望詩

「寒鴉飛數點，流水繞孤村。斜陽欲落處，一望黯銷魂。」此詩見《鐵圍藂譚》，秦少游改爲小詞。

遠水如岸

海濱之人曰：「遠望海水，似高於地，有如岸焉，蓋水氣也。」煬帝《望海》詩曰：「遠水翻如岸，遥山倒似雲。」

煬帝曲名

《玉女行觴》、《仙人留客》，皆煬帝曲名。

古行路難

「千門皆閉夜何央，百憂俱集斷人腸。探揣箱中取刀尺，拂拭機上斷流黄。情人逐情雖可恨，傷畏邊遠乏衣裳。已繰一繭催衣縷，復擣百和熏衣香。猶悵舊時腰大小，不知今日身短長。裲襠雙心共一抹，袙複兩邊作八撮。襻帶雖安不忍縫，開孔才穿猶未達。胸前却月兩相連，本照君心不照天。願君分明得此意，勿復流蕩不如先。含悲蓄怨判不死，封情忍思待明年。」○此詩叙寄衣而細微曲折，如出縫婦之口，詩至此可謂細密矣。[一]

（以上輯自《升庵外集》卷六十九）

[一] 此條又見於《詩話補遺》卷一，題作「王筠詠邊衣」，節録其詩六句，末評字句小異。

頌聲寢變風息

成、康没而《頌》聲寢，陳靈興而變《風》息。

賦比興

李仲蒙曰：「叙物以言情謂之賦，情物盡也。索物以托情謂之比，情附物也。觸物以起情謂之興，物動情也。」

唐詩主情

唐人詩主情，去《三百篇》近；宋人詩主理，去《三百篇》却遠矣。匪惟作詩也，其解詩亦然。且舉唐人閨情詩云：「裊裊庭前柳，青青陌上桑。提籠忘采葉，昨夜夢漁陽。」即《卷耳》詩首章之意也。又曰：「鶯啼緑樹深，燕語雕梁晚。不省出門行，沙場知近遠。」又曰：「漁陽千里道，近於中門限。中門逾有時，漁陽常在眼。」又云：「夢裏分明見關塞，不知何路向金微。」又云：

「妾夢不離江上水，人傳郎在鳳凰山。」即《卷耳》詩後章之意也。若如今《詩傳》解爲托言[一]，而不以爲寄望之詞，則《卷耳》之詩，乃不若唐人作閨情詩之正矣。若知其爲思望之詞，則《詩》之寄興深，而唐人淺矣。若使詩人九原可作，必蒙印可此説耳。

唐詩翻三百篇意

唐劉采春詩：「那年離别日，只道往桐廬。桐廬人不見，今得廣州書。」此本《詩疏》「何斯違斯」一句，其疏云：「君子既行王命於彼遠方，謂適居此一處，今復乃此去，更轉遠於餘方。」韋蘇州詩：「春潮帶雨晚來急，野渡無人舟自横。」此本於《詩》「泛彼柏舟」一句，其疏云：「舟載渡物者，今不用，而與衆物泛泛然俱流水中，喻仁人之不見用。」其餘尚多類是。《三百篇》爲後世詩人之祖，信矣。

珊瑚鉤詩話

張表臣云：「刺美風化，緩而不迫，謂之風。采摭事物，摛華布體，謂之賦。推明政治，莊語

[一]「爲」，原本殘缺，據《太史升庵全集》卷五十八「唐詩近三百篇」條補。

得失，謂之雅。形容盛德，揚勵休功，謂之頌。幽憂憤悱，寓之比興，謂之騷。感觸事物，托於文章，謂之辭。程事較功，考實定名，謂之銘。援古刺今，箴戒得失，謂之箴。猗裁遷抑，以揚永言，謂之歌。非鼓非鐘，徒歌謂之謡。步驟馳騁，斐然成章，謂之行。品秩先後而推之，謂之引。聲音雜比，高下短長，謂之曲。吁嗟慨嘆，悲憂深思，謂之吟。吟詠性情，總合而言志，謂之詩。蘇、李而上，高古簡淡，謂之古。沈、宋而下，法律精切，謂之律。」此詩之語衆體也。

杜少陵論詩

杜少陵詩曰：「不及前人更勿疑，遞相祖述竟先誰。别裁僞體親風雅，轉益多師是汝師。」此少陵示後人以學詩之法。前二句，戒後人之愈趨愈下；後二句，勉後人之學乎其上也。蓋謂後人不及前人者，以遞相祖述，日趨日下也。必也區别裁正浮僞之體，而上親《風》、《雅》，則諸公之上，轉益多師，而汝師端在是矣。此説精妙，杜公復生，必蒙印可。然非予之説也。須溪語羅履泰之説，而予衍之耳。

韻語陽秋

書生作文，務强此弱彼，謂之尊題。至於品藻高下，亦略存公論可也。白樂天在江州聞商婦琵琶，則曰：「豈無山歌與村曲，嘔啞嘲哳難爲聽。今夜聞君琵琶語，如聽仙樂耳暫明。」在巴峽聞琵琶云：「絃清撥利語錚錚，背却殘燈就月明。賴是無心惆悵事，不然争奈子絃聲。」至其後作《霓裳羽衣歌》，乃曰：「湓城但聽山魈語，巴峽唯聞杜鵑哭。」乍賢乍佞，何至如此之甚乎？韓昌黎美石鼓之篆，至有「羲之俗書逞娥媚」，亦强此弱彼之過也。

鍾常侍詩品

劉繪字士章。「抱玉者聯肩，握珠者踵武。」言文士之多。「骨氣奇高，詞彩華茂。情兼雅怨，體被文質。」曹子建詩。「陶性靈，發幽思。言在耳目之内，情寄八荒之表。」評阮籍。「咀嚼英華，厭飫膏澤，文章之淵泉也。」陸機。「詞彩葱蒨，音韻鏗鏘。」張協。「名章迥句，處處間起；麗興新聲，絡繹奔會。」謝靈運。「托諭高遠，良有鑒裁。」嵇康。「鑒」音「蔟」。「善爲凄悷之詞，自有清拔之氣。」劉越石。「得景陽之詭諔，含茂先之靡嫚。骨節强於謝混，驅邁疾於顔延。總四家而擅美，跨兩代而孤出。」鮑照。「奇章秀句，往往警遒。足使叔源失步，明遠變色。」謝朓。「詩體總雜，善於摹擬，筋力于王微，成就於謝朓。」江淹。范雲「清便宛轉，如流風回雪」，丘遲「點綴映媚，似落花依草」，孔稚圭「生於封谿，而文爲彫飾」。封谿，今之廣東出猩猩處。

敖陶孫器之評詩〔一〕

敖陶孫器之評詩曰〔二〕：「魏武帝如幽燕老將，氣韻沉雄。曹子建如三河少年，風流自賞。鮑明遠如饑鷹獨出，奇矯無前。謝康樂如東海揚帆，風日流麗。陶彭澤如絳云在霄，舒卷自如。王右丞如秋水芙蓉，倚風自笑。韋蘇州如園客獨繭，暗合音徽。孟浩然如洞庭始波，木葉微落。杜牧之如銅丸走坂，駿馬注坡。白樂天如山東父老課農桑，事事言言皆著實。元微之如李龜年説天寶遺事，貌悴而神不傷。劉夢得如鏤冰雕瓊，流光自照。李太白如劉安雞犬，遺響白雲，覈其歸存，恍無定處。韓退之如囊沙背水，惟韓信獨能。李長吉如武帝食露盤，無補多欲。孟東野如埋泉斷劍，卧壑寒松。張籍如優工行鄉飲，醻獻秩如，時有詼氣。柳子厚如高秋獨眺，霽晚孤吹。李義山如百寶流蘇，千絲鐵網，綺密瓌妍，要非適用。宋朝，蘇東坡如屈注天潢，倒連滄海，變眩百怪，終歸雄渾。歐公如四瑚八璉，正可施之宗廟。荆公如鄧艾縋兵入蜀，要以險絶爲功。山谷如陶弘景入官，析理譚玄，而松風之夢故在。梅聖俞如關河放溜，瞬息無聲。秦少游

〔一〕「敖陶孫器之」，原本作「孫器之」，據元至元慶元路儒學刻明遞修本《玉海》卷五十九「藝文」補。

〔二〕「敖」，原本作「定」，據《玉海》改。

如時女步春，終傷婉弱。後山如九皋獨唳，深林孤芳，冲寂自妍，不求識賞。韓子蒼如梨園按樂，排比得倫。吕居仁如散聖安禪，自能奇逸。其他作者，未易殫陳，獨唐杜工部如周公制作，後世莫能擬議。」

蜀詩人

唐時蜀之詩人，陳子昂、于季子、閭丘均、李白、阮咸、雍陶、劉灣、何兆、李餘、劉猛，人皆知之。《北夢瑣言》云：符載、楊衡、宋濟、張仁寶，皆蜀人，栖隱青城山。符載字厚之，文學武藝雙絶，文見《唐文粹》。楊衡詩見《唐音》。宋濟詩止有《東陵美女》一首。張仁寶，閬中人，見劉後村《千家詩》。

宋人論詩

宋人論詩云：「今人論詩，往往要出處，『關關雎鳩』出在何處？」此語似高而實卑也。何以言之？聖人之心如化工，然後矢口成文，吐辭爲經；自聖人以下，必須則古昔，稱先王矣。若以無出處之語皆可爲詩，則凡道聽塗説、街談巷語，酗徒之駡坐，里媪之詈雞，皆詩也，亦何必讀書哉？此論既立，而村學究從而演之曰：「尋常言語口頭話，便是詩家絶妙辭。」噫！《三百篇》中，如《國風》之微婉，二《雅》之委蛇，三《頌》之簡奥，豈尋常語口頭話哉？或舉宋人語問予曰：「『關關雎鳩』，出在何處？」予答曰：「『在河之洲』，便是出處。」此言雖戲，亦自有理。蓋詩之爲教，多識於鳥獸草木之名。關關，狀鳥之聲；雎鳩，舉鳥之名。河洲，指鳥之地，即是出處也。豈必祖述前言，而後爲出處乎？然古詩祖述前言者亦多矣。如云「先民有言」，又云「人亦有言」，或稱「先民有作」，或稱「我思古人」。《五子之歌》述「皇祖有訓」，《禮》引逸詩稱：「昔吾有先正，其言明且清。」《小旻》刺厲王而錯舉《洪範》之五事，《大東》傷賦斂而歷陳保章之諸星，此即古詩述前言援引典故之實也，豈可謂無出處哉？必以無出處之言爲詩，是杜子美所謂偽體也。

胡唐論詩

胡子厚與予論詩曰：「人有恒言曰：『唐以詩取士，故詩盛；今代以經義選舉，故詩衰。』此論非也。詩之盛衰，係於人之才與學，不因上之所取也。漢以射策取士，而蘇、李之詩，班、馬之賦出焉，此豈係於上乎？屈原之《騷》，争光日月，楚豈以騷取人耶？況唐人所取五言八韻之律，今所傳省題詩多不工，今傳世者非省題詩也。姑以畫論，晉有顧愷之，唐有吴道玄，晉、唐未嘗以畫取士也。至宋則馬遠、夏珪，不足爲顧、吴之衙官；近代吴小仙、林良，又不足爲馬、夏之奴僕。畫既有之，詩亦宜然，謂之時代可也。」余深服其言。唐子元薦與予書，論本朝之詩：「洪武初高季迪、袁可潛一變元風，首開大雅，卓乎冠矣。二公而下，又有林子羽、劉子高、孫炎、孫蕡、黄玄之、楊孟載輩羽翼之。近日好高論者曰『沿習元體』，其失也瞽，又曰『國初無詩』，其失也聾。一代之文，曷可誣哉？永樂之末至成化之初，則微乎貊矣。弘治間，文明中天，古學焕日。藝苑則李懷麓、張滄洲爲赤幟，而和之者多失於流易；山林則陳白沙、莊定山稱白眉，而識者皆以爲傍門。至李、何二子一出，變而學杜，壯乎偉矣！然正變雲擾而剽襲雷同，比興漸微而風騷稍遠。唐子應德，箴其偏焉。嘉靖初，稍稍厭棄，更爲六朝之調、初唐之體，蔚乎盛矣。而纖艷不逞，嘽緩無當，作非神解，傳同耳食。陳子約之，議其後焉。」張子愈光，滇之詩人也。以二子之論爲的，故著之。

採蓮曲

「錦帶雜花鈿，羅衣垂緑川。問子今何去，出采江南蓮。遼西三千里，欲寄無因緣。願君早旋反，及此荷花鮮。」○八句不對，太白、浩然皆有此體。

五言律八句不對

五言律八句不對，太白、浩然集有之，乃是平仄穩貼古詩也。僧皎然有《訪陸鴻漸不遇》一首云：「移家雖帶郭，野徑入桑麻。近種籬連菊，秋來未著花。到門無犬吠，欲去問西家。報道山中者，歸來每日斜。」雖不及李白之雄麗，亦清致可喜。

同能不如獨勝

孫位畫水，張南本畫火，吴道玄畫，楊繪塑，陳簡齋詩，辛稼軒詞，同能不如獨勝也。○太白見崔顥《黄鶴樓》詩，去而賦《金陵鳳凰臺》。

葉晦叔論詩

晦叔云：「七言律大抵多引韻起，若以側句入，尤峻健，如老杜『幽棲地僻』是也，然猶是對偶。若以散句起，又佳，如『苦憶荆州醉司馬』是也。」洪容齋《送晦叔》詩：「此地相從今歲晚，登臨況是客歸時。却將襟抱向誰可，正爾艱難惟子知。情到中年工作惡，别於生世易爲悲。梅花盡醉沾江上，黯淡西風凍雨垂。」正用此體。予謂絶句如劉長卿「天書遠召滄浪客」一詩尤奇。

○七言律自初唐至開元，名家如太白、浩然、韋、儲集中，不過數首，惟少陵獨多至二百首。其雄壯鏗鏘，過於一時，而古意亦少衰矣。譬之後世舉業，時文盛而古文衰廢，自然之理。

（以上輯自《升庵外集》卷七十）

律詩當句對

王維詩：「門外青山如屋裏，東家流水入西鄰。」嚴維詩：「木奴花映桐廬縣，青雀舟隨白鷺濤。」謂之當句對。

沈君攸薄暮動弦歌

柳谷向晚沉餘日，蕙樓臨暝徙斜光。金戶半入叢林影，蘭徑時移落蕊香。絲繩玉壺傳綺席，秦箏趙瑟響高堂。舞裙拂履喧珠珮，歌音出扇繞塵梁。雲邊雪飛弦柱促，留賓但須羅袖長。日莫邀歡恒不倦，處處行樂爲時康。

君攸桂檝泛中河

「黄河曲渚通千里，濁水分流引八川。仙槎逐源終未返，蘇亭遺迹尚依然。眇眇雲根侵遠樹，蒼蒼水氣合遥天。波影雜霞無定色，湍文觸岸不成圓。赤馬青龍交出浦，飛雲蓋海遠凌烟。蓮舟渡沙轉不礙，桂櫂距浪弱難前。風重金烏翅自轉，汀長錦纜影微懸。榜人欲歌先扣枻，津吏猶醉强持船。河堤極望今如此，行杯落葉詎虚傳。」○此六朝詩也。七言律未成而先有七言排律矣，雄渾工緻，固盛唐老杜之先鞭也。

謝偃新曲

青樓綺閣已含春，凝妝艷粉復如神。細細香裙全漏影，離離薄扇詎障塵。樽中酒色恒宜滿，曲裏歌聲不厭新。紫燕欲飛先繞棟，黄鶯始弄即嬌人。撩亂絲垂昏柳陌，參差濃葉暗桑津。上客莫畏斜光晚，自有西園明月輪。

崔融從軍行

穹廬雜種亂金方，武將神兵下玉堂。天子旌旗過細柳，匈奴運數盡枯楊。關頭月落横西裔，塞下凝雲斷北荒。漠漠邊塵飛衆鳥，昏昏朔氣聚群羊。依稀蜀杖迷新竹，仿佛胡床識故桑。臨海舊來聞驃騎，巡河本自有中郎。坐看戰壁爲平土，近待軍營作破羌。

蔡孚打毬篇

「德陽宫北苑東陬，雲作高臺月作樓。金錘玉鑾千金地，寶杖琱紋七寶毬。竇融一家三尚主，梁冀頻封萬户侯。容色從來荷恩顧，意氣平生事俠游。共道用兵如斷蔗，俱能走馬入長楸。紅鬣錦鬉風騄驥，黄絡青絲電紫騮。奔星亂下花場裏，初月飛來畫杖頭。自有長鳴須決勝，能馳迅足滿先籌。曹王漫説彈棋妙，劇孟休矜六博投。薄莫漢宫愉樂罷，還歸堯室曉垂旒。」〇七言排律，唐人亦不多見。初唐有此三首，可謂絶倡。其後則杜工部《清明》二首。此外何其寥寥乎？楊伯謙選《唐音》，乃取王建二首，醜惡之甚，觀者自能識之。中唐則僧清江一首、温庭筠一首，皆雋永可誦。伯謙縱不能取初唐三首，獨不可取清江、庭筠之二首乎？何所見之不同也！清江、庭筠詩，《品彙》已收，兹不書。

絶句

絶句者，一句一絶，起於《四時詠》「春水滿四澤，夏云多奇峰。秋月揚明輝，冬嶺秀孤松」是也。或以爲陶淵明詩，非。杜詩「兩個黄鸝鳴翠柳」實祖之。王維詩：「柳條拂地不忍折，松柏(稍)[梢]雲從更長。藤花欲暗藏猱子，柏葉初齊養麝香。」宋六一翁亦有一首云：「夜凉吹笛千山月，路暗迷人百種花。棋散不知人换世，酒闌無奈客思家。」皆此體也。樂府有「打起黄鶯兒」一首，意連句圓，未嘗間斷，當參此意，便有神聖工巧。

唐詩不厭同

唐人詩句，不厭雷同，絶句尤多，試舉其略。如「忽見陌頭楊柳色，悔教夫婿覓封侯」，王昌齡《春閨怨》也，而李頎《春閨怨》亦云：「紅粉女兒窗下羞，畫眉夫婿隴西頭。自怨愁容長照鏡，悔教征戍覓封侯。」王勃《九日》詩云：「九月九日望鄉臺，他席他鄉送客杯。人今已厭南中苦，鴻雁那從北地來。」而盧照鄰《九日》詩亦云：「九月九日眺山川，歸心歸望積風烟。他鄉共酌金花酒，萬里同悲鴻雁天。」杜牧《邊上聞胡笳》詩云：「何處吹笳薄莫天，塞垣高鳥没狼烟。遊人一聽頭堪白，蘇武曾禁十九年。」胡曾詩云：「漠漠黄沙際碧天，問人云此是居延。停驂一顧猶魂斷，蘇武争消十九年。」戎昱《湘浦曲》云：「虞帝南巡不復還，翠娥幽怨水云間。昨夜月明湘浦宿，閨中環珮度空山。」高駢云：「帝舜南巡不復還，二妃幽怨水云間。當時珠淚垂多少，只到而今竹尚斑。」白樂天詩：「緑浪東西南北水，紅闌三百九十橋。」劉禹錫云：「春城三百九十橋，夾岸朱樓隔柳條。」杜工部詩：「新春看又過，何日是歸年？」李太白云：「萬重關塞斷，何日是歸年？」鶯鶯詩：「自從銷瘦減容光，萬轉千回懶下床。不爲傍人羞不起，因郎憔悴却羞郎。」歐陽詹《太原妓》詩：「自從銷瘦減容光，半是思郎半恨郎。欲識舊時雲髻樣，開奴牀上鏤金箱。」李賀《詠竹》云：「無情有恨何人見，露壓烟籠千萬枝。」皮日休《詠白蓮》云：「無情有恨何人見，月曉風清欲墮時。」陸龜蒙《送棋客》詩云：「滿目山川似弈棋，況當秋雁正斜飛。金門若召楊玄保，賭取江東太守歸。」温庭筠《觀棋》詩云：「閑對弈秋傾一壺，黄羊枰上幾成都。他時謁帝銅池水，便賭宣城太守無。」

奪胎换骨

漢賈捐之《議罷珠崖疏》云：「父戰死於前，子鬥傷於後。女子乘亭鄣，孤兒號於道。老母寡婦，飲泣巷哭，遥設虚祭，想魂乎萬里之外。」《後漢·南匈奴傳》、唐李華《吊古戰場文》全用其語意，總不若陳陶詩云：「誓掃匈奴不顧身，五千貂錦喪胡塵。可憐無定河邊骨，猶是春閨夢裏人。」一變而妙，真奪胎换骨矣。

烏夜啼

「芳草二三月，草與水同色。攀條摘香花，言是歡氣息。」○唐劉禹錫詩：「烟波與春草，千里同一色。」温飛卿詩：「蠻水揚光色如草。」楊孟載詩：「春草春江相妒緑。」

韻語陽秋

黄庶，字亞夫，嘗有《怪石》一絶傳于世云：「山鬼水怪著薜荔，天禄闢邪眠莓苔。鈎簾坐對心語口，曾見漢家池館來。」人士膾炙，以爲奇作。唐張碧詩亦不多見，嘗有《池上怪石》詩云：「寒姿數片奇突兀，曾作秋江秋水骨。先生應是厭風雷，著向池邊塞龍窟。我來池上傾酒樽，半酣書破青烟痕。參差翠縷擺不落，筆頭驚怪黏秋雲。我聞吴中項容水墨有高賈，邀得將來倚松下。鋪却雙繒直道難，掉首空歸不成畫。」二詩殆未易甲乙也。

華山畿

「相送勞勞渚，長江不應滿，是儂淚成許。」○與《讀曲歌》「明月不應停，特爲相思苦」同調。

神絃曲

「中庭有樹自語，梧桐摧枝布葉。」○陳後山詩「庭梧盡黄隕，風過自成語」，又「銜風窗自語，涴(璧)[壁]蝸成字」，皆用此事。

古書不可妄改

古書不可妄改，聊舉二端。如曹子建《名都篇》「膾鯉臇胎蝦，寒鱉炙熊膰」，此舊本也；五臣妄改作「炰鱉」，蓋「炰鱉膾鯉」，《毛詩》舊句，淺識者孰不以爲「寒」字誤而從「炰」字邪？不思「寒」與「炰」字形相遠，音呼又别，何得誤至於此？《文選》李善注云：今之時餇謂之寒，蓋韓國饌用此法。《鹽鐵論》「羊淹雞寒」，《崔駰傳》亦有「雞寒」，曹植文「寒鵠蒸麑」，劉熙《釋名》「韓雞爲正」，古字「寒」與「韓」通也。王維《老將行》「恥令越甲鳴吾君」，此舊本也；近刊本爲不知者改作「吴軍」，蓋「越甲」、「吾君」似是連對〔一〕，不思前韻已有「詔書五道出將軍」，五言古詩有用重韻，未聞七言有重韻也，維豈謬至此邪！按劉向《説苑》：「越甲至齊，雍門狄請死之，曰：『昔者王田於囿，左轂鳴，軍左請死之，曰：「吾見其鳴吾君也。」今越甲至，其鳴君豈左轂之下哉！』」正其事也。見其事與字之所出，始知改者之妄。

〔一〕按，「吾君」當爲「吴軍」之誤。

軍門曰和

《孫子兵法》：「兩軍相對曰和。」《戰國策》：「章子爲齊將，與秦軍交和而舍。」又《楚策》：「開西和門。」注：「軍門曰和。」唐鄭培詩「戎壘三和夕」，《文苑英華》改作「秋」，誤矣。

松下

古人詩句，不知其用意用事，妄改一字，便不佳。孟蜀牛嶠《楊柳枝》詞：「吳王宫裏色偏深，一簇烟條萬縷金。不分錢唐蘇小小，引郎松下結同心。」按古樂府《小小歌》有云：「妾乘油壁車，郎乘青驄馬。何處結同心，西陵松柏下。」牛詩用此意詠柳而貶松，唐人所謂尊題格也。後人改「松下」作「枝下」，語意索然矣。

樂府誤字

陝西近刻左克明《樂府》，本節郭茂倩《樂府詩集》，誤字尤多，略舉一二。如《讀曲歌》云：「逋髮不可料，憔悴爲誰睹。欲知相憶時，但看裙帶緩幾許。」逋髮，謂髮之散亂未料理也，「逋」字下得妙。今改作「通髮」，何解也？今據郭本正之。又《烏棲曲》云：「宜城醖酒今行熟。」醖酒，重釀酒也。不知何人妄改作「投泊」。酘酒熟則有理，投泊豈能熟也？雖郭本亦誤。按《北堂書鈔》云「宜城九醖酒曰酘酒」，並引此句。《晉白紵舞詞》「羅袿徐轉紅袖揚」、何承天《芳樹曲》「微飆揚羅袿」，皆誤「袿」作「鞋」。

康浪

甯戚《飯牛歌》：「康浪之水白石爛。」康浪水在今山東，見《一統志》，可考。今《樂府》誤作「滄浪之水」，滄浪在楚，與齊何干涉也？駱賓王文云：「觀梁父之曲，識卧龍於孔明；聽康浪之歌，得飯牛於寧戚。」此可以證。近書坊刻駱集，又妄改「康浪」作「康衢」，自是堯時事，與甯戚何干涉也？

唐詩絶句誤字

唐詩絶句，今本多誤字，試舉一二。如杜牧之《江南春》云「十里鶯啼緑映紅」，今本誤作「千里」，若依俗本，「千里鶯啼」，誰人聽得？「千里緑映紅」，誰人見得？若作十里，則鶯啼緑紅之景，村郭樓臺，僧寺酒旗，皆在其中矣。又《寄揚州韓綽判官》云「秋盡江南草未凋」，俗本作「草木凋」。秋盡而草木凋，自是常事，不必説也，况江南地暖，草本不凋乎？此詩杜牧在淮南而寄揚州人者，蓋厭淮南之摇落，而羡江南之繁華，若作草木凋，則與「青山明月」、「玉人吹簫」不是一套事矣。余戲謂此二詩絶妙：「十里鶯啼」，俗人添一撇壞了；「草未凋」，俗人減一畫壞了。甚矣，士俗不可醫也！又如陸龜蒙《宫人斜》詩云「草著愁烟似不春」，只一句，便見墳墓凄惻之意。今本作「草樹如烟似不春」，「草樹如烟」，正是春景，如何下得「不春」字？讀者往往忽之，亦食不知味者也。

賤妾亦何爲

古詩：「君亮執高節，賤妾亦何爲。」《文選》范雲《古意》詩注引之作「擬何爲」，「擬」字勝「亦」字。

杜詩誤字

《燕子》詩「穿花落水益沾巾」，范德機善本作「帖水」。「一笑正墜雙飛翼」，黄山谷云：「一笑，俗作一箭，非。」「紛紛戲蝶過閑幔」，張文潛本作「開幔」。

古詩文宜改定字

顔延年《赭白馬賦》：「戒出豕之敗駕，惕飛鳥之跱衡。」「出」字不如「突」字。白居易詩：「千呼萬喚始出來。」「始」字不如「才」字。詩文有作者未工而後人改定者勝，如此類多有之。使作者復生，亦必心服也。

逐子

杜詩：「大家東征逐子回。」劉須溪云：「『逐』字不佳。」予思之，杜詩無一字無來處，所以佳，此「逐」字無來處，所以不佳也。今稱人之母隨子就養曰逐子，可乎？然亦未有他好字易之。近有語予以「將」字易之，《詩》云「不遑將母」，蓋反言見義，若《春秋》杞伯姬以其子來朝，而書「杞伯姬來朝其子」之例也。爲文富於萬篇，貧於一字，其難如此！古樂府有「一母將九雛」之句，則「將」字甚愜，當試與知音訂之。

一笑

杜詩「一箭正墜雙飛翼」，黄山谷注作「一笑」，蓋用賈大夫妻射雉事也。

飛霜殿

范元實《詩話》：「白樂天《長恨歌》工矣，而用事猶誤。『峨眉山下少人行』，明皇幸蜀，不行峨眉山也，當改云劍門山。『七月七日長生殿，夜半無人私語時』，長生殿乃齋戒之所，非私語地也。華清宫自有飛霜殿，乃寢殿也，當改『長生』爲『飛霜』，則盡矣。」按鄭嵎《津陽門》詩：「金沙洞口長生殿，玉蕊峰頭王母祠。」則長生殿乃在驪山之上，夜半亦非上山時也。又云：「飛霜殿前月悄悄，迎風亭下風飃飃。」據此，元實之所評信矣。

湘烟

許渾詩，劉巨濟涇曾得其手書「湘潭雲盡暮烟出」，「烟」字極妙，兼是許之手筆，無疑也。後人改「烟」作「山」，無味。大抵湘中烟色與他方異。張泌詩「中流欲暮見湘烟」，沈翠微《湘中》詩「魚躍浪花翻水面，雁拖烟練束林腰」，頗中湘晚景。朱慶餘詩亦云：「浦迴湘烟暮，林香嶽氣春。」

古蠟祝丁零威歌遺句

《禮記》蠟祝辭云：「土反其宅，水歸其壑，昆蟲無作，草木歸其澤。」而蔡邕《獨斷》又有「豐年若土，歲取千百」，增此二句，義始足。《丁零威歌》：「城郭是，人民非，何不學仙冢累累。」而《修文御覽》所引云：「何不學仙去，空伴冢累累。」增此三字，文義始明，書所以貴乎博考也。

所欽《韻語陽秋》

嵇康《贈弟秀才》四言詩云：「感悟馳情，思我所欽。」則以所欽爲弟。陸機《贈從兄車騎》詩云：「寤寐靡安豫，願言思所欽。」則以所欽爲兄。又《贈馮羆》詩云：「慷慨爲誰感，願言懷所欽。」則以所欽爲友。

尹式詩

尹式和宋之問詩：「愁髮含霜白，衰顔寄酒紅。」〇杜子美云：「髮短何須白，顔衰肯再紅。」〇宋陳後山云：「短髮愁催白，衰顔酒借紅。」皆互相取用，各不失爲佳。

側寒

唐詩「春寒側側掩重門」，王介甫「側側輕寒剪剪風」，許奕小詞「玉樓十二春寒側」，吕聖求詞「側寒斜雨」。「側寒」字，詞人相承用之，不知所出，大意側不正也。「側寒」字甚新，特拈出之。

吊月

錢起詩：「月吊啼烏寒鴉起。」〇李賀詩：「蟪蛄吊月曲欄下。」

坡詩

東坡「春事闌珊芳草歇」，或疑「歇」字似趁韻，非也。唐劉瑶詩「瑶草歇芳心耿耿」，《傳奇》女郎王真詩「燕折鶯離芳草歇」，皆有出處，一字不苟如此。〇謝康樂「芳草今未歇」。

悠字單用

《詩》「悠悠蒼天」，注：「眇邈無期貌。」後人押韻，罕有單用者，惟《莊子》有「荒唐謬悠」，

《後漢書》「任重道悠」，張平子《西京賦》「建辰旅之太常，紛颸悠以容裔」，佛經「道性天悠」，可以單押。

悠字押韻

《説文》：「攸，行水也。」字本從水，省作攸，借爲所字。《古文苑·西嶽碑》：「靈則有攸。」秦嘉《述婚》詩：「神啓其吉，果獲令攸。」《文選》：「紛猋悠以容裔。」注：「旌旗摇動貌。」「悠」字，《詩》中除「悠悠」之外，只有「猋悠」與《莊子》「謬悠」、内典「道性天悠」可押。○攸，所也。韓文：「(壺)〔壼〕儀之攸。」《左傳》：「湫乎攸乎。」注：「乘危貌。」又「鬱攸，火氣也」。《五行傳》「御於怵攸」，言人君遇災，以憂爲所，則可免也。「怵攸」，猶言敬作所也。《前漢書·叙傳》：「攸攸外寓。」《支遁傳》：「嘗遊外國，歲數囊悠。」

詩押佪字

宋賞花釣魚和詩，「徘佪」無别押者，優人有「徘佪太多」之譃。余思《漢書·相如傳》有「安翔徐佪」，昭帝廟號「從佪」，揚雄賦有「佪佪徨徨」，唐松陵詩有「遲佪」，庾信文有「徠佪」。當時諸公未之精思耳，何可謂無！

北走

李文正嘗與門人論詩曰：「杜子美詩『北走關山開雨雪』與『胡騎中宵堪北走』，兩『北走』字同乎？」慎對曰：「按字書：疾趨曰走，上聲；驅之走曰奏，去聲。北走關山，疾走之走也，如《漢書》『北走邯鄲道』之走。胡騎北走，驅而走之也，如《漢書》『季布北走胡』之走。是疑不同。」先生曰：「爾言甚辨，然吾初無此意。」盧師邵侍御在側，曰：「恐杜公亦未必有此意。」蓋如此解詩，似涉於太鑿耳。

陸機太白詩音

陸機《招隱》詩：「哀音附靈波，頹響赴曾曲。」「附」音「拊」。太白詩：「羌笛橫吹阿濫回，向月樓中吹落梅。」下「吹」字音去聲，不惟便於讀，亦義宜爾也。

文選生烟字

宋人小説謂劉禹賜《竹枝詞》「瀼西春水縠文生」，乃生熟之生，信是。《文選》謝朓詩「遠樹曖芊芊，生烟紛漠漠」亦然。小謝之句，實本靈運。靈運撰《征賦》云：「披宿莽以迷徑，睹生烟而知墟。」

七平七仄詩句

「吐舌萬里唾四海。」宋玉《大言賦》。「七變入臼米出甲〔二〕。」緯書。「一月普見一切水，一切水月一月攝。」佛經。「離袿飛髾垂纖羅。」《文選》。「梨花梅花參差開。」崔魯。「有客有客字子美。」杜。

（以上輯自《升庵外集》卷七十一）

劍門明皇詩

予往年過劍門關，絶壁上見有唐明皇詩云：「劍閣横空峻，鑾輿出狩回。翠屏千仞合，丹嶂五丁開。灌木縈旗轉，仙雲拂馬來。乘時方在德，嗟爾勒銘才。」是詩《英華》及諸唐詩皆不載，故記於此。

〔二〕「入」，原本殘缺，據《秇林伐山》卷十九「七平七仄詩句」補。

韻語陽秋

《後庭花》，陳後主之所作也。主與倖臣各製歌詞，極於輕蕩，男女唱和，其音甚哀。故杜牧之詩云：「烟籠寒水月籠沙，夜泊秦淮近酒家。商女不知亡國恨，隔江猶唱後庭花。」《阿濫堆》，唐明皇之所作也。驪山有禽名阿濫堆，明皇御玉笛，將其聲翻爲曲，左右皆能傳唱。故張祜詩曰：「紅葉蕭蕭閣半開，玉皇曾幸此宫來。至今風俗驪山下，村笛猶吹阿濫堆。」二君驕淫侈靡，耽嗜歌曲，以至於亡亂。世代雖異，聲音猶存。故詩人懷古，皆有「猶唱」、「猶吹」之句。嗚呼，聲音之入人深矣！

高宗過温湯

「温渚停仙蹕，豐郊駐曉旌。路曲回輪影，巖虚傳漏聲。暖溜驚湍駛，寒空碧霧輕。林黄疏葉下，野白曙霜明。眺聽良無已，烟霞斷續生。」〇此篇《文苑英華》作太宗。按驪山石刻年紀「麟德十月朔日」，爲高宗無疑。應制和者，王德貞、楊思玄、鄭羲真，又皆高宗朝士也。

武后如意曲

「看朱成碧思紛紛，憔悴支離爲憶君。不信比來長下淚，開箱驗取石榴裙。」○張君房《脞説》云：「千金公主進洛陽男子，淫毒異常，武后愛幸之，改明年爲如意元年。是年，淫毒男子亦以情殫疾死，（後）〔后〕思之，作此曲，被於管弦。」嗚呼！武后之淫虐極矣，殺唐子孫殆盡。其後武三思之亂，武氏無少長皆誅斬絶焉，雖武攸緒之賢，而不能免也。使其不入宫闈，恣其情慾於北里教坊，豈不爲才色一名伎，與劉采春、薛洪度相輝映乎？魯三江《詠史》詩云：「唐代宗風本雜夷，周家又見結龍漦。不如放配河間傳，免使摧殘仙李枝。」

景龍文館學士長寧公主宅流杯

「憑高瞰迥足怡心，菌閣桃源不暇尋。餘雪依林成玉樹，殘英點岫即瑶岑。」○此詩非絶句體，然以半律視之，則極工矣。

岑參蔟拍六州歌頭

「西去輪台萬里餘，也知音信日應疏。隴山鸚鵡能言語，爲報家人數寄書。」○伊州、渭州、梁州、氐州、甘州、凉州，謂之六州。宋時大喪以《六州歌頭》引之，本朝用《應天長》。

儲光羲七言律

儲光羲詩五卷，五言古詩過半，七言律止《田家即事》一首而已：「桑柘悠悠水蘸堤，晚風晴景不妨犂。高機猶織卧蠶子，下阪饑逢餉饁妻。杏色滿林羊酪熟，麥凉浮隴雉媒低。生時樂死皆由命，事在旻天迴不迷。」〔二〕

選詩補注

劉履作《選詩補注》，效朱子注《三百篇》，其意良勤矣。然曲説强解，殊非作者之意。如郭璞《遊仙詩》附會於君臣治道，此何理耶？且所見寡陋，如儲光羲詩「格澤爲君駕」，格澤，星名，《大人賦》「建格澤之長竿」是也。履乃云：「獅子名曰白澤。『白』與『格』相近，白澤即格澤也。」此何異村學究之欺小童耶？

〔二〕《太史升庵文集》卷五十四録此條，引詩後尚有：「近刻本多缺誤，余以元刻本正之。〇七言律自初唐至開元名家，如太白、浩然、韋、儲集中不過數首，惟少陵獨多，至二百首。其雄壯鏗鏘，過於一時，而古意亦少衰矣。譬之後世舉業，時文盛而古文衰廢，自然之理。」

仇池筆記

《陽關三疊》，每句皆再唱，而首句不疊。

芬月

沈佺期詩：「芬月期來過。」又稱「芳月」。

劉希夷江南曲

「暮宿南州草，晨行北岸林。日懸滄海闊，水隔洞庭深。烟景無留意，風波有異潯。歲遊難極目，春戲易爲心。朝夕無榮遇，芳菲已滿襟。」〇「艷唱潮初落，江花露未晞。春洲驚翡翠，朱服弄芳菲。畫舫烟中淺，青陽日際微。錦帆衝浪濕，羅袖拂行衣。含情罷所采，相嘆惜流輝。」〇「君爲隴西客，妾遇江南春。朝遊含靈果，夕采弄風蘋。果氣時不歇，蘋花日以新。以此江南物，持贈隴西人。空盈萬里懷，欲贈竟無因。」〇「皓如楚江月，靄若吴岫雲。波中自皎潔，山上亦烟熅。明月留照妾，輕雲持贈君。山川各離散，光氣乃殊分。天涯一爲别，江北不相聞。」「艤舟乘潮去，風帆振早凉。潮平見楚甸，天際望維揚。洄泝各千里，烟波接兩鄉。雲明江嶼出，日照海流長。此中逢歲晏，浦樹落花芳。」○「莫春三月晴，維揚吴楚城。城臨大江汜，回映洞蒲清。晴雲曲金閣，珠箔碧云裹。月明芳樹君鳥飛，風過長林雜花起。可憐離别誰家子，一至於此情何已。」○「北堂紅草盛豐茸，南湖碧水照夫蓉。朝游暮起金花盡，漸覺羅裳珠露濃。自惜鉛華三五歲，已嘆關山千萬重。情人一去無還日，欲贈懷芳恨不逢。」「憶昔江南全盛時，平生怨在長洲曲。冠蓋星繁江水上，衝風飄落洞庭緑。落花罥袖紅紛紛，朝霞高閣洗晴雲。誰言此處嬋娟子，珠玉爲心以奉君。」○希夷八詩，柔情綺語，絶妙一時，宜乎招宋延清之妒也。

宋之問嵩山歌

「登天門兮，坐磐石之嶙峋。前瀧瀧兮未半，下漠漠兮無垠。紛窈窕兮，巖倚披以鵬翅；洞膠葛兮，峰棱層以龍鱗。松移岫轉，左變而右易；風生雲起，出鬼而入神。吾不知其若此靈怪，願遊杳冥兮見羽人。重曰：天門兮穹崇，回合兮攢蘩。松萬仞兮拄日，石千尋兮倚空。晚陰兮足風，夕陽兮赩紅。試一望兮敓魄，況衆妙之無窮。下嵩山兮多所思，携佳人兮步遲遲。松間明月常如此，君再遊兮復何時。」○此詩本集不收，嵩山有石刻，今但傳後四句耳。

王丘東山詩

「高潔非養正，盛名亦險艱。智哉謝安石，携妓入東山。雲巖響金奏，空水灔朱顔。蘭露滋香澤，松風鳴珮環。歌聲入空盡，舞影到池閑。杳眇同天上，繁華非世間。卷舒混名迹，縱誕無憂患。何必蘇門嘯，冥然閉清關。」○王丘，初唐人，《雀鼠谷應制》詩出沈、宋上。此詩清新俊逸，太白之先鞭也。

王績贈學仙者

「采藥層城遠，尋師海陸賒。玉壺横日月，金闕斷烟霞。仙人何處在，道士未還家。誰知彭澤也，更覓步兵邪。春釀煎松葉，秋杯泛菊花。相逢寧可醉，定不學丹砂。」此詩深有風諭於世之妄意長生者，比之朱子脱屣非難，殊爲正論，無愧文中子之友于矣。

邢象玉古意

「家中新酒熟，園裏木初榮。佇杯欲取醉，悒然思友生。忽聞有奇客，何姓復何名？嗜酒陶彭澤，能琴阮步兵。何須問寒暑，逕坐共山亭。舉袂袪飛鳥，持巾掃落英。心神無俗累，歌詠有新聲。新聲是何曲？滄浪之水清。」○象玉，初唐人，與王無功爲友，此詩脱灑而含古意。

衛象吴宫怨

「吴王宫闕臨江起，不捲珠簾見江水。曉氣晴來雙闕間，潮聲夜落千門裏。句踐城中非舊春，姑蘇臺上起黄塵。只今惟有西江月，曾照吴王宫裏人。」○此詩與王子安《滕王閣》詩相似，少誦之，知爲初唐人無疑，而未有明證。偶閲《李嶠集》，有《詠衛象餳絲結》，知爲巨山同時。高棅選唐詩，乃收之晚唐，不考之甚矣。

王奂惆悵詞

「夢裏分明入漢宫，覺來燈背錦屏空。紫臺月落關山曉，腸斷君王信畫工。」「李夫人病已經秋，武帝來看不舉頭。修嫮穠華消歇盡，玉墀羅袂一生愁。」○漢武帝思李夫人賦曰：「美連娟以修嫮兮，命剿絶而不長。」《西京雜記》：武帝《落葉哀蟬曲》云：「羅袂兮無聲，玉墀兮塵生。」亦思李夫人所作也。剪裁之妙，可謂佳絶。舊本「德所穠華」，誤謬不通，劉珥江見元人刻本，定爲「修嫮」字，誠一快也。余又見陳子高演此詩爲《太平時》填詞，易舊句「楚魂湘血」爲「玉墀羅袂」，始爲全美，今從之。

王績野望詩

「東皋薄莫望，徙倚欲何依。樹樹皆秋色，山山惟落暉。牧人驅犢返，獵馬帶禽歸。相顧無相識，長歌懷采薇。」○王無功，隋人，入唐，隱節既高，詩律又盛，蓋王、楊、盧、駱之濫觴，陳、杜、沈、宋之先鞭也，而人罕知之，况文中子之道德乎？乃知名亦有幸不幸。古云蓋棺事乃定，若此者，千年猶未定也。

（以上輯自《升庵外集》卷七十二）

太白用古樂府

古樂府：「暫出白門前，楊柳可藏烏。歡作沉水香，儂作博山爐。」李白用其意，衍爲《楊叛兒》歌曰：「君歌楊叛兒，妾勸新豐酒。何許最關情，烏啼白門柳。烏啼隱楊花，君醉留妾家。博山爐中沉香火，雙烟一氣凌紫霞。」古樂府：「朝見黄牛，暮見黄牛。三朝三暮，黄牛如故。」李白則云：「三朝見黄牛，三暮行太遲。三朝又三暮，不覺鬢成絲。」古樂府云：「郎今欲渡畏風波。」李白云：「郎今欲渡緣何事，如此風波不可行。」古樂府云：「春風復多情，吹我羅裳開。」李反其意云：「春風復無情，吹我夢魂散。」古人謂李詩出自樂府古選，信矣。其《楊叛兒》一篇，即「暫出白門前」之鄭箋也。因其拈用，而古樂府之意益顯，其妙益見。如李光弼將子儀軍，旗幟益精明；又如神僧拈佛祖語，信口無非妙道。豈生吞義山、(折)〔拆〕洗杜詩者比乎？故其贈杜甫詩有「飯顆」之句，蓋譏其拘束也。余觀李太白七言律絶少，以此言之，未窺六甲、先製七言者，視此可省矣。

阿䩞回

太白詩「羌笛横吹阿䩞回」，番曲名。張祜集有「阿濫堆」，蓋飛禽名，明皇御玉笛，采其聲翻爲曲子，即此也。番人無字，止以聲傳，故隨中國所書，人各不同耳，難以意求也。

古胡無人行

「望胡地，何險側。斷胡頭，脯胡臆。」此古詞，雖不全，然李太白作《胡無人》尾句全效，而注不知引。又郭氏《樂府》亦不載，蓋止此四句，而餘亡矣。

李太白相逢行

太白《相逢行》云：「朝騎五花馬，謁帝出銀臺。秀色誰家子，雲中珠箔開。金鞭遥指點，玉勒乍遲回。夾轂相借問，知從天上來。憐腸愁欲斷，斜日復相催。下車何輕盈，飄飄似落梅。嬌羞初解佩，語笑共銜杯。銜杯映歌扇，似雲月中見。相見不相親，不如不相見。相見情已深，未語可知心。胡爲守空閨，孤眠愁錦衾。錦衾與羅幃，纏綿會有時。春風正澹蕩，莫雨來何遲。願言三青鳥，却寄長相思。光景不待人，須臾髮成絲。壯年不行樂，老大徒傷悲。持此道密意，無令曠佳期。」此詩予家藏樂史本最善，今本無「憐腸愁欲斷」四句，他句亦不同數字，故備録之。太白號斗酒百篇，而其詩精練若此，所以不可及也。

太白懷鄉句

太白《渡荆門》詩〔一〕：「仍（連）〔憐〕故鄉水，萬里送行舟。」《送人之羅浮》詩：「爾去之羅浮，余還憩峨眉。」又《淮南卧病懷寄蜀中趙徵君蕤》詩云：「國門遥天外，鄉路遠山隔。朝憶相如臺，夜夢子雲宅。」皆寓懷鄉之意。趙蕤，梓州人，字雲卿，精於數學，李白齊名。蘇頲《薦西蜀人才疏》云：「趙蕤術數，李白文章。」宋人注李詩遺其事，併附見焉。《圖經》云：「蕤，漢儒趙賓之後，鹽亭人，屢徵不就，所著有《長短經》。」

〔一〕「荆」，原本作「金」，據明刻本《太史升庵全集》卷五十六「太白懷鄉句」、宋刻本《李太白集》卷十三《渡荆門送别》改。

太白句法

太白詩：「天山三丈雪，豈是遠行時。」又云：「水國秋風夜，殊非遠别時。」「豈是」、「殊非」，變幻二字，愈出愈奇。孟蜀韓琮詩：「晚日低霞綺，晴山遠畫眉。青青河畔草，不是望鄉時。」亦祖太白句法。

李白横江詞

「横江館前津吏迎，向余東指海雲生。郎今欲渡緣何事，如此風波不可行。」〇古樂府《烏棲曲》：「采菱渡頭擬黄河，郎今欲渡畏風波。」太白以一句衍作二句，絶妙。

陪族叔侍郎曄及賈舍人至遊洞庭

「洞庭西望楚江分，水盡南天不見雲。日落長沙秋色遠，不知何處吊湘君。」〇此詩之妙不待贊。前句云「不見」，後句「不知」，讀之不覺其複。此二「不」字，决不可易。大抵盛唐大家、正宗作詩，取其流暢，不似後人之拘拘耳。聊發此義。

又

「帝子瀟湘去不還，空餘秋草洞庭間。淡掃明湖開玉鏡，丹青畫出是君山。」○洞庭爲楚之巨浸大觀，近日士夫崇尚别號，楚人以洞庭取號者比比是，曰洞野，曰洞澤，曰洞湖、洞陽、洞陰、洞濱。唐池南侍御云：「太白詩中『明湖』二字奇甚，無人拈出爲别號及亭扁者。」

巴陵贈賈至舍人

「賈生西望憶京華，湘浦南遷莫怨嗟。聖主恩深漢文帝，憐君不遣到長沙。」○賈至，中書省舍人，左遷巴陵，有詩云：「極浦三春草，高樓萬里心。楚山晴靄碧，湘水暮流深。忽與朝中舊，同爲澤畔吟。感時還北望，不覺淚沾襟。」太白此詩解其怨嗟也，得温柔敦厚之旨矣。

杜鵑花

「蜀國曾聞子規鳥，宣城還見杜鵑花。一叫一回腸一斷，三春三月憶三巴。」○此太白寓宣州懷西蜀故鄉之詩也。太白爲蜀人，見于劉全白《志銘》、曾南豐《集序》、魏楊遂《故宅祠記》及自叙書〔二〕，不一而足，此詩又一證也。○近日吾鄉一士夫，爲山東人作詩序，云太白非蜀人，乃山東人也。余以前所引證詰之，答曰：「且諂山東人，祈綽楔貲，何暇核實？」

太白梁甫吟

李太白《梁甫吟》：「手接飛猱搏彫虎，側足焦原未言苦。」蓋用《尸子》載中黄伯及莒國勇夫事，而楊子見、蕭粹可皆不能注，今録其全文於此。《尸子》曰：「中黄伯曰：『余左執太行之猱，而右搏彫虎。』夫貧窮者，太行之猱也，疏賤者，義之彫虎也，而吾日遇之，亦足以試矣。」又曰：「莒國有石焦原者，廣五十步，臨百仞之谿，莒國莫敢近也。有以勇見莒子者，獨却行齊踵焉。所以稱于世。夫義之爲焦原也亦高矣，賢者之於義，必且齊踵，所以服一時也。」

〔二〕 按，「魏」字疑衍。

後山詩話[一]

李太白詩：「玉窗青青下落花。」花已落，又曰下，增之不覺(綴)[贅]而語益奇。李白前後三擬《文選》，不如意，悉焚之，惟留《恨》、《别賦》。

東山李白

杜子美詩：「近來海内爲長句，汝與東山李白好。」流俗本妄改作「山東李白」。按樂史序《李白集》云：「白客遊天下，以聲妓自隨，效謝安石風流，自號東山，時人遂以東山李白稱之。」子美詩句，正因其自號而稱之耳，流俗不知而妄改。近世作《大明一統志》，遂以李白入山東人物類，而引杜詩爲證，近於郢書燕説矣。噫，寡陋一至此哉！

學選詩

李太白終始學《選》詩。杜子美好者亦多是效《選》詩，後漸放手，初年甚精細，晚年横逸不

[一] 按，此條實出《許彦周詩話》。

可當。

豎子

阮籍登廣武而嘆曰：「時無英雄，使豎子成名。」豈謂沛公爲豎子乎？傷時無劉、項也。豎子指晉、魏間人耳。李太白詩：「沉醉呼豎子，狂言非至公。」亦誤認嗣宗語也。東坡詩：「聊興廣武嘆，不待雍門彈。」

搥碎黄鶴樓

李太白過武昌，見崔顥《黄鶴樓》詩，嘆服之，遂不復作，去而賦《金陵鳳凰臺》也。其事本如此。其後禪僧用此事作一偈云：「一拳搥碎黄鶴樓，一脚踢翻鸚鵡洲。眼前有景(到)[道]不得，崔顥題詩在上頭。」傍一遊僧亦舉前二句而綴之曰：「有意氣時消意氣，不風流處也風流。」又一僧云：「酒逢知己，藝壓當行。」元是借此事設辭，非太白詩也，流傳之久，信以爲真。宋初，有人僞作太白《醉後答丁十八》詩云「黄鶴高樓已搥碎」一首，樂史編太白遺詩，遂收入之。近日解學士縉作《吊太白》詩云：「也曾搥碎黄鶴樓，也曾踢翻鸚鵡洲。」殆類優伶之語。噫，太白一何不幸耶！

許彦周詩話

《許彦周詩話》云：「客言李、杜詩中説馬如《相馬經》，有能過之者乎？僕曰：《毛詩》過之。曰：六經固不可擬，然亦未嘗仔細説馬相態行步也。僕曰：願熟讀之。『兩驂如舞』，此騐語所謂花踏羊行是也。『兩驂如手』，此騐語所謂熟使喚是也。思之便覺『走過掣電傾城知』〔二〕與『神行電邁涉恍惚』爲難騎耳。」

（以上輯自《升庵外集》卷七十三）

稱許有乃祖之風

老杜高自稱許，有乃祖之風。上書明皇云：「臣之述作，沈鬱頓挫，揚雄、枚皋，可企及也。」《壯遊》詩則自比于崔、魏、班、揚。又云：「氣劘屈賈壘，目短蕭劉墻。」《贈韋左丞》則曰：「賦料揚雄敵，詩看子建親。」甫以詩雄于世，自比諸人，誠未爲過。至「竊比稷與契」，則過矣。史稱甫「好論天下大事，高而不切」，豈自比稷、契而然邪？至云「上感九廟焚，下憫萬人瘡。斯時伏

〔二〕「走」，原本爲墨釘，據《津逮秘書》本《彦周詩話》及《四部叢刊》景宋刊本《分門集注杜工部詩》卷二十三補。

青蒲，廷争守御床」，其忠藎亦可嘉矣。

不嫁惜娉婷

杜子美詩「不嫁惜娉婷」，此句有妙理，讀者忽之耳。陳後山衍之云：「當年不嫁惜娉婷，傅粉施朱學後生。不惜捲簾通一顧，怕君著眼未分明。」深得其解矣。蓋士之仕也，猶女之嫁也；士不可輕於從仕，女不可輕於許人也。「著眼未分明」，相知之不深也。古人有相知之深，審而始出，以成其功者，伊尹、孔明是也；有相知不深，確乎不出，以全其名者，嚴光、蘇雲卿是也。有相知不深，闖然以出，身名俱失者，劉歆、荀彧是也。白樂天詩：「寄言癡小人家女，慎勿將身輕許人。」亦子美之意乎？

數回細寫愁仍破

杜詩：「數回細寫愁仍破。」寫，洗野切。《禮記》：「器之溉者不寫，其餘皆寫。」注謂傳之器中。《史記》始皇三十五年：「寫蜀荆地材，皆至關中。」三十六年：「每破諸侯，寫放其宫室，作之咸陽。」《左傳》注：「寫器令空。」《東觀漢記》：「封車載貨，寫之權門。」晉郄夫人語二弟云：「傾筐倒寫。」又四夜切。《石鼓》文：「宫車其寫。」義與「卸」通。舍車解馬曰寫，舟車出載亦曰寫。

杜詩奪胎

陳僧慧標《詠水》詩：「舟如空裏泛，人似鏡中行。」沈佺期《釣竿》篇：「人如天上坐，魚似鏡中懸。」杜詩：「春水船如天上坐，老年花似霧中看。」雖用二子之句，而壯麗倍之，可謂得奪胎之妙矣。

子美贈花卿〔一〕

「錦城絲管日紛紛，半入江風半入雲。此曲只應天上有，人間能得幾回聞。」花卿名敬定，丹稜人，蜀之勇將也，恃功驕恣。杜公此詩，譏其僭用天子禮樂也，而含蓄不露，有風人「言之無罪，聞之者足以戒」之旨。公之絶句百餘首，此爲之冠。○唐世樂府，多取當時名人之詩唱之，而音調名題各異。杜公此詩，在樂府爲入破第二疊。王維「秦川一半夕陽開」，在樂府名《相府蓮》，訛爲《想夫憐》；「秋風明月獨離居」爲《伊州歌》；岑參「西去輪臺萬里餘」爲《簇拍六

〔一〕　按，此條又見於《升庵詩話》卷一，題作「錦城絲管」，而無列舉各家詩樂府名部分，文字亦小異。

州》；盛小叢「雁門山上雁初飛」爲《突厥三臺》；王昌齡「秦時明月漢時關」爲《蓋羅縫》；張仲素「亭亭孤月照行舟」爲《湖渭州》；王之(奂)〔涣〕「黄河遠上白雲間」爲《梁州歌》；張祜「十指纖纖似笋紅」爲《氐州第一》；苻載「月裏嫦娥不畫眉」爲《甘州歌》；無名氏「十年一遇聖明朝」爲《水調歌》；「雕弓白羽獵初回」爲《水鼓子》，後轉爲《漁家傲》云。其餘有詩而無名氏者尚多，不盡書焉。○唐人樂府多唱詩人絶句，王少伯、李太白爲多。杜子美七言絶近百，錦城妓女獨唱其《贈花卿》一首。蓋花卿在蜀頗僭，子美作此諷之，當時妓女獨以此詩入歌，亦有見哉。杜子美詩，諸體皆有絶妙者，獨絶句本無所解，而近世乃效之而廢諸家，是其真識冥契，猶在唐世妓人之下乎？

袁紹杯

《後漢·鄭玄傳》：「袁紹總兵冀州，遺使要玄，大會賓客。玄最後至，乃延升上坐，飲酒一斛。紹客多豪俊，並有才説，玄依方辨對，咸出問表，莫不嗟服。」杜詩「江上徒逢袁紹杯」，公以玄自比，爲儒而逢世亂也。須溪批云：「如此引袁紹事，不曉。」噫！須溪眯目之言。不曉，真不曉也。王洙注引河朔飲事，尤無干涉。不讀萬卷書，不能解讀杜詩，信哉！

西郊詩

《韻語陽秋》：「杜子美《西郊》詩云『無人競來往』〔二〕，或云『無人與來往』，或云『無人覺來往』。『競』、『與』皆常談，『覺』字非子美不能道也〔三〕。蓋煬者辟竈，有道之所驚；舍者争席，隱居者之所貴也。」

劉貢父

「青袍也自公」，貢父《詩話》云：「『也』字作『夜』音，不可如字讀也。白公云『也向慈恩寺裏遊』是也。」

書堂飲散復邀李尚書下馬賦

杜云：「湖月林風相與清，殘樽下馬復同傾。久拚野鶴如雙鬢，遮莫鄰雞下五更。」〇湖上

〔二〕「無人競來往」，原本殘缺，據《韻語陽秋》卷四補。
〔三〕「字非子美」，原本殘缺，據《韻語陽秋》卷四補。

林中，地已清矣；湖有月，林有風，景益清矣，故著「相與清」字。俗本作「湖上」，或作「湖水」，皆淺。既有湖，不須著「水」字；若云「湖上林風」，不得著「相與清」字。此工緻細潤，味之自知。「遮莫」，猶言儘教也，當時諺語。

衡州

《衡州》詩云：「悠悠委薄俗，鬱鬱回剛腸。」此語甚悲。《許彦周詩話》云：「昔蒯通讀《樂毅傳》而涕，後之人亦當有味此而泣者也。」

五雲太甲

杜詩：「五雲高太甲，六月曠摶扶。」注不解「五雲」之義。嘗觀王勃《益州夫子廟碑》云：「帝車南指，遁七曜於中階；華蓋西臨，藏五雲于太甲。」《酉陽雜俎》謂：「燕公讀碑，自『帝車』至『太甲』四句，悉不解。訪之一公，一公言北斗建(五)[午]，七曜在南方，有是之祥，無位聖人當出。『華蓋』以下，卒不可悉。」愚謂老杜讀書破萬卷，自有所據，或入蜀見此碑而用此語也。《晉・天文志》：「華蓋在旁六星曰六甲，分陰陽而配節候。」太甲恐是六甲一星之名，然未有考證。以一行之邃於星曆，張燕公、段柯古之殫見洽聞，而猶未知焉，姑闕疑以俟博識。

東閣官梅

杜工部《和裴迪登州東亭送客逢早梅相憶見寄》詩云：「東閣官梅動詩興，還如何遜在揚州。」按《遜傳》無揚州事，而遜集亦無揚州梅花詩，但有《早梅》詩云：「菟園標節序，驚時最是梅。銜霜當路發，映雪凝寒開。枝横却月觀，花繞凌風臺。應知早飄落，故逐上春來。」杜公以裴迪逢早梅而作詩，故用何遜比之，又以却月、凌風皆揚州臺觀名耳。所謂東閣官梅者，乃新津之地也，非揚州有東閣也。宋世有妄人，假東坡名作杜詩注一卷刻之，一時争尚杜詩，而坡公名重天下，人争傳之，而不知其僞也。其注此詩云：「遜作揚州法曹，廨舍有梅一株，遜吟詠其下。後居洛，思之，因請再任，及抵揚州，梅花盛開，相對彷彿終日。」按何遜未嘗爲揚州法曹，是時南北分裂，遜爲梁臣，何得復居洛陽？洛陽乃魏地也，既居魏，何得又請再任？請於梁乎？請於魏乎？其説之脱空無稽如此，略曉史册者，知其僞矣。近日邵文莊寶乃手抄其注，入杜詩七言律刻行，豈不誤後學耶？僞蘇注之謬，宋世洪容齋、嚴滄浪、劉須溪父子、馬端臨《經籍考》，皆力辨其謬，而文章鉅公如邵文莊者，乃獨信之，亦尺有所短也。○僞蘇注中，如謂「不分桃花紅勝錦」爲李夫人之語，「十年厭見旌旗紅」爲四皓語，皆架空妄説，如盲人風漢之言，然猶借古人名也。又謂碧山學士爲梁章褒，又「昏黑應須到上頭」爲隋常琮語，併人名亦杜撰之。又妄撰景差五言律一聯，尤可笑。蘇、李始有五言古詩，而楚襄王時乃有五言律乎？其人信白丁也。而讀者不之悟，其奈之何！

泥人嬌

俗謂柔言索物曰泥，乃計切，諺所謂軟纏也。杜子美詩「忽忽窮愁泥殺人」，元微之《憶内》詩「顧我無衣搜畫匣，泥他沽酒拔金釵」，《非烟傳》詩曰「郎心應以琴心怨，脉脉春情更泥誰」，楊乘詩「晝泥琴聲夜泥書」，元鄧文原《贈妓》詩「銀燈影裏泥人嬌」，柳耆卿詞「泥歡邀寵最難禁」。字又作「詎」，《花間集》「黄鶯嬌囀詎芳妍」，又「記得(泥)[詎]人微斂黛」。字又作「妮」，王通叟詩「十三妮子緑窗中」。今山東目婢曰小妮子，其語亦古矣。

杜工部荔枝詩

杜子美詩：「側生野岸及江蒲，不熟丹宫滿玉壺。雲壑布衣鮐背死，勞生害馬翠眉須。」杜公此詩，蓋紀明皇爲貴妃取荔枝事也。其用「側生」字，蓋爲(庾)[廋]文隱語，以避時忌，《春秋》「定、哀多微辭」之意，非如西昆用僻事也。末二句蓋昌黎《感二鳥》之意，言布衣抱道，有老死雲壑而不徵者，乃勞生害馬以給翠眉之須，何爲者耶？其旨可謂隱而彰矣。山谷謂「雲壑布衣」，指後漢臨武長唐羌諫止荔枝貢者，此俗所謂厚皮饅頭、夾紙燈籠矣。山谷尚如此，又何以責黄鶴、蔡夢弼輩乎？

鶯啼修竹

杜子美《滕王亭》詩：「春日鶯啼修竹裏，仙家犬吠白雲間。」修竹用梁孝王事，犬吠雲中用淮南王事，人皆知之矣。予嘗怪修竹本無鶯啼字也，後見孫綽《蘭亭詩》「啼鶯吟修竹，游鱗戲瀾濤」，乃知杜老用此也。讀書不多，未可輕議古人。

鐵馬汗常趨

安禄山之亂，哥舒翰與賊將崔乾祐戰，見黄旗軍數百隊，官軍以爲賊，賊以爲官軍，相持久之，忽不見。是日昭陵内石馬皆汗流。杜詩：「玉衣晨自舉，鐵馬汗長趨。」李義山亦云：「天教李令心如日，可待昭陵石馬來。」

（以上輯自《升庵外集》卷七十四）

滕王

杜子美《滕王亭子》詩：「民到于今歌出牧，來遊此地不知還。」後人因子美之詩，注者遂謂滕王賢而有遺愛于民，今郡志亦以滕王爲名宦。予考新舊《唐書》，並云元嬰爲金州刺史[一]，驕佚失度。太宗崩，集宦屬燕飲歌舞，狎昵廝養。巡省部内，從民借狗求罝，所過爲害，以丸彈人，觀其走避則樂。及遷洪州都督，以貪聞。高宗給麻二車，助爲錢緡。小説又載其召屬宦妻于宫中而淫之。其惡如此。而少陵老子乃稱之，所謂「詩史」者，蓋亦不足信乎？未有暴于荆、洪兩州而仁於閬州者也。

滕王 此與前民歌出牧條異。

杜工部有《滕王亭》詩，王建詩「搨得滕王蛺蝶圖」，皆稱滕王湛然，非元嬰也。王勃記滕王閣，則是元嬰耳。

[一]「金」，原本作「荆」，據《丹鉛總録》卷十「滕王」改。

杜詩與包佶同意

包佶詩「波影倒江楓」，與杜詩「石出倒聽楓葉下」同意，二句並工，未易優劣也。

古字窺作闚

古字「窺」作「闚」。《論語》：「闚見室家之好。」《易》：「闚觀，利女貞。」《史記》：「以管闚天。」《莊子》：「上闚青天。」陸賈《新語》：「楚王作乾谿之臺闚天文。」潘岳《閒居賦》〔一〕：「闚天文之秘奧。」杜詩「天闚象緯逼」，正用上數語，不識古字者，改爲「天闕」。王安石云「天閱」，黄山谷亟贊其是，東坡云：「只是怕他。」

社南社北

韋述《開元譜》云：「倡優之人，取媚酒食。居於社南者，呼之爲社南氏；居於北者，呼之爲社北氏。」杜子美詩「社南社北皆春水」，正用此事。後人不知，乃改「社」作「舍」。

〔一〕「閒居賦」，原本作「秋興賦」，據《四部叢刊》景宋本《六臣注文選》卷十六改。

杜詩野艇字

杜詩古本「野艇恰受兩三人」，淺者不知「艇」字有平音，乃妄改作「航」字，以便於讀，謬矣。古樂府云：「沿江有百丈，一濡多一艇。上水郎擔篙，何時至江陵。」艇音廷，杜詩蓋用此音也。故曰：胸中無國子監，不可讀杜詩。彼胸中無杜學，乃欲訂改杜詩乎？

避賢

杜詩「銜杯樂聖稱避賢」，用李適之「避賢初罷相，樂聖且銜杯」句也。今本作「世賢」，非。「更取楸花媚遠天」，今本作「椒花」，非。椒花色緑，與葉無辨，不可言媚。

裋褐

杜少陵《冬日懷李白》詩「裋褐風霜入」，惟宋元本仍作「裋」，今本皆作「短褐」。「裋」音「豎」，二字見《列子》。

薄音婆

王昌齡《塞上》詩：「故瓶落膊紫薄寒，碎葉城西秋月圓。明敕星馳封寶劍，辭君一夜斬樓蘭。」

王昌齡長信秋詞

「芙蓉不及美人妝，水殿風來珠翠香。却恨含情掩秋扇，空懸明月待君王。」○司馬相如《長門賦》：「懸明月以自照兮，徂清夜於洞房。」此用其語，如李光弼將子儀之師，精神十倍矣。作詩者其可不熟《文選》乎？

王昌齡殿前曲

「昨夜風開露井桃，未央前殿月輪高。平陽歌舞新承寵，簾外春寒賜錦袍。」○此詠趙飛燕事，亦開元末納玉環時，借漢爲喻也。

王昌齡從軍行

「秦時明月漢時關，萬里長征人未還。但得龍庭飛將在，不教胡馬度陰山。」○此詩可入神品。「秦時明月」四字，横空盤硬語也，人所難解。李中溪侍御嘗問余，余曰：「揚子雲賦『欃槍爲闉，明月爲堠』，此詩借用其字，而用意深矣。蓋言秦時雖遠征，而未設關，但在明月之地，猶有行役不逾時之意。漢則設關而戍守之，征人無有還期矣，所賴飛將禦邊而已。雖然，亦異乎『守在四夷』之世矣。」

王之涣梁州歌

「黄河原上白雲間，一片孤城萬仞山。羌笛何須怨楊柳，春光不渡玉門關。」○此詩言恩澤不及於邊塞，所謂君門遠於萬里也。薛能《柳枝詞》「和花香雪九重城」，亦此意。其詩見後。

「光」一作「風」。

韓翃贈李冀

「王孫别舍擁朱輪，不羡空名樂此身。户外碧潭春洗馬，樓前紅燭夜迎人。」○今本「别舍」

作「别上」,「空名」作「名公」,皆謬。此據善本改之。

緐知一 緐音婆。

緐知一,蜀之巫山人,贈白樂天詩云:「忠州刺史今才子,行過巫山必有詩。爲報高唐神女道,速排雲雨候清辭。」樂天見之,邀緐生同舟,且曰巫山有王無競、沈佺期、皇甫冉、李端四詩,竟不肯作。古人之服善無我如此。沈與皇甫、李端詩,人多知之。王無競一首罕傳,今録於此:「神女下高唐,巫山正夕陽。徘徊作行雨,婉戀逐襄王。電影江前落,雷聲峽外長。朝雲無處所,臺殿鬱蒼蒼。」樂天取此在佺期三子之上,信哉。

崔道融梅詩

楊誠齋愛唐人崔道融《詠梅》云:「香中别有韻,清極不知寒。」方虚谷云:「惜不見全篇。」余近見雜抄唐詩册子,此首適全,今載之:「數萼初含雪,孤標畫本難。香中别有韻,清極不知寒。横笛和愁聽,斜枝倚病看。朔風如解意,容易莫催殘。」因思古人詩文,前代不傳,或又出於後,未可知也。如蒲城縣李邕書雲麾將軍碑,已爲人擊斷。正德中,劉東臯謫居蒲城,乃鐵擪束之,復完。饒州薦福寺碑,宋代爲雷所轟,近日商人取其三段合爲一,尚可印摹。吁,亦奇事矣！

韋應物蘇州郡齋燕集詩

詩話稱韋蘇州《郡齋燕集》首句「兵衛森畫戟，燕寢凝清香。海上風雨至，逍遥池閣凉」爲一代絶倡。余讀其全篇，每恨其結句云：「吴中盛文史，群彦今汪洋。方知大藩地，豈曰財賦疆。」深爲未稱。後見宋人《麗澤編》無後四句，三十年之疑，一旦釋之。是日中秋，與弘山楊從龍飲，讀之以爲千古之一快，幾欲如貫休之撞鐘矣。

韋應物浣紗女

「錢唐江畔是誰家，江上女兒全勝花。吴王在時不得出，今日公然來浣（沙）〔紗〕。」○有風調。

韋應物寄淮上綦毋三

「滿城憐傲吏，終日賦新詩。請報淮南客，春帆浪作期。」○「請」字當作去聲。白樂天詩：「當時綺季不請錢。」自注：「請，平聲。」

李育飛騎橋詩

《吴志》：孫權征合淝，爲魏將張遼所襲，乘駿馬上津橋，板撤丈餘，超度得免，故以名橋。在今廬州境中。詩本逸去，略追記之，附於此：「魏人野戰如鷹揚，吴人水戰如龍驤。氣吞魏王惟吴王，建旗敢到新城傍。霸主心當萬夫敵，麾下蒼黄無羽翼。塗窮事變接短兵，生死之間不容息。馬犇津橋橋半撤，汹汹有聲如地裂。蛟駭横飛秋水空，鶚鶩徑度秋雲缺。奮迅金羈汗霑臆，濟主艱難天借力。艱難始是報主時，平日主君誰愛惜。」此詩五七歲時先君口授，小子識之。○張飛當陽阪，曹操不敢逼，而逍遥津甘寧、凌統不能禦張遼，則寧、統之將略，下張飛遠甚矣。

戎昱霽雪詩

「風捲殘雲暮雪晴，江烟洗盡柳條青。檐前數片無人掃，又得書窗一夜明。」○暗用孫康事，妙。

陸希聲梅花塢

「凍蕊凝香色艷新，小山深塢伴幽人。知君有意凌寒雪，羞共千花一樣春。」○唐詩梅花詩甚少，絶句尤少，此首「凍蕊凝香」，乃「疏影暗香」之先鞭也。

劉言史樂府雜詞

「蟬翼紅冠粉黛輕，雲和新教羽衣成。月光如雪金階上，迸却玻璃義甲聲。」○義甲，妓女彈箏護甲也，替指，或以銀，或以玻璃，杜詩「銀甲彈箏卸」是也。其曰「義甲」者，甲外有甲曰義，如假髻曰義髻，樂有義嘴笛，衣服有義欄，皆外也。○項羽目所立楚王爲義帝，以義男義女視之，其無道而猾賊甚矣！身死東城，詎非兆於此乎？

驚瀧

唐張泌詩：「溪風送雨過秋寺，澗石驚瀧落夜潭。」瀧，奔湍也。今本作「龍」，非。

韓退之別盈上人

「山人愛山出無期，俗士牽俗來何遲。祝融峰下一回首，便是此生長別離。」○宋人詩話取韓退之「一間茅屋祭昭王」一首，以爲唐人萬首之冠。今觀其詩只平平，豈能冠唐人萬首？而高棅《唐詩品彙》取其説。甚矣，世人之有耳而無目也！

韓退之同張水部籍游曲江寄白二十二舍人

「漠漠輕陰晚自開，青天白日映樓臺。曲江水滿花千樹，有底忙時不肯來。」○「城中車馬應無數，能解閑行有幾人」，亦是此意。

長頸高結

韓文《石鼎聯句序》：「長頸高結，喉中作楚語。」「結」字斷句，結音髻，義亦同。《西漢書》「髻」皆作「結」，文公正用此，今多作「結喉」，誤矣。且「中作楚語」，成何文理？

李賀昌谷北園新筍

「斫取青光寫楚辭，膩香春粉黑離離。無情有恨何人見，露壓烟啼千萬枝。」〇汗青寫《楚辭》，既是奇事，膩香春粉，形容竹尤妙。結句以情恨詠竹，似是不類。然觀孟郊詩：「竹嬋娟，籠曉烟。」竹可言嬋娟，情恨亦可言矣，然終不若《詠白蓮》之妙。李長吉在前，陸魯望詩句非相蹈襲，蓋著題不得避耳。勝棋所用，敗棋之著也，良庖所宰，族庖之刀也，而工拙則相遠矣。

黑雲

唐李賀《雁門太守行》首句云：「黑雲壓城城欲摧，甲光向日金鱗開。」《摭言》謂賀以詩卷謁韓退之，韓暑卧方倦，欲使閽人辭之，開其詩卷，首乃《雁門太守行》，讀而奇之，乃束帶出見。宋王介甫云：「此兒誤矣，方『黑雲壓城』時，豈有『向日』之『甲光』也？」或問：「此詩韓、王二公去取不同，誰爲是？」予曰：「宋老頭巾不知詩。凡兵圍城，必有怪雲變氣，昔人賦鴻門有『東龍白日西龍雨』之句，解此意矣。予在滇，值安、鳳之變，居圍城中，見日暈兩重，黑雲如蛟在其側，始信賀之詩善狀物也。」

席箕

李賀《塞上》詩：「天遠席箕愁。」劉會孟注「席箕」如箕踞坐。予按秦韜玉《塞上曲》云「席箕風緊馬牋豪」，此豈箕踞義乎？「席箕」恐是塞上地名，書之以俟知者。李本寧太史云：「席箕是草名，出《太平廣記》。」牋音延。

朱慶餘仙遊寺

「雲抱龍堂薜石乾，山遮白日寺門寒。長松瀑布饒奇狀，曾有仙人駐鶴看。」○末句切題，不然，是寺皆可用。

朱慶餘閨意上張水部〔二〕

「洞房昨夜停紅燭，待曉堂前拜舅姑。妝罷低聲問夫婿，畫眉深淺入時無。」○詩人多以美人自喻，薛能《吴姬》之詩，亦其一也。宋人詩話云「東坡如毛嬙、西子，洗妝與天下婦人鬥巧」，

〔二〕「慶餘」，原本誤作「餘慶」，據乙。

亦此意。○洪容齋云：「此詩不言美麗，而味其詞意，非絶色第一不足以當之。」其評良是。

張籍答朱慶餘

「越女新妝出鏡心，自知明艷更沉吟。齊紈未是人間貴，一曲菱歌直萬金。」○此詩蓋深許之。朱慶餘詩，王荆公《百家選》多取之。

張説蘇摩遮

「臘月凝寒積帝臺，齊歌急鼓送寒來。油囊取得天河水，上壽將添萬歲杯。」○《蘇摩遮》，當時曲名，宋詞作《蘇幕遮》。説詩凡四首，第一首云：「摩遮本出海西胡，琉璃寶眼紫髯須。」以此考之，即今之《舞回回》也。

詩句用意

張説《送客》詩曰：「同居洛陽陌，徑日懶相求。及爾江湖去，念别思悠悠。」又一首云：「常時好閑獨，朋舊少相過。及爾宣風去，方嗟别日多。」二首一意。余又記羽士吴筠《别章叟》一首云：「平昔同邑里，經年不相思。今日成遠别，相對心凄其。」能道人情，亦前人未説破也。

張説詩

江總《折楊柳》云：「塞北寒膠折，江南楊柳結。不誤倡園花，遥同葱嶺雪。春心既駘蕩，春樹聊攀折。共此依依情，無奈年年别。」唐張説詩亦云：「塞上綿應折，江南草可結。欲持梅嶺花，遠競榆關雪。」微變數字，不妨雙美。沈滿願詩：「征人久離别，故國音塵絶。夢裏洛陽花，覺來葱嶺雪。」劉方平《梅》詩：「歲晚芳梅樹，繁苞四面同。春風吹漸落，一夜幾枝空。小婦今如此，長城恨不窮。莫將遼海雪，來此後庭中。」

湓浦衣帶

陸魯望《寄江州司馬》詩：「湓浦嘗聞似衣帶，廬峰見説似香爐。」此二句極工，蓋用何遜詩「湓城俯湓水，湓水縈如帶。日夕望高樓，耿耿青雲外」，而注不知引。

星橋

蘇味道詩「星橋鐵鎖開」，本陳張正見詩「天路横秋水，星橋轉夜流」之句。

望行人

「自從江樹秋，日日望江樓。夢見離珠浦，書來在桂州。不同魚比目，終恨水分流。久不開明鏡，多應是白頭。」○王建詩多俗，此詩却有初唐之風，當表出之。

李郢酬王舍人雪中見寄〔一〕

「三日柴門擁不開，階庭平滿白皚皚。今朝踏作瓊瑶迹，爲有詩從鳳沼來。」○後人或妄改「詩從」作「詩仙」，語意索然。

李郢宿杭州虚白堂

「秋月斜明虚白堂，寒蛩唧唧樹蒼蒼。江風徹曉不得寐，二十五聲秋點長。」○《唐語林》盛稱此詩。

〔一〕此詩見宋刻本韓愈《五百家注昌黎文集》卷九，題作「酬王二十舍人雪中見寄」。

崔道融梅〔一〕

「數萼初含雪，孤標畫本難。香中别有韻，清極不知寒。横笛和愁聽，斜枝倚病看。朔風如解事，容易莫催殘。」○此詩楊誠齋盛稱其首聯而全篇未見，余以宋人小説所收補之。

（以上輯自《升庵外集》卷七十五）

螢詩

唐劉禹錫《秋螢引》云：「漢陵秦苑遥蒼蒼，陳根腐葉秋螢光。夜空寂寥金氣凈，千門九陌飛悠揚。紛綸輝映半明滅，金爐星噴燈花發。露華洗濯清風吹，攢茅不定招摇垂。高麗罘罳過蛛網，斜歷璇題舞羅幌。曝衣樓上拂香裙，承露臺前轉仙掌。槐市諸生夜對書，北窗分明辨魯魚。行子東山起征思，中郎騎省悲秋氣。銅雀人歸自入簾，長門帳空來照淚。誰言向晦常自明，兒童走步嬌女争。天生有光非自衒，遠近低昂暗中遍。撮蚊妖鳥亦夜飛，翅如車輪人不見。」宋張文潛《熠熠行》云：「碧梧含風夏夜清，林塘五月初飛螢。翠屏玉簟起凉意，一點秋心

〔一〕本卷已收「崔道融梅詩」一條，内容略異。

從此生。方池水深凉雨集，上下輝輝亂擬碧。幸因簾卷到華堂，不畏人驚照凉夕。漢宫千門連萬户，夜夜熒煌暗中度。光流太液池上波，影落金盤月中露。銀闕茫茫玉漏遲，年年爲爾足愁思。長門怨妾不成寐，團扇美人還賦詩。避暑風廊人語(俏)[悄]，闌下撲來羅扇小。已投幽室夜分明，更伴殘星天未曉。君不見建章宫殿洛陽西，破瓦頹垣今古悲。荒榛蕪草無人迹，只有秋來熠熠飛。」劉禹錫、張文潛二集今不傳，余家有之，兼愛二詩之工，故録之於此。昔年余寓居大理三塔寺，榛莽滿目，飛螢數萬如白晝。余戲相從諸生曰：「車胤見此，不必囊螢。隋煬帝見此，不必下詔搜索矣。」因作《流螢篇》。何仲默枕藉杜詩，不觀餘家，其於六朝、初唐未數數然也。與予及薛君采言及六朝、初唐，始恍然自失，乃作《明月》、《流螢》二篇擬之，然終不若其效杜諸作也。如予此篇「明珠按劍」及「鯤鵬斥鷃」，皆與流螢無交涉，可以知詩之難矣。

明月可中

劉禹錫《生公講堂》詩：「高坐寂寥塵漠漠，一方明月可中庭。」山谷、須溪皆稱其「可」字之妙。按《佛祖統紀》載宋文帝大會沙門，親御地筵，食至良久。衆疑日過中，僧律不當食。帝曰：「始可中耳。」生公乃曰：「白日麗天，天言可中，何得非中？」遂舉箸而食。禹錫用「可中」字本此，蓋即以生公事詠生公堂，非杜撰也。彼言白日可中，變言明月可中，尤見其妙。

唐彦謙垂柳

「絆惹東風别有情，世間誰敢鬥輕盈。楚王宫裏三千女，饑損蠻腰學不成。」○「蠻腰」或作「纖腰」，非。○詠柳而貶美人，詠美人而貶柳，唐人所謂尊題格也，詩家常例。

蘇頲公主宅夜宴

「車如流水馬如龍，仙史高臺十二重。天上初移衡漢匹，可憐歌舞夜相從。」○初唐絶句多爲對偶所累，成半律詩，此首獨脱灑可誦。

長安貧兒鏤臂文

「昔日已前家未貧，苦將錢物結交親。如今失路尋知己，行盡關山無一人。」鏤臂，或謂之劄青，狹斜遊人與倡狎多爲此態。

崔魯華清宫詩

崔魯《華清宫》詩四首，每各精練奇麗，遠出李義山、杜牧之上，而散見於《唐音》及《品彙》、

《漁隱叢語》、長安古志中，各載其一而已，今並録於此。其一曰：「門横金瑣闃無人，落日秋聲渭水濱。紅葉下山寒寂寂，濕雲如夢雨如塵。」其二曰：「銀河漾漾月輝輝，樓礙星邊織女磯。横玉叫雲天似水，滿空霜霰不停飛。」其三曰：「障掩金雞蓄禍機，翠華西拂蜀雲飛。珠簾一閉朝元閣，不見人歸見燕歸。」〔一〕其四曰：「草遮回磴絶鳴鑾，雲樹深深碧殿寒。明月自來還自去，更無人倚玉欄干。」

孫逖詩

「漁父歌金洞，江妃舞翠房。」最爲秀句，今本作「漁火」，非。

張祜上方寺詩

「寶殿依山險，凌虚勢欲吞。畫檐齊木末，香砌壓雲根。遠景窗中岫，孤烟海上村。憑高聊一望，歸思隔吴門。」此詩張祜集不載，見於石刻，真絶倡也。祜以《金山》詩得名，此詩相伯仲，惜其無傳，故書。

〔一〕「閣不見」，原本殘缺，據萬曆本《太史升庵全集》卷五九補。

張祜氏州第一

「十指纖纖玉笋紅，雁行輕度翠弦中。分明自説長城苦，水咽雲寒一夜風。」○按張祜集，題本作《丘家筝》。

水寺鍾

「夜入霜林火，寒生水寺鍾」，張祜詩也。「芳草漁家路，斜陽水寺鍾」，李國用句也。

張李詩

張子容詩：「海氣朝成雨，江天晚作霞。」李嘉祐詩：「朝霞晴作雨，濕氣晚生寒。」二詩語極相似，然盛唐中唐分焉，試辨之。

元微之第三歲日詠春風憑楊員外寄長安柳

「三日春風已有情，拂人頭面稍輕盈。殷勤爲報長安柳，莫惜枝條動軟聲。」○第三歲日，正月初三日也。楊員外名汝士，亦詩人。○此詩題甚奇，可作詩家故事。

元微之唐憲宗挽詞

「天寶遺餘事，元和盛聖功。二凶梟帳下，三叛斬都中。始服沙陀虜，方吞邏沙戎。狼星如要射，猶有鼎湖弓。」二凶謂楊惠琳、李師道，傳首京師；三叛謂劉闢、李錡、吴元濟，斬於都市。斯亦近詩史矣。

白樂天酬嚴給事玉蕊花

「嬴女偷乘鳳去時，洞中潛歇弄瓊枝。不緣啼鳥春饒舌，青瑣仙郎可得知。」〇此豈老姥能解者。

白樂天暮江吟

「一道殘陽鋪水中，半江瑟瑟半江紅。可憐九月初三夜，露似真珠月似弓。」〇詩有丰韻，言殘陽鋪水，半江之碧，如瑟瑟之色。半江紅，日所映也。可謂工致入畫。

姑蘇臺

「無端春色上蘇臺，鬱鬱芊芊草不開。無風自偃君知否，西子裙裾拂過來。」此初唐人詩也。白樂天詩「草綠裙腰一道斜」，祖其意也。

黄夾纈林

「黄夾纈林寒有葉」，白居易詩也。集中不收。「夾纈」，錦之別名。「黄夾纈林」句甚工。杜詩所謂「霜凋碧樹作錦樹」同意。

津陽門詩

全見《詩林振秀》。

曾子固云：「白樂天《長恨歌》、元微之《連昌宫詩》、鄭嵎《津陽門》詩，皆以韻語紀常事。」鄭嵎詩世多不傳，余因子固言，訪求得之。其詩長句七言，凡一千四百字，一百韻，止以門題爲名，其實叙開元陳迹也。其叙五王遊獵云：「五王扈游夾城路，轉聲校獵渭水湄。彫弓繡韔不知數，翻身滅没皆蛾眉。赤鷹黄鶻雲中來，妖狐狡兔無所依。」自注：「(中)[申]王有高麗赤鷹，岐王有北山黄鶻，逸翮奇姿特異。」其叙賜浴云：「暖山度臘東風微，宫娃賜浴長湯池。刻成玉蓮噴香液，漱回烟浪深逶迤。犀屏象薦雜羅列，錦凫繡雁相追隨。」注與王建「池底鋪錦」事相合。其叙三國姣淫云：「上皇寬容易承事，十家三國争光輝。嗚鞭後騎何躞蹀，宮妝禁袖皆仙姿。」其叙教坊歌舞云：「瑶光樓南皆紫禁，梨園仙宴臨花枝。迎娘歌喉玉窈窱，蠻兒舞帶金葳蕤。」自注：「迎娘蠻兒，乃梨園子弟之聞名者。」其叙離宮之盛云：「飲鹿泉邊春露晞，粉梅檀杏飄朱墀。金沙洞口長生殿，玉蕊峰頭王母祠。蓬萊池上望秋月，無雲萬里懸清輝。上皇夜半月中去，三十六宮愁不歸。」末四句，則世所傳遊月宮事也。其叙幸蜀歸復至華清云：「鑾輿却入華清宮，滿山紅實垂相思。飛霜殿前霜悄悄，迎風亭下風飋飋。雪衣女失玉籠在，長生鹿瘦銅牌垂。象床塵凝罨颯被，畫檐蟲網玻璃碑。烟中劈破摩詰畫，雲間自失玄宗詩。孔雀松殘赤琥珀，鴛鴦瓦碎青瑠璃。」其叙舞馬羽裳云：「馬知舞徹下珠榻，人惜曲終更羽衣。」自注：「宮妓梳九妓仙髻，衣孔雀翠羽，七寶纓絡，爲《霓裳羽衣》之舞。舞罷，珠翠可掃焉。」其事皆與雜録小説符合。然其詩則警策清越不及元、白多矣。聊舉其略云。

王少伯贈張荆州

「祝融之峰紫翠銜，歲如何其雪嶄巖。邑西有路緣石壁，我欲從之愁窾嵌。魚有心兮脱網罟，江無人兮鳴楓杉。王君飛舄仍未去，蘇耽宅中意遥緘。」〇險韻奇句，韓文公所謂「横空盤硬語，妥帖力排奡」也。

聶夷中公子行

「花枝滿墻頭，花裏誰家樓。美人樓上歌，不是古梁州。」○傷新聲日繁，古調日微也。

元次山好奇

文章好奇，自是一病，好奇之過，反不奇矣。《元次山集》凡十一卷，《大唐中興頌》一篇，足名世矣。詩如「欸乃」一絶已入選，《春陵行》及《賊退示官吏》雖爲杜公所稱，取其志，非取其辭也。其餘如《泗溪》詩：「松膏乳水田肥良，稻苗如蒲米粒長。糜色如珈玉液酒，酒熟猶聞松節香。」又「修竹多夾路，扁舟皆到門」，東坡常書之，然此外亦無留良矣。

元洪二子題山詩

元遺山《北嶽》詩：「東州死愛華不注，向在陋邦何足數。敬亭不著謝宣城，斷岸何緣比天姥。」言山水在通都，易得名也。洪震老，元人，《淳安東泉山》詩：「通都大邑人争馳，一泉一石小亦奇。雲深路絶無人處，縱有佳山誰得知？」言山水在僻遠，人不知也。二詩意絶相類，亦名言也。

道林岳麓二寺詩

長沙道林、岳麓二寺之勝，聞於天下，蓋因杜工部之一詩也。杜公之後，有沈傳師二詩、崔珏一詩、韋蟾一詩，皆效工部之體。余舊見家藏石刻有之，近閱《長沙志》，已失其半，今具録於此。沈傳師《道林岳麓寺》詩云：「道林岳麓仲與昆，卓犖請從先後論。松根踏雲二千步，始見大屋開三門。泉清或戲蛟龍窟，殿豁數盡高帆掀。即今異鳥聲不斷，聞道看花春更繁。從容一衲分若有，蕭瑟兩鬢吾能髡。逢迎侯伯轉覺貴，膜拜佛像心加尊。稍揖英皇頮濃淚，試與屈賈招清魂。荒唐大樹悉楠桂，細碎枯草多蘭蓀。沙彌去學五印字，静女來縣千尺幡。主人念我塵眼昏，半夜號令期至暾。遲回雖得上白舫，羈紲不敢言緑樽。兩祠物色採拾盡，壁間杜甫原少恩。晚來光彩更騰射，筆鋒正健如可吞。」又《岳麓寺》一篇云：「承明年老輒自論，乞得湘守東南奔。爲聞兹國富山水，青嶂逶迤僧家園。含香珥筆皆耆舊，謙抑自忘臺省尊。不令執簡候亭館，直許携手游山樊。忽驚列岫晚來逼，朔雲洗盡烟嵐昏。碧波回嶼三山轉，丹檻繞郭千艘屯。華鑣蹀躞徇沙步，大旆綵錯輝松門。樛枝競擎龍蛇勢，折榦不減風霆痕。相重古殿倚巖腹，别引新徑縈雲根。目傷平楚虞帝魂，情多思遠聊開樽。危絃細管逐歌飈，畫鼓繡靴隨節翻。鏘金七言凌老杜，入木八法蟠高軒。嗟予潦倒久不利，忍復感激論元元。」崔珏《道林寺》詩曰：「臨湘之濱岳之麓，西有松寺東岸無。松風十里擺不斷，竹泉瀉入千僧厨。宏梁大棟何足貴，山寺難有山泉俱。四時惟夏不敢入，燭龍安敢停斯須。遠公池上種何物，碧羅扇底紅鱗魚。香閣朝鳴大法鼓，天宫夜轉三乘書。野花市井栽不著，山雞飲啄聲相呼。金檻僧回步步影，石盆水濺聯聯珠。北臨高處日正午，舉手欲摸黄金烏。遥江大船小於葉，遠林雜樹齊如蔬。潭州城郭在何處，東邊一片青模糊。」韋蟾《道林寺》詩曰：「石門道接蒼梧野，愁色陰深二妃寡。廣殿崔嵬萬壑間，長廊詰曲千巖下。静聽林飛念佛鳥，細看壁畫馱經馬。暖日斜明螮蝀梁，濕烟散冪鴛鴦瓦。北方部落檀香塑，西國文書貝葉寫。壞欄迸竹醉好題，窄路垂藤困堪把。沈裴筆力鬥雄壯，宋杜詞源兩風雅。他方居士來施齋，彼岸上人投結夏。悲我未離擾擾徒，勸我休學悠悠者。何時得與劉遺民，同入東林白蓮社。」四詩佳句層出，而體制一揆，所稱沈裴宋杜，裴乃裴休，宋之問也。二詩失傳，杜詩見本集。

吾猶昔人

柳子厚《戲題石門長老東軒》詩曰：「坐來念念非昔人，萬遍蓮花爲誰用？」《法苑珠林》：「梵志出家，白首而歸，鄰人見之曰：『昔人尚存乎？』梵志曰：『吾猶昔人，非昔人也。』」子厚正用此事，而注者不知引。

司空圖狂歌

「昨日流鶯今日蟬，起來又是夕陽天。六龍飛轡長相窘，何忍臨歧更著鞭。」○此戒人之嗜欲傷生者也。申包胥曰：「人生實難，有不獲其死者乎？」蔡洪曰：「六龍非我馬，白日非我燭。」亦是此意。

司空圖聽雨

「半夜思家睡裏愁，雨聲落落屋檐頭。照泥星出依前黑，淹爛庭花不肯休。」○古諺云：「乾星照濕土，來日依舊雨。」

司空圖重陽阻雨

「重陽阻雨獨銜杯，移得山家菊未開。猶勝登高閑望斷，孤烟殘照馬嘶回。」○亦得閉户静中之趣。

司空圖馮燕歌

「魏中義士有馮燕，遊俠幽并最少年。辟雝偶作滑臺客，嘶風躍馬來翩翩。此時恰遇鶯花月，堤上軒車晝不絶。兩面高樓笑語聲，指點行人情暗結。擲果潘郎誰不慕，朱門别見紅妝露。故故推門掩不開，似教歐軋傳言語。馮生敲鐙袖籠鞭，半拂垂楊半惹烟。樹間青鳥知人意，的的心期暗與傳。傳道張嬰偏嗜酒，從此春閨爲我有。梁間客燕正相欺，屋上鳴鳩空自鬥。嬰歸醉卧非雝汝，豈知負過人懷懼。燕依户扇欲潛逃，巾在枕傍指令取。誰言狼戾心能一作「難」。忍，待我情深情不隱。回身本爲取巾難，倒柄方知授霜刃。馮君拊劍即持一作「遲」。疑，自顧平生心不欺。爾能負彼必相負，假手他人誰在誰。窗間紅艷猶可掬，熟視花鈿情不足。唯將大義斷胸襟，粉頸初回如切玉。鳳皇釵碎各分飛，怨魄嬌魂何處歸？凌波若喚游金谷，羞被挪揄淚滿衣。新人藏匿舊人起，白晝喧呼駭鄰里。誣執張嬰不自明，貴免生前遭拷捶。官將赴市擁紅塵，掉臂人來擗看人。傳聲莫遣有冤濫，盜殺嬰家即我身。初聞僚吏翻憂嘆，集作「憂」，疑非。呵叱風狂詞不變。縲囚解縛自猶疑，疑是夢中方集作「云」。脱免。未死勸君莫浪言，臨危不顧始知難。已爲不平能割愛，更將身命救深冤。白馬賢侯賈相公，長懸金帛慕才雄。拜章朗讀集作「請贖」。馮燕罪，千古三河激義風。黄河東注無時歇，注盡波瀾名不滅。爲感詞人沈下賢，長歌更與分明説。此君精爽知猶在，長與人間留炯戒。鑄作金燕香作堆，焚香酹酒聽歌來。」《麗情集》作沈亞之歌，中亦云「爲感詞人」云云。下賢，亞之字也。

李餘寒食詩

「玉輪江上雨絲絲，公子游春醉不知。翦渡歸來風正急，水濺鞍帕嫩鵝兒。」○元微之稱蜀士李餘、劉猛工爲新樂府。餘詩傳者僅此二首。

李餘臨卭怨

「藕花衫子柳花裙，多著沉香慢火薰。惆悵妝成君不見，空教緑綺伴文君。」李餘，成都人，文宗太和八年狀元。蜀士在唐居首選者九人，射洪陳伯玉、内江范金卿、閬州尹樞、樞弟尹極、夔州李遠、巴州張曙、綿州于環。

山行經村徑

「一徑有人迹，到來惟數家。依稀聽機杼，寂歷看桑麻。雨濕渡頭草，風吹墳上花。却驅羸馬去，數點歸林鴉。」○長孫左輔，開元以前人，其詩與李適齊名。今刻本「左」作「佐」，非。

沈彬吊邊人

「殺聲沉後野風悲，漢月高時望不歸。白骨已枯沙上草，佳人猶自寄寒衣。」○此詩亦陳陶之意，仁人君子觀此，何忍開邊以流毒萬姓乎！

沈彬入塞詩

唐沈彬有詩二卷，舊藏有之。其《入塞》詩云：「年少辭鄉事冠軍，戍樓閑上望星文。生希沙漠擒驕虜，死奪河源答聖君。鳶覷敗兵眠血草，馬驚冤鬼哭愁雲。功多地遠無人紀，漢閣笙歌日又曛。」此言盡邊塞之苦。郭茂倩《樂府》亦載之，而句字不同，其本集所載爲勝，特具録之。

薛能柳枝詞

「和花香雪九重城，夾路春陰十萬營。惟向邊頭不堪望，一株憔悴少人行。」此詩意言粉飾太平於京都，而廢弛防守於邊塞也。本集作「和花烟絮」，趙松雪作「和花香雪」。《唐詩三體》作「和風烟雨」，非也。當從本集及松雪所書始有味。

許渾

唐詩至許渾，淺陋極矣，而俗喜傳之，至今不廢。高棅編《唐詩品彙》，取至百餘首，甚矣，棅之無目也！棅不足言，而楊仲弘選《唐音》，自謂詳於盛唐而略於晚唐，不知渾乃晚唐之尤下者，而取之極多。仲弘之賞鑒，亦羊質而虎皮乎？陳後山云：「近世無高學，舉俗愛許渾。」斯卓識矣。孫光憲云：「許渾詩，李遠賦，不如不做。」當時已有公論，惜乎伯謙輩之懵於此也！

三千歌舞

許渾《凌歊臺》詩曰：「宋祖凌歊樂未回，三千歌舞宿層臺。」此宋祖乃劉裕也。《南史》稱宋祖清簡寡欲，儉於布素，嬪御至少。嘗得姚興從女，有盛寵，頗廢事，謝晦微諫，即時遣出，安得有三千歌舞之事也？審如此，則是石勒之節宫、煬帝之江都矣。渾非有意於誣前代，但胸中無學，目不觀書，徒弄聲律以僥倖一第，機關用之既熟，不覺於懷古之作亦發之，而後之淺學如楊仲弘、高棅、郝天挺之徒，選以爲警策，而村學究又誦以教蒙童，是以流傳至此不廢耳。

鷓鴣歌詞

許渾《韶州夜讌》詩云：「鸜鵒未知狂客醉，鷓鴣先聽美人歌。」《聽歌鷓鴣》詞云：「南國多情多艷詞，鷓鴣清怨繞梁飛。」又有《聽吹鷓鴣》一絶，知其爲當時新聲，而未知其所以。及觀李白《雲》詩云：「客有杜陽至，能吹山鷓鴣。清風動窗竹，越鳥起相呼。」鄭谷亦有「佳人才唱翠眉低」之句，而繼之以「相呼相應湘江闊」，則知《鷓鴣曲》效鷓鴣之聲，故能使鳥相呼矣。「闊」一作「浦」。

杜牧之

律詩至晚唐，李義山而下，惟杜牧之爲最。宋人評其詩豪而艷，宕而麗，於律詩中特寓拗峭，以矯時弊，信然。

杜牧邊上聞胡笳

「何處吹笳薄暮天，塞垣高鳥没狼烟。遊人一聽頭先白，蘇武争禁十九年。」〇蘇武之苦節如此，而歸來只爲典屬國，漢之寡恩，霍光之罪也。王維詩：「蘇武纔爲典屬國，節旄空盡海西頭。」

杜牧登樂游原

「長空澹澹没孤鴻，萬古消沉在此中。看取漢家何事業，五陵無樹起秋風。」○此詩諸家皆選，而首句誤作「孤鳥没」，不成句，今據善本正之。

元載韓侂胄

杜牧之《河湟》詩曰：「元載相公曾下筯，憲宗皇帝亦留神。旋見衣冠就東市，忽遺弓劍不西巡。」觀此，則載曾謀復河湟，史亦不言其事。愚謂元載欲復河湟，韓侂胄欲伐金虜，近日夏言欲取河套，其事則是，其時則非，其人尤非也。力小任重，鮮不仆，信哉！况三人者，取死之罪多矣，一節烏足掩之？

杜牧柳詩

「嫩樹新開翠影齊，倚風情態被春迷。依依故國樊川恨，半掩村橋半拂溪。」○杜牧之，樊川人，集名《樊川集》。

杜牧詩

「盡道青山歸去好，青山能有幾人歸。」比之「林下何曾見一人」之句，殊有含蓄。

杜詩數目字

「漢宫一百四十五，多下珠簾閉鎖窗。何處營巢夏將半，茅檐烟寺語雙雙。」此杜牧《燕子》詩也。「一百四十五」見《文選》注。大抵牧之詩好用數目垛積，如「南朝四百八十寺」、「二十四橋明月夜」、「故鄉七十五長亭」是也。

鷺絲謎

杜牧之《詠鷺絲》詩：「霜衣雪髮青玉嘴，群捕魚兒溪影中。驚飛遠映碧山去，一樹梨花落晚風。」分明鷺絲謎也。

牧之屏風美人

屏風周昉畫纖腰，歲久丹青色漸凋。斜倚玉窗鸞髮女，拂塵猶自妒嬌嬈。

余延壽折楊柳

「大道連國門，東西種楊柳。葳蕤君不見，裊嫋垂來久。緑枝棲暝禽，雄去雌獨吟。餘花怨春盡，微月起秋陰。坐望窗中蝶，起攀枝上葉。好風吹長枝，婀娜何如妾。妾見柳園新，高樓四五春。莫吹胡塞曲，愁殺隴頭人。」

公冶長通鳥音

世傳公冶長通鳥語，不見於書。惟沈佺期《燕》詩云：「不如黄雀語，能免冶長災。」白樂天《鳥雀贈答詩序》云：「余非冶長，不能通其意。」似實有其事，或在亡逸書中，如《衝波傳》、《魯定公記》之類，今無所考耳。

何兆玉蕊花

「羽車潛下玉龜山，塵世何緣睹蕣顔。惟有多情天上雪，好風吹上緑雲鬟。」○兆，蜀人。

何兆章仇公席上詠真珠姬

「神女初離碧玉階，彤一作「彩」。雲猶擁牡丹鞋。應知子建憐羅襪，顧步徘徊拾翠釵。」○章仇兼瓊時爲成都節度使。

孟浩然詩句

孟集有「到得重陽日，還來就菊花」之句，刻本脱一「就」字，有擬補者，或作「醉」，或作「賞」，或作「泛」，或作「對」，皆不同。後得善本是「就」字，乃知其妙。唐詩亦有之：崔顥「玉壺清酒就君家」，李郢詩「聞説故園香稻熟，片帆歸去就鱸魚」，杜工部詩題有《秋日泛江就黄家亭子》。而古樂府馮子都詩有「就我求清酒，青絲繫玉壺。就我求珍肴，金盤鱠鯉魚」，則前人已道破矣。

孟東野感懷

「晨登洛陽陌，目極天茫茫。群物歸大化，六龍頹西羌。豺狼日已多，草木日已霜。饑年無遺粟，衆鳥去空場。路傍誰家子，白首離故鄉。含酸望松柏，仰面訴穹蒼。去去勿復道，苦饑離故鄉。」○此詩似阮嗣宗。

四嬋娟

孟東野詩：「花嬋娟，泛春泉。竹嬋娟，籠曉烟。雪嬋娟，不長妍。月嬋娟，真可憐。」其辭風華秀艷，有古樂府之意。雪嬋娟，今本或作「妓嬋娟」，非也。余嘗令繪工繪此爲四時嬋娟圖，以花當春，以竹當夏，以月當秋，以雪當冬也。

賈島佳句

賈島詩：「長江風送客，孤館雨留人。」二句爲平生之冠，而其全集不載，僅見於坡詩注所引。

劉駕絶句

劉駕，晚唐人。詩一卷，余家舊有之，今逸其本。嘗記其四首，其一《春夜》云：「一别杜陵歸未期，祇憑魂夢接親知。近來欲睡渾難睡，夜夜夜深聞子規。」其二《秋懷》云：「歲歲干戈阻路岐，望山心切與心違。秋來何處開懷抱，日日日斜空醉歸。」《望月》云：「清秋新霽與君同，江上高樓倚碧空。酒盡露零賓客散，更更更漏月明中。」《曉登成都迎春閣》云〔一〕：「朱櫛憑闌眺錦城，烟籠萬井二江明。香風滿閣花滿樹，樹樹樹頭啼曉鶯。」詩頗新異，聊爲筆之。近閲司馬才仲《無題》二首云：「香夢依稀逐斷雲，桃根渡口惜離分。春愁滿紙無多句，句句句中多爲君。」其二：「肌生香雪步生蓮，一捻腰肢一捻年。頻見樽前渾不語，心心心在阿誰邊。」蓋效之也。

羅鄴嘉陵江

「嘉陵南岸雨初收，江似秋嵐不煞流。此地終朝有行客，無人一爲棹扁舟。」○不煞流，不甚流也。「（殺）〔煞〕」音近「厦」，今京中諺猶然，謂癡曰煞瓜，肥曰煞大。宋孝宗見《容齋隨筆》云「（殺）〔煞〕有好處」是也。

巫山曲

「下壓重泉上千仞，香雲結夢西風緊。縱有英靈得往來，猊軛鼯軒亦顛隕。嵐光嶁嶁雷隱隱，愁爲衣裳恨爲鬟。莫灑朝行何所之，江邊日月情無盡。珠零冷露丹墮楓，細腰長臉愁滿宫。

〔一〕「曉登」，原本作「晚登」，據《四部叢刊》景清錢曾述古堂景宋鈔本《才調集》卷九改。

人生對面猶異同，何況千巖萬壑中。」○羅隱詩多鄙俗，此詩不類其平生，見《固陵文類》，其集不收。

羅隱紅梅詩

羅隱《詠紅梅》詩云：「天賜燕脂一抹腮，盤中風味笛中哀。雖然未得和羹用，曾與將軍止渴來。」此却似軍官宿娼謎也。

馬戴楚江懷古

「露氣寒光集，微陽下楚丘。猿啼洞庭樹，人在木蘭舟。廣澤生明月，蒼山夾亂流。雲中君不見，竟夕自悲秋。」○前聯雖柳惲不是過也，晚唐有此，亦希聲乎！嚴羽卿稱戴詩爲晚唐第一，信非溢美。

馬戴喻鳧詩句

「積靄沉斜月，孤燈照落泉」，喻鳧詩也。「積翠含微月，遥泉韻細風」，馬戴詩也。二詩幽思同而句法亦相似。

多景樓 周繇

「盤江上幾層，峭壁半垂藤。殿鎖南朝像，龕禪外國僧。海濤舂砌檻，山雨灑窗燈。日暮疏鐘起，聲聲徹廣陵。」

又

「每日憐晴眺，閑吟只自娱。山從平地有，水到遠天無。老樹多封楚，輕烟暗染吴。雖居此廊下，入户亦踟躕。」○此二詩勝張祜《金山》詩，而人罕稱之。

唐求送人之邛州

「鶴鳴山下客，滿篋荷瑶琨。放馬荒田草，看碑古寺門。漸寒沙上路，欲暝水邊村。莫忘分襟處，梅花撲酒樽。」○唐求，嘉州沫江人，所謂「詩瓢唐山人」也。此詩爲集中第一。

（以上輯自《升庵外集》卷七十六）

顧況詩句

顧况詩：「遠寺吐朱閣，春潮浮緑烟。」二句情景絶妙，雖入《文選》可也。然况集不載，因知古人詩文，雖全集亦有遺者。如張文昌《白鼉行》有漢魏歌謡之風，《長干行》有《國風·河廣》之意，集中不載。李德裕《鴛央篇》有目無詩，而《唐詩紀事》幸載之。

唐詩人鄭仲賢

余弟姚安太守未庵慥，字用能，酒邊誦一絶句云：「『亭亭畫舸繫春潭，只待行人酒半酣。不管烟波與風雨，載將離恨過江南。』兄以爲何人詩？」余曰：「按《宋文鑑》，則張文潛詩也。」未庵取《草堂詩餘》，周美成《尉遲杯》注云：「唐鄭仲賢詩。」余因嘆唐之詩人，姓名隱而不傳者何限？或張文潛愛而書之，遂以爲文潛之作耳。

于蔿

晁叔用詩：「不擬伊優陪殿下，相隨于蔿過樓前。」劉後村曰：「晁氏家世貴顯，而叔用不肯於此時陪伊優之列，而甘隨《于蔿》之後，可謂賢矣。」伊優事見《東方朔傳》，人皆知之；《于蔿》

事，博學者或不知也。按《明皇雜録》：「玄宗御五鳳樓觀酺宴，時命三百里内刺史、縣令各以聲樂集樓下，時多以車載樂工數百，皆衣文繡，服箱之牛皆爲虎豹犀象之狀。魯山令元德秀惟遣樂工數十人，連袂歌《于蔿》而已。《于蔿》者，德秀所爲歌也。帝聞異之，嘆曰：『賢人之言哉！』」此事亦見《唐書》列傳。宋時聖壽日，州縣皆集僧道誦經，唯陸象山令儒生講《洪範》「皇極錫福」一章，時議韙之。事與此同。

徐凝宫詞

「水色簾前流玉霜，漢家飛燕在昭陽。掌中舞罷簫聲絶，三十六宫秋夜長。」〇徐凝詩多淺俗，《瀑布》詩爲東坡所鄙，獨此詩有盛唐風格。

令狐楚塞上曲[一]

「陰磧茫茫塞草腓，桔橰烽上暮烟飛。交河北望天連海，蘇武曾將漢節歸。」〇令狐楚與王涯、張仲素同時爲中書省舍人，其詩長于絶句，號「三舍人詩」，同爲一集。

[一] 此詩《樂府詩集》卷九十三録爲張仲素作。

李約觀祈雨

「桑條無葉土生烟，簫管迎龍水廟前。朱門幾處耽歌舞，猶恨春陰咽管絃。」〇與聶夷中「二絲」、「五穀」之詩並觀，有《三百篇》意。

錢珝詠史 珝音許。

「負罪將軍在北朝，秦淮芳草緑迢迢。高臺愛妾魂應斷，始擬丘遲一爲招。」〇此詠梁將軍陳伯之之事[一]。伯之負罪，自梁奔魏，其後丘遲以書招之，有云：「江南三月，草長鶯啼，雜花亂開。」又曰：「高臺未傾，愛妾猶在。」詩皆用書中語，括書詠史如此，射雕手也。如胡曾、汪遵，不堪爲奴僕矣。

後朝光越溪怨

「越王宫裏如花人，越水溪頭采白蘋。白蘋未盡人先盡，誰見江南春復春。」〇朝光詩僅此

[一]「陳伯之」，原本作「陳伯玉」，據《梁書》本傳改。下同。

一首，亦奇作也。

蚌盤

「金翠絲簧略不舒，蚌盤清宴意何如。豈知三閣繁華主，解爲君王妙破除。」○孫元晏有《詠史》百首，胡曾、汪遵之比也，惟此一首，差强人意。

冷朝陽送紅線酒

「採菱歌怨木蘭舟，送客魂銷百尺樓。還似宓妃乘霧去，碧天無際水東流。」○紅線，薛嵩之青衣也，有劍術，夜飛入横海軍解圍，嵩留之不得，會幕下詩人送之，冷朝陽此詩爲冠。酒闌，托以更衣，倏忽不見，亦異哉！

韓滉晦日呈諸判官

「晦日新晴春意饒，萬家攀折度長橋。年年老向江城寺，不覺東風换柳條。」○唐人以正月三十日爲晦日，君臣宴飲，應制賦詩。此詩在池州作也。滉又有《病中遣妓》一首，見《三體》，姓名誤作司空圖。圖，王屋山隱士，豈有妓可遣乎？

成文幹中秋月

「王母妝成鏡未收，倚闌人在水精樓。笙歌莫占清光盡，留與溪翁下釣舟。」○此厭繁華而樂清静之意。鄭谷《春草》詩「香輪莫碾青青破，留與遊人一醉眠」，亦此意也。

詠被中繡鞋

「雲裏蟾鉤落鳳窩，玉郎沉醉也摩挲。陳王當日風流減，只向波心見襪羅。」○夏侯審爲大曆十才子之一，而詩集不傳，惟此一絶及《織錦圖》「君承皇詔安邊戍」一歌而已。往年劉潤之在蜀刻大曆十子詩，無夏侯審集，余以二詩訊之，潤之笑曰：「兩枚棗子如何泡茶？」余笑曰：「子誠晉人也。」

陳陶隴西行[一]

「誓掃匈奴不顧身，五千貂錦喪胡塵。可憐無定河邊骨，猶是春閨夢裏人。」此詩吊李陵也。

[一] 《升庵外集》卷七十一有「奪胎换骨」一條，内容略同，而其叙詳略有異。

李陵以步卒五千，敗于峻稽山下。○楊誠齋深取此詩。○漢賈捐之《罷珠崖疏》云：「父戰死於前，子鬥傷於後，女子乘亭障，孤兒號於道，老母寡婦飲泣巷哭，遥設虚祭，想魂乎萬里之外。」唐李華《吊古戰場文》：「其存其没，家莫聞知。人亦有言，將信將疑。娟娟心目，夢寐見之。」陳陶此詩，與賈、李之文意同，而入于二十八字之間，尤爲精婉矣。言之精者爲文，文之精者爲詩，絶句又詩之精者也，詎不信哉！陶又有《關山月》樂府云：「青冢曾無尺寸功，錦書多寄窮荒骨。」又此詩之餘意。

杜常華清宫〔一〕

「行盡江南數十程，曉星殘月入華清。朝元閣上西風急，都入長楊作雨聲。」○宋周伯弼《唐詩三體》以此首爲壓卷第一，《詩話》云：「杜常、方澤姓名不顯，而詩句驚人如此。」按杜常乃宋人，杜太后之侄，《宋史·文苑》有傳，《孫公談圃》亦以爲宋人。《范蜀公文集》有《手記》一卷〔二〕，紀時賢姓名，而杜常在其列，下注「詩學」二字，其爲宋人無疑，周伯弼誤矣。然詩極佳。○「曉

〔一〕《太史升庵文集》卷五十八有「杜常」條，内容略同而文字稍簡。

〔二〕「范蜀公文集」，當爲「范太史集」之誤。「手記」，原本作「笏記」，據清鈔本《范太史集》卷五十五《手記》、《丹鉛總録》卷十八「方澤杜常」改。

星」，今本作「曉風」，重下句「西風」字。或改作「曉乘」，亦不佳。余見宋敏求《長安志》，乃是「星」字。敏求又云：「長楊非宫名，朝元閣去長楊五百餘里，此乃風入長楊、樹葉似雨聲也。」深得作者之意。○此詩姓名時代誤，「曉風」字誤，「長楊」意誤，特爲正之。

温庭筠觀棋

「閑對楸枰傾一壺，黄華坪上幾成都。他時謁帝銅池水，便賭宣城太守無。」○晉羊玄保云[二]：「金溝清泚，銅池摇颺。既佳光景，當得劇棋。」以棋賭勝爲宣城太守。

皮日休館娃宫懷古

「響屧廊中金玉步，採香徑裏綺羅身。不知水葬歸何處，溪月彎彎欲效顰。」○杜牧之詩：「西子下姑蘇，一舸逐鴟夷。」後人遂謂范蠡載西施以去，然不見其所據。余按《墨子》云：「西施之沉，其美也。」蓋勾踐平吴後，沉之於江也，又兼此詩可證。李義山《景陽井》一首，亦叶此意。

[二]「玄」，原本脱，據《宋書·羊玄保傳》補。

孟遲旅望 闡幽

「青山歷歷水悠悠，望遠傷離獨倚樓。日暮風吹官渡柳，白鴉飛出古城頭。」○此詩題又作「蕪城」，或作「孟簡」，未知孰是。

韓琮楊柳枝

「梁苑隋堤事已空，萬條猶舞舊春風。那堪更想千年後，誰見楊花入漢宫。」○韓琮在蜀作此以諷王宗衍，亦有古意。

李嘉祐王舍人竹樓

「傲吏身閑笑五侯，西江取竹起高樓。南風不用蒲葵扇，紗帽閒眠對水鷗。」○長夏之景，清麗瀟灑，讀之使人神爽。鏡川楊文懿公愛此詩，嘗以「對鷗」名其閣，先師李文正公爲作賦云。

吕温題陽人城

「忠驅義感即風雷，誰道南方乏武才。天下起兵誅董卓，長沙子弟最先來。」吕東萊《麗澤編》取此詩。伍子胥兵法云：「天無陰陽，地無險易，人無勇怯。將有智愚，算有多少，政有賞罰。」此言當矣。孔明屯五丈，魏人畏之如虎，所用蜀兵也。虞允文采石之戰，殪逆亮于頃刻，所用者吴兵也。

唐盧中讀庾信集

「四朝十帝盡風流，建業長安兩醉遊。惟有一篇楊柳曲，江南江北爲君愁。」○庾信字子山，本梁之臣，後入東魏，又西魏，歷後周，凡四朝十帝。○其《楊柳曲》云：「君言丈夫無意氣，試問燕山那得碑？」蓋欲自比班固從竇憲。又云：「定是懷王作計誤，無事翻覆用張儀。」蓋指朱异釀成侯景之亂也。後之議者，悲其失節而愍其非當事權，此詩云「爲君愁」是也。庾信不足責，若馮道身爲宰相，而視改朝易姓若弈棋，王安石以爲合于伊尹五就桀之意。嗚呼！爲此言，其心可知矣。使其老壽不死，遇靖康之亂，其有不舍殘骸事兀朮、斡離卜乎？而宋之大儒編之名臣之例，吾不知其何見也！

胡曾詠史

「漠漠黄沙際碧天，問人云此是居延。停驂一顧猶魂斷，蘇武争銷十九年。」○此詩全用杜牧之句。慎少侍先師李文正公，公曰：「近日兒童村學教以胡曾《詠史》詩，入門先壞了聲口矣。」慎曰：「如《詠蘇武》一首亦好。」公曰：「全是偷杜牧之《聞胡笳》詩。」退而閲之，誠然誠然。曾之詩，此外無留良者。

雍陶哀蜀人爲南詔所俘

「雲南路出洱河西，毒草長青瘴霧低。漸近蠻城誰敢哭，一時收淚羨猿啼。」○雲南在唐爲南詔，其蠻王閣羅鳳及酋龍三犯成都，俘其巧匠美女而歸，至今大理有巧匠三十六行。近嘉靖中取雕漆工廿餘人，挈家北上，供應内府，皆蜀俘人之後也。○去鄉離家，俘於犬羊，苦已極矣，又畏死吞聲而不敢哭，所以羨猿聲之啼也。一「羨」字妙。或改作「聽」，非知詩者。

崔道融讀杜紫微集

「紫微才調復知兵，常覺風雷筆下生。猶有枉抛心力處，多於五柳賦閒情。」○梁昭明太子序《陶淵明集》云：「白璧微瑕，惟在《閒情》一賦。」杜牧嘗著《孫武子》，又作《守論》、《戰論》、《原十六衛》，皆有經濟之略，故道融以此絶句少之。○杜牧嘗譏元、白云：「淫詞媟語，入人肌膚，吾恨不在位，不得以法治之。」而牧之詩淫媟者，與元、白等耳，豈所謂睫在眼前猶不見乎？

符載甘州歌

「月裏嫦娥不畫眉，只將雲霧作羅衣。不知夢逐青鸞去，猶把花枝蓋面歸。」○此詩飄飄欲仙，樂府以爲《甘州歌》，而《禪宗頌古》引之，蓋名作衆所膾炙也。符載，成都人，見《唐文粹》。

青樓曲

「白馬金鞍從武皇，旌旗十萬宿長楊。樓頭小婦鳴筝坐，遥見飛塵入建章。」○此詠遊俠恩倖，有如此之夫，有如此之婦，含諷感時，意在言表。

寄明州于駙馬

「平陽音樂隨都尉，留滯三年在浙東。吴越聲邪無法曲，莫教偷入管弦中。」○南方歌詞，不入管弦，亦無腔調，如今之弋陽腔也。蓋自唐宋已如此，謬音相傳，不可詰也。東坡《贈王定國歌姬》云：「好把鸞黄記宫様，莫教弦管作蠻聲。」亦是此意。

張祜和杜牧之九華見寄

孤城高柳鳴曉鴉，風簾半鈎清露華。九峰聚翠宿危檻，一夜孤光懸冷沙。出岸遠暉帆欲落，入深寒影雁差斜。杜陵歸去春應早，莫厭青山謝朓家。

曹松警句

「華嶽影寒清露掌，海門風急白潮頭。」〔二〕○松詩多淺俗，此二句差有中唐之意。

韋莊古别離

「晴烟漠漠柳毿毿，不那離情酒半酣。遥把玉鞭雲外指，斷腸春色在江南。」○韋端己送别詩多佳，經諸家選者不載。《贈進士》詩：「新馬杏花色，緑袍春草香。」

〔二〕　此詩見明萬曆刻本《唐詩類苑》卷二十一，題作「八月十五夜翫月」。

韋莊江行西望寄友

「西望長安白日遥，半年無事駐蘭橈。欲將張翰松江雨，畫作屏風寄鮑昭。」○用事新奇可愛。○鮑照，唐人避武后諱，改曰昭。

皓月蘆花

楊徽之「新霜染楓葉，皓月借蘆花」，自云此句有神助。

李義山螢詩

「水殿風清玉户開，飛光千點去還來。無風無月長門夜，偏到階前點緑苔。」〔一〕○似是螢謎，不書題可知也。

〔一〕此詩《萬首唐人絶句》卷五十一録爲羅鄴作。

李義山柳詩

「曾逐東風拂舞筵，樂游春苑斷腸天。如何肯到清秋日，已帶斜陽又帶蟬。」○宋廬陵陳模《詩話》云：「前日春風舞筵，何其富盛；今日斜陽蟬聲，何其凄凉。不如望秋先零也，形容先榮後悴之意。」

李義山景陽井

「景陽宫井剩堪悲，不盡龍鸞誓死期。惆悵吴王宫外水，濁泥猶得葬西施。」觀此，西施之沉信矣。杜牧所云「逐鴟夷」者，安知不謂沉江而殉子胥乎？「鴟革浮胥骸」，亦子胥事也。

明駝使

《木蘭辭》：「願借明駝千里足，送兒還故鄉。」今本或改「明」作「鳴」，非也。駝卧，腹不帖地，屈足漏明，則走千里，故曰明駝。唐制，驛置有明駝使，非邊塞軍機，不得擅發。楊妃私發明駝使賜安禄山荔枝，見小説。

王周嘉陵江

「嘉陵江水色，一帶柔藍碧。天女瑟瑟衣，風梭晚來織。」〇晚唐絶句，此殆爲冠，而洪氏《唐絶》不收。

卵色天

唐詩：「殘霞蹙水魚鱗浪，薄日烘雲卵色天。」〔一〕東坡詩：「笑把鴟夷一樽酒，相逢卵色五湖天。」正用其語。《花間詞》「一方卵色楚南天」，注以「卵」爲「泖」，非也。注東坡詩者亦改「卵色」爲「柳色」，王龜齡亦不及此邪？

無名氏水鼓子

「彫弓白羽獵初回，薄夜牛羊復下來。青冢路邊荒草合，黑山峰外陣雲開。」〇《水鼓子》，後轉爲《漁家傲》。

〔一〕此詩見汲古閣刻《陸放翁全集》本《劍南詩稿》卷八，題作「東門外遍歷諸園及僧院觀遊人之盛」。

無名氏水調歌

「千年一遇聖明朝，願對君王舞細腰。乍可當熊任生死，誰能伴鳳上雲霄。」○此詩借宫詞以諷。盧照鄰詩：「得成比目何辭死，願作鴛鴦不羨仙。」許棠詩：「導引何如鸜鴿舞，步虚争似鷓鴣詞。」高季迪詩：「酒醒金屋曙河流，願賜銅盤一滴秋。他日君王上仙去，瑶池猶幸得同遊。」妙得此意。

無名氏楊柳枝

「萬里長江一帶開，岸邊楊柳是誰栽？錦帆未落西風起，惆悵龍舟更不回。」○此吊隋煬帝也，俯仰感慨，蓋初唐之詩。後世《柳枝詞》皆祖之。

楊柳枝壽杯詞

「曉晴樓上卷珠簾，往往長條拂枕函。恰直小蠻初學舞，擬偷金縷押春衫。」「池邊影動散鴛鴦，更引微風亂繡床。只待玉窗塵不起，始應金雁得成行。」〔一〕○此無名氏《柳枝詞》也，郭茂倩

〔一〕　此二詩《萬首唐人絶句詩》卷五十七録爲司空圖作，爲《楊柳枝壽杯詞十八首》其六、其七。

《樂府》所遺，今以未盡者並爲録之。姚合《柳枝詞》云：「黄金絲掛粉墻頭，動似顛狂静似愁。遊客見時心自醉，無因得見玉搔頭。」「句踐初迎西子年，琉璃爲帚掃溪烟。至今不改當時色，留與王孫繫酒船。」羅隱《柳枝詞》云：「灞岸晴來送别頻，相偎相倚不勝春。自家飛絮猶無定，争解垂絲絆路人。」「一簇青烟鎖玉樓，半垂欄畔半垂鈎。明年更有新條在，惱亂春風卒未休。」

衢州斷碑詩

衢州爛柯橋斷碑詩不全，中有句云：「薄烟冪遠郊，遥峰没歸翼。」可謂奇絶！蓋六朝人語，唐人罕及也。又傳爲古仙句。

江南行

「江烟濕雨鮫綃軟，漠漠遠山眉黛淺。水國多愁又有情，夜槽壓酒銀船滿。細柳揺烟凝曉空，吴王臺榭春夢中。鴛鴦鸂鶒唤不起，平鋪渌水眠東風。西陵路遠月悄悄，油壁輕車蘇小小。」〇「細柳揺烟」，一作「繃絲採怨」。

江烏海燕

余最愛樂府「桂殿江烏對，彫屏海燕重」之句，不知何人作也。

阮何雙

唐詩：「雲仍王謝並，風貌阮何雙。」《南史》：「宋孝武選侍中四人，並以風貌，王彧、謝莊爲一雙，阮韜、何偃爲一雙。」

仙女湘妃廟

「碧杜紅蘅縹渺香，冰絲彈月弄新涼。峰巒到曉渾相似，九處堪疑九斷腸。」○此詩出塵絶欲，信非食烟火人語也。

僧皎然冬日送客

「平明走馬上村橋，花落梅溪雪未消。日短天寒愁送客，楚山無限路迢迢。」○無酸餡氣，佳甚。

貫休古意[一]

「憶在山中時，丹桂花葳蕤。紅泉浸瑶草，日夕生華滋。箬屋開地爐，翠墻掛藤衣。經行竹窗邊，白猿三四枝。東峰有老人，眼碧頭骨奇。月上來打門，月落方始歸。授我微妙訣，恬淡無所爲。别來六七年，只恐日月飛。」〇中多新句，超出晚唐。貫休又有「霜月夜徘徊，樓中羌笛催。晚風吹不盡，江上落殘梅」一首。貫休在晚唐有名，此首有樂府聲調。雖非僧家本色，亦猶惠休之「碧雲」也。〇「習家池碧草萋萋，嵐樹光中信馬蹄。漢主廟前湘水碧，一聲風角夕陽低。」僧無本詩也，亦佳。

貫休題蘭江言上人院

「只是危吟坐翠屏，門前歧路自崩騰。青雲名士時相訪，茶煮西峰瀑布冰。」〇結句清妙，取之。

〔一〕 按，「貫休又有」至「亦猶惠休之碧雲也」，見前《升庵詩話》卷三「貫休詩」。

僧無鄰落葉詩

「繞巷夾溪紅，蕭條逐北風。別林遺宿鳥，浮水感鳴蛩。石小埋初盡，枝長葉未終。帶霜書麗什，閒讀白雲中。」〔二〕○句雖太巧，亦尋常思量不到也。

女郎秦玉鸞憶所歡

「蘭幕蟲聲切，椒庭月影斜。可憐秦館女，不及洛陽花。」○唐人「玉顏不及寒鴉色」蓋祖此意。

渚宮妓高使君別宴

「悲莫悲兮生別離，登山臨水送將歸。武昌無限新栽柳，不見楊花似雪飛。」○高惡自渚宮移鎮揚州，別宴口占《楚詞》二句，使幕下續之，久未有應。有一妓進曰：「賤妾感相公之恩，續貂可乎？」即收淚吟曰云云，合座大加賞嘆，骿厚贈之。其詩絶佳，雖使温、李爲之，不過如此。○「飛」一作「時」。

〔二〕　此詩《文苑英華》卷三百二十七録爲釋無可作，題作「隕葉」。

兩女郎詩

女郎李月素《贈情人》詩云：「感郎千金意，含嬌抱郎宿。試作帳中音，羞開燈前目。」張碧蘭《寄阮郎》云：「君似洛陽花，妾似武昌柳。兩地惜春風，何時一携手。」真花月之妖也。

唐人傳奇小詩

詩盛於唐，其作者往往托於傳奇小説、神仙幽怪，以傳於後，而其詩大有絶妙今古、一字千金者，試舉一二。「卜得上峽日，秋來風浪多。巴陵一夜雨，腸斷木蘭歌。」又：「雨滴空階曉，無心换夕香。井梧花落盡，一半在銀床。」又：「舊日聞簫處，高樓當月宫。梨花寒食夜，深閉翠微中。」又：「命笑無人笑，含嬌何處嬌。徘徊花上月，空度可憐宵。」

覆窠俳體打油釘鉸

《太平廣記》有仙人伊用昌〔一〕，號伊風子，有《題茶陵縣》詩云：「茶陵一道好長街，兩邊栽

〔一〕「伊用昌」，原本作「伊周昌」，據《太平廣記》卷五十五「神仙」改。

柳不栽槐。夜後不聞更漏鼓，只聽槌芒織草鞋。」時謂之「覆窠體」。江南呼淺俗之詞曰「覆窠」，猶今云「打油」也，杜公謂之「俳諧體」。唐人有張打油作《雪》詩云：「江山一籠統，井上黑窟窿。黄狗身上白，白狗身上腫。」《北夢瑣言》有胡釘鉸詩。

假詩

黄鄮山評翁靈舒、戴式之詩云：「近世有江湖詩者，曲心苦思，既與造化迴隔，朝推暮敲，又未有以溉其本根，而詩於是乎始卑。」然予以爲其卑非自江湖始，宋初九僧已爲許洞所困[一]。又上泝於唐，則大曆而下，如許渾輩，皆空吟不學，平生鏤心嘔血，不過五、七言短律而已。其自狀云：「吟安一個字，撚斷數行鬚。」不知李、杜長篇數千首，安得許多髭鬚撏扯也？苦哉！又云：「詩在灞橋風雪中驢子上。」不思周人《清廟》、漢代《柏梁》，何必爾耶？又曰：「尋常言語口頭話，便是詩家絶妙詞。」又云：「詩從亂道得。」又自云：「我平生作詩，得猫兒狗子力。」噫！此等空空，知萬卷爲何物哉！然猶是形月露而狀風雲，詠山水而寫花木。今之作贗詩者異此，謂詩必用語録之話，於是「無極」、「先天」、「行窩」、「弄丸」，疊出層見。又云：「須夾帶禪和子

[一]「僧」，原本缺，據《津逮秘書》本《六一詩話》「國朝浮圖以詩名於世者九人」條補。

語。」於是「打乖」、「打睡」、「打坐」、「樣子」、「撇子」、「句子」，朗誦之有矜色，疾書之無怍顔，而詩也掃地矣。

打油詩

小市水漲，妓居北巖寺，黠少年作詩曰：「水漲倡家住得高，北巖和尚得鬆腰。丢開般若經千卷，且説風流話幾條。最喜枕邊添耍笑，由他岸上湧波濤。師徒大小齊聲祝，願得明年又一遭。」亦可笑。

（以上輯自《升庵外集》卷七十七）

濂溪詩

濂溪集《和費令遊山》詩云：「是處塵勞皆可息，時清終未忍辭官。」此乃由衷之語，有道之言，所以不可及也。今之人，口爲懷山之言，暗行媚竈之計，良可惡也。唐僧曇秀云：「住山人少説山多。」杜牧云：「盡道青山歸去好，青山曾有幾人歸。」

陳白沙詩

白沙之詩，五言沖淡，有陶靖節遺意，然賞者少。徒見其七言近體效簡齋、康節之渣滓，至於筋斗、樣子、打乖、個裏，如禪家呵佛駡祖之語，殆是《傳燈録》偈子，非詩也。若其古詩之美，何可掩哉？然謬解者，篇篇皆附於心學性理，則是癡人説夢矣。

龍衮羊裘

宋人題釣臺詩曰：「龍衮新天子，羊裘老故人。」陳白沙竊爲己句云：「七尺羊裘幾銖兩，千秋龍衮共低昂。」子陵豈有意與龍衮較低昂乎？句法亦贅，不及宋人。

慈湖撫琴行

「蕭蕭指下生秋風，漸漸幽響飅寒空。月明夜氣清入骨，何處仙珮摇丁東。野鶴驚起舞，流水咽復鳴。一唱三嘆意未已，幽幽話出太古情。龍吟虎嘯遞神怪，千山萬壑風雨晦。海濤震蕩林木響，亂撒金盤冰雹碎。和氣回春陽，縹渺孤鸞翔。三江五湖烟水闊，波聲颼颼鳴漁榔。悲猿臨澗欲渡不敢渡，但聞澗下蕭瑟松風長。閑雲洩碧落，勢去還迴薄。神仙恍惚無定所，微冷似欲止所作。馭風一笑歸蓬瀛，猶有餘音繞寥廓。」慈湖此詩，不減盛唐，亦嘗苦辛，非苟作者。又何必指李、杜爲癡，笑昌黎，薄逸少，空萬古爲無人耶？

莊定山詩

莊定山早有詩名，詩集刻於生前，淺學者相與效其「太極圈兒大，先生帽子高」，以爲奇絶。又有絶可笑者，如「贈我一壺陶靖節，還他兩首邵堯夫」，本不是佳語，有滑稽者改作《外官答京宦苞苴》詩云：「贈我兩包陳福建，還他一疋好南京。」聞者捧腹。然定山晚年詩入細，有可並唐人者。古詩如《題竹》及《養庵》兩篇，七言如《題玉川畫》。五言律如：「野暝微孤樹，江清著數鷗。與君真自厚，不是兩相留。」七言律如《遊琅琊寺》：「偶上蓬萊第一峰，道人今夜宿芙蓉。塵埋下界三千丈，月在西巖七十峰。」《羅漢寺》云：「溪聲夢醒偏隨枕，山色樓高不礙墻。」又如：「狂搔短髮孤鴻外，病卧高樓細雨中。」《病眼》如：「殘書漢楚燈前壘，草閣江山霧裏詩。」《舟中》云：「千家小聚村村暝，萬里河流岸岸同。」又：「秋燈小榻留孤艇，疏雨寒城打二更。」又：「北海風回帆腹飽，長河霜冷岸痕高。」《和沈仲律原字韻》云：「心無牛口干秦穆，迹繼龍頭愧邴原。」又云：「藜羹莫道無萊婦，蘭畹應誰負屈原。」《寄劉東山》云：「塵外有人占紫氣，鏡中疑我尚朱顔。」《次東嶠韻》云：「電懸雙眼疑秋水，髻擁三花御野風。」又：「豈無湖水甘神瀵，更有溪毛當紫芝。」《書東山草堂扁》云：「封題雲臥東山扁，歌詠司空表聖詩。天闕星辰遺舊履，橘洲歲月有殘棋。石横流潦潛虬角，梅迸垂蘿屈鐵枝。自笑野人閑袖手，雲烟濃淡忽交馳。」次首云：「沙苑草非騏驥秣，瀟湘竹是鳳凰枝。紫虚有約千回醉，笑指僧趺亦坐馳。」又：「招隱誰甘同寂寞，著書不獨爲窮愁。」《木昌道中》云：「行客自知無歲暮，賓鴻不記有家歸。」《寄鄧五羊》云：「後時自許甘丘壑，前席將無問鬼神。浮世虚名非得已，出山小草却悲人。别時笑語風吹斷，會處迷離夢寫真。四十餘年一回首，乾旋坤轉有冬春。」此數首若隱其姓名，觀者決不謂定山作也。

老泉詩

蘇老泉詩：「佳節每從愁裏過，壯心偶傍醉中來。」白樂天詩有「百年愁裏過，萬感醉中來」之句，老泉未必祖襲，蓋偶同耳。

瑞香花詩

瑞香花，即《楚辭》所謂露甲也。一名錦薰籠，又名錦被堆。韓魏公詩云：「不管鶯聲向曉催，錦衾春曉尚成堆。香紅若解知人意，睡取東君莫放回。」張圖之改「瑞香」爲「睡香」，詩云：

「曾向廬山睡裏聞，香風占斷世間春。採花莫撲枝頭蝶，驚覺陽臺夢裏人。」陳子高詩：「宣和殿裏春風早，紅錦薰籠二月時。流落人間真詫事，九秋風露却相宜。」蓋詠九日瑞香也。又唐人詩云：「誰將玉膽薔薇水，新濯瓊肌錦繡襌。音單。」體物既工，用韻又奇，可謂絶唱矣。余亦有一章。

半山用王右丞詩

王維《書事》詩：「輕陰閣小雨，深院晝慵開。坐看蒼苔色，欲上人衣來。」洪覺範《天厨禁臠》云：「此詩含不盡之意，子由所謂不帶聲色者也。王半山亦有絕句，詩意頗相類。」按半山詩云：「山中十日雨，雨晴門始開。坐看蒼苔文，欲上人衣來。」蔡正孫編《詩林廣記》，乃以「若耶溪上踏莓苔」一首當之，謬矣。

坡詩月明看露上

蘇《東坡》詩八首，大率皆田中語，其第四首云：「種稻清明前，樂事我能數。毛空暗春澤，鍼水聞好語。分秧及初夏，漸喜風葉舉。月明看露上，一一珠垂縷。秋來霜穗重，顛倒相撑拄。但聞畦壠間，蚱蜢如風雨。新春便入甑，玉粒照筐筥」云云。此詩叙田家自清明至成熟，曲盡其趣。注未能盡發其妙，今補之於後。〇「漸喜風葉舉」，秧初立苗後，得風則長，《吕氏春秋》所謂「央心中央，帥爲泠風〔二〕」是也。〇「月明看露上」，農夫云秧苗得露，皆先潤其根，由根上節至葉，稍垂一點，月明窺見其上。洪舜俞《平齋集》有《魏城晚凉倚窗觀稼》二絶云：「晚風不動稻苗平，葉葉頭邊沆瀣明。井養不窮功用在，誰將易象細推評。」其二云：「飛明一點上苗端，難作尋常露雨看。碧眼道人參解得，黄河夜半泝崑崙。」以此補坡詩注，真妙也。此事奇，坡詩詠之奇，平齋二詩注之又奇，特表出之。

梅谿注東坡詩

王梅谿注東坡詩，世稱其博。予偶信手繙一册，《除夜大雪留濰州》詩云：「敢怨行役勞，助爾歌飯甕。」山東民謡云：「霜淞打霧淞，貧兒備飯甕。」「淞」音宋，積雪也，以爲豐年之兆，坡詩正用此。而注云：「山東人以肉埋飯下，謂之飯甕。」何異小兒語耶？又《祈雪》云：「歲宴風日暖，人牛相對閒。」「人牛」字用《東方朔占書》「春與歲齊，人牛並立」之語，而注亦失引。

〔二〕「央」，原本作「禾」；「帥」，原本作「疏」，據元至正刻本《吕氏春秋》卷二十六「辨土」改。

東坡梅詩

《禪宗頌古》唐僧《古梅》詩云：「雪虐風饕水浸根，石邊尚有古苔痕。天公未肯隨寒暑，又孽清香與返魂。」東坡《梅花》詩：「蕙死蘭枯菊已摧，返魂香入隴頭梅。」正用此事，而注者亦不之知也。

百東坡

東坡《泛潁》詩：「散爲百東坡，頃刻復在兹。」劉須溪謂本《傳燈録》。按《傳燈録》：良價禪師因過水睹影而悟，有偈云：「切忌從他覓，迢迢與我疏。我今獨自往，處處得逢渠。渠今正是我，我今不是渠。」

劉原父喜雨詩

劉原父《喜雨》詩云：「凉風響高樹，清露墜明河。雖復夏夜短，已覺秋氣多。艷膚麗華燭，皓齒揚清歌。臨觴不肯醉，奈此粲者何。」此詩無愧唐人，不可云宋無詩也。

劉後村三詩

劉後村集中三樂府效李長吉體，人罕知之，今録於此。其一《李夫人招魂歌》云：「秦王女兒吹鳳簫，淚入星河翻鵲橋。素娥剗襪踏玉兔，回望桂宫一點霧。粉紅小堞没柳烟，白茅老仙方睡圓。尋愁不見入香髓，露花點衣碧成水。」其二《趙昭儀春浴行》：「花奴一雙鬟垂耳，緑繩夜汲露桃蕊。青桂寒烟濕不飛，玉龍呵暖紅薇水。翠靴踏雲雲帖妥，燕釵微卸香絲亸。小蓮夾擁真天人，紅梅犯雪欹一朵。鸞錦屏風畫水月，鵁鶄抱頸唼蘭葉。劉郎散却金餅歸，笑引香綃護癡蝶。」其三《東阿王紀夢行》：「月青露紫翠衾白，相思一夜貫地脉。帝遣織阿控紫鸞，崑崙低下海如席。曲房小幄雙杏坡，玉鳧吐麝薰錦窠。軟香蕙雨衩釵濕，裔雲三尺生紅韡。金蟾吞漏不入咽，柔情一點薔薇血。海山重結千年期，碧桃小核生孫枝，精移神駭屏山知。」三詩皆佳，不可云宋無詩也。

不借軍持

陸放翁詩：「遊山雙不借，取水一軍持。」不借，草鞋也，言其價賤不須借也。《古今注》：「漢文帝履不借以臨朝。」漢時已有此名矣。軍持，净瓶也，出佛經。賈島《送僧》詩云：「我有軍持憑弟子，岳陽江裏汲寒流。」

文與可

坡公亟稱文與可之詩，而世罕傳。《丹淵集》余家有之，其五言律有韋蘇州、孟襄陽之風，信坡公不虚賞也。今録其數首於此。詠《閑樂》云：「晝睡欲過午，好風吹竹床。溪雲生薄暮，山雨送微凉。粉裛衣裳潤，蘭薰枕席香。歸來閑且樂，多謝墨君堂。」《過友人谿居》云：「籬巷隔菰蒲，閑扉掩自娱。水蟲行插岸，林鳥過提壺。白浪摇秋艇，青烟蓋晚厨。主人誇野飯，爲我煮秋鱸。」《晚次江上》云：「宛轉下江岸，霜風繞人衣。翩翩渚鴻壓，閃閃林鴉歸。前壑已重靄，遠峰猶落暉。孤舟欲何向，擘浪去如飛。」《玉峰園避暑值雨》云：「南園避中伏，意適晚忘歸。墻外谷雲起，檐前山雨飛。興饒思秉燭，坐久欲添衣。爲愛東巖下，泉聲通翠微。」《極寒》云：「燈火宜冬杪，圖書稱夜長。簾鈎掛新月，窗紙漏飛霜。酒體慚孤宦，氈裘逐異鄉。誰知舊山下，梅艶滿東墻。」《江上主人》云：「客路逢江國，人家占畫圖。青林隨遠岸，白水滿平湖。魚小猶論尺，鷗輕欲問銖。何時遂休去，來此伴潛夫。」詠梨花云：「素質静相依，清香暖更飛。笑從風外歇，啼向雨中歸。江令歌瓊樹，甄妃夢玉衣。畫堂明月地，常此惜芳菲。」詠杏花：「仙杏一番新，妖嬈洗露晨。待妝嫌粉重，欲點要酥勻。月淡斜分影，池清倒寫真。君須憐舊物，曾伴曲江春。」此八詩置之開元諸公集中，殆不可别，今曰宋無詩，豈其然乎！

梅聖俞詩

梅詩：「南隴鳥過北隴叫，高田水入低田流。」山谷詩：「野水自添田水滿，晴鳩却唤雨鳩來。」李若水詩：「近村得雨遠村同，上圳波流下圳通。」其句法皆自杜子美「桃花細逐楊花落，黄鳥時兼白鳥飛」之句來。

小兒拳

黄山谷詩「蕨牙初長小兒拳」，以爲奇句。然太白詩已有「不知行徑下，初拳幾枝蕨」之句，已落第二義矣。

山谷詩

黄山谷詩可嗤鄙處極多，其尤無義理者，莫如「雙鬟女弟如桃李，早年歸我第二雛」之句，稱子婦之顏色於詩句，以贈其兄，何哉？朱文公謂其詩多信筆亂道，信矣。

晁詩

晁元忠詩：「安得龍湖潮，駕回安河水。水從樓前來，中有美人淚。」「人生高唐觀，有情何能已。」晏小山《留春令》云：「別浦高樓曾漫倚，對江南千里。樓下分流水聲中，有當日、憑高淚。」全用其語。

蕃馬胡兒

宋柳如京《塞上》詩：「鳴骹直上一千丈，天静無風聲正乾。碧眼胡兒三百騎，盡提金勒向雲看。」其詩宋人盛稱之，好事者多圖于屏障，今猶有其稿本。唐人好畫蕃馬於屏，《花間詞》云「細草平沙，蕃馬小屏風」是也。又曲有《伊州》、《凉州》、《氐州》，後卒有禄山、吐蕃之變。宋人愛圖鳴骹胡兒，卒有金元之禍。元人曲有「入破」、「急煞」之名，未幾而亂。

游景仁黄鶴樓詩

游景仁《黄鶴樓》詩：「長江巨浪拍天浮，城郭相望萬景收。漢水北吞雲夢入，蜀江西帶洞庭流。角聲交送千家月，帆影中分兩岸秋。黄鶴樓高人不見，却隨鸚鵡過汀洲。」景仁名侣，廣安人，南渡四賢相之一，有文集，今不傳，獨此詩見《楚志》。

石屏奇句

宋人詩話稱戴石屏「春水渡傍渡，夕陽山外山」，以爲奇句。余觀唐韓君平「夕陽山向背，春草水東西」[一]，意同而語尤工。

古梅

蕭東之《古梅》二絶云：「湘妃危立凍蛟背，海月冷掛珊瑚枝。醜怪驚人能嫵媚，斷魂只有曉寒知。」其二云：「百千年蘚著枯樹，一兩點春供老枝。絶壁笛聲那得到，只愁斜日凍蜂知。」甚有風裁。

張邵張祁

張邵字才彦，簡池人。其子孝祥，狀元及第，秦檜羅織下獄。檜死乃仕，後寓烏江，遂家焉。

〔一〕此詩見劉長卿《劉隨州集》卷四，題作「奉陪鄭中丞自宣州解印與諸姪宴餘于後谿」。

祁字晉彦，有詩名，《渡湘江》詩曰：「春過瀟湘渡，真觀八景圖。雲藏岳麓寺，江入洞庭湖。晴日花争發，豐年酒易沽。長沙十萬户，遊女似京都。」〔一〕

近水樓臺

范文正公鎮錢塘，兵官皆被薦，獨巡檢蘇麟不遇，乃上詩曰：「近水樓臺先得月，向陽花木易爲春。」公即薦之。

鄰舟詩

括蒼鮑欽止詩集，余舊見之，其中《與滎子陽鄭公華自朐山鄰舟行》一首，頗得鄰舟江行之趣，余愛而誦之，今録於此：「舟行有後先，相去能幾許。鏗轟金鼓聲，見面不得語。水花來幽香，岸柳過疏雨。登艫各乘流，解帆會聯浦。携我小龍團，睡起就君煮。」

〔一〕 此詩見宋祁《景文集》卷十二。

開梅山

宋章惇《開梅山》詩云：「開梅山，梅山萬仞摩星躔。捫蘿鳥道十步九曲折，時有僵木横崖顛。負麻直上視南岳，回首蜀道猶平川。人家迤邐列板屋，火耕磽确名畬田。穿堂之鼓堂穿壁，兩頭擊鼓歌聲傳。長藤吊酒跪而飲，何物爽口鹽爲先。馬郎酣歌苗女和，不待媒妁自相牽。白巾纏髻衣繞䯼，野花山果青垂肩。如今丁口漸蕃息，世界雖異非桃源。熙寧天子廑聖慮，命將傳檄令開邊。給牛貸種使耕墾，植桑插稻輸緍錢。人人歡呼願歸順，裹頭異語淳風旋。不特得地一千里，王道蕩蕩堯爲天。漢皇黷武竟何益，性命百萬塗戈鋋。李廣自殺馬援死，寂寞銅柱并燕然。伊溪之源最沃壤，擇地作邑民争先。大開庠序明禮樂，撫柔新俗威無專。小臣作詩諧樂府，梅山之崖石可鐫。」此詩可勒不可泯，頌聲萬古長潺湲。」惇之此詩，專頌開梅山之利。又按濟北晁無咎《開梅山》一篇云：「開梅山，梅山開自熙寧之五年。其初連峰上參天，巒崖盤巇閡群巒。南北之帝鑿混元，此山不圮藏雲烟。躋攀鳥道出薈蔚，下視蛇脊相蜿緣。窮南山，南山石室大如屋，黄閔之記盤瓠行迹今依然。高辛氏時北有犬戎寇，國中下令購頭首。妻以少女金盈斗，遍國無人有畜狗。厥初得之病耳婦，以盤覆瓠化而走。堪嗟吴將軍，屈死狺狺口。帝皇下令萬國同，事成違信道不容。竟以女妻之，狗乃負走逃山中。山崖幽絶不復人迹通。帝雖悲思深，往來輒遇雨與風。更爲獨力之衣短後裙，六男六女相婚姻。木皮草，五色文，武溪赤髀皆子孫。侏離其聲異言語，情黠貌癡喜安土。自以吾父有功母帝女，凌夷夏商間，稍稍病侵侮。周宣昔中興，方叔幾振旅。春秋絶筆逮戰國，一負一勝安可數。邇來梅山恃險阻，黄茅竹箭如霪雨。南人顛踣繁溪弩，據關守隘類穴鼠。一夫當其阨，萬衆莫能武。欲知梅山開，誰施神禹斧〔一〕。大使身服儒，賓客盈幕府。檄傳徭初疑，叩馬卒歡舞。坦然無障礙，塞石滇溪渚。伊川被髮祭，一變卒爲虜。今雖關梁通，失制後誰禦？開梅山，開山易，防獠難，不如昔人閉玉關。」則言不必開，蓋因章惇小人專其事，爲清議所不與也。然梅山地今爲長沙府之安化縣五寨，自熙寧至今，永無蠻獠之患，則惇之此舉，一秦之長城也。不然，則爲長沙之害，豈減於廣西之徭僮哉？

陶弼

陶弼，宋仁宗時人，有詩名，仕於兩廣。詩絶似晚唐，《宋文鑑》選其二首。《虔化縣》云：「暖雪梅花樹，晴雷贛石溪。」《出嶺》云：「天文離卷石，人影背含沙。」其他如《僧寺》云：「花露

〔一〕「施神」，原本殘缺，據《太史升庵文集》卷七十六「開梅山」補。

生瓶水，松風落架書。」《早行》云：「照枕殘雞月，吹燈落葉風。」李洞、喻鳧，可相伯仲。

落梅詩

冰崖蕭立等《落梅》詩云：「玉龍戰退鹿胎乾，好在晴沙野水看。舞翠夢回仙袂遠，射雕人去露檐寒。連環骨冷香猶暖，如意痕輕補未完。誰在高樓吹笛處，輕衫當户獨凴闌。」此詩工緻似李義山。後六句皆用美人事，甚奇，不類晚宋之作，當表出之。唐詩：「新柳園林鵝毳色，落梅田地鹿胎斑。」

蜀詩人王謙

王謙，蜀人。有詩一卷，中有《約趙冰壺賞海棠》一篇云：「湘羅壓繡華春風，瑶姬慢舞香裀紅。細腰百轉弓靴穩，銀鵝金鳳花成叢。六么换手調絃索，一串妖聲穿繡幕。沉翠飛香天正樂，寒玉團團帖天角。」其詩絶如李賀，嘗一臠可知鼎味也。

忠簡武穆詩名

宗、岳二公，以忠節戰功冠於南宋，戎馬倥偬，筆硯想無暇也。余嘗見宗忠簡石刻《華陰道》

二絶云：「烟遮晃白初疑雪，日映斕斑却是花。馬渡急流行小崦，柳絲如織映人家。」又云：「菅茅作屋幾家居，雲碓風簾路不紆。坡側杏花溪畔柳，分明摩詰輞川圖。」岳公《湖南僧寺》詩有「潭水寒生月，松風夜帶秋」之句，唐之名家，不過如此。嗚呼，二公其可謂全才乎！

張方詩

「二水谿頭車馬行，靈龜背後玉龍横。漲瀧往日矜河伯，砥柱千年要石兄。湝水右旋江會合，天台曲直卦文明。吾心怵惕便施手，事所當爲不問名。」紹定辛卯三月。

周舍還田舍詩

「舊遊久已倦，歸來多暇日。未鑿武陵巖，先開仲長室。松篁日月長，蓬麻歲時密。心存野人趣，貴使容吾膝。况兹薄春晴，高秋正蕭瑟。」真得田家之意。

朱玄晦真人詩

「郭外西郊柳已芽，中流極目浩無涯。江明白白紅紅樹，春在三三兩兩家。幾度來游同社燕，一樽相屬到昏鴉。此邦物色吟幾盡，爲謝山中好物華。」真迹在内江。

周燾詩

周燾有《觀天竺寺激水》詩云：「拳石眘婆色兩青，竹龍驅水轉山鳴。夜深不見跳珠碎，疑是檐間滴雨聲。」

陳孚詩[一]

元陳孚《遠浦歸帆》絶句云[二]：「日落牛羊歸，渡頭動津鼓。烟昏不見人，隱隱數聲櫓。」識者以爲不減王維。

張昱輦下曲

元張昱作《輦下曲》，皆詠胡元國俗，其一首云：「守内番僧日念吽，御厨酒肉按時供。組鈴扇鼓諸天樂，知在龍宫第幾重。」又云：「似嫌慧日破愚昏，白晝尋常一鈞軒。男女傾城求受戒，

[一] 原本「陳孚」下衍一「遠」字，據《秇林伐山》卷十八「陳孚詩」删。
[二] 原本「遠」下脱一「浦」字，據明鈔本《陳剛中詩集・交州稿》之《瀟湘八景・遠浦歸帆》補。

法中秘密不能言。」前首云僧亂宮闈，後首言僧亂民閨也。夷俗猾夏，奸宄如此，非我太祖一洗之，天柱折、地維缺矣！釣軒，今俗云釣闥，僧房下釣闥而置婦女受戒于其中也。

謝皋羽詩

謝皋羽《晞髮集》詩皆精緻奇峭，有唐人風，未可例於宋視之也。予尤愛其《鴻門讌》一篇：「天雲屬地汗流宇，杯影龍蛇分漢楚。楚人起舞本爲楚，中有楚人爲漢舞。鸊鵜淬光雌不語，楚國孤臣泣俘虜。君看楚舞如楚何，楚舞未終聞楚歌。」此詩雖使李賀復生，亦當心服。李賀集中亦有《鴻門讌》一篇，不及此遠甚，可謂青出於藍矣。元楊廉夫樂府力追李賀，亦有此篇，愈不及皋羽矣。其他如《短歌行》：「秦淮没日如没鶻，白波漾空涇弦月。舟人倚棹商聲發，洞庭脱木如脱髮。」《建業水》云：「太白入月魚腦減，武昌城頭鼓紞紞。」《海上曲》云：「水花生雲起如葑，神龍下宿藕絲孔。」《明河篇》云：「牽牛夜入明河道，淚滴相思作秋草。婺女城頭玩月華，星君冢上無啼鳥。」《俠客歌》云「潮動西風吹杜荆，離歌入夜斗西傾。飲飛廟下蛇含草，青拭吴鉤入匣鳴。」《效孟郊體》云：「牽牛秋正中，海白夜疑曙。野風吹空巢，波濤在孤樹。」律詩如「驛花殘楚水，烽火到交州」、「夜氣浮秋井，陰花冷碧田」、「山鬼下茅屋，野雞啼苧蘿」、「戍近風鳴柝，江空雨送船」、「鄰逋燈下索，鄉夢戍邊回」、「柴關當太白，藥氣近樵青」、「暗光珠母徙，秋影

石花消」、「下方聞夕磬，南斗掛秋河」，雖未足望開元、天寶之蕭墻，而可以據長慶、寶曆之上座矣。〔二〕

半江

近傳邵文敬「半江帆影落樽前」之句，以爲奇絶，遂號爲邵半江。然唐趙嘏詩「半江帆盡見分流」之句，宋米元章亦云「六朝山色落樽前」，已落前人第二矣。

嵐彩飛瓊

劉伯温《憶山中》篇：「四時嵐彩飛瓊雪，百道泉流湛玉霜。」上句本种放詩「嵐沉玉膏冷」，下句嵇含《山居賦》「渧潺湲之膏玉」〔三〕。

〔二〕按，此條係對《升庵詩話》卷三「謝皋羽詩」之擴寫。

〔三〕「潺湲」，原本作「潺」，據《藝文類聚》卷六「地部州部郡部」、《秇林伐山》卷十七「嵐彩飛瓊」改。《藝文類聚》此引句所出爲江總《貞女峽賦》。

河州王司馬詩

司馬王公竑，陝西河州人。其直節英名，人皆知之，而不知其文藻也。余同年太史玉壘王公元正，爲余誦其八詩，今記其五。《回瀾閣》云：「不成亭館不成樓，矮屋重棚立水頭。非擬金梁横巨海，也爲砥柱屹中流。座中爽氣消三伏，檻外飛湍肅九秋。幾度登臨仰前哲，昌黎古作邈難儔。」《醒心亭》云：「鑑池池上結茅亭，卸却煩襟任獨醒。雲影散來無外物，天光澄處是虚靈。青青草色開窗見，颯颯松聲隔座聽。塵慮不干真境絶，焚香兀坐理黄庭。」《秋香徑》云：「歸老溪園徑未荒，徑邊黄菊有餘芳。芒鞋踏處濡朝露，藜杖携來帶晚香。清景且宜供笑傲，高年何必問行藏。淵明把酒來籬下，我亦隨緣醉此傍。」《丹霞塢》云：「不學逋仙學董仙，杏花開遍石墻邊。渾疑日下朝雲界，半是人間也老天。晚景催人雖潦倒，春光在眼且留連。村翁携酒來相訪，憩此徜徉共醉眠。」《水竹居》云：「水繞柴門竹繞闌，歸來寓此足盤桓。一溪冰玉涵春意，萬個琅玕耐歲寒。對景只求詩興好，臨流肯放酒杯乾。衰遲幸入康莊境，一任紅塵蜀道難。」○王公詩，人罕傳，今特録之。

沐繼軒荔枝詩

國朝武將能詩者，洪武中孫炎，其後湯東穀胤績、廣帥王一清、定襄郭登，人皆知之。雲南都督繼軒沐璘，字學皇象，畫學米元章，詩學六朝、盛唐，以僻遠，人罕知之。余嘗選其數絶句于《皇明詩抄》。其《詠臨安荔枝》長篇云：「建水夫何如，厥土早而熱。蠻花開佛桑，候禽罷鶗鴂。莽雲覆溟濛，梅雨滋霶霫。接地茂緗枝，遮空舒黛葉。翠葆霞焜煌，錦幄風掀揭。香麝忌經過，飛鼺防盜竊。勁雛赤膚脱，肥旮瓊穰凸。明璫怪可飧，冰丸訝許嚙。真珠堆緑雲，瑇瑁乘彩纈。鳳爪天下奇，龍牙衆中傑。飽食慚素飧，長吟望林樾。」旮，戲、歇二音，盛貌，又肥大意。

武侯祠詩

正德戊寅，予訪余方池編修于武侯祠，見壁間有詩云：「劍江春水緑沄沄，五丈原頭日又曛。舊業未能歸後主，大星先已落前軍。南陽祠宇空秋草，西蜀關山隔暮雲。正統不慚傳萬古，莫將成敗論三分。」後有題云：「此詩始終皆武侯事，子美或未過之。」方池不以爲然。予曰：「此亦微顯闡幽，不隨人觀場者也。」惜不知其名氏。

龍池春遊曲

「紅心草茁紅桃開，龍池淼淼春水來。春鳥啼不歇，春燕語更切。少婦踏青游，傷春無限愁。紅蕖蹀躞曳羅襪，羅襪塵生暗香發。密意難傳陌上郎，含羞折花空斷腸，踥佇路側盻斜陽。」永昌張含詩也。

蜀棧古壁詩

余於蜀棧古壁，見無名氏號硯沼者書古樂府一首云：「休洗紅，洗多紅在水。新紅裁作衣，舊紅番作裏。回黄轉緑無定期，世事反覆君所知。」此詩古雅，元郭茂倩《樂府》亦不載。李賀詩云：「休洗紅，洗多顔色淡。卿卿騁少年，昨夜殷橋見。封侯早歸來，莫作弦上箭。」視前詩何啻千里乎！

顧非熊

非熊《天洞閣到啼猿閣即事》詩：「萬壑褒中路，何曾不架虚。濕雲和我疑誤。起〔一〕，燋柺帶

〔一〕「我」，《文苑英華》卷三百十四「居處四」録《天河閣到啼猿閣即事》作「棧」。

餘衾〔一〕。巖犺啼垂果，湍禽接迸魚。每逢維艇處，塢裏有人居。」

石湖妙句

范石湖《初夏》詩：「雪白荼蘼紅寶相，尚携春色見薰風。」《靈巖》詩：「雪浪長風三萬頃，蒼烟古木二千秋。」《白玉樓步虚詩序》甚工，類《畫記》。

鴻嘶猿唳

周賀詩「鴻嘶荒壘閉」〔二〕，鴻未聞嘶也。近日一士夫詩「枕上聞猿唳」，余弟叙庵戲之曰：「猿變爲鶴矣。」

箕仙詩

宋元小説載箕仙詩多矣，近日一事尤異。正德庚辰，有方士運箕賦詩，隨所限韻，敏若夙

〔一〕「衾」，《文苑英華》作「畲」。
〔二〕此詩《文苑英華》卷二百七十九録爲釋無可作，題作「送人罷舉東遊」。

構，而語不凡。其爲喬冢宰賦《白巖行》曰：「六丁持斧施神工，鑿開西南萬仞之崆峒。芙蓉一朵插天表，勢壓天下群山雄。冰壺倒月色澄澈，瑶臺倚斗光玲瓏。百丈虹霓望吞吐，八埏霖雨瞻空濛。虚空不受一塵染，靈光直與銀河通。乳泉掛壁噴晴雪，玉梅懸谷摇香風。上有神仙玉虚子，凌風出没遊太空。發虬伐蛟下入海底水晶窟，朝真謁帝獨步天上瓊瑶宫。頭角峥嶸自卓立，胸襟磊落誰磨礲。商家傅説作良弼，宋室張浚多奇功。憶昔江樓吹鐵笛，明月一醉三人同。邇來一别世間甲子不知數，但見幾度玉洞桃花紅。金龜老，黄鶴翁，各分一諱貽此公。天然意趣自相合，芳稱長在塵寰中。好將大手整頓乾坤了，歸來一笑拂雲看劍重會滄溟東。」此詩成一卷，箕仙運筆所書。詩既跌宕，字又飛舞，豈術士能贋作者？吁，異哉！

（以上輯自《升庵外集》卷七十八）

升庵詩話輯録

太史升庵文集・詩類

宗懍顧野王二詩

宗懍《春望》詩曰：「日暮春臺望，徙倚愛餘光。都尉新移棗，司空始種楊。一枝猶桂馥，十步有蘭香。望望無萱草，沉憂竟不忘。」顧野王《芳樹》詩曰：「上林通建章，雜樹(偏)[遍]林芳。日影桃蹊色，風吹梅徑香。幽山桂葉落，馳道柳條長。折榮疑路遠，用表莫相忘。」二詩前首五用草木名，後首四用草木名，在後人則不勝其贅矣，而清麗脱洒如此。宗詩前聯都尉移棗蓋用《漢・藝文志》有尹都尉移植棗杏梅李法，司空種楊則用《淮南子・時則訓》正月其官司空〔一〕，其樹楊也。用事頗僻，故須詮詁，始見其妙。〔二〕

〔一〕「正月」，原本作「三月」，據《淮南鴻烈解》卷五《時則訓》改。

〔二〕此條《升庵外集》卷六十九分作「宗懍春望」與「顧野王芳樹詩」兩條，文字有異。

李益詩

尤延之《詩話》云：「《會真記》『隔墻花影動，疑是玉人來』，本于李益『開門風動竹，疑是故人來』。」然古樂府「風吹窗簾動，疑是所歡來」，其詞乃齊梁人語，又在益先矣。近世刻李益集，不見此詩，惟曾慥《詩囿》載其全篇。今録於此：「微風驚莫坐，臨牖思悠哉。開門復動竹，疑是故人來。時滴枝上露，稍沾階下苔。幸當一入幌，爲拂緑琴埃。」題云《竹窗聞風寄苗發司空曙》。○今南方所刻唐詩，皆非全帙。先公在翰苑日，裒集唐詩，極爲精備，較近日所傳大有不同。緣吴人射利，刻各家唐詩，取其卷帙齊均厚薄如一，以便於售，極爲可惡。如顧况集，其中「遠寺吐朱閣，春潮浮緑烟」最爲警策，乃在削去之卷。張籍本十二卷，乃削減爲四卷，而《吊韓昌黎》一詩最奇，亦在減中。若楊炯詩不多，乃取楊巨源詩妄入之。王維詩，又取王涯詩妄入之。陋者驟觀，競相語以爲新奇未見，而争市之，是重不幸也。聊書以傳賞鑒者。

（以上輯自《太史升庵文集》卷五十四）

顧愷之詩

「疾風知勁草，嚴霜識貞木。」晉顧愷之詩也。

李涉贈盜詩

唐李涉贈盜詩曰：「相逢不用相迴避，世上如今半是君。」可謂婉切。劉伯温詠梁山泊《分贓臺》詩云：「突兀高臺累土成，人言暴客此分贏。飲泉清節今寥落，何但梁山獨擅名。」元末貪吏，亦唐末之比乎？《漢書》云吏皆「虎而冠」，《史記》云此皆劫盜而不操戈矛者也。二詩之意皆祖此。

柳公綽梓州牛頭寺詩

「纔出城西第一橋，兩邊山木晚蕭蕭。井花莫洗行人耳，留聽溪聲入夜潮。」此詩今刻於欒至縣湧泉寺。〔二〕

韓衆採藥詩

闇河紫桂，實大如棗。得而食之，後天不老。

〔二〕此詩《詩話補遺》卷二「洪容齋唐人絶句」亦録之，文字有異。

虞道園題蘭詩

虞道園題畫蘭詩：「手攬華鬘結，化爲樓閣雲。」初讀不知其解，後覽《華嚴經》有「華雲」、「鬘雲」、「樓閣雲」，乃知其出處。其餘又有貝雲、衣雲、帳雲、蓋雲、幡雲、冠雲、輪雲、寶鬘雲、瓔珞雲、寶登雲、寶焰雲。《易通卦驗》説四時八方之雲，《吕氏春秋》、《淮南子》、《史記・天官書》雲變態名狀尤奇，不悉載云。

韋莊贈進士詩

新馬杏花色，綠袍春草香。

洪平齋輓荆公詩

「君臣一德盛熙寧，厭故趨新用六經。只怪畫圖來鄭俠，豈知奏議出唐坰。掌中大地山河舞，舌底中原草木(醒)[腥]。養就禍胎身始去，依前鍾阜向人青。」李文正公曰：「此詩五十六字《春秋》也。」

齊己詩

僧齊己詩：「重城不鎖夢，每夜自歸山。」宋人小詞：「重門不鎖夢，隨意繞天涯。」

（以上輯自《太史升庵文集》卷五十五）

檀暈

東坡《梅》詩：「鮫綃剪碎玉簪輕，檀暈妝成雪月明。肯伴老人春一醉，懸知欲落更多情。」王十朋集諸家注，皆不解「檀暈」之義，今爲著之。宇文氏《妝臺記》：「婦女畫眉有倒暈妝。」《畫譜》有正暈牡丹、倒暈牡丹，古樂府有「暈眉攏髮」之句。元微之與樂天書：「近昵婦人，暈澹眉目，綰約頭鬟。」《畫譜》七十二色，有檀色，淺赭也，與婦女暈眉所謂紫沙冪酷似。《花間集》云「燒春醲美小檀霞」，又云「檀畫荔枝紅」，又云「鈿昏檀粉淚縱横」，又云「斜分八字淺檀蛾」，又云「背留檀印齒痕香」。坡詩又云「剩看新翻眉倒暈」，又云「倒暈連眉秀嶺浮」。檀痕，猶漢世婦女之玄的也，可以互證。

玉壺冰

癸未之夏，余在館閣與張太史惟信小飲，探題賦玉壺冰。余效唐省題詩，賦五言六韻云：「尼父休藏玉，壺公愛飲冰。金莖流沆瀣，錦席失炎蒸。靈響瓊璜解，仙膏水碧凝。清泠浮緑蟻，瀟灑絶青蠅。鑿訝凌陰近，江疑净練澄。恍如玄圃上，赤脚踏層冰。」蓋唐人省題詩似今之科場程文，如此題《玉壺冰》，首二句必以「玉壺冰」三字錯綜用之。惟信深許余此言，謂首二句射雙雕手也，遂書於扇，傳詠於詞林。去今三十年，惟信墓有宿草矣！檢舊扇重書之，不知老淚之横集也。

天尺

元好問《送劉時舉節制雲南》詩：「雲南山高去天尺，漢家弦聲雷破壁。九州之外更九州，海色澄清映南極。幽并豪俠喜功名，咄嗟顧盼風雲生。今年肘後印如斗，過眼已覺烏蠻平。諭蜀相如今老矣，不妨銅柱有新銘。」「天尺」二字，可以名樓。

日蕎

《南史》王晞詩：「日蕎當歸去，魚鳥見留連。」俗本改「蕎」作「暮」，淺矣。蓋蜀牛嶠詞曰「日蕎天空波浪急」，正用晞語。

晛日

余嘗登眺山寺，見雨霽虹蜺下飲澗水，明若刻畫，近如咫尺，日射其傍，如盼睞。得句云：「渴虹下飲玉池水，斜日横分蒼嶺霞。」自謂切景。張愈光云：「『斜』字猶未稱『渴』字。」後一年，偶閲《莊子》「日方中方晛」，《衍義》云：「日斜如人晛目。」遂改作「晛日」，對「渴虹」。愈光曰：「渴虹晛日，古今奇句也。」

艷雪

韋應物答徐秀才詩云：「清詩舞艷雪，孤抱瑩玄冰。」極其工緻，而「艷雪」二字尤新。又《五絃行》云：「如伴流風縈艷雪，更逐落花飄御園。」又《樂燕行》云：「艷雪凌空散，舞羅起徘徊。」屢用「艷雪」字而不厭其複也！或問予：「雪可言艷乎？」予曰：「曹子建《洛神賦》以流風迴雪比美人之飄揺，雪固自有艷也。然雪之艷，非韋不能道；柳花之香，非太白不能道；竹之香，非子美不能道也。」

莊馗

王仲宣《從軍》詩：「館宇充廛里，士女滿莊馗。自非聖賢國，誰能享兹休？」馗音求，九交之道也，字從九從酋爲是。

梁武帝父子詩讖

梁武帝《冬日》詩：「雪花無有蒂，冰鏡不安臺。」○梁簡文帝《詠月》詩：「飛輪了無徹，明鏡不安臺。」竟成臺城之讖。

王暉稱温子昇

濟陰王暉云：「江左文人有顔、謝、任、沈，我温子昇足以陵顔轢謝，含任吐沈。」

天寶迴紋

范陽盧氏母王氏撰《天寶迴紋詩》，凡八百十二字。循環有數，若寒暑之遞遷；應變無方，謂陰陽之莫測。與蘇若蘭事相類。

隴西謡

「郎樞女樞，十馬九駒。安陽大角，十牛九犢。」四地名皆在隴西，言宜畜牧也。

瞿塘行舟謡

「灔澦大如(樸)[襆]，瞿塘不可觸。」太白詩：「五月不可觸，猿鳴天上哀。」又詩：「瞿塘五月誰敢過？」「灔澦大如馬，瞿塘不可下。」杜子美詩：「沉牛荅雲雨，如馬戒舟航。」「灔澦大如象，瞿塘不可上。灔澦大如鼈，瞿塘行舟絶。灔澦大如龜，瞿塘不可窺。」《南史》：「灔澦如襆本不通，瞿塘水退爲庾公。」

芙蓉劍

盧照鄰詩：「相邀俠客芙蓉劍，共宿娼家桃李蹊。」○《越絶書》薛燭説劍云：「揚其華如芙蓉始出，觀其釽如列星之行。」

策目毫鋒

白樂天詩：「策目穿如札，毫鋒利似錐。」札，甲也。

鴻寶

沈佺期詩：「静夜思鴻寶，清晨朝鳳京。」鴻寶，道書也，淮南王有《鴻寶秘術》。

羊叔子疏語

「高山尋雲霓，深谷肆無景。」絶似詩句。

女丁夫壬

韓文公《陸渾山火》詩：「女丁夫壬傳世婚。」董彦遠曰：「玄冥之子曰壬夫，娶祝融之女曰丁芋，俱學水仙，是爲温泉之神。」○按韓詩句奇，董彦遠所解又奇，但不知所出。今星命家以丁壬爲淫合，其説亦古矣。

袿熏綦迹

韓、孟《城南聯句》：「袿熏霏霏在，綦迹微微呈。寳唾拾未盡，玉啼墜猶鎗。窗綃疑閟艷，妝燭已銷檠。」○袿熏、綦迹、寳唾、玉啼，語精字選，惜周美成、姜堯章輩未拈出爲《花間》、《蘭畹》助也。

登九華樓 杜牧

晴江灩灩含淺沙，高低遠郭滯秋花。牛浦漁村山月上，鷺渚鶖梁漢日斜。爲郡異鄉徒泥酒，杜陵芳草豈無家。白頭搔屑倚柱遍，歸棹何時軋軋鴉。

冬日寄庾員外 羅鄴

曾謁仙宫最上仙，西風許醉桂花前。争歡酒蟻浮金爵，從聽歌塵撲翠蟬。秋霽捲簾凝錦席，夜凉吹笛稱江天。却思紫陌觥盂地，兔缺烏沉欲半年。

謝靈運逸句

謝靈運詩：「明月入綺窗，髣髴想蕙質。消憂非萱草，永懷寧夢寐。」寐叶音密。上二句乃杜工部「落月屋梁」之所祖。

鵝管笙

李長吉詩：「王子吹笙鵝管長。」又《步虚詞》：「鳳凰三十六，碧天高太清。元君夫人蹋雲語，吟風颯颯吹鵝笙。」以上《太平廣記》。

薛逢老去也歌

徐山甫詩：「薛逢休歌老去也，陶潛已賦歸來兮。」薛逢詩：「老去也，争奈何？擊酒盞，唱短歌。短歌未竟日已没，月映西南庭樹柯。」

阿那紇羅曲名

李郢《上元日寄胡杭二從事》詩曰：「戀別山登憶水登，山光水焰百千層。謝公留賞山公唤，知入笙歌阿那明。」劉禹錫《夔州竹枝詞》云：「楚水巴山烟雨多，巴人能唱本鄉歌。今朝北客思歸去，回入紇羅披緑蘿。」《阿那》、《紇羅》，皆當時曲名。李郢詩言變梵唄爲艷歌，劉禹錫詩言翻南調爲北曲也。「阿那」皆叶上聲，「紇羅」皆叶平聲，此又隨方音而轉也。

蕙麝

宋孝武帝詩：「羅裳皎日袂隨風，金翠列輝蕙麝豐。」蕙麝，言香也。

切夢刀

施肩吾《閨情》詩云：「三更風作切夢刀，萬轉愁成繫腸線。」

金膏水碧

唐世詩人多用「金膏」、「水碧」字，但知爲奇寶之屬，莫究其出也。《穆天子傳》：「示汝黄金之膏。」束皙曰：「金膏可以續骨。」崔寔《政論》：「呼吸吐納，非續骨之膏。」水碧，水玉也。《山海經》：「耿山多水碧。」《墨子》：「大藥有水脂碧。」唐詩：「絶頂水底花，開謝向淵腹。攬之不可得，滴瀝空在掬。」又：「採碧時逢婺女船。」

折簡

王凌謂司馬懿曰：「卿直以折簡召我，我尚不至，而乃引軍來乎？」〇漢制簡長三尺，短者半之，故小簡曰尺牘。折簡者，折軍之簡，言禮輕也。又按《南史》，謝朓覽孔闓表，手自折簡寫之。此折簡謂擘牋也。

（以上輯自《太史升庵文集》卷五十六）

疊韻

皮日休云：「《毛詩》『鴛央在梁』，又『螮蝀在東』，即後人疊韻之始。」余謂此乃偶合之妙，

「玢豳文鱗」、左思《吴都賦》之「檀欒嬋娟」，則詞人好奇之始耳。○《南史》有「積日失適」，亦叠韻。

詩人初無意也。若《文選》宋玉《風賦》「炫焕粲爛」、張衡《西京賦》之「睚眦蠆芥」、《上林賦》之

唐武后時征雲南

《唐書》武后之世不見有征雲南事。余觀駱賓王集，頗見其事，今具録其略。《疇昔篇》云：「膏車秣馬辭鄉邑，縈轡西南吏邛僰。」此駱賓王亦從宦於蜀也。其《行路難》云：「去去止哀牢，行行入不毛。」又云：「交阯枕南荒，昆彌臨北户。」川原饒毒霧，谿谷多淫雨。」則從征之事也。其《姚州道破逆賊諾波弄楊虔露布》云：「浮竹遺胤，沉木餘苗。」又云：「三朏崙鎮，此山即南中巨防也。」又《破蒙儉露布》云：「俗帶白狼，人習貪殘之性；河淪赤虺，川多風雨之妖。水積炎光，山涵毒霧，竹浮三節，木化九隆。鄭純之化不追，孟獲之風愈扇。」又云：「營開嶲穴，旆轉邛川，峻岐折板之危，滇池漏江之固。」又云：「城接祠雞，竟無希於改旦；山多神鹿，終未見於擇音。」又《代姚州道李義祭趙郎將文》云：「滇浦挻妖，昆明習戰。」「致令王師失律，兇狡憑陵。」「亭候多虞，故有負於明代；《春秋》責帥，豈無慚於幽途？」合此觀之，始雖小勝，終亦敗歸。史不書者，蓋當時不以聞也。唐之敗於南詔，不止楊國忠而後隱蔽，武后之世已然矣。

予故詳著之，以表史氏之遺云。

墜露落英

《楚辭》：「朝搴木蘭之墜露兮，夕餐秋菊之落英。」有問於謝疊山曰：「菊英無零落，露墜矣，可飲乎？」疊山曰：「木蘭不常有，得蘭露之墜者，亦當飲之。秋菊不常有，得菊英之落者，亦當餐之。愛之至，敬之至也。非謂蘭露必墜，菊英必落也。」此説頗得騷人言外之意。

援繩縛涼州

西涼李暠平北涼，問梁中庸曰：「我何如索嗣？」中庸曰：「未可量也。」暠曰：「嗣若敵我，我何能於千里外，援長繩絞其頸耶？」中庸曰：「智有短長，命有成敗。若以身死爲負，計行爲勝，公孫瓚豈賢於劉虞耶？」唐詩「請纓下南越，援繩縛涼州」，正用此事。

蓮子隨他去

北齊時童謠云：「千金買藥園，中有芙蓉樹。破家不分明，蓮子隨他去。」予嘗有詩云：「偃月堂空罷舞塵，靖安坊冷怨佳人。芙蓉蓮子隨他去，不及當年石季倫。」蓋用此事。

乳酒

《孝經緯》曰：「酒者，乳也。」梁張率《對酒》詩：「如花良可貴，似乳更堪珍。」杜子美詩「山城乳酒下青雲」本此。

魏武帝父子不惑仙術

魏武帝《樂府精列篇》云：「造化之陶物，莫不有終期。聖賢不能免，何爲懷此憂？願螭龍之駕，思想崑崙居。見欺於迂怪，志意在蓬萊。周孔聖徂落，會稽以墳丘。陶陶誰能度，君子以弗憂。」魏文帝《折楊柳歌》云：「彭祖稱七百，悠悠安可原。老聃適西戎，於今竟不還。王僑假虛辭，赤松乘空言。達人識真僞，愚夫好妄傳。追念往古事，憒憒千萬端。百家多迂怪，聖道我所觀。」二詩不信仙術，闢其怪誕，誠知道守正之言也。曹孟德之卓識，比之後來唐之諸君服金丹渴（澡）［燥］而死者，豈不天壤哉？曹子建《辨道論》亦言左慈輩之妄。其父子相傳，家教如此，今之儒者，豈不愧之哉！

（以上輯自《太史升庵文集》卷五十七）

古人賦

《説苑》曰：「師經鼓琴，魏文侯起儛。賦曰：『使我言而無見違。』」知古人一話一言皆曰賦。彼所謂登高能賦者，豈必盡如後世之麗淫者哉？

桔槔烽

邊方備警急，作高土臺，臺上作桔槔。桔槔頭有兜零，以薪葦置其中，常低之。有寇，即然火舉之以相告，曰烽望，其烟曰燧。唐詩：「桔槔烽上暮烟飛。」

舞馬登床

杜詩：「鬥雞初賜錦，舞馬使登床。」馬舞古有之，《山海經》述海外太樂之野，夏后啓於此舞九代之馬。杜氏《通典》：「鳳花廄有蹀馬，俯仰騰躍，皆合節奏。」明皇嘗令教舞馬百駟，又施三層板床，乘馬而上，抃轉如飛，或命壯士舉榻，馬舞其上。觀此説，則杜詩登床之語蓋紀實也。

《南史》：「河南國進赤龍駒，能拜伏，善舞。」

重池

左太冲詩：「衣被皆重池。」池，被之心如池也。李太白詩亦有「緑池障泥錦」之句。又裝潢家以卷縫罅處爲玉池也。

翠微

《爾雅》：「山未及上曰翠微。」《詩》曰：「陟彼崔嵬。」崔嵬，即翠微，《詩傳》授字各不同爾。然「崔嵬」字不及「翠微」之工。凡山遠望則翠，近之則翠漸微，故曰翠微也。左思《蜀都賦》：「鬱葐蒕以翠微。」注：「翠微，山氣之輕縹也。」孟郊詩「山明翠微淺」，又「山近漸無青」，東坡詩「來看南山冷翠微」，皆有意態，足以發詩人及《爾雅》之妙詮。杜牧之云「與客携壺上翠微」，則直致，不及孟、蘇矣。

雲府

唐詩多用「雲府」字，出庾肅之《山贊》，所謂雲霞之府也。

評李杜韓柳

杜詩語及太白處無慮十數篇，而太白未嘗假借子美一語，以此知子美傾倒太白至難。晏元獻公嘗言：「韓退之扶導聖教，剗除異端，則誠有功。若其祖述《墳》、《典》，憲章《騷》、《雅》，上傳三古，下籠百世，横行闊視於綴述之場者，子厚一人而已。」

勾欄

段國《沙州記》：「吐谷渾於河上作橋，謂之河厲，長一百五十步，勾欄甚嚴飾。」勾欄之名始見此。王建《宫詞》：「風簾水殿壓芙蓉，四面勾欄在水中。」李義山詩：「簾輕幕重金勾欄。」李長吉詩：「蟪蛄弔月勾欄下。」字又作「鈎」。宋世以來，名教坊曰勾欄。

二庭

唐詩：「二庭歸望斷，萬里客心愁。」二庭者，沙鉢羅可汗建庭于睢合水，謂之南庭；吐陸建牙于鏃曷山，謂之北庭。二庭以伊列水爲界，所謂南單于、北單于也。

抛堶

宋世寒食有抛堶之戲，兒童飛瓦石之戲，若今之打瓦也。梅都官《禁烟》詩：「窈窕踏歌相把袂，輕浮賭勝各飛堶。」堶，七禾切。或云起於堯民之擊壤。

泔魚

王半山文：「梁王墜馬，賈傅自傷。門人泔魚，曾子垂涕。」又詩曰：「泔魚已悔當年事，搏虎方驚此日身。」泔魚事出《荀子》，云：「曾子食魚，有餘，曰：『泔之。』門人曰：『泔之傷人，不若奥之。』曾子泣涕曰：『有異心乎哉！』傷其聞之晚也。」

駭鼓

王粲《英雄記》：「整兵駭鼓。」韓文公《鄆州谿堂》詩：「其鼓駭駭。」襲用其字。先輩謂韓文無一字無來歷，若此類甚多，注者十不能一二耳。

紅雪紫雪〔一〕

劉夢得文集有《謝面脂口脂表》云：「宣奉聖旨，賜臣臘日口脂面脂、紅雪紫雪。雕奩既開，珍藥斯見，膏凝雪瑩，含液騰芳。」與杜子美「口脂面藥，翠管銀罌」之句可參考。○王建詩云：「黄金合裹盛紅雪，重結香羅四出花。一一旁邊書敕字，中官送與大臣家。」

朝霞作雨

《素問》云：「霞擁朝陽，雲奔雨府。」《楚辭》云：「虹蜺紛其朝霞，夕淫淫而淋雨。」唐詩云：「朝霞晴作雨。」俗諺云：「朝霞不出市。」

應龍妖女

余讀阮公《詠懷》詩：「應龍沉冀州，妖女不得眠。」不知何解。後觀張平子《應（問）〔間〕》曰：「女魃北而應龍翔。」注云：「女魃，旱神也；北，退也；應龍，能興雲雨者也。蚩尤作兵伐

〔一〕《升庵詩話》卷三有「口脂」條，《詩話補遺》卷三有「口脂面藥」條，内容與此條相近，而均無王建詩。

黄帝，帝乃令應龍攻之冀州之野。應龍蓄水，蚩尤請風伯雨師從，黄帝乃下天女曰妖，雨止，遂殺蚩尤。妖不得復上，所居不雨。妖亦魃也。」

勸農詩

「仕宦之身，南州北縣。商賈之人，天涯海岸。争如農夫，六親對面。門無官府，身即强健。夏絹新衣，秋米白飯。不知金貴，惟聞粟賤。鵝鴨成群，猪羊滿圈。官税早了，逍遥散誕。安眠穩睡，直千直萬。」此詩詞旨平易，足以諭俗。余按此乃謝艮齋《勸農》詩也，《鶴林玉露》亦載之而缺數句，今據其集録之。艮齋，新喻人，與朱子友，所著有《古今孝子傳》。

古詩可考春秋改月之證

《文選》「古詩十九首」非一人之作，亦非一時也。其曰「玉衡指孟冬」，而上云促織，下云秋蟬，蓋漢之孟冬，非夏之孟冬矣。漢襲秦制，以十月爲歲首，漢之孟冬，夏之七月也。其曰「孟冬寒氣至，北風何慘慄」，則漢武帝以改秦朔用夏正以後之詩也。三代改朔不改月，古人辨證博引經傳多矣，獨未引此耳。又唐儲光羲詩：「夏王紀冬令，殷人乃正月。」此亦一證。

金波寶焰

朱晦翁《廬山紀行》詩："斯須莫雲合，白日無餘暉。金波從地湧，寶焰穿林飛。"又有《觀野燈》詩云："須信地靈資物化，金膏隨處發精光。"余謂馬血之爲轉燐，人血之爲鬼火，此所謂"昭明焄蒿悽愴"也。若廬山之野燈、杭州之湖光、峨眉之佛光、金堂之聖光、《江賦》之陰火，山川寶玉之氣也，腐草尚能爲螢，水柴亦能發焰，况山川寶玉乎！

玉臂銅青

東坡贈王定國家姬詩云："君家玉臂貫銅青。"次公注："銅青，所染衣服顔色之名。銅青，銅器上緑色，是以銅青爲臂飾耳。"意猶未明白。近觀梅聖俞詩云："銅青羅衫日月團，紅裙擷暈朝霞乾。"則銅青謂衫色耳，非以銅青爲臂飾也。余有《浣溪沙》云："首夏偏宜淡薄妝，銅青衫子紫香囊。清歌一曲送霞觴。羅襪凌波回洛浦，澹雲輕雨拂高唐。紗厨今夜賀新凉。"

鱸香亭

陳文惠公堯佐《吴江》詩云："平波渺渺烟蒼蒼，菰蒲才熟楊柳黄。扁舟繫岸不忍去，西風斜日鱸魚香。」詩句絶膾炙人口。今吴中改「香」作「鄉」，又於其地立鱸鄉亭。余謂鱸香何不可之有？幸《温公詩話》可證。

烟鬟

韓昌黎《炭谷湫》詩「擢玉紆烟鬟」，奇句也。東坡屢用之，如「古甃磨翠壁，霜林散烟鬟」，又云「孤雲落日在馬耳，照曜金碧開烟鬟」，又「落日銜翠壁，暮雲點烟鬟」，又「兩山遥樹雙烟鬟」，又「淮山相媚嫵，曉鏡開烟鬟」。余因誦二公詩，欲以「烟鬟」名亭，但無此佳趣之地當之耳。○咸澤禪師偈云：「一塢白雲，三間茅屋〔二〕。」「雲」、「塢」可對，「烟鬟」亦可名亭。

英英白雲露彼菅茅

《詩·白華之什》云：「英英白雲，露彼菅茅。」《毛傳》云：「露亦有雲〔三〕。」孔穎達《正義》云：「有雲則無露，無雲則有露。毛言『露亦有雲』者，露雲氣微，不映日月，不得如雨之雲耳，非

〔二〕「咸澤」，原本作「成澤」；「三」，原本作「之」，據《四部叢刊三編》景宋本《景德傳燈録》卷二十一改。

〔三〕「露亦有雲」，原本作「雲亦有露」，據明崇禎汲古閣《十三經注疏》本《毛詩注疏》卷十五「白華八章章四句」改。下同。

無雲也。若露濃霧合，則清旦爲昏，是亦露之雲也。」○有雨雲有露雲，此節發揮甚新。

屋角明金字

《北史》：斛律金不識文字，初名敦，苦其難署，改名爲金，從其便易。猶以爲難，神武乃指屋角，令識之。陸渭南《晚晴》詩：「屋角明金字，溪流作縠文。」用此事也。

（以上輯自《太史升庵文集》卷五十八）

七賢過關

世傳《七賢過關圖》，或以爲即「竹林七賢」爾。屢有人持其畫來索題，漫無所據。觀其畫，衣冠騎從，當是晉魏間人物，意態若將避地者，或謂即《論語》作者七人像而爲畫爾。姜南舉人云是開元日冬雪後，張説、張九齡、李白、李華、王維、鄭虔、孟浩然出藍田關，遊龍門寺，鄭虔圖之。虞伯生有《題孟浩然像》詩：「風雪空堂破帽温，七人圖裏一人存。」又有槎溪張輅詩：「二李清狂狎二張，吟鞭遥指孟襄陽。鄭虔筆底春風滿，摩詰圖中詩興長。」是必有所傳云。七賢過關事，不經見於書傳，而畫家乃傳遍於好事者之家。究其姓名，未的其誰何，先師文正李公嘗辨之。慎近見洪武中高得暘《題錢舜舉寒林七賢圖》古風云：「騷壇逸響何寥寥，作者逝矣誰能招？詵然七子美風度，乃有遺像圖生綃。衣冠半帶晉季態，人物絶是唐中朝。想當朝政日休暇，擬採野景歸風謡。青騾黄犢踏凍雨，蹇驢瘦馬銜寒飈。醉鞭笑停似按轡，銀蹬戲拍催聯鑣。看花多情且少待，尋梅有興非無聊。此圖我嘗見數十，高林大樹風蕭蕭。掃除閑冗存簡素，松雪老筆才尤超。方之粉墨巧塗染，奚止霄壤相懸遼。尚疑高李六君子，當時未見潘逍遥。道同氣合志相感，雖曠百世如同僚。畫史貌出有深意，况自昔日傳今朝。屋梁落月見顔色，妙處不待窮摹描。君不見袁安僵卧寒正驕，王維乃作雪裏之芭蕉。」又熊直題云：「七賢之名奚所徵，七賢去國身何輕。風沙索寞幾千里，道傍見者難爲情。君不是函谷關，青牛白板春晝閒。又不是玉門道，富貴生還致身早。英雄出處貴有時，何用驅馳嘆衰老。歲晚征途天雨雪，數騎連翩行欲歇。不如灞陵橋上翁，破帽吟詩自清絶。惜哉命不偶，奔走半道周。人生遇坎坷，窮苦奚足尤。左遷與投散，逝者良悠悠。他人未足説，所惜柳與劉。天涯相聚一回首，往事於人竟何有。莫念玄都舊種桃，且往愚溪臏栽柳。風流畫史真絶倫，毫端點染太精神。王郎珍藏又十載，展圖示我勞重陳。勞重陳，此意祝君宜書紳。」二詩雖不工，可考七賢姓名。據此則高適、李白、孟浩然與劉禹錫、柳宗元不同時，潘逍遥宋人，又在後矣。合而圖之，繆甚，亦不足深辨也。《畫譜》云：「眉山老書生，不得其名，畫七才子入關圖，山谷謂人物各有意態。」博雅之士，賞其畫則可，必湊合姓名，不亦鑿乎！

木客吟詩

山魈，一足之怪，《家語》所謂「山之怪，夔罔兩」。王肅云：「夔罔兩，似夔而非夔也。」夔亦一足。「罔兩」字一作「魍魎」。唐小説有一足叟，自稱太上隱者，作詩云：「酒盡君莫沽，壺乾我當發。城市多囂塵，還山弄明月。」東坡詩云「山中木客解吟詩」，即指此詩。

（以上輯自《太史升庵文集》卷五十九）

陰火

《易》：「澤中有火。」《素問》云：「澤中有陽焰。」注：「陽焰，如火烟騰騰而起於水面者是也。」蓋澤有陽焰，乃山氣通澤；山有陰靄，乃澤氣通山。《文選·海賦》「陰火潛然」，唐顧況《使新羅》詩「陰火暝潛燒」是也。東坡《遊金山寺》詩云：「是時江月初生魄，二更月落天深黑。江心似有炬火明，飛焰照身棲鳥驚。悵然歸卧心莫識，非鬼非仙竟何物。」注引《物類相感志》：「山林藪澤，晦明之夜則野火生烟，散布如人秉燭，其色青，異乎人火。」劉須溪批云「龍也」，非是。坡公《西湖》詩又有「湖光非鬼亦非仙」之句，與此可互證。

酒龍

陸龜蒙詩：「花匠礙寒應束手，酒龍多病尚垂頭。」又《詠茶》詩：「思量北海徐劉輩，枉向人間號酒龍。」北海謂孔融，徐邈及劉伶也。

青嵐帚

陳陶《詠竹》詩云：「青嵐帚亞思君祖，綠潤編多憶蔡邕。」陳張君祖《竹賦》：「青嵐運帚，碧空掃烟。」蔡邕《竹贊》云：「綠潤碧鮮，紺文紫錢。」

篦蔌

唐李郢詩：「薄雪燕蓊紫燕釵，釵垂篦蔌抱香懷。一聲歌罷劉郎醉，脱取明金壓繡鞋。」篦蔌，下垂之貌，又作麗㲉。李賀《春坊正字劍子歌》：「挼絲團金懸麗㲉。」其義一也。薛君采語予云。

讀書萬卷

杜子美云：「讀書破萬卷，下筆如有神。」此子美自言其所得也。讀書雖不爲作詩設，然胸中有萬卷書，則筆下自無一點塵矣。近日士夫爭學杜詩，不知讀書果曾破萬卷乎？如其未也，不過拾《離騷》之香草，丐杜陵之殘膏而已。又嘗記宋宣、政間文人稱翟汝文、葉夢得、汪藻、孫覿四人，孫嘗自評曰：「吾之視浮溪，浮溪之視石林，各少十年書。石林視翟忠惠亦然。」識者以爲確論。今之學文者，果有十年書乎？不過抄《玉篇》之難字，效紅勒之軋亂而已，乃反峻其門墻，高自標榜，必欲脱古人而薄前輩，何異蚍蜉撼大樹乎？

封使君

古傳記言：漢宣城郡守封邵，一日化爲虎，食郡民。民呼曰「封使君」，即去，不復來。其地謡曰：「莫學封使君，生不治民死食民。」張禺山詩曰：「昔日漢使君，化虎方食民。今日使君者，冠裳而喫人。」又曰：「昔時虎使君，呼之即慚止。今日虎使君，呼之動牙齒。」又曰：「昔時虎伏草，今日虎坐衙。」大則吞人畜，小不遺魚蝦。」或曰此詩太激，禺山曰：「我性然也。」余嘗戲之曰：「東坡嬉笑怒駡皆成詩，公詩無嬉笑，但有怒駡耳。」

袙腹幓頭

段成式《漢上題襟集》與温庭筠倡和詩章，皆務用僻事。其中一絶云：「柳雪烟梅隱青樓，殘日黄鸝語未休。見説自能裁袙腹，不知誰更著幓頭？」按梁王筠詩《詠裁衣》有云：「裲襠雙心共一抹，袹腹兩邊作八撮。襻帶雖安不忍縫，開孔裁穿猶未達。」其曰袹腹者，今之裹肚也。古樂府《羅敷行》云：「少年見羅敷，脱帽著帩頭。」

塞上梅

唐王建《塞上梅》詩云：「塞上路傍一枝梅，年年花發黄雲下。昭君已没漢使回，前後征人惟繫馬。日夜風吹滿隴頭，還隨流水東西流。此花若近長安路，九衢年少無攀處。」按此詩，則塞上斧冰斲雪之地亦有梅花，可謂異矣。詳詩之旨，以爲漢使送昭君時所種，抑又異矣。而昔人詠梅花及賦昭君，未有引此者，特表出之。元老滇南楊文襄公一清《塞上》詩云：「酒店茶房梅樹，無梅無酒無茶。雲外行行白雁，風前陣陣黄沙。」則地名梅樹，蓋亦有因，而王建所賦，殆非虚也。

嶺南異景

元微之《送客遊嶺南》一詩，頗著異聞。其云「波心擁樓閣，規外布星辰」，自注：「交、廣間南極漸高，北極淩低，規度外星辰至衆，如五曜者皆不在《星經》。」今按：波心樓閣，指（唇）［蜃］氣；規，如《天文書》「黄帝使鬥苞授規」之「規」，用字亦不苟。又云：「曙朝霞晱晱，海夜火燐燐。」注云：「海水夜擊之，則光如火，陰火潛然之謂也。」又云：「果然皮勝錦，吉了語如人。」果然，猿屬，《莊子》所云「腹猶果然」是也。吉了，鳥名，秦吉了能人語。又云：「水面波疑縠，山頭虹似巾。」注：「虹音近絳。」

仙媼

北齊竇泰，其母夢風雷暴起，電光奪目，駛寤而驚汗，遂有娠。期而不産，大懼。有巫媼曰：「渡河湔裙，産子必易。」從之，生泰。宋胡宿《銀河》詩：「猶餘仙媼湔裙水，幾見星妃度襪塵。」用此事也。

苜蓿烽〔一〕

岑參《塞上》詩：「苜蓿烽邊逢立春，葫蘆河上淚沾巾。」塞外無州郡城驛，沙漠無際，望中惟有烽堠，故以烽計程，五烽而當一驛。如苜蓿烽、白龍烽、狼居烽是也。《三藏西域記》：「葫蘆河上狹下寬，以形名之。」亦見《西域記》。

〔一〕 按，此條係對《詩話補遺》卷一「瓠蘆河苜蓿峰」條所作改寫。

石榞

杜工部《上後園山脚》詩：「石榞遍天下，水陸兼浮沉。」注曰：「《唐韻》，榞音原，木名。沈曰：『石榞，其子如芎藭，其皮可以禦饑。時天下荒亂，小民轉溝壑，水陸並載石榞以充糧也。』」或曰善本止是「原」字。

白鎗

儲光羲《京口題崇上人山亭》詩：「叫叫海鴻聲，軒軒江燕翼。寄言清净者，閭閻徒白鎗。」鎗，裴畢切，缶別名。其音與翼韻不叶，或是「菩」字。菩，《唐韻》：「音蒲北反，草也。」言閭閻民窮，惟白草而已。

應真

晉寧唐池南侍御琦從余爲詩，一日觀《禪藻集》，梁昭明太子《同泰寺浮圖》詩云：「『梵世陵空下，應真蔽景趨。』梵世事則知之矣，應真何説也？」余曰：「子不觀《文選》及坡詩乎？《文選·天台山賦》云：『王喬控鶴以冲天，應真飛錫以躡虚。』注引《百法論》曰：『應真，謂羅漢也。』東坡贈杜介詩曰：『應真飛錫過，絶澗度雲鳥。』注亦引《文選》云云。」池南檢二書，果然。

他日謂余曰：「先生何以精通佛書如此？」余曰：「此儒書引佛書云爾。荒誕旁行之書，焉暇究之乎？」

（以上輯自《太史升庵文集》卷六十）

烏鹽角

曲名有《烏鹽角》，江鄰幾《雜志》云：始教坊家人市鹽，得一曲譜於子角中，翻之，遂以名焉。戴石屏有《烏鹽角行》。元人《月泉吟社詩》：「山歌聒耳烏鹽角，村酒柔情玉練槌。」

温泉石刻

又於臨潼驪山之温湯，見石刻元人一詞曰：「三郎年少客，風流夢、繡嶺蠱瑶環。漸浴酒發春，海棠睡暖，笑波生媚，荔子漿寒。況此際、曲江人不見，偃月事無端。羯鼓三聲，打開蜀道，霓裳一曲，舞破潼關。馬嵬西去路，愁來無會處，但淚滿關山。空有香囊遺恨，錦襪傳看。玉笛聲沉，樓頭月下，金釵信杳，天上人間。幾度秋風渭水，落葉長安。」再過之，石以磨爲别刻矣。

鐃歌曲

《漢鐃歌十八曲》自《朱鷺》至《石溜》，《古今樂録》謂其聲辭相雜，不復可分，是也。大字是辭，細字是聲，聲辭合寫，故致然爾。此説卓矣。近世有好奇者擬之，韻取不協，字用難訓，亦好古之弊矣。

解紅

曲名有《解紅》者，今俗傳爲吕洞賓作，見《物外清音》，其名未曉。近閲《和凝集》，有《解紅歌》云：「百戲罷，五音清，解紅一曲新教成。兩個瑶池小仙子，此時奪却柘枝名。」《樂書》云：「優童解紅舞衣，紫緋繡襦，銀帶花鳳冠。」蓋五代時人也，焉有吕洞賓在唐世預填此腔耶？

尤延之落梅海棠二詞

尤延之《瑞鷓鴣》詞二首，一詠落梅，一詠海棠，皆絶妙。《落梅詞》云：「清溪西畔小橋東。落蕊紛紛水映空。五夜客愁花片裏，一年春事角聲中。歌殘玉樹人何在，舞破山香曲未終。却憶孤山歸醉路，馬蹄香雪襯東風。」《海棠》詩云：「兩株芳蕊傍池陰，一笑嫣然抵萬金。烈火照林光灼灼，彤霞射水影沉沉。曉妝無力燕支重，夜醉方酣酒暈深。定是格高難著句，不應工部總無心。」二首詠二花，句句見題而風味脱洒，何羡唐人乎！

玉樹曲

璧月夜，瓊樓春，蓮舌泠泠詞調新。當時學士盡豐禄，直諫犯顔無一人。歌未闋，歡未歇，晉王劍上粘腥血。君臣猶在醉鄉中，一面已無陳日月。

元明宗時童謡

「牡丹紅，禾苗空。牡丹紫，禾苗死。」明帝在位五月而崩，廟諱乃「和」字也。

薛沂叔守歲詞

薛泳字沂叔，其守歲《青玉案》詞云：「一盤清夜江南果，喫果看書只清坐。一年心事，半生牢落，儘向今宵過。　此身本是山中个，纔出山來便差錯。手種青松應長大。縛茅深處，抱琴歸去，又是明年那。」此詞雖俚俗，自是晚宋詞體，曹東畝、劉後村饒爲之。那，乃个切，語助辭。《後漢書》：「公是韓休伯那。」注：「那，語反聲。」《集韻》作那，又作哰。又那與奈通，《東方朔傳》：「奈何乎陛下。」韓文「奈何乎公」，言無奈之何也。杜詩：「杖藜不睡誰能那。」

楊柳索春饒

張小山《小桃紅》詞云：「一汀烟柳索春饒。添得楊花鬧。盼殺歸舟木蘭棹。水迢迢，畫樓明月空相照。今番瘦了。多情知道。寬褪翠裙腰。」○「蔓蒿穿雪動，楊柳索春饒」，山谷詩也，此詞用之。今刻本不知，改「饒」爲「愁」，不惟無韻，且無味矣。

小梁州

賈逵曰：「粱米出於蜀漢，香美愈於諸粱，號曰竹根黄。」梁州得名以此。秦地之西，燉煌之間亦産粱米，土沃類蜀，故號小梁州。曲名有《小梁州》，爲西音也。

鷓鴣天

唐鄭嵎詩：「春遊雞鹿塞，家在鷓鴣天。」詞名《鷓鴣天》本此。

牧庵詞

姚牧庵《醉高歌》詞云：「十年燕月，歌聲幾點，吴霜鬢影。西風吹起鱸魚興。已在桑榆暮景。榮枯枕上三更。傀儡場中四并。人生幻化如泡影。幾箇臨危自省。」○牧庵一代文章巨公，此詞高古，不減東坡、稼軒也。

踏莎行

韓翃詩：「踏莎行草過春谿。」詞名《踏莎行》本此。

朝天紫

朝天紫，本蜀牡丹花名，其色正紫，如金紫大夫之服色，故名，後以爲曲名。今以「紫」作「子」，非也。見陸游《牡丹譜》。

（以上録自《太史升庵文集》卷六十一）

姜南◇撰

蓉塘詩話

二十卷（卷之一至卷之九）

侯榮川◎點校

蓉塘詩話引

詩話，文章家之一體，莫盛於宋賢。經術、事本、國體、世風兼載，不但論詩而已。下至俚俗、歌謡、星曆、醫卜，無所不録。至其甚者，雖嘲謔、鬼怪、淫穢、鄙褻之事皆有。蓋立言者用以諱避陳托，微意所存，又文章之一法也。乃若發幽隱，昭鑒戒，紀歲月，頗有裨於正傳之缺失，蓋史家流也。吾友姜南明叔，方工進士業，餘力及此書。予在京師時嘗一讀之，卷帙尚多。八峰張君國鎮之令海也，捐俸刻之縣齋，頗有銓擇其間。明叔可謂博雅之士哉！古稱文章止於潤身，而學以經世爲大。是集所録，經世之端蓋多矣，八峰亟表揚之，與善之心亦可謂無窮也。書凡二十卷。明叔别號蓉塘，故以名集云。是歲嘉靖癸卯春三月朔，儼山陸深題。

半村野人閒談　蓉塘詩話卷之一

仁和姜南明叔著

用刑

周公政書謂：「刑亂國用重典。」林少穎曰：「以其頑昏暴悖，不可訓化，則殲渠魁、滅强梗，宜以剛克之義也。」《書》曰：「惟敬五刑，以成三德。」此之謂乎？高皇初定天下，承胡元大亂之後，痛五教之大壞，疾四維之不張，於是用重典以治之，乃有刖膝斷趾、鈎背剥皮、腰斬坑醢之刑。蓋不如是，則左衽之俗，染人之深，不易驅之。於禮義教化之中，亦聖人捄偏拯弊之權，非衆人所能識者。又按，宋太宗時，光禄寺丞通判彭州錢易上疏乞除非法之刑，曰：「古之肉刑，尚以爲虐而絶之。近代非法之刑，乃或支解臠割、勾背烙觔，身見白骨而口眼猶動，四體分落而呻痛未息。臣愚以爲非法之刑，非所以助治也。臣謂一人愛民，民亦愛一人。既愛其上，則奉上而懼。苟以嚴刑欲戒，則懼未至而怨已深。乞禁非法之刑，止從絞斬。」易，吴越主鏐孫，弘倧之子也。夫宋初懲五季之亂，其用重典宜也。至太宗之時，亦可以省矣，而不省。我太祖雖用重典以懲亂，至其作祖訓，定律令，傳之後世，則不許用法外之刑。蓋因時制宜，不得不如是也。

答應文章

王忠毅公驥豐功偉烈，卓乎一世，凡有求詩文者，信筆成篇，略不經意。嘗謂人云：「北方老實文字，不足爲法，答應而已，連稿付之。」此可見公之真誠。然公之可傳，亦不待此也。

借親

父母垂死，人子於此，正哀痛徹骨，幾不欲生之時也。今人反以送死爲緩，惟以借親爲急。父母死，未即入棺，仍禁家人輩不得舉哀。棄親喪之禮而講合巹之儀，寘括髮之戚而修結髮之好，此夷狄禽獸之所不忍爲，而世俗皆樂爲之。雖簪纓詩禮之家，亦相率而行，恬不爲怪，不知作俑者誰耶？此東谷所見之言也。吾鄉有仕宦於關中者，卒于官。訃聞，其子將借親，沈評事子輕以爲不可，或笑之以爲不達變通。使或人見東谷之言，將不暇笑，而以評事之言爲從也。

體悉人情

宋張忠定公詠視事退，後有一廳子熟睡，公詰之曰：「汝家有甚事？」對曰：「母久病，兄爲客未歸。」訪之果然。公翌日差場務一名給之，且曰：「吾廳上有敢睡者耶？此必心極幽邃使之然耳，故憫之。」李畋《張乖崖語録》云。

老景

「今日殘花昨日開，爲思年少坐成呆。一頭白髮催將去，萬兩黄金買不回。有藥駐顏都是妄，無繩繫日重堪哀。此情莫與兒曹説，直待兒曹自老來。」此姑蘇沈石田啓南之詩也。格律雖卑弱，然摹寫衰老之景，人不能道也。

入粟補官

宋晉陽王叔永云：納粟補官，國初無此。天禧元年四月，登州牟平縣學究鄭河出粟五千六百石賑饑，乞補弟巽官，不從。晁迥、李維上言，乞特從之，以勸來者，豐稔即止，詔補三班借職。今承信郎。自後援巽例以請者，皆從之。然州縣官不許接坐，止令庭參。國家自正統以來，民有納馬、納粟、納草、納銀授以散官者，至弘治末，又有納銀授指揮千百户之例。或爲蓄積邊儲，拯濟饑饉，行之以權一時之急也。然授官者，皆令州縣以禮相待，而豪民往往藉此抗禮長吏，不知遜避。間有廉能長吏，止令庭參，不延之坐，然亦可以摭此爲故事以喻之耳。

賢相表

唐開元相張公九齡有《謝香藥表》云：「捧日月之光，寒移雪海；沐雲雨之澤，春入花門。雕奩或開，珠囊暫解，蘭葷異氣，玉潤凝脂。藥自天來，不假淮王之術；香宜風度，如傳荀令之衣。臣材謝中人，位參上將，疆埸效淺，山岳恩深。唯因受遇之多，轉覺輕生之速。」又建中相常公衮有《謝緋表》云：「臣學愧聚螢，才非倚馬。《典》、《墳》未博，謬居良史之官；詞翰不工，叨辱侍臣之列。唯知待罪，敢望殊私？銀章雪明，朱紱霞映；魚須在手，虹玉横腰。祇奉寵榮，頓忘兢惕。蜉蝣之羽，恐刺國風；螻蟻之誠，難酬天造。捧戴無力，兢惶在心。」二表才數語耳，曲盡賜予之意。二公皆名臣，可以爲法者，故全篇載之，以見不以徒多爲貴也。

文人蹈襲

《文選》王簡栖《頭陀寺碑文》有云：「層軒延袤，上出雲霓；飛閣逶迤，下臨無地。」而唐王勃《秋日燕滕王閣詩序》亦云：「層臺聳翠，上出重霄；飛閣流丹，下臨無地。」不唯蹈襲其步驟，而雕琢愈甚矣。

稼軒不取犯古人諱者

宋辛稼軒棄疾帥長沙，士人或愬考試官濫取第十七名《春秋》卷，稼軒察之，信然。索亞榜《春秋》卷，兩易之，啓名則趙鼎也。稼軒怒曰：「佐國元勳，忠簡一人，胡爲又一趙鼎？」擲之地。次開《禮記》卷，稼軒曰：「觀其議論，必豪傑士也。此不可失。」啓之，乃趙方也。觀此，則稼軒所存之厚可知矣。宜其不肯甘没於夷狄，而自拔來歸也。其以忠義顯名也，宜哉！今世之小夫細人，僕隸厮養，多犯古先哲人之諱，在上者恬不之責而使之改焉，其亦異乎稼軒矣！

謝莊善對

謝莊，宋孝武時除侍中，孝武嘗賜莊寶劍，莊以與豫州刺史魯爽。後爽叛，帝因宴問劍所在。答曰：「昔以與魯爽别，竊爲陛下杜郵之賜。」上甚悦，當時以爲知言。蓋亦巧於應對者也，豈至誠之道哉！

劉義慶議避讎

劉義慶，宋武帝中弟長沙景王道憐之第二子也。帝少弟臨川武烈王道規既薨，以義慶嗣，元嘉中爲丹陽尹。有百姓黄初妻趙殺子婦，遇赦，應避孫讎。義慶議以爲：「《周禮》，父母之讎，避之海外。蓋以莫大之寃，理不可奪，至於骨肉相殘，當求之法外。禮有過失之宥，律無讎祖之文。况趙之縱暴，本由於酒，論心即實，事盡荒耄，豈得以荒耄之王母，等行路之深讎？宜共天同域，無虧孝道。」六年，加尚書左僕射。所著《世説》一書，先儒多稱之。按漢、晉、六朝，有避讎之律，此議甚當。

蘇東坡勸王安石諫興大獄

蘇子瞻自黄州移汝州，未至汝，上書自言飢寒，有田在常，願得居之。朝奏，夕報可。道過金陵，見王安石曰：「大兵大獄，漢、唐滅亡之兆，祖宗以仁厚治天下，正欲革此。今西方用兵，連年不解，東南數起大獄，公獨無一言以救之乎？」安石曰：「二事皆惠卿啓之，安石在外，安敢言？」子瞻曰：「在朝則言，在外則不言，事君之常禮耳。上所待公者非常禮，公所以待上者豈可以常禮乎？」安石厲聲曰：「安石須説！」觀東坡「大獄大兵」之言，雖有所激於中，然漢、唐之禍，誠在於此。逐君子，困生民，亦以此敗者宋也。公之言，可謂有益於國家者矣。

智囊

秦樗里子、漢晁錯，皆號智囊。按樗里子，秦惠王異母弟，且死，曰：「葬我必渭南章臺東，後百年當有天子宫夾我墓。」及漢興，長樂宫在其東，未央宫在其西。若樗里子者，真可謂智囊矣。貽謀及其身後，若合符節，得以全其丘隴，奇哉，智乎！而錯也爲國攄智，不能保其首領，智安在哉？

詠荆軻

「荆卿欲報燕，御恩棄百年。市中傾別酒，水上擊離絃。匕首光陵日，長虹氣燭天。留言與宋意，悲歌非自憐。」此陳周弘直《詠荆軻》詩也。「函關使不通，燕將重深功。長虹貫白日，易水急寒風。壯髮危冠下，匕首地圖中。琴聲不可議，遺恨没秦宫。」此陳楊縉《賦荆軻》詩也。二詩愴恨之情，皆在意外。靖節之後，此亦佳作也。

富鄭公言有所因

宋富鄭公弼奉使契丹，謂虜主曰：「北朝與中國通好，則人主專其利，而臣下無所獲。若用兵則利歸臣下，而人主任其禍。故北朝諸臣争勸用兵者，此皆爲其身謀，非國計也。」愚按，此言亦有所因。唐高祖遣鄭元璹詣突厥，元璹説頡利曰：「唐與突厥，風俗不同，突厥雖得唐地，不能居也。今虜掠所得，皆入國人，於可汗何有？不如旋師，復修和好，可無跋涉之勞，坐受金幣，又皆入可汗府庫。孰與棄昆弟積年之歡，而結子孫無窮之怨乎？」鄭公之言，全述此意，可以見夷狄無親，惟利是動也。

潘岳譏訕

潘岳，晉武帝時辟司空太尉府，舉秀才。泰始中，帝躬耕籍田，岳作賦以美其事。才名冠世，爲衆所疾，遂棲遲十年。出爲河陽令，負其才而鬱鬱不得志。時尚書僕射山濤，領吏部王濟、裴楷等並爲帝所親遇，岳内非之，乃題閣道爲謡曰：「閣道東，有大牛。王濟鞅，裴楷鞧。和嶠刺促不得休。」然則岳之取禍，蓋亦恃才不遜之所致耳。縱使孫秀不銜之，亦何能以自免哉！

題趙清獻公墓詩

宋趙清獻公抃墓在衢州府城東北四十五里。宋景定間，林存爲潭州帥，罷歸，道衢，調千夫荷擔。經墓旁，疲甚，因相與語：「趙清獻公抃一琴一鶴，那有許耶？」或聞之，題詩驛舍曰：

「千夫荷擔在山阿，膏血如何有許多。不若偏舟徑歸去，休從清獻墓前過。」

趙葵幼慧

宋趙南仲葵父方，寧宗時爲京湖制置使。葵每聞警報，與諸將偕出，遇敵，輒深入死戰。諸將惟恐失制置子，盡死救之，屢以此獲捷。一日，方賞將士，恩不償勞，軍欲爲變。葵時年十二三，覺之，亟呼曰：「此朝廷賜也，本司別有賞賚。」軍心賴一言而定，人服其機警。

牛心山脉

四川龍州宣撫司東南有牛心山，昔唐祖李龍遷葬於山側。武后革命，命鑿斷山脉，水赤如血。及玄宗幸蜀，有老人蘇坦奏龍州牛心山，國之祖墓，今日蒙塵之禍，乃則天掘鑿所致。玄宗即命龍州刺史修填如舊。未幾，誅禄山，乃升州爲都督府，賜號靈應郡。此説，予以爲謬妄之甚也。夫武氏既鑿斷山脉，則李氏衰矣[一]，玄宗何以復興？玄宗命填其斷處，則地理家所謂客土無益也。吁！玄宗以勵精用賢而興，以荒淫用奸而敗，於山脉何與哉？

〔一〕「衰」，原本作「哀」，據張國鎮本改。

論宰予公伯寮

洪武癸酉，崇仁縣儒學訓導吉水羅公恢上疏，言孔子廟廷從祀者，當以道學論。當時有若優於宰予：《論語》記有若言行者四，皆有裨於世教；記宰予者亦四，皆見責於聖人。宜以有若居十哲位次，而宰予居兩廡。公伯寮沮壞聖門，不宜從祀。蘧伯玉，孔子之故人，行年六十而化，今居兩廡六十位次之下，未當，宜例陞啓聖王廟。疏奏不報。時皆服其論之當云。

夏口城

武昌府城西黄鵠山有夏口城，吴主孫權所築。對岸則入沔津，故城以夏口爲名。至劉宋順帝時，柳世隆等守之，沈攸之攻之不克。梁末陳初，周將史寧爲土山，長梯攻之不能破。黄巢之亂，止陷其外城。蓋其城依山負險，周迴不過二三里，乃知古人築城，欲堅不欲廣也。

頒書學校

洪武中，以夷陵州學正延平張先生智試禮部左侍郎。先生首言宜以書籍頒布北方學校，議者以費財不便。先生正色曰：「使賢才彙征，利益生民，何惜此費？」衆大慚，卒從其議。

霍氏衰

漢張安世子千秋與霍光子禹，武帝時俱爲中郎將，將兵隨度遼將軍范明友擊烏桓還，謁大將軍。光問千秋戰鬥方略、山川形勢，千秋口對兵事，畫地成圖，無所忘失。光復問禹，禹不能記，曰皆有文書。光由是賢千秋，以禹爲不材，嘆曰：「霍氏世衰，張氏興矣。」吁！光既知子之不材，而不能避遠權勢，而爲保身全家之計，反因妻邪謀以怙寵榮，其覆族也宜哉！

李舟語

唐御史李舟曰：「使釋迦生中國，設教當如周、孔；使周、孔生西方，設教當如釋迦。天堂無則已，有則君子生；地獄無則已，有則小人入。君子贏得爲君子，小人枉了爲小人。」此語雖近俗，亦理到之言也。

論三焦

蘇黄門《龍川志》云：「彭山有隱者，通古醫術，與世諸醫所用法不同，人莫之知。單驤從之學，盡得其術，遂以醫名於世。治平中，予與驤遇於廣都，論古今術同異。驤既言其略，復嘆曰：『古人論五臟六腑，其説有謬者，而相承不察，今欲以告人，人誰信者？古説左腎，其府膀胱，右腎命門，其府三焦，丈夫以藏精，女子以繫包。以理主之，三焦當如膀胱，有形質可見。而王叔和言三焦，有臟無形，不亦大謬乎？蓋三焦有形如膀胱，故可以藏，有所繫；若其無形，尚可以藏繫哉？且其所以謂之三焦者何也？三焦分布人體中，有上中下之異。方人心湛寂，慾念不起，則精氣散在三焦，榮華百骸。及其慾念一起，心火熾然，翕撮三焦，精氣入命門之府，輸寫而去，故號此府爲三焦耳。世承叔和之謬而不悟，可爲長嘆息也。』予甚異其説。後爲齊州從事，有一舉子徐遁者，石守道之壻也。少嘗學醫於衛州，聞高敏之遺説，療病有精思。予爲道驪之言，遁喜曰：『齊嘗大饑，群匄相臠割而食，有一人皮肉盡而骨脉全者。遁以學醫，故往觀其五臟，見右腎下有脂膜如手大者，正與膀胱相對，有二白脉，自其中出，夾脊而上貫腦，意此即導引家所謂夾脊雙關者，而不悟脂膜如手大者之爲三焦也。單君之言與所見懸合，可以正古人之謬矣。』」今醫家者流，皆執叔和三焦無狀空有名以自信，不聞有此説，故録之。

歸姓表

唐鄭準爲荆南節度使成汭從事。汭本姓郭，代爲作《歸姓表》云：「居故國以狐疑，望鄰封而鼠竄。名非伯越，浮舟難效於陶朱；志在投秦，出境遂稱於張禄。未遑辨雪，尋涉艱危。」其後范文正公幼從母適常山朱氏，冒姓名朱説。登第後，乞還姓表遂全用鄭語，云：「志在投秦，入境遂稱於張禄；名非伯越，乘舟偶效於陶朱。」議者謂文正公雖襲用古人全語，然本實范氏當家故事，非攘(切)[竊]也。今考范集無此表，恐好事者以此一聯酷類文公事，故附會以爲其表語，不可知也。

洗硯新録　蓉塘詩話卷之二

仁和姜南明叔著

程文不必工

《道山清話》云："韓莊敏一日來子子弟讀書堂，遍觀子弟程課，喜甚。謂門客曰："舉業只須作到這個地位，有命時儘可及第。自此當令日日講五經，依次第觀子史。程文不必更工，枉了工夫。若無命時，雖工無益。""夫舉業文字，今國家以此取士，固不可不務精熟。然專力於此，而不知窮經以求其理而措諸用，徇口耳，騁筆舌，窮不能獨善其身，達不能兼善天下。所謂有命之言，於學者極有益，當務其著己者而已。

二公主角富貴

宋仁宗朝，駙馬柴宗慶與駙馬李遵頊連袂，柴主賢而李主亦賢。柴主欲與李主角富貴。李先詣柴第，柴主夫婦盛飾以爲勝，左右皆草草。次及柴主之過李第，李主夫婦道妝而已，左右皆盛飭。徐出二子，示之曰：「予所有者二子耳。」柴頗自愧，士論高之。後柴無子，所積俸緡數屋，未嘗施用。及柴薨，悉送上官。

光武責吴漢

光武時，公孫述死，吴漢夷其妻子宗族。帝聞之怒，責漢及劉尚曰：「城降三日，吏人從服，孩兒老母，口以萬數，一日放兵縱火，聞之可爲酸鼻。尚宗室子孫，嘗更吏職，何忍行此？仰視天，俯視地，觀放麑啜羹，二者孰仁？良失斬將吊人之義！」吁！帝一念之仁如此，宜其光復舊物而平一天下也歟！

演小説

世之瞽者，或男或女，有學彈琵琶、演説古今小説以覓衣食。北方最多，京師特盛，南京、杭州亦有之。嘗讀瞿存齋《過汴梁》一律云：「歌舞樓臺事可誇，昔年曾此擅豪華。尚餘艮嶽排蒼昊，那得神霄隔紫霞？廢苑草荒堪牧馬，長溝柳老不藏鴉。陌頭盲女無愁恨，能撥琵琶説趙家。」觀此，則自昔蓋有之矣。

張說裴耀卿議杖朝臣

唐開元十年十一月，前廣州都督裴伷先下獄。上與宰相議其罪，張嘉貞請杖之。張說曰：「臣聞刑不上大夫，爲其近於君，且所以養廉恥也，故士可殺不可辱。臣曩巡北邊，聞杖姜皎於朝堂。皎官登三品，亦有微功，有罪應死則死，應流則流，奈何輕加笞辱，以皂隸待之？姜皎事往，不可復追。伷先據狀當流，豈可復蹈前失？」上深然之。嘉貞不悅，退謂說曰：「何論事之深也？」說曰：「宰相時來則爲之，若國之大臣皆可笞辱，但恐行及吾輩。此言非爲伷先，乃爲天下士君子也！」嘉貞無以應。又開元二十五年五月，夷州刺史楊濬坐贓當死，上命杖之六十，流古州。左丞相裴耀卿上疏，以爲：「決杖贖死，恩則甚優；解體受笞，事頗爲辱。上可施之徒隸，不當及於士人。」上從之。吁！二公可謂近厚之論也。以禮事君，務存大體，俾朝廷以禮義廉恥待士，所存不亦遠哉！

天子家事

唐武后時，后姪武三思營求爲太子。狄仁傑諫，太后曰：「此朕家事，卿勿預知。」仁傑曰：「王者以四海爲家，四海之内，孰非臣妾？何者不爲陛下家事？君爲元首，臣爲股肱，義同一體。

况臣備位宰相，豈得不預知乎？」此大臣盡心王室，體國家、安社稷之言也。卒之反正廢主，以周爲唐。吕衡州謂其「取日虞淵，洗光咸池，潛授五龍，夾日以飛」，又何過哉！又唐德宗欲廢太子，李泌切諫，上曰：「此朕家事，何豫於卿，而力争如此？」對曰：「天子以四海爲家。臣今獨任宰相之重，四海之内一物失所，責歸於臣。况坐視太子冤横而不言，臣罪大矣。」泌之心，即仁傑之心也。故華陽范氏稱其「以直誠正言感悟人主，卒使父子如初，可謂忠矣」。吁！若奸臣則不然，貪位固寵，以私滅公，陷君父而不恤，誤天下而不顧，欲保其家而卒滅其家也。如唐高宗欲立武氏爲后，褚遂良、韓瑗、來濟苦諫，上皆不納。它日李勣入見，上問之曰：「朕欲立武昭儀爲后，遂良固執以爲不可。遂良既顧命大臣，事當且已乎？」對曰：「此陛下家事，何必更問外人？」上意遂决。又唐玄宗將廢太子瑛、鄂王瑶、光王琚，召宰相謀之，李林甫對曰：「此陛下家事，非臣等所宜豫。」上意乃决。吁！二奸之罪，可勝誅哉！

獨孤性妒

籜冠道人徐延之云：「史稱隋文帝獨孤后妒，後宫罕得進御。尉遲迥女孫没入宫，得幸於上，后陰殺之。帝大怒，單騎入山谷間，行二十餘里。高熲、楊素追及，扣馬苦諫還宫。熲夫人卒，帝欲爲娶，熲辭年老，納室非所願。後熲愛妾生男，后不悦，譖熲於帝：『陛下尚復信高熲耶？始陛欲爲熲娶，而熲面欺，今其詐見矣。』帝由是疏熲。太子勇昭訓雲氏有寵，生儼、裕、筠及諸姬子數人，而與妃元氏不相得。后稱不平，遣人伺求勇過。不惟於己有妒，亦且妒其子妾，而又妒於熲，所謂併他人家亦妒也，殊不可曉哉！以余論之，自古得國之暴，未有易於隋文者。故未旋踵而身弑國危，獨孤之妒、楊素之奸，迨天生二人以爲亡隋之階者乎？

時文之弊

朱文公《答陳膚仲》云：「科舉文字，固不可廢。然近年翻弄得鬼怪百出，都無誠實正當意思，一味穿冗，旁支曲徑，以爲新奇。最是永嘉浮僞纖巧，不美尤甚，而後生輩多宗師之。此是今日莫大之弊。向來知舉輩蓋知惡之，而不知識其病之所在，顧反抉摘一字一句以爲瑕疵，使人嗤笑。今欲革之，莫若取三十年前渾厚純正、明白俊偉之文，誦以爲法。此亦正人心、作士氣之一事也。」又文公《學校貢舉私議》有云：「近年以來，習俗苟偷，學無宗主，治經者不復讀其經之本文與夫先儒之傳注，但取近時科舉中選之文，諷誦摹倣，擇取經中可爲題目之句，以意扭捏，妄作主張。明知不是經義，但取便於行文，不暇恤也。蓋諸經皆然，而《春秋》爲尤甚。主司不惟不知其謬，而反以爲工，而置之高等。習以成風，轉相祖述，慢侮聖言，日以益甚。名爲治經，而實爲經學之賊；號爲作文，而實爲文字之妖。不可坐視而不之正也。」吁！今之科舉之弊正如此。朝廷甚欲革之，惜乎司文衡者，徒有革弊之言，而未得革弊之方。士大夫有志於復古者，不能不慨於文公之言也。

盧綸詩

唐盧綸，字允言，河中人，大曆十才子之一也。用韋渠牟薦，德宗召見禁中，帝有所作，輒使賡和。今讀其詩，如《元日早朝呈同省諸公》，其末云：「小臣無事諫，空愧伴鳴環。」其《元日朝回中夜書情寄南宫二故人》一聯云：「無能裨聖代，何事别滄洲。」似非蠅營狗苟、貪位慕禄而不以素餐爲恥者口中語也。而乃以韋渠牟薦得官，君子何取焉？然則世之行不逮言者多矣，况詩人乎！

鑷白髮

《南史》：「齊鬱林王五歲戲高帝傍，帝令左右鑷白髮。問王：『我誰邪？』曰：『太翁。』帝笑曰：『豈有爲人作曾祖而鑷白髮者乎？』」因讀此而笑世之癡人，年近期頤，鬚髮皓然，非鑷則染，將欲何爲乎？

昭君曲

「奉詔事和親，從容出禁宸。緣知平國難，猶勝奉君身。」此山陰高貴明璧所作《昭君曲》也，意亦新妙，出人意表。

題徽宗畫詩

宋徽宗善圖繪，多畫翎毛，今人家往往收得之。間有近代名人題詠其上，或譏之，或惜之，如忠勤伯汪公廣洋《雙鴛圖》云：「蘆葉青青水滿塘，文鴛晴卧落花香。不因羌管驚飛起，三十六宫春夢長。」釋子來復《喜鵲圖》云：「黄沙風急蒺蔾秋，回首中原淚暗流。誤聽當時靈鵲語，誰知舊喜是新愁。」釋宗泐《小鵲圖》詩云：「落日黄塵五國城，中原回首幾含情。已無過雁傳家信，獨有松枝喜鵲鳴。」又《雪江獨棹》云：「艮嶽秋深百卉腓，胡塵吹滿衮龍飛。凄凉五國城邊路，得似寒江獨棹歸。」周仲方《雙雁圖》云：「江南簾幕重重雨，艮嶽河山處處花。兩地舊巢傾覆盡，西風萬里入誰家。」張瑓《畫蘭》云：「御墨淋漓寫楚蘭，披圖却憶政宣間。分明一種湘累怨，萬里青城似武關。」

韓魏公處變

宋英宗初晏駕，急召太子。未至，英宗復手動，曾魯公公亮愕然，亟告韓魏公琦，欲止召太子。韓公拒之曰：「先帝復生，乃一太上皇。」愈促召太子，其達權知變如此。吁！天子疾大漸，而皇太子不侍，使宰相非賢，則國家之亂也不難矣。此韓公所以能處大事也。

王荆公文集

《臨川王文公文集》一百卷，宋宰相王安石之所著也。舊本一百三十卷，元金谿危素太樸復加增補校訂，總爲百卷，今板行者是也。臨川吴文正公澄序之，有云：「公之學雖博，所未明者孔、孟之學也；公之才雖優，所未能者伊、周之才也。不以其未明未能自少，徒以其已明已能自多，毅然自任而不回，此其蔽也。」吁！荆公之論定於此數語矣。

詢事各於其黨

宋張忠定公詠採訪民間事，悉得其實，蓋不以耳目專委於人。公曰：「彼有好惡，亂我聰明，但各於其黨，詢之再詢，則事無不審矣。」李畋問其旨，公曰：「詢君子得君子，詢小人得小人。各就其黨詢之，雖事有隱匿者，亦十得八九矣。」

廬州四忠

國初從龍諸臣，在廬州則有精忠大節者四人，謂楚國公廖永安、虢國公俞通海、蔡國公張德勝、永義侯桑世傑。楚、虢二公，巢縣人。蔡國，合肥人。永義，無爲州人。

陶安善讓

國初，丙申年三月克金陵，七月置江南行中書省，以陶安爲左司員外郎，陞郎中，日贊機務。既而得劉基、宋濂、章溢、葉琛四人，上問安：「四人者何如？」安對曰：「臣謀略不及劉基，學問不及宋濂，治民之才不及章溢、葉琛。」上多其善讓。

趙與票事元

胡元以夷狄入主中國，此天地古今之一大變也。使天下之士，苟有懷夷齊之心者，則將甘心窮餓，不食其禄而没世，况爲宋之宗室者乎？趙與票者，以宗室爲鄂州教授，伯顏渡江，詣軍門上書，陳不嗜殺人，可以一天下，且乞全其宗。及伯顏入朝，世祖問宋宗室之賢者，首以與票對。召至京師，幅巾深衣以見，言宋亡之故，由誤用權奸，詞旨激切。世祖念之，命爲待制。吁！宋亡無商紂之惡，元興無周武之仁，或者援微子而律與票，謬矣！罪與漢劉歆同科。

元世祖詰降將

元世祖嘗召宋降將問曰：「汝等降何容易？」對曰：「賈似道專國，每優禮文士而輕武臣。臣等久積不平，故望風送款。」上使董文炳語之曰：「似道實輕汝曹，特似道一人之過，汝主何負焉？正如汝言，則似道之輕汝也固宜。」吁！劉整、吕文焕身爲大將，首鼠偷生，使聞此言，尚可立其朝而食其禄乎？其不愧死者幾希。

籍口國史

元危素再入翰林，僅一日而天兵入燕。素曰：「國家遇我至矣，國亡，吾敢不死？」趨所居報恩寺，俯身入井，將就沉溺，寺僧大梓與番陽徐彦禮力挽起之，且謂曰：「公毋死！公不禄食四年矣，非居任者比。且國史非公莫知，公死，是死國之史也已。」而兵入府藏，垂及史册，公言於鎮撫吴勉，輦而出之。由是累朝實録無遺缺者，素之力也。太祖召至南京，授以翰林侍讀學士兼弘文館學士，時洪武二年也。尋謫居和州，閲再歲而卒。吁！忠義者，人臣之大閑也，吾盡吾之節而已，遑恤其他？史書者，天下之公論也，一人不記，天下必有記之者耳，何必以此藉口而爲偷生之階乎！

戒子

遂初先生四明王叔載名厚，戒子陞鶩曰：「承家不在名位，而在不失身；敬身不在外貌表襮，而在毋自欺。讀書當貫古今，處世必審進退。其有同流合污以爲通，矯時干譽以爲高，患得患失以終其身者，吾所深惡，非所望於汝也。」

引水便汲

洪武七年，岐陽武靖王李公文忠平西番還。至西安，以其民病鹺水也，言於秦王，穿渠貫城中，通九龍池水以利之，汲者、飲者皆以額手謝。九龍池，一名九龍泉，泉有九穴，會於一池，俗名鵝鴨池，在同州城東南十五里。按，宋陳康肅公堯咨守京兆，乃疏龍首渠，引滻水入城，以便民汲。國朝天順中，余肅敏公子俊知西安府，又引交、潏二水入城，以便汲。西安之民免鹹鹵之病者，三公之惠也。今龍首、九龍所引俱絶，秦民日飲者，余公所引者耳。

能孝者能忠

方正學先生孝孺，事建文君盡忠死節，天下稱爲忠臣。然先生之孝，人亦不可及也。先生父愚庵先生克勤，洪武初，知濟寧府，有誣以擅用倉中炭葦者，被逮。正學先生上書政府大臣，願以身從軍贖父罪，不報，竟謫役江浦。會空印事起，吏又誣及愚庵，正學復草疏，將伏闕下訴之，而愚庵没於京師。吁！古者求忠臣必於孝子之門，予於正學先生深有感焉。

石監生

正統甲子夏，國子監祭酒李忠文公時勉，言忤權奸，困首木於太學，三日不解。炎暑蒸鬱，公耄弱不能勝，濱死須臾。監生石大用者，薊州豐順人，自邑庠陞太學有年，處六館諸生間，恂恂謹飭，植志務學，不少自衒，故自祭酒、司業以下，皆不知其爲人。乃蹙然號於衆曰：「師猶父也，父師罹難，而弟子奚忍坐視？」衆無有應者。大用乃退而閉户草疏奏，懇請自代。忠文亟遣人止之，弗聽。同輩亦有沮之者，大用奮然作色曰：「朋友急難，《詩》歌鶺鴒，况師乎？」亦弗聽。挾所奏詣銀臺投進，銀臺難之，且懼之以法。大用曰：「生以義，死亦以義，何懼之有！」銀臺知其不可抑，遂以其奏聞于上，上並釋之。孟子曰：「人有不爲也，而後可以有爲。」信夫！

文武豈有種

唐來濟父護兒，本隋驍將，而濟以學行稱，知政事。時虞世南子昶，無才術，歷將作少匠。許敬宗曰：「護兒兒作相，世南男作匠，文武豈有種耶？」吁！如敬宗奸邪，而其孫遠以忠節著，則忠邪又豈有種耶？

輟築記　蓉塘詩話卷之三

仁和姜南明叔著

會稽山別名

《吳越春秋》云：「禹既受舜禪，即天子之位，三載考功，五年政定，周行天下，歸還大越，登茅山以朝四方，群臣觀示。中州諸侯防風氏後至，斬以示衆，示天下悉屬禹也。乃大會，計治國之道，内美釜山州慎之功，外演聖德以應天心，遂更名茅山曰會稽之山。因傳國政，休養萬民，國號曰夏后。封有功，爵有德，惡無細而不誅，功無微而不賞，天下喁喁，若兒思母、子歸父焉。」又《史記注》：「禹到大越，登苗山。」然則會稽山本名茅山，其名苗山，蓋亦聲相近也。

倖門

王梵志曰：「倖門如鼠穴，也須留一個。若還都塞了，好處都穿破。」觀此言，苟非聖君賢相，則倖門之塞，杜其太甚者而已。

吊朱張詩

元朱清、張瑄以通海運功，致位萬户，世祖寵之，詔賜鈔印，令自造行用，自是富倍王室。及事敗，死于京。有僧以詩吊之曰：「禍有胎兮福有基，誰人識破這危機？酒酣吴地花方笑，夢斷燕山草正肥。敵國富來猶未足，全家破後始知非。春風只有門前柳，依舊雙雙燕子飛。」

房玄齡無後

《續前定録》：「房玄齡來買卜成都，日者笑而掩鼻曰：『公知名當世，爲時賢相，奈無繼嗣何？』公怒。時遺直已三歲，在側，日者顧指曰：『此兒，此兒！此兒絶房氏者也。』公大悵而退。後皆信然也。」吁！以房相之賢，而子不肖，豈非天乎？

張文定公豪邁

宋張文定公安道，未第時貧甚，衣食殆不給。然意氣豪舉，未嘗少貶，與劉潛、李冠、石曼卿往來山東諸郡，任氣使酒，見者皆傾下之。沛縣有漢高祖廟并歌風臺，前後題詩人甚多，無不推頌功德。獨安道《高祖廟》詩曰：「縱酒疏狂不治生，中陽有土不歸耕。偶因亂世成功業，更向翁前與仲争。」又《歌風臺》詩曰：「落魄劉郎作帝歸，樽前感慨大風詩。淮陰反接英彭族，更欲多求猛士爲。」蓋自少已不凡矣。見《石林詩話》。

並蒂芙蓉詞

宋政和癸巳，大晟樂成。嘉瑞既至，蔡元長以晁端禮次膺薦於徽宗，詔乘驛赴闕。次膺至都下，會禁中嘉蓮生，分苞合趺，夐出天造，人意有不能形容者。次膺效樂府體屬詞以進，名《並蒂芙蓉》。上覽之稱善，除大晟樂府協律郎，不克受而卒。其詞云：「太液波澄，向鑑中照影，芙蓉同蒂。千柄緑荷深，並丹臉争媚。天心眷臨聖日，殿宇分明敞嘉瑞。弄香嗅蕊，願君王、壽與南山齊比。　池邊屢回翠輦，擁群仙醉賞，憑闌凝思。蕚緑攬飛瓊，共波上遊戲。西風又看露下，更結雙雙新蓮子。鬥裝競美，問鴛鴦、向誰留意？」不惟造語工緻，而曲名亦新，故録于此。然大臣訣，小臣佞，不亡何俟乎？

管寧思愆

管寧避地遼東，經海遇風，船人危懼，皆叩頭悔過。寧思愆，念向曾如厠不冠，即便稽首，風亦尋静。見周景式《孝子傳》。吁！寧持己之敬如此，宜乎免於亂世也。

釣臺詩

古田張志道學士，有《題嚴陵釣臺》詩云：「故人已乘赤龍去，君獨羊裘釣月明。魯國高名懸宇宙，漢家小吏待公卿。天回御榻星辰動，人去空臺山水清。我欲長竿數千尺，坐來東海看潮生。」張之意，蓋以鴻飛冥冥，弋人何求〔二〕，名迹俱遠斯可也，於結句見之。

辭豐受儉

予鄉胡端敏公世寧，少家貧，然義不苟取。弘治壬子，以《書》經中浙江鄉試第二人。時中式舉人，巡按御史檄府縣人給闕門及路費銀百兩，而巡視彭侍郎以歲歉減其半。他人皆取盈巡按所定數，公獨辭豐就約，受其半而已。人以是知公之不凡，後卒以忠廉大用云。

黑猪變白

成化二十三年，寧夏衛庠生胡璉家黑猪變而爲純白，人咸以爲凶。璉獨曰：「此善變者

〔二〕「弋」，原本作「戈」，據張國鎮本改。

也。」殺而爲牲。是年其子汝礪領鄉薦，明年登進士，累官兵部尚書。

胡端敏公出處

正德中，胡端敏公之副憲江西也，實兵備東鄉。以公在廣西太平時，有擒梗命土官之功，故任之。時寧庶人謀逆，公上疏發其事，反爲庶人所構陷，逮繫詔獄，瀕死者數矣。内外爲公訟冤者衆，得減死，謫戍遼左。及庶人作亂，而公言始驗，乃釋自便。又有言公忠義智略，宜任討賊之寄者。適賊平，乃以公爲湖廣按察使，陞都御史，巡撫四川。及今上即位，深知公忠鯁，超擢不數年，周旋六卿。公亦不以摧折少變其節，感上知遇，愈自淬礪，以經濟爲己任，知無不言，言無不盡。如疏薦林見素之賢，辯彭幸庵、陳都御史有功無罪，諫勿罪議大禮諸臣、勿從銷兵之議，及議處甘肅降夷，此其大者也，他事尚多。以是與二三執政不合，又多病，故數數求去。既得請，方抵家，即起爲南京兵部，不拜，尋卒。死之日，家無積鏹，廪無餘粟。故部使者訃奏，稱公歸老家貧，清約自守，道其實。公平生議論不肯附和詭隨，獨議禮一事，偶同諸公，然非附人也。今或有以此議公爲求進者，恐不然乎！

論帝王霸君

《淮南子》曰：「帝者體太一，王者法陰陽，霸者則四時，君者用六律。體太一者，牢籠天地，彈壓山川，含吐陰陽，申洩四時，紀綱八極，經緯六合，覆露照導，普氾而無私，蠉飛蠕動，莫不仰德而生。法陰陽者，承天地之和，形萬類之體，含氣化物，以成形類。則四時者，春生夏長，秋收冬藏，取與有節，出入有時，開闔張歛，不失其序，喜怒剛柔，不離其理。用六律者，生之與殺也，賞之與罰也，予之與奪也，非此無道。」此言造語雖工，義則未盡也。

淮南子論堯

《淮南子》曰：「人之所以樂爲天子者，以其窮耳目之欲，而適躬體之便也。今高臺層榭，人之所麗也，而堯采椽不斫，斥題不枏；珍怪奇味，人之所美也，而堯糲粱之飯，藜藿之羹；文錦狐白，人之所好也，而堯布衣掩形，鹿裘禦寒。養生之具厚不加，以增之以大任，重之憂，故舉天下而傳之舜，若釋負然。」此語蹈襲《孟子》文法而不及耳。

弔余忠宣公詞

宋文信公嘗過唐忠臣張公巡、許公遠雙廟，留題《沁園春》詞一闋，道二公之精忠勁節，辭旨壯烈，千載之後，昭然與日月争光。本朝劉文成公伯温過安慶，亦作《沁園春》詞，哀余忠宣公闕，正與文山之詞相匹，録之。詞云：「士生天地間，人孰不死，死節爲難。羡英偉奇才，世居淮甸，少年登第，拜命金鑾。面折奸貪，指揮風雨，人道先生鐵肺肝。平生事，扶危濟困，拯弱摧頑。　清名要繼文山，使廉懦聞風膽亦寒。想孤城血戰，人皆效死。闔門抗節，誰不辛酸。寶劍埋光，星芒失色，露濕旌旗也不乾。如公者，黄金難鑄，白璧誰完？」

李懷光論吐蕃

唐德宗興元元年，上遣崔漢衡詣吐蕃發兵。吐蕃相尚結贊言：「蕃法，發兵以主兵大臣爲信。今制書無李懷光署名，故不敢進。」上命陸贄諭懷光，懷光固執，以爲不可，曰：「若克京城，吐蕃必縱兵焚掠，誰能遏之？此一害也。前有敕旨，募士卒克城者，人賞百緡，彼發兵五萬，若援敕求賞五百萬緡，何從可得？此二害也。虜騎雖來，必不先進，勒兵自固，觀我兵勢，勝則從而分功，敗則從而圖變，譎詐多端，不可親信，此三害也。」竟不肯署敕，尚結贊亦不進軍。史言：李懷光雖欲養寇以自資，然其陳用吐蕃三害，其言亦各有理。元人召用苗軍，卒受其害，亦可鑒矣。

指天畫地

陸賈《新語》云：「世人不學《詩》、《書》，行仁義，修聖人之道，極經義之深，乃論不驗之語，學不然之事，指天畫地，動人以不變，驚人以奇怪。」吁！此言道盡索隱行怪者之情狀，學務口耳者，觀此亦可以自愧矣。

空同寄見素詩

正德中，見素林公俊以右都御史受命平蜀寇。未幾，即乞休致，時閹宦與佞倖用事故也。空同李夢陽以詩寄公云：「錦水啼鶯起，巴山春望微。干戈滿眼急，江漢一舟歸。花送琴書色，霜留斧鉞威。所傷豺虎亂，公也惜鷗機。」「諸葛能安蜀，穰苴本善兵。向來優起詔，番作急流行。老益丹心壯，憂惟白髮驚。祇憐川父老，涕泣挽歸旌。」二詩摹寫公盡矣。

謁孝陵詩

「禮樂千年會，腥羶四海空。商周終愧德，唐漢敢論功。鳳曆歸真統，龍山繞舊宫。秋風霸陵樹，落日鼎湖弓。萬國謳歌在，餘生覆載中。小臣瞻拜地，江漢亦朝東。」此西涯李文正公東陽《過南京謁孝陵》之作也，辭理俱到，最爲西涯平生得意者。惜結句不稱，具眼者自能辨耳。

旱魃

世傳婦人有産鬼形者，不能執而殺之，則飛去。夜復歸，就母乳，多瘁其母，俗呼爲旱魃。亦分男女，女魃竊其家物以出，兒魃竊外物以歸。初虞世和甫，名士善醫，公卿争邀致，而性不可馴狎，往往尤忽權貴。每貴人求治病，必重誅求之，至於不可堪。其所得賂，旋以施貧者。最愛黄庭堅，常言：「黄孝於其親，吾愛重之。」每得佳墨、精楮、奇玩，必歸魯直。魯直語朝士云：「初和甫於余，正是一兒旱魃。」時坐中有厭苦和甫者，率爾對曰：「到吾家便是女旱魃。」吁！損益所在，好惡生焉。君子於取予之際，可不慎哉！况和甫以醫取于人，與徒手取于人者，大不同也。貪墨之吏，亦可以自省矣。讀朱彧《可談》而識之。

家叔父

今人謂父之兄弟爲家伯父、家叔父。按，三國吴諸葛恪著論以諭衆，有曰：「近見家叔父《表》，陳與賊争競之計。」家叔父謂諸葛孔明，《表》謂《出師表》也。謂叔父爲家叔父，見此。

李百藥以詩脱難

《隋唐嘉話》：「隋李德林爲内史令，與楊素共執朝政。素功臣豪侈，後房婦女錦衣玉食千人。德林子百藥夜入其室，則其寵妾所召也。被執，俱縶於庭，將斬之。百藥年未二十，裸袒俊秀，素意惜之，曰：『聞汝善爲文，可作詩自叙，稱吾意，當免汝死。』遂解縛，授以紙筆，立就。素覽之欣然，以妾與之，并資送數十萬。」夫斯事也，信如劉餗之言，則德林無庭訓之方，楊素少閨門之禁，百藥得脱死於忍人之虎口，幸也，胥失之矣。然素也以柱石之臣，不能以節儉爲訓，而窮奢極欲，冶容誨淫，無足道者也。然楊氏侍妾紅拂既奔李靖，此妾復召百藥，二人卒皆貴顯，功名烜赫。此二侍妾者，不惟脱黎陽虀粉之難，又且終享富貴，豈非女人之有識者乎？

勞心

《北史》：「魏高祖子名皆恂、愉、悦、懌，崔光之子名皆勵、勗、劼、勉。高祖曰：『朕兒傍有心，卿兒傍有力。』答曰：『君子勞心，小人勞力。』帝大悦。」此見周文玘《開顔録》，然亦善於應對者也。

通家

今人稱故舊爲通家。按，三國魏夏侯霸之入蜀，邀夏侯玄，欲與之俱，玄不從。及司馬懿薨，中領軍高陽許允謂玄曰：「無復憂矣！」玄嘆曰：「士宗，卿何不見事乎？此人猶能以通家年少遇我，子元、子上，不吾容也。」卒與李豐之難。子元，司馬師字也；子上，司馬昭字也。「通家」二字始見此。

燒荒

今西北邊秋霜草枯之時，諸邊總帥上請遣將一員，率兵出塞外，放火燒其野草，謂之燒荒，蓋杜胡人南牧之患。按，唐張籍《塞上曲》云：「邊州八月修城堡，候騎先燒磧中草。」然則燒荒，自唐已來，蓋已然矣。

詩善形容邊庭情狀

唐釋子貫休《塞下曲》十一首，曲盡邊庭戰士情狀。如云：「虜寇日相持，如龍馬不肥。」此見馬之勞苦，不能肥也，則人可知矣。又云：「不是將軍勇，胡兵豈易當？」則知三軍之命，懸於主將，將苟懦怯無謀，其敗也必矣。又云：「雨曾淋火陣，箭又中金瘡。」其戒懼傷痛之情，可哀也。又云：「寒來知馬疾，戰後覺人兇。」可以見馬以畏寒而行疾，人以慣戰而益勇，所以百戰之餘，必有猛將也。又云：「陰兵爲客祟，惡酒發刀痕。」其畏疾惜身之念，未嘗無也，但食其食而死其事，所以不敢惜身也。爲人上者，豈可不加之意乎？

李後主詩

《茶所雜録》：「李後主書宫人慶奴扇詩云：『風情漸老見春羞，到處消魂感舊遊。多謝長條以相識，强垂烟態拂人頭。』」此後主歸命後所作也。其寂寞無聊之甚，情見乎辭，可哀也已。

鶴亭筆乘　蓉塘詩話卷之四

仁和姜南明叔著

晚春詩

「小白長紅又滿枝，築毬場外好支頭。春風自是人間客，主管繁華得幾時。」此宋小山晏叔原《晚春》詩也。眼底紛紛，不可人意，讀此詩，未嘗不三復嘆息也。

詠女史

先民王致道名逵，號蘭野，吾杭人。正統間，以詩鳴一時。菊莊劉先生士亨，其門人也。有詠女史詩，姑舉其一二言之。詠《緑珠》云：「主難因妾起，妾心安肯違。身爲金谷土，魂作彩雲飛。」《楊妃》云：「禁死養驕兒，兒驕母命危。褒斜山路險，不似在宫時。」《班姬》云：「玉輦聲轔轔，君恩雨露新。秋風朝暮起，紈扇暗生塵。」《虞姬》云：「恃力力已盡，將軍將奈何？那堪騅不逝，悵望楚人歌。」皆有餘味，不徒述事也。他作尚多，大率稱是。

發願文

唐沙門玄覺《發願文》有云："長得人身，聰明正直。不生惡國，不值惡王。不生邊地，不受貧苦。奴婢女形，黄門二根。黄髮黑齒，頑愚暗鈍。醜陋殘缺，盲聾瘖瘂。凡是可惡，畢竟不生。"黄門，謂天閹不能行人道者；二根，謂兼男女二體而能兩用人道者，皆非天地之正氣所生也。然則今人得生中華太平之世，爲丈夫子，容貌端莊，氣質清明，可不思所以自致而求無愧於天地生成之德哉？玄覺釋氏，固非吾儒所稱者，然其言不爲無理也，姑取以自警云。

食瓜徵事

宋宣和中，蔡居安提舉祕書省。夏日，會館職於道山食瓜，居安令坐客徵瓜事，各疏所憶，每一條食一片。坐客不敢盡言，居安所徵爲優。欲畢，校書郎董彦遠連徵數事，皆所未聞，悉有據依，坐客咸嘆服之。識者謂彦遠必不能安，後數日，果補外。吁！小人之心，嘗嫉勝己者。然蔡既失之，董亦未爲得也。徵瓜之事，蔡爲忌才，董爲露才，君子胥責之。

選民爲兵

永樂間，敕遣大臣分行各處。凡民間子弟年二十以上爽健者，皆選取以備侍衛，民不樂從，頗爲騷擾。其所選者，悉隸府軍衛，數至二萬有餘，立千户所二十五以領之。年至六十，驗有老疾，實狀兵部，奏請疏放，仍於本州縣照名選補。成化間，余肅敏公子俊爲兵書，議欲再爲差官點選，時該選地方適多饑饉，而劉忠宣公大夏、菽園陸公容在職方，力諫沮之。肅敏不能奪，其議遂寢。

凍合濟師

南燕慕容德，晉安帝隆安二年，乃率户自鄴將徙於滑臺，遇風船没。魏軍垂至，衆懼，議欲退保黎陽。其夕，流斯凍合，是夜濟師。旦，魏師至，而冰泮，若有神焉。吁！不獨光武也，夷狄亦有天幸焉。

知險

范文正公《淮上遇風》詩云：「一棹危於葉，傍觀欲損神。他年在平地，無忽險中人。」又李文靖公乞去，題六和塔云：「經從塔下幾春秋，每恨無因到上頭。今日始知高處險，不如歸去臥林丘。」二公之心事可見。世有擠人於溝壑，臨險難而不知止者，真二公之罪人也。

割肉啖友

唐李世勣與單雄信友善，誓同生死。雄信事王世充。太宗平洛陽，得雄信，將誅之。世勣言雄信驍健絶倫，請盡輸己之官爵以贖之，太宗不許。世勣固請不得，涕泣而退，雄信曰：「吾固知汝不辦事。」世勣曰：「吾不惜餘生，與兄俱死。但既以此身許國事，無兩遂，且吾死之後，誰復視兄之妻子乎？」乃割股肉以啗雄信，曰：「使此肉隨兄爲土，庶幾不負昔誓也。」爲收養其子。吁！能割肉以啗其友，而不能委身以報其君；能收养友之遺孤，而不恤其君之佳兒佳婦，勣可以寄社稷否乎？其失信於友，不足責也，然信之不篤，又何望其中乎？

龍居寺詩

鄱陽巍石山有龍居寺，宋岳武穆王飛嘗過之，留題云：「巍石山前寺，林泉勝境幽。紫金諸佛相，白雪老僧頭。潭水寒生月，松風夜帶秋。我來屬龍語，爲雨濟民憂。」爲民之心，拳拳不忘，忠臣口中語也。

翰林四諫

成化丁亥，上以元宵張燈，命内閣分題，令侍從諸臣賦詩。時編修章公懋、莊公昶，檢討黄公仲昭上《培養聖德疏》，言過切直，上怒，杖之闕下，皆謫補外，時稱三君子。先是，修撰羅公倫論執政起復被謫，直聲震朝野，而章公等繼之，號「翰林四諫」。

三不識

楓山章先生懋擢福建按察僉事，以考績赴部，堅乞致仕。冢宰尹恭簡公旻慰留之，辭益力。恭簡詰之曰：「不罷軟，不貪酷，不老病，如何可退？」先生對云：「古人正色立朝，某之罷軟多矣；古人一介不取，視民如傷，某之貪酷多矣；年雖未艾，鬚髮早白，亦可謂老疾矣。請舉一事，退之足矣。」恭簡憮然驚嘆，知其意決，特爲上請，從之。時先生年僅四十一。

勸講太極

張東白先生元禎，弘治末，以太常寺卿兼翰林院學士侍經筵日講，并侍東宫講讀，上疏勸經筵講《太極圖》及《西銘》諸性理書，東宫講《孝經》、《小學》。孝廟欣然嘉納，亟索《太極圖》觀之，曰：「天生斯人，以開朕也。」先是，漳州陳布衣先生真晟以明道自任，嘗詣闕上《正學纂要》，不報。聞臨川吴聘君與弼名，欲質之，道經南昌，往見東白，止布衣宿。扣其學之所得，大加稱許，曰：「禎敢僭謂，斯道自程、朱以來，惟先生得其真，吴、許二子草廬、魯齋。亦未是。如聘君者不可見，而亦不必見也。」布衣遂歸。然東白此言，真有所見。學者讀四子之書，苟能辨之，則東白之言爲不誣矣。

定見不惑

唐柳渾早孤，方十餘歲，有巫告曰：「兒相夭且賤，爲浮圖道可緩死。」諸父欲從其言。渾曰：「去聖教，爲異術，不若速死。」學愈篤，與游者皆名士。天寶初，擢進士第，後相德宗，時稱其賢。吁！若渾者，可謂有定見而不惑者也。

榷茶之始

《舊唐書》云：「文宗太和九年，王涯獻榷茶之利，乃以涯爲榷茶使。茶之有税，自涯始也。」按，《德宗實録》：「貞元九年，初税茶。」先是，鹽鐵使張滂奏請税茶，以待水旱之闕賦，詔曰可，是歲得錢數十萬。然則榷茶不始於涯也，始於滂耳。或者滂始建議税之，而涯備其法耳。

夷齊詩

唐李頎《謁夷齊廟》詩有云：「畢命無怨色，成仁其若何？」此可謂達聖人之旨者。殷璠謂其「玄理最長」者，非此類之謂乎？

天嗔塔詩

處州府城南十里，有天嗔塔，宋祝顏題詩云：「山頂浮圖壓巨鰲，野僧平日謾心勞。時人欲識天公意，萬事寧容險處高。」斯言也，其爲好險營身者設歟？

衆樂亭詩

司馬温公《題錢公輔衆樂亭》詩云：「横橋通廢島，華宇出荒榛。風月逢知己，江山得主人。使君如獨樂，衆庶必深顰。何以知家給，笙歌滿水濱。」此宋人以議論爲詩也。迂叟平日憂國愛民之心，拳拳可見。

戲彩堂詩

宋趙屼倅温州時，其父清獻公抃致仕家居，屼迎以就養，作堂名「戲彩」，取老萊子戲彩之義。清獻題詩堂中云：「我憇堂中樂可知，優游逾月意忘歸。老萊不及吾兒少，且著朱衣勝彩衣。」吁！父慈子孝之樂，於此可以想見矣。世有讀聖賢書而至於父子相夷者，其相去禽獸又幾何哉！

鄉里重輕愛惡

干木隱而西河美，李陵降而隴西慚，此爲鄉里之重輕也。魯肅大散財貨，得鄉里忻心；何曾凌駕人物，鄉里間疾之如讎，此爲鄉里之愛惡也。吁！君子顧自處何如耳。

不肯治第

范文正公在杭州，子弟以公有退志，乘間請治第洛陽，樹園圃爲逸老之地。公曰：「人苟有道義之樂，形骸可外，况居室哉？吾今年逾六十，生且無幾，乃謀樹第治圃，顧何待而居乎？吾之所患在位高而艱退，不患退而無居也。且西都士大夫園林相望，爲主人者莫得常遊，而誰獨障吾遊者，豈必有諸己而後爲樂耶？俸賜之餘，宜以賙宗族。若曹遵吾言，無以爲慮。」吁！於此見公之進退憂樂，皆有其道矣。學者不能希三代聖賢，則公亦可以爲法矣。

趵突泉詩

「濼水發源天下無，平地擁出白玉壺。谷虚只恐元氣泄，歲旱不愁東海枯。雲霧潤蒸華不注，波濤聲震大明湖。時從泉上濯塵土，冰雪滿懷清興孤。」此元趙子昂《題趵突泉》詩也，雄渾飄逸，豈獨翰墨之可稱哉！

還王軌首

隋漳南竇建德，煬帝大業七年，聚衆爲盜。十三年，稱長樂王。恭帝義寧二年，建都樂壽，置百官，國號夏，改元五鳳。以隋故官裴矩、崔君肅、何稠等隨才署職，委以政事。有往關中及中都者，恣聽不留，仍給道里費，以兵護出於境。時滑州刺史王軌爲奴所殺，以首奔建德。建德曰：「奴殺主，大逆。納之不可不賞，賞逆則廢教，將焉用爲？」斬奴而還軌首，滑人得之。吁！以光武之賢而封子密不義之號，失之大者也，豈謂不如一竇建德哉！

請官治僧

元順帝至正二年，以納麟爲江浙行省宣政院使。時上天竺耆舊僧彌戒徑山，耆舊僧惠洲恣縱犯法，納麟皆坐以重罪，請行宣政院設崇教所，擬行省理問，官秩四品，以治僧獄訟，從之。吁！元之僧至此，始有法以治其驕横，而國之將亡，亦莫能救也。

天怒不終朝

柳宗元謫永州，吴武陵遺孟簡書曰：「古稱一世三十年，子厚之斥十二年，殆半世矣。霆砰電射，天怒也，不能終朝。聖人在上，安有畢世而怒人臣邪？」未及用而宗元死。武陵初勸吴元濟入朝，謂崔鄾試進士當取杜牧，又遺孟簡此書，武陵可謂有君子之心，而非泛泛文藝之士也。

所見不逮所聞

唐崔信明蹇亢以門望自負，嘗矜其文謂過李百藥，議者不許。揚州録事參軍鄭世翼者，亦驁倨，數挑輕忤物。遇信明江中，謂曰：「聞公有『楓落吴江冷』，願見其餘。」信明欣然，多出衆篇。世翼覽未終曰：「所見不逮所聞。」投諸水，引舟去。

求名

李邕，唐天后時拜左拾遺。宋璟劾張昌宗等反狀，武后不應。邕立階下大言曰：「璟所陳社稷大計，陛下當聽。」后色解，即可璟奏。邕出，或責曰：「子位卑，一忤旨，禍不測。」邕曰：「不如是，名亦不傳。」

花鳥使花石綱

唐玄宗開元中，歲遣使采擇天下姝好，内之後宫，號花鳥使。宋徽宗垂意花石，歲取於蘇、杭州，命朱勔總其事，號花石綱。吁！象箸玉杯，不能不起忠臣之嘆也。二君之所嗜如此，求欲不危，得乎？啓夷狄滔天之禍，又何怪哉！

陰陽避忌

世人信陰陽避忌，凡有婚姻、喪葬、營造、出行，皆欲妄求福利，以豐厥家。貧者由此而希富，富者由此而希貴，貴者由此而希延及百世而不替。是故拘於巫祝小師之言，避忌無所不至，敬守其説，如帝戒之不敢犯。吾見獲福者十無二三，而得禍者十嘗四五，豈盡由此哉？夫禍福惟人所召，使彼之術有驗，則豈肯厚於謀人，薄於謀己，而讓富貴於人哉？此不足信也明矣。姑以數事言之。後漢河南吳雄，少家貧，喪母，營人所不封土，擇葬其中，喪事趣辦，不問時日。醫巫皆言當族滅。雄後致位司徒，子孫三世廷尉。又司隸校尉趙興，每入官舍，輒更繕修館宇，移徙改築，故犯妖禁，子孫三世爲司隸。又汝南陳伯敬，行必矩步，坐必端膝，呵叱狗馬，終不言死，目有所見，不食其肉，行路聞凶，便解駕留止，還觸歸忌，則寄宿鄉亭，年老不過舉孝廉，後坐女壻亡吏，太守怒而殺之。又元魏武帝討賀鱗，太史令姚崇曰：「紂以甲子亡，兵家忌之。」帝曰：「紂以甲子亡，周武不以甲子勝乎？」崇無以對，進軍大破之。宋嘉祐中，將修東華門。太史言：「太歲在東，不可犯。」仁宗皇帝批其奏曰：「東家之西，乃西家之東；西家之東，乃東家之西。太歲果何在？其興工勿忌。」太哉王者之言乎！其避忌不必拘之，明驗也。

君山詩

「湖光秋色兩相和，潭面無風鏡未磨。遥望洞庭山川翠，白銀盤裏一青螺。」此唐劉夢得《君山》詩也。「滿川風月獨凭闌，綰結湘娥十二鬟。可惜不當湖水滿，銀山堆裏看青山。」此宋黄魯直《君山》詩也。二篇機軸相似，而才氣相敵，他作不能相逮矣。

鄭公言君子小人

宋富鄭公有言：「君子與小人並處，其勢必不勝。君子不勝，則奉身而退，樂道無悶。小人不勝，則交結構扇，千岐萬轍，必勝而後已。迨其得志，遂肆毒於善良，求天下之不亂，得乎？」吁！况小人之與小人並憂，其攻擊排擠以求必勝，其貽患於天下國家，可勝言哉！

紀信詩

唐人題《紀信墓》詩：「紀信生降爲沛公，草荒古冢卧秋風。不知青史緣何事，却道蕭何第一功。」惜失其作者姓名。

李華污賊

唐安禄山反，玄宗入蜀。監察御史李華母在鄴，欲間行輦母以逃，爲盜所得，僞署鳳閣舍人。華自傷不能完節，屏居江南。肅宗上元中，以左補闕召之，華喟然曰：「烏有隳節危親，欲荷天子寵乎？」稱疾不拜。吁！華之志可傷也。夫若以程子、趙苞之論觀之，華可以無責矣。

蕭嵩求退

唐明皇委蕭嵩擇宰相，嵩推韓休。及休同位，峭正不相假，至校曲直帝前。嵩慚，乞骸骨。帝慰之曰：「朕未厭卿，何庸去乎？」嵩伏曰：「臣待罪宰相，爵位既極，幸陛下未厭，得以乞身。有如厭臣，首領自不保，又安得自遂？」因流涕。帝爲改容曰：「卿言切矣，朕未決。第歸，夕當有詔。」俄遣高力士詔嵩曰：「朕將爾留，而君臣誼當有始有卒者。」乃授右丞相，與休皆罷。吁！嵩可謂知止自足者也，不貪寵，不嫉賢，飄然而去之，其賢矣乎！

墨畬錢鎛　蓉塘詩話卷之五

仁和姜南明叔著

袁凱善對

袁凱洪武中爲御史，上一日録囚畢，令凱送東宫覆審，遞減之。凱還復命，上問：「朕與東宫孰是？」凱頓首曰：「陛下法之正，東宫心之慈。」上大喜，悉從之。後以疾罷歸卒。凱字景文，其先蜀人，後徙松江之華亭。

俗語相反

世俗有「著衣喫飯」之語，故東坡、魯直遂有喫衣著飯之戲。東谷李之彦云：「諺有之：『殺人償命，欠債還錢。』理也。近世豪家巨室，威力使令逼人致死，但捐財賄餌血屬，坦然無事。至如人或逋負，督迫取償，必使投溺自經然後已。由是觀之，乃是殺人還錢，欠債償命。」東谷之言非戲也，真有所見。

禁稱天字

正德初，劉瑾用事，詔禁官民名字有「天」字者，悉令更之。予見宋政和八年閏九月，給事中趙野奏：「陛下恢崇妙道，寅奉高真，凡世俗以『君』、『王』、『聖』三字爲名字，悉令革而正之。尚有以『天』字爲稱者，竊慮亦當禁約。」依奏。

羣字

《說文》：羣字書作「羣」，君下羊。注云：「輩也，從羊，君聲。」徐鉉曰：「羊性好羣居也。」俗書作「群」。或謂本作「群」字，高皇惡其文爲君字與羊字並，故移君於羊首，蓋非然也。

罪小臣

宋徽宗多微行，祕書省正字南劍曹輔上疏切諫。太宰余深曰：「爾小官，何敢論大事？」對曰：「大官不言，故小官言之。官有大小，愛君之心則一也。」少宰王黼奏：「不重責輔，無以息浮言。」遂編管郴州。吁！大臣怙寵位而不能言，故小臣言之。小臣言之而反罪之，大臣之罪上通於天矣。宋之君相如此，求欲不亂，得乎？

李嗣直審音

唐高宗調露中，章懷太子賢作《寶慶曲》，閱於太清觀。柏人李嗣真謂道人劉概曰：「宫不召商，君臣乖也。角與徵戾，父子疑也。死聲多且哀。若國家無事，太子任其咎。」俄而太子廢。嗣真又嘗曰：「隋樂府有《堂堂曲》。明唐再受命，比日有『側堂堂，撓堂堂』之謡。側，不正也。撓，危也。皇帝病日侵，事皆決中宫，持權與人，收之不易。宗室雖衆，居中制外，勢且不敵，諸王殆爲后所蹂踐，吾見難作不久矣。」吁！嗣真可謂審於音者也。求之古人，其師曠之流乎？

房杜善用天下之才

曾南豐曰：「近可言者，莫如唐臣之相曰房、杜。當房、杜之時，所與共事，則長孫無忌、岑文本；主諫諍，則魏鄭公、王珪；振綱維，則戴胄、劉洎；持憲法，則張玄素、孫伏伽；用兵征伐，則李勣、李靖；長民守土，則李大亮；其餘爲卿大夫各任其事，則馬周、温彦博、杜正倫、張行成、李緯、虞世南、褚遂良之徒，不可勝數。夫諫諍其君，與正綱維，持憲法，用兵征伐，長民守土，皆天下之大務也，而盡付之人。又有他卿大夫，各任其事，則房、杜何爲者耶？考之於《傳》，不過曰：『聞人有善，若己有之。』不以求備取人，不以己長格物，隨能收叙，不隔貧賤而已。卒之稱良相者，必先此二人。」由此觀之，則宰相之職，不在於强記博聞也，不在於文辭敏贍也，不在於剛察自遂也，其惟以用人爲首務乎！世之妒賢嫉能，營私植黨，昵比小人而懷奸誤國，若李林甫、盧杞、王安石、賈似道之徒，卒之喪國亡家，其惡可勝言哉！

揚州詩

廣東肇慶李文彬《過揚州》詩云：「三十年前記此過，皆春樓下駐行窩。十千一斗金盤露，二八雙鬟玉樹歌。自昔瓊花祠后土，至今荆棘卧銅駝。江都門外王孫草，怨入東風緑更多。」文彬名質，國初江浙行省參知政事。又無錫王俊民《過楊州》詩云：「華屋朱簾十萬家，春風吹盡舊繁華。留連野色帷殘蝶，應答江聲有亂蛙。明月樓前沽美酒，簫鼇觀裏看瓊花。我來謾憶曾遊處，立盡斜陽一嘆嗟。」俊民，名惟允，國初爲鎮江府别駕。二公及見前元之盛，故詩皆有感慨不盡之意。

月下裁衣詩

吴人陳嗣，初名繼，曾爲翰林檢討，有詩名。有題《月下裁衣》一絶云：「香幃風捲月團團，睡起裁衣思萬端。秋葉未紅金剪冷，玉門關外不勝寒。」真唐人語也。

表語相因

唐宋學士延清《代田歸道讓殿中丞表》有云：「足臨鯨壑，未偕聞寵之憂；首戴鰲山，豈喻承恩之重。」後柳子厚爲《樊左丞讓官表》亦有云：「泛大鯨之海，但覺魂摇；戴巨鰲之山，未如恩重。」柳語全出於宋。

晉中三傑

虎谷王公雲鳳，遼州和順縣人；晉溪王公瓊，太原府太原縣人；白巖喬公宇，平定州樂平縣人，稱晉中三傑。説者謂虎谷廉靖過晉溪，剛方過白巖也。

辭庶吉士

劉忠宣公大夏、張簡肅公敷華，二公皆天順甲申進士，選庶吉士。李文達公、彭文憲公時在内閣，欲留二公官翰林，二公力辭不就。後二公皆以政事爲名臣。

杜牧之詩句

杜牧之有《題樊明府林亭》一聯云：「階前石穩棋終局，窗外山寒酒滿杯。」又有《題李隱居西齋》一聯云：「林間埽石安棋局，巖下分泉遞酒杯。」古人於適意處即道之，不嫌其用之重也。

禮士

洪武末，蘇州姚知府善，安陸州人。下車聞郡有處士王先生賓者，命駕往見之。及門，賓見其騎從，乃告之曰：「賓有老母在，未嘗見聲勢，恐驚之，乞損騶侍。」善後造賓望門，下輿徒步而至，坐談今古，商確政事，時謂不減古人之風。

西湖夜宿詩

「蹇驢銜雪岸烏紗，夜醉西湖賣酒家。十六吴姬吹鳳管，捲簾燒燭看梅花。」此李訓道孟昭《西湖夜宿》之作也。孟昭名進，嘉興人，詩亦醖藉可愛。

御史不可決杖

唐明皇以張守珪爲黄門侍郎，時監察御史蔣挺坐法，敕令朝堂杖之。廷珪奏曰：「御史憲司，清望耳目之官，有犯當殺即殺，當流即流，不可決杖。士可殺而不可辱也。」時人服其得體。吁！爲大臣者，可不念哉！

更定昶字

太常卿崑山夏公㫤，字仲昭，以經術進，而書法妙絶一時，由庶吉士改中書舍人。文廟嘗試其書第一，特命書諸宫殿榜，賜第宅，免朝參，眷顧極隆。初，「㫤」字本書作「昶」，因召見，上曰：「日豈可從傍，宜加永上。」遂爲更定，故今書多作「㫤」。

本縣主簿

楊禮書翥，蘇州吴縣人，以學行受知仁廟，爲郕王府長史，以疾乞歸。景皇即位，進禮部尚書。卒年八十五，詔賜葬祭，召其子瑋入朝，上問所欲爲官。對曰：「願得本縣主簿。」從之。

姑蘇懷古

「天星夜落水犀軍，又見吴宮走鹿群。睥睨金湯徒自固，倉皇玉石竟俱焚。將軍只合田横死，國士應無豫讓聞。風雨明年寒食節，麥盂誰上太妃墳。」此天台王叔潤《姑蘇感事》之作也。國初，天兵破姑蘇，張士誠就擒，其妻劉氏率姬妾登齊雲樓，令家僕辰寶自焚而死，黨與無一人死難者，故詩哀之。叔潤名澤，洪武間爲松江華亭縣丞。

詩人平顯

錢塘平仲微名顯，成化間人，能詩。嘗見其《題黄鶴山人王叔明畫》一律云：「我昔見之湖上居，當門萬朵翠芙渠。承平公子有故態，文敏外孫多異書。閒吮彩毫消白日，夢騎黄鶴上清虚。此圖定倚吴山閣，醉點南屏春雨餘。」詩既脱洒，亦吾杭之詩豪，故録之。

吴侍郎墓地

宋吴侍郎待問，建之浦城人。得解時，母已八十餘歲，欲赴禮部，見鄰人泣下。鄰人曰：「秀才但行，吾遣妻兒往，毋卹其失所。」待問下第不果歸，次舉登第。及門，方知母已亡。問殯所，乃在一路隅。待問欲遷，鄰人云：「初以卜地，無何至此，柩繩自斷，遂藁葬。」待問引術者求佳處數日，無易路隅之吉，遂爲兆域。諸子相繼登第，而正肅公育仁宗朝入參大政。夫吴母之葬地，非求而得之也，陰騭於冥冥之中適然耳。世之暴富貴者，不思修德，俾世守之，乃信陰陽巫師之説，尋龍究脉，以爲風水之勝，可以長守富貴。既而天厭其貪，富者貧之，貴者賤之。然則風水果可恃乎？

愛讀阿房宫賦

宋元豐三年，蘇長公謫黄州監税，寓居臨皋亭，後改築雪堂而徙居焉。以大雪中築此堂，落成，繪雪于四壁，故名。因自號東坡居士。一日，在雪堂讀杜牧之《阿房宫賦》，凡數遍，每讀徹一遍，即再三咨嗟息，至夜分猶不寐。有二老兵，皆陜人，給事左右，坐久，甚苦之。一人長嘆，操西音曰：「知他有甚好處，夜久寒甚不肯睡。」連作冤苦聲。其一曰：「有兩句好。」「好」字西人皆作「吼」音。其一人大怒曰：「你又理會得甚底？」對曰：「我愛他道『天下之人，不敢言而敢怒』。」叔黨卧而聞之，明日以告。長公大笑曰：「這漢子也有識鑒。」觀此，則孟子所謂「心之所同然者，理也，義也。故理義之悦我心，猶芻豢之悦我口」，於此驗矣。

寇祖仁殺元徽

魏城陽王徽與敬帝謀誅爾朱榮，及爾朱兆舉兵犯闕，帝步出雲龍門，遇徽乘馬走，屢呼之，不顧而去，帝被執。徽走至南山，抵前洛陽令寇祖仁家。祖仁一門三刺史，皆徽所引拔，以有舊恩，故投之。徽齎金百斤，馬五十匹。祖仁利其財，外雖容納，而私謂子弟曰：「如聞爾朱兆購募城陽王，得之者，封千户侯，今日富貴至矣。」乃怖徽云：「官捕將至。」令其逃於他所。使人於路邀殺之，送首於兆，兆亦不加勳賞。兆夢徽謂己曰：「我有金二百斤，馬百匹，在祖仁家，卿可取之。」兆既覺，意所夢爲實，即掩捕祖仁，徵其金馬。祖仁謂人密告，望風款服云：「實得金百斤，馬五十匹。」兆疑其隱匿，依夢徵之。祖仁家舊有金三十斤，馬三十匹，盡以輸兆。兆猶不信，發怒，執祖仁，懸首高樹，大石墜足，捶之至死。夫元徽之不忠、祖仁之背德，皆無足論者。其鬼之黠，又何靈哉！

合編充軍

太祖皇帝立法雖尚嚴，然皆爲扶植良善，摧抑奸頑。故奸頑之徒合編充軍者有二十二種，謂販賣私鹽、詭寄田糧、私充牙行、私自下海、閒吏、土豪、應合抄劄家屬、積年民害官吏、誣告人充軍、無籍户、攬納户、舊日山寨頭目、更名易姓、家屬不務生理、遊食、斷指、誹謗、小書主文、野牢子、幫虎伴當。直司今此法俱在，而此等之人，縱橫無限，公然無所忌憚，雖有犯者，往往以計脱免。稂莠不除，嘉禾不盛，無怪乎民之窮且困也。

昭君怨

樂府《昭君怨》，作者多矣。唐東方虬五言一絶云：「掩淚辭丹鳳，銜悲向白龍。單于浪驚喜，無復舊時容。」意新而語致，拳拳不忘主上之心，隱然於不言之表，佳作也。與王維《息夫人》五言一絶，辭意相埒。王詩云：「莫以今時寵，能忘舊日恩。看花滿眼淚，不共楚王言。」

地里所至

《小戴記・王制篇》曰：「自恒山至於南河千里而近，自南河至於江千里而近，自江至於衡山千里而遥，此自南至北之界限也。自東河至於東海千里而遥，自東河至於西河千里而近，自西河至於流沙千里而遥。此自東至西之界限也。西不盡流沙，南不盡衡山，東不盡東海，北不盡恒山。」此成周盛時地理遠近之大略也。而先儒應氏以爲自秦而上，西北袤而東南蹙；秦而下，東南展而西北縮。先王盛時，四方各有不盡之地，不勞中國以事外也。然自今觀之，大江之南，爲南直隸，爲浙江，爲江西、福建；衡山之南，爲廣東、廣西、四川，爲貴州、雲南；恒山之北，爲宣府，爲遼東。其地倍於周矣，豈非秦皇、漢武之所開拓者歟？然地愈廣，民愈衆，而風俗不能三代若者，良有以也。雖有善治者，其教化豈能遍及哉！

論近名

劉忠宣公大夏與東湖吴公廷舉書曰：「居官之道，以正己爲先。所謂正己，非特當戒利，亦當遠名。吾友於利，固素知其澹然矣。苟有意近名，則凡事皆有所爲而爲，即程子所謂『今之仕者爲己也』。持此以往，而欲政善民安，以成佐理之功，恐未可得，幸熟而自考之。事上治下，皆當主之以誠，行之以恕。誠則自然動物，恕則能體上下之情。體其情而感動之，將無人不可馭，無事不可爲，豈徒可治郡而已哉？」

學圃餘力　蓉塘詩話卷之六

仁和姜南明叔著

文正碑語

宋范文正公《嚴子陵祠堂記》，其末系之以歌曰：「雲山蒼蒼，江水泱泱。先生之風，山高水長。」按，唐李陽冰《括蒼馬夫人廟記》，其末亦系之歌曰：「鸕山蒼蒼，鸕水茫茫。陰府助國兮，于時彰彰。福我鄰邦兮，民斯永康。仙兮仙兮，與日月而齊光。」文正前二句，與李之前二句不甚相遠也。文正固非蹈襲者，然以辭義較之，文正勝於李多矣。

桃源詩

碧天道人潘氏者，赤城留鶴道人潘應昌之女也，嫁裘致中，善吟詠。其《詠桃源》一絶云：「千年老樹萬年山，洞口仙娥自玉顔。劉阮當時那得見，浪傳浮迹在人間。」辭義既正，可謂温柔敦厚之作也。

君子小人爲學

君子、小人，皆能以學而自致其用。君子爲學，格物致知，多識前言往行，以行其致君澤民之志；小人爲學，記博而醜，所以衒其才以聳動其上，而陰欲得志以濟其奸邪。如宋陳彭年憸壬巧佞，與五鬼之列，其君非不知之也，知之而不疏之，何也？抑以其才有以惑上耳。《道山清話》云：「大參陳彭年以博學强記受知定陵，凡有問，無不知者。其在北門，因便殿賜坐，對甚從容。上因問：『墨智、墨允是何人？』彭年曰：『伯夷、叔齊也。』上問：『見何書？』曰：『《春秋》。』少陽即令祕閣取此書。既至，彭年令於第幾版尋檢，果得之。上極喜，自是注意，未幾執政。」吁！小人無才，焉能動人主？由是觀之，則人主之德，在於别君子、小人而進退，不可爲其才所惑也。

胡端敏公推重林見素

胡端敏公世寧，忠廉剛毅，謀謨廟堂。予鄉自肅愍于公以來，一人而已。嘗見其《薦林見素楊邃庵疏》有云：「俊雖執古，而時俗或不之喜，然其守政之節，則真宋璟也。一清雖諧俗，而士論或不之歸，然其濟變之才，則真姚崇也。」人以爲確論。及公謝病歸，見素亦致仕，以詩招公，公和之有云：「朝野正愁元老去，雲莊新報主人歸。」又云：「事業廣平真宰相，風流康節舊人豪。」見素固天下偉人，公於見素可謂心誠愛之者矣。公之可傳者固不待詩，然詩亦渾厚莊重也。

淮南子蹈襲孟子

《淮南子·泰族訓》云：「夫指之拘也，莫不事伸也；心之塞也，莫之務通也，不明於類也。」此數語，全蹈襲《孟子》：「指不若人，則知惡之；心不若人，則不知惡之，此之謂不知類也。」

韓魏公憂民

宋錢明逸久在禁林，不滿意，出爲泰州，居常怏怏，不事事。韓魏公聞之，語人曰：「己雖不足，獨不思所部十萬生靈耶？」吁！魏公之言，真宰相之言也。然則近臣出補，不以民事爲心者，豈非公之罪人乎？

經言兵勢

五經中論兵勢，惟《詩》爲詳。《大雅·常武》之五章云：「王旅嘽嘽，如飛如翰，疾也。如江如漢，衆也。如山之苞，不可動也。如川之流。不可禦也。綿綿不可絶也。翼翼，不可亂也。不測不可知也。不克，不可勝也。濯征徐國。」《孫子》曰：「其疾如風，其徐如林。侵掠如火，不動如山。難知如陰，動如雷震。」《尉繚子》曰：「重者如山如林，輕者如炮如燔。」二子言兵勢，皆不外乎《詩》之意，雖王霸之所以行師者不同，其勢則然也。

求賢

洪武元年八月，上謂宣國公李善長曰：「治天下雖用匠手，有規矩繩墨，然後百度可貞也。」乃議建三省，立六部，拜諫議大夫，設登聞鼓院，罷逋租，不征下。詔責躬求天下巖穴深藏不售之士。顧元臣秦裕伯曰：「斗米三錢，外户不閉。朕力行三年，可以臻此至理。」於是命學士詹同等十人，分行十道，訪求賢才而進用焉。

守官本土

國家之制，仕宦無官本土者。然永樂三年秋七月，以刑科都給事中西安楊弘爲陝西左布政使，弘以本貫辭，上不允。文臣官本土者，僅此人。

不育子

蘇文忠公軾《與朱鄂州書》云：「昨王殿直天麟見過，言鄂、岳間田野小人，例只養二男一女，過此輒死之。尤諱養女，輒以冷水浸殺之。其父母亦不忍，率常閉目背面，以手按之水盆中，咿嚶良久乃死。天麟每聞其側近有此，輒馳救之，量與衣服飲食，全活者非一。鄂人有秦光亨者，今已及第，爲安州司法。方在其母也，其舅陳遵夢一小兒援其衣，若有所訴，比兩夕，輒見其狀甚急。遵獨念其姐有娠將産，而意不樂多子，豈其應是乎？馳往省之，則已在水盆中矣，救之得免。準律，故殺子孫，徒二年，此長吏所得按舉。願公明以告諸邑令佐，使召諸保正，告以法律，諭以禍福，約以必行。且立賞召人告官，賞錢以犯人及鄰保家財充。若依律行遣數人，此風便革。但得初生數日不殺，後雖勸之使殺，亦不肯矣。自今以往，緣公而得活者，豈可勝計哉！」今國家之律，故殺子孫者，杖六十，徒一年。然浙江寧、紹二府，官民之家，多諱養女，生即渰死之，安得以東坡之書告諸守土者，以行朝廷之法！

湯東甌壽考

國初，東甌湯襄武王和，起徒步至封公，沉毅質直，勇而善斷，不妄言。入聞國論，一語不泄于左右。行師受任，有詔即行，不少顧家。臨敵果敢堅忍，未嘗挫衂。有語及兵書者，輒笑曰：「臨陣決機，在智識敏達耳，何以泥古？」爲家蓄妾媵百餘，暮年皆散遣之。得賞賜，多惠其鄉黨父老及孤貧無告者。貴任公宰，及歸田里，見故交遺民，意驩如也。厥後，群公多先物故，惟公膺寵禄。至洪武二十八年八月七日薨，獨享壽考，以令名終，斯固保身之有道也。

國家大臣比蕭何

洪武丙申，大封功臣。上謂諸將曰：「李善長雖無汗馬之勞，然事朕年久，給足軍食，其功甚大，乃封韓國公。」誥文有曰：「昔者蕭何有餽餉之功，千載之下，人皆稱焉。比之於爾，蕭何未必過也。」又太子太師、户部尚書郭忠襄公資，洪武末爲北平左布政使，文皇在潛邸尤愛之，公有所言，無不聽納。及起義靖難，命公城守，撫輯兵民，供給糧餉，百費所需，未嘗乏誤。嘗以漢蕭何擬之，封湯陰伯。

不罪戴元禮

洪武三十一年夏五月，高皇帝疾大漸。二十四日庚午，輦出御右順門，召太醫院諸臣，詰其治疾無狀，敕付獄，正其罪。指御醫戴元禮謂侍臣曰：「戴元禮，仁義人也，無與汝事，勿恐。」元禮頓首而退，帝即還内。後十有六日，遂崩。

淺學之病

宋葛常之云：「僧祖可，俗蘇氏伯固之子，養直之弟也。作詩多佳句，如《懷蘭江》云『懷人更作夢千里，歸思欲迷雲一灘』、《贈端師》云『窗間一榻篆烟碧，門外四山秋葉紅』等句，皆清新可喜。然讀書不多，故變態少。觀其體格，亦不過烟雲、草樹、山川、鷗鳥而已。而徐師川作其詩引，乃謂自建安七子、南朝二謝，唐杜甫、韋應物、柳宗元，本朝王荆公、蘇、黄妙處，皆心得神解，無乃過乎？師川作《畫虎行》，末章云：『憶昔予頑少小時，先生教誦荆公詩。即今老舊無新語，尚有廬山病可師。』不知何故愛其詩如是也。」然常之讀書不多，數語切中淺學者之病。

知君臣之義

宋僕射蘇公頌，元祐執政時，諸公奏對，惟稟旨宣仁，哲宗有言，或無對者。公奏事宣仁畢，必再稟哲宗。有宣慰，必告諸公曰：「聽聖語。」哲宗蓋默識之。後罷相，御史周秩嘗論元祐執政，至公，上曰：「蘇頌知君臣之義，與他人不同。」吁！使元祐諸公皆如蘇公，則可以免禍矣。

大臣妻入謝

宋大臣封拜，妻皆入謝太皇太后、皇太后及皇后，國家不行此制。按，《宋名臣遺事》：「呂文靖公夷簡、魯簡肅公宗道，初參預政事，二妻入謝章憲太后，語之曰：『爾各歸語其夫，王旦在政府多年，終始一節，先帝以此重之，宜爲師範也。』」觀此，可見宋有命婦入謝之制。

大臣用人正己

大臣之用人，取其正己，而不當取其順己；取其忘私，而不當取其徇私。苟非深知其賢，而以便己用之，則爲私暱矣，爲國，豈不殆哉？宋范公祖禹除右正言，客有言於温公，以公在言路，必能協濟國事。温公正色曰：「子謂淳夫見光有過不言乎？殆不然也。」温公之喜如此，宜其爲名宰相也。

出韻不停思

宋國學正陳蒙輕財尚義，家世清白。一日，有布衣持紙扇來謁，上書云：「出韻不駐思。」蒙以「酸」字爲韻，令賦梅花詩，謁者輒應聲云：「影摇溪脚月猶冷，香滿枝頭雪未乾。只爲傳家大清白，致令生子亦辛酸。」蒙大悅，款其人而厚贈之。

覓句

唐末，湖南天策府學士金華劉昭禹，字休明，工詩。有句云：「句向夜中得，心從天外歸。」其克苦如此。有詩三百篇，行于世。

蘇師旦贓賄

蘇師旦本平江書史，韓氏侂胄爲副戎，籍之於廳。韓用事，師旦實爲腹心。韓爲知閤門事，猶在韓側立侍。迨冒節鉞，韓則曰：「皆使相也。」始乃與之均席。由是海内趨朝之士，欲造晏門而不得見。蘇林者，子由之孫也。師旦以微賤附之爲族，林遂以兄事之。師旦嘗以窘乏求金于韓，韓初不知其受諸將之賄，動以億萬，每輟俸金與之，謂其出於真誠。及江上諸將致敗，而丘公崈爲督視，廉知敗將之賂師旦，尺牘往來俱存，因作書以遺韓。韓大怒，遂竄師旦於海上。嘉定初，下所編郡取師旦。師旦以韓念己，必復召用。已而赴市，則曰：「太師亦如是忍耶！」蓋不知韓之已誅也。遂籍其家，得金箔金二萬九千二百五十片，金錢六十辮，馬啼金一萬五千七百二十兩，瓜子金五斗，生金羅漢五百尊，各長二尺五寸，金酒器六千七百三十兩，釵釧金一百四十三片，金束帶十二條，他物稱是。出《四朝聞見録》。吁！元載之黷貨，烏足擬哉！

内禪議所居

宋光宗内禪，議修泰安宫，太上皇重於趨御。太學録湯璹貽書趙汝愚，引唐武德九年八月甲子，太宗即位于東宫顯德殿，至貞觀二年四月乙亥，太上皇徙居泰安宫。甲午，太宗始御太極殿，則是聽政于東宫者三年，不遽遷高祖也。今日或可仿比，别營聽政之所，上皇仍居大内，事體順甚。汝愚答書，稱其援據精博，深合事宜。越九日，有旨：「秋暑方隆，太上皇帝、皇后，宜用唐武德、貞觀故事，未須還宫。」因名宫以壽康，泰安之役遂寢。吁！璹能引古義以處大事，汝愚能用善以安國家，璹之學，汝愚之德，其可與也。夫使無學而不能用善者處此，其不失天性之懿也幾希。

王葆敢言

宋秦檜嘗語司封郎中兼國子司業王葆曰：「檜欲告老，如何？」葆曰：「此事不當問葆。」檜曰：「他人不敢言，以公有直氣，故問爾。」葆曰：「果欲告老，不問親讎，擇可任國家之事者，使居相位，誠天下生民之福。」檜默然。吁！檜之問，奸也。葆之對，寔宰相之事也。檜豈誠於求益者哉？蓧可謂不失其正者也。

士大夫善書

文皇時，翰林善書，如解大紳之真行草，胡光大之行草，滕用亨之篆八分，王汝玉、梁用行之真，楊文遇之行，沈民則之真篆八分，皆知名當世。而胡、解及沈之書，尤爲上所愛，凡玉册金簡，用之宗廟朝廷，藏祕府，施四裔，刻之貞石，傳之後世。一切大制作，多沈之筆也。

陽虎曹操之言

陽虎曰：「爲富不仁矣，爲仁不富矣。」而孟子引之以論爲國。曹操曰：「寧我負人，無人負我。」而陸宣公引之以論賑撫，曰：「寧人召我，無我負人。」蓋虎之言此，恐爲(人)[仁]之害於富也；而孟子引之，恐爲富之害於仁也。操之所言，乃奸雄之心志；宣公反之，則有帝王之氣象也。

詩相似

劉得仁《中秋》月詩有云：「一年唯一夕，長恐有雲生。」司空圖《中秋月》詩有云：「此夜若無月，一年空過秋。」二詩句意全相似。

孔文舉

孔文舉非濟難之才，使黨于曹操，決不爲也。操忌其異己，卒殺之。温公作《通鑑》，不能改易前史阿奉曹氏之文，爲忠臣義士洗雪其冤，而蹈襲虚誕，貶辭筆之于書，是不知《春秋》之旨也。此義不明，其書何足以示監戒哉！

陳宫沮授田豐

陳宫、沮授、田豐，皆亂世豪傑之才也。而托身非人，謀不得施，智不見用，徒殺其身，與自經於溝瀆者何異？可哀也哉！

大賓辱語　蓉塘詩話卷之七

仁和姜南明叔著

議通祀孔子

洪武二年，上以孔子釋奠，止令行於曲阜林廟，京師及天下不必通祀。刑部尚書錢唐上疏力諫，略曰：「孔子，百王宗師。先儒謂仲尼以萬世爲土，天下祀孔子，如天下祝聖壽，報本之禮，不可廢也。」吏部侍郎程徐亦上疏，略曰：「曠古以來，帝王之治天下，教、養而已。民無社稷，三皇則無以生；非孔子之道，則無以立。斯二者，在國家在萬世，不可一日或廢者也。故有國者祀之遍天下，無非爲維持人心世道之計，而示人以崇本始報功施之典耳。三代而上，若堯、舜、禹、湯、文、武、周公，皆聖人也，然而發揮三綱五常之道，載之於經，以之儀範百王，師表萬世，使世愈降而人極不墜者，孔子之力也。孔子以道設教，其心未嘗一日忘天下。天下祀之，非祀其人，祀其教也，祀其道也。天下不可一日無孔子之道，則教不可一日廢；天下不可一日無孔子之教，則祀不可一日廢。今使天下之人必讀其書，由其教，行其道，而不得通祀焉，非所以崇本始、報功施也。」上從二人之議，孔子之通祀得不罷焉。唐字惟明，寧波之象山人。徐字仲能，唐同郡鄞縣人。

睡鼾

予性不嗜睡，然睡則鼾齁之聲徹于户外。初聞者甚訝之，及讀宋歐陽公《謝人送枕簟》詩有云：「少壯喘息人莫聽，中年鼻鼾尤惡聲。痴兒掩耳謂雷作，竈婦驚窺疑釜鳴。」則古人固嘗有此矣。

奏祥異

宋熙寧中，陳州一日晨起，屋瓦盡有冰文，作花果鳥獸狀，如雲母即著粉紙。時陳襄侍讀守淮陽，有屬請奏祥瑞者，公云：「此事當奏，但非瑞奏耳，但作奏云『有此祥異，不敢不奏』。」以竹罨盛瓦數十片奏呈。冰文雖銷，痕迹猶在，識者皆以陳公爲得體。

李陵書

李陵《答蘇武書》云：「足下以單車之使，適萬乘之虜。遭時不遇，至於伏劍不顧；流離辛苦，幾死朔北之野。丁年奉使，皓首而歸；老母終堂，生妻去帷。此天下所希聞，古今所未有也。蠻貊之人，尚猶嘉子之節，况爲天下之主乎？陵謂足下當享茅土之薦，受千乘之賞。聞子之歸，賜不過二百萬，位不過典屬國，無尺土之封，嘉子之勤。而妨功害能之臣，盡爲萬户侯；親戚貪佞之類，悉爲廊廟宰。子尚如此，陵復何望哉？」吁！觀此書，則人主之賞罰，不可不審也。一失其當，則奸臣得以藉口以訹其忠臣義士。雖忠臣義士不以此而貳其心，其以八柄詔王馭群臣者，可勝罪哉！

王雱祠堂詩

金陵寶公塔院有王雱祠堂，荆公題詩於中，云：「斯文實有寄，天豈偶生才。一日鳳鳥去，千秋梁木摧。烟留衰草恨，風造暮林哀。豈謂登臨處，飄然獨往來。」觀此詩，則荆公非特賦性執拗，其如騃何？雱豈可比先聖哉？

杖刷卷違限官

高皇留心庶政，府縣在位者業業然，不敢怠遑，猶恐獲戾。嘗見記載：洪武二十五年，遣人材周敬仁等杖天下府州縣正官刷卷違限者。今之爲府州縣者，有此慮乎？

學書之難

韋續《書訣墨藪》云："鍾繇教其子也，學書須思。吾學三十年，坐則畫地，卧則(晝)[畫]被致穿。見萬類皆倣像之，乃能臻妙。"吁！書法之難如此，今之學書者，執筆未旬日，輒曰："吾之書得鍾、王之妙。"妄哉！

捕虎詩

杭州前衛軍餘俞珩，字鳴玉，弘治初，爲浙江鎮守内官張慶掾史貼書。珩略知吟詠。時金陵陳公榮知仁和縣，適有虎災，陳命獵人捕得之。縉紳多爲詩歌以頌陳，蓋媚竈也。珩賦一詩云："虎告相公聽我歌，相公比我食人多。相公若肯行仁政，我自雙雙去渡河。"慶兄弟三人皆爲宦寺，親幸用事勢張甚，珩爲慶所親任，假其威，故敢爲此言。及慶死，外臺治珩罪，謫嶺南戍海邊。初，珩嘗至海寧，適有人爲子行賄，得中鄉試者[一]，會試卒于道。珩爲詩吊之，云："門外長旛百尺高，昔人曾此逞英豪。黄金散盡買科舉，不見賢郎著錦袍。"珩雖小人，詩乏忠厚，亦有

[一] "鄉"，原本缺壞，據張國鎮本補。

所激于中而然也。

論權字

《論語》「可與共學」章，注引程子言，謂自漢以下無人識「權」字。朱子謂先儒誤以此章連下文「偏其反而」爲一章，故有「反經合道」之説，詳《大全》大小注。今按，陸宣公贄《論替換李楚琳狀》，内有云：「夫權之爲義，取類權衡。衡者，秤也；權者，錘也。故權在於衡，則物之多少可準；權施於事，則義之輕重不差。其趣理也，必取重而捨輕；其遠禍也，必擇輕而避重。苟非明哲，難盡精微。故聖人貴之，乃曰：『可與適道，未可與立；可與立，未可與權。』言知機之難也。」又曰：「以反道爲權，以任數爲智，此古今所以多喪亂而長奸邪也。」致堂胡氏曰：「陸贄之學，其師承不可考，然觀其陳輕重之義，破反道之説，皆秦漢諸儒所不及者。」然則「權」字宣公固識之矣，而謂自漢以下無人識「權」字者，程子偶失之耳。

國家後門

追封漳國忠毅公武安侯鄭公亨守大同時，年已七十餘，剛正有爲，一志爲國。卒時，語不及私，惟云：「此大同，國家後門，我乃死矣。後來者何人，勿壞我家事也！」吁！自嘉靖以來至十二年，守者非人，變生驕悍之卒，戕殺總帥者再，至引虜騎飲于城下，使軍民橫罹鋒鏑者不知幾千人，以至召三邊大兵，再易主將，然後略定。忠毅之言，當國者可不念之哉。

熠燿

《古今注》：「螢火，一名燿夜，一名景天，一名熠燿，一名丹良，一名燐，一名丹鳥，一名夜光，一名霄燭，燭一作燈。腐草爲之，食(蛟)［蚊］蚋。」按《詩·東山》「熠燿宵行」，舊《詩詁》以熠燿爲螢，非也。朱《傳》：「熠燿，明不定貌。宵行，蟲名，如蠶，夜行，喉下有光如螢。」則「熠燿」非螢矣。又以「熠燿」爲燐，以爲鬼火，《詩章句》亦然，亦非也。考之古人，許慎云：「兵死及牛馬之血爲粦。粦，鬼火也。」又《淮南子》：「以久血爲燐。」陸佃云：「燐，火之微名。」唯曹子建《螢火論》以爲「或謂之燐」，然則以燐爲螢者，誤也。「燐」本「粦」字，或作「燐」。

惡佞受佞

唐太宗嘗止一樹下，曰：「此嘉樹。」宇文士及從而美之不容口。帝正色曰：「魏徵常勸我遠佞人，我不悟佞人爲誰，意常疑汝而未明也，今日果然。」士及叩頭謝曰：「南衙群官，面折廷爭，陛下常不得舉手。今臣幸左右，若不少有順從，陛下雖貴爲天子，復何聊乎？」帝意復解。

吁！以太宗之賢，而士及以佞被責，復以佞自解。佞人之難遠也如是。《通鑑》取此以美太宗而節去士及自解之語，過美而失實矣。

損血則病

唐武衛將軍秦叔寶晚年常多疾病，每謂人曰：「吾少長戎馬，經三百餘戰，計前後出血不啻數斛，何能無病乎？夫血氣，形之所待以生者，血損則氣衰矣，其能久存而不病乎？」公不久而卒，其言驗矣。

乞句殺甥

唐劉希夷詩有曰：「年年歲歲花相似，歲歲年年人不同。」其舅宋之問苦愛此兩句，懇乞許而不與。之問怒，以土囊壓殺之。宋生不得其死，天報之也。夫忮生於貪，遂至於此，則其貪富貴何所不至也！豈特奉佞倖之溺器爲可怪哉！

相風竿

江河間大小官民舟，或於檣上，或於尾後舵樓上立一小竿，竿上揭小旗，以占每日風色，謂之「招風旗」。按唐詩人韓翃《送客水路歸陝》詩有云：「相風竿影曉來斜。」如此則古已有之矣，而「相風竿」之名尤佳。

吴俗富侈

左太冲《吴都賦》云：「富中之甿，貨殖之選。乘時射利，財豐巨萬。競其區宇，則并疆兼巷；矜其宴居，則珠服玉饌。」此數語者，曲盡三吴之人富侈之狀。可見古人作文，下筆不苟也。

當窗織

唐王仲初建樂府《當窗織》云：「嘆息復嘆息，園中有棗行人食。貧家女大富家織，翁母隔墻不得力。水寒手澀絲脆斷，續來續去心腸爛。草蟲促促機下鳴，兩日催成一匹半。輸官上頭有零落，如未得衣身不著。當窗却羨青樓倡，十指不動衣盈箱。」此詩通篇皆好，但結句「羨青樓倡」之句，似非貞淑清貧之女口中所宜道。彼爲倡而富，何足羨哉！

特賜進士

孔謂，山東曲阜人，永樂中舉鄉試。上以聖裔，欲寵異之，特賜進士，官左春坊中允，賜宅一區，命教皇太子。諤師道嚴正不阿，上憚之。

款段逐驥

六朝文人，理乏氣衰，華浮於實，較之兩漢遠甚，況先秦乎！然其人亦博學多聞，措辭可觀。近日好奇之士，以爲易及，往往習其步驟，率皆亂道，不能成章。宋《長編》云：「陳繹之文，如款段逐驥，筋力雖勞，不成步驟。」予於學六朝文者亦云。

龍骨

「龍壽萬年不死，今之龍骨或以爲蜕也。」見《本草》。按《造化權輿》云：「龍易骨，蛇易皮，麋鹿易角，蟹易螯。」由此言之，信乎！龍之骨，蜕骨也。

不徒讀書

古人於書不徒讀，必加研思考究之功，故於前言往行必求其真實。如葛常之《韻語陽秋》云：「《太平廣記》載宋之問於靈隱寺夜吟，詩未就，聞有人云：何不道『樓觀滄海日，門對浙江潮』？莫知何人。人有識之者曰：『此駱賓王也。』是時，賓王與徐敬業俱隱名同逃，已暮年矣。

而集中有《江南送之問》詩云：『秋江無緑芷，寒汀有白蘋。采之將何遺，故人漳水濱。』《兖州餞之問》詩云：『淮陽泗水北，梁甫汶陽東。别路青驪遠，離尊緑蟻空。』其相習如此，不應暮年相遇於靈隱寺云不相識也。蓋是賓王逃難之時，之問不欲顯其姓名耳。」此事他人未嘗檢出，惟常之始及耳。之問、賓王相遇事詳别卷。

善忘人

唐許敬宗性輕傲，見人多忘之。或謂其不聰，敬宗曰：「卿自難記，若遇何、劉、沈、謝，暗中摸索著亦可識。」吁！以敬宗之才，而忽略人如此，宜乎不能保其令終也！

趙明誠

趙明誠，宋山東諸城人，著《金石録》三十卷。妻易安居士，名清照，能文善詞，禮部員外郎濟南李格非之女也。明誠，挺之之子。挺之事徽宗，爲右僕射，卒謚「清獻」。趙抃，字閲道，宋衢州西安人，神宗時拜參知政事，與王安石不合，請老，加太子少保，卒謚「清獻」。子屼，累官太僕少卿。今《氏族大全書》以明誠爲抃之子，誤矣！所以誤者，「清獻」之謚誤之也。而《氏族書》不考，遂誤後世學者，可嘆可笑。

唐宋詩

唐人詩主於性情聲律，宋人詩主於義理用事。故唐人詩雖不主於用事，而卒未嘗不用事也；宋人詩汲汲於用事以爲工，其於聲律遠矣。

城隍神記

唐李陽冰爲縉雲令，作《城隍神記》云：「城隍神，祀典無之，吴越有之。風俗，水旱疾疫必禱焉。有唐乾元二年秋，七月不雨。八月既望，縉雲令李陽冰躬禱于神，與神約曰：『五日不雨，將焚其廟。』及期大雨，合境告足，具官與耆耋群吏，乃自西谷遷廟于山巔，以答神休。」歐陽公《集古目録跋》云：「右《城隍神記》，唐李陽冰撰并書。陽冰爲縉雲令，遭旱禱雨，約以五日不雨，將焚其祠。既而雨，遂徙廟于西山。陽冰所記云：『城隍神，祀典無之，吴越有爾。』然今非止吴越，天下皆有，而縣則少也。」按歐公所跋如此，自宋至胡元，郡縣皆有城隍神廟而祀之。國家之制，兩京則有都城隍之神，其餘府、州、縣皆有城隍之神，建廟祀，與社稷山川俱載祀典，但革去公、侯、伯之號，稱某府某州某縣城隍之神，而春秋與山川之神同壇而祀之，欲其禦災捍患，錫福庇民，視宋元之制加重矣。

訓子格言

北魏高恭之死，其妻謂諸子曰：「自我爲汝家婦，未見汝父一日不讀書。」吁！此婦人有見之言也。爲丈夫一陟仕進之途，遂忘其爲學，豈不謬哉！

致仕給半俸

趙紳，山東歷城人。永樂間舉人，初受監察御史，激揚有聲。以劾尚書金連，出爲揚州府同知，後陞山西參議，轉江西。卓然有聲，以老疾致仕。朝廷念其廉介，賜半俸養老。致仕給半俸，此亦一時之特恩也，未嘗多見。亦可以見朝廷之褒重廉介也如此。

蕉櫓曝背臆記　蓉塘詩話卷之八

仁和姜南明叔著

作詩送姪

高皇帝既平吳、楚，遂遣大將軍北定中原。元兵部侍郎青田林格非名諫，見元運已去，先作詩送其姪，使南歸，云：「清秋送姪出都門，別淚臨風下酒尊。在客豈無鄉井念，爲官肯負國朝恩。鶺鴒飛疾家偏遠，鴻雁行稀日欲昏。獨上居庸最高處，回頭一望一銷魂。」及天兵至通州，格非以子自隨，隨元主遁於沙漠。人謂之不失臣節云。

文章關世變

宋孝宗一日與崔敦詩論文章關世變。敦詩曰：「臣觀建炎詔文，義理明而氣勢壯，便知天下必能中興。」遂誦一篇，孝廟諦聽，天顏喜甚，又問曰：「六朝、五代之文如何？」敦詩曰：「六朝之文破碎，遂有土地分裂之象；五代之文粗悍，遂有草茅崛起之象。」上嘉嘆曰：「卿論得此甚好。」然敦詩可謂有識者之言也。

曹璨不如父

曹璨，彬之子也，爲節度使。其母一日閲宅庫，見積錢數千緡，召璨指而示曰：「先侍中履歷中外，未嘗有此積聚，可知汝不及父遠矣。」夫璨有將帥之才，惟以積錢數千緡爲母所責。今世禄之家，膏粱子弟，席其餘勢以膺冠冕，文不知務學，武不思養勇，但欲堆金積鏹，營私罔利，以第宅、服飾、玩好、車馬、僕從誇耀於一時者，又璨之罪人也，豈直不如而已哉！

温公存心

司馬温公無子，又無姬侍。裴夫人既亡，公常忽忽不樂。時至獨樂園，於讀書堂危坐終日，嘗作小詩，隸書梁間，云：「暫來還似客，歸去不成家。」其回人簡有云：「草妨步則薙之，木礙冠則芟之。其他任其自然，相與同生天地間，亦各欲遂其生耳。」可見公存心也。以予言之，草妨步則迂其行，不必薙也；木礙冠則俯其首，不必芟也，則吾與物又何猜焉？

題林靈素像

宋道士林靈素以方術顯於時。有附之而得美官者，頗自矜有驕色。或戲作靈素畫像詩云：「當日先生在市鄽，世人那識是真仙。只因學得飛昇後，雞犬相隨也上天。」又寧宗誅韓侂胄，有人作樂府譏平日附麗侂胄者，有云：「衆鳥不喜亦不悲，又復別尋高樹枝。」蓋亦深嫉之也。

詠儀秦相如

高太史季迪有《詠儀秦》一絶云：「二子全操六國權，朝談縱合暮衡連。天如早爲生民計，各與城南二頃田。」又《詠藺相如》一絶，云：「危計難成五步間，置君虎口幸全還。世人莫笑三閭懦，不勸懷王入武關。」二詩寓議論於吟詠之間，求生於已死之地，不可以尋常詩人目之也。

曹操司馬懿同心

曹操討董卓兵敗，過故人吕伯奢。伯奢出五子，備賓主禮。操聞食器聲，以爲圖己，手劍殺八人，既而悽愴曰：「寧我負人，無人負我。」遂行。又鄭小同，魏高貴鄉公時爲侍中。嘗詣司馬懿，懿有密疏，未之屏也。如厠還，問之曰：「卿見吾疏乎？」答曰：「不。」懿曰：「寧我負卿，無卿負我。」遂疏之。吁！奸雄之心迹相同，亦如印板也，千載之下觀之，使人有餘恨。

唐高宗不能用賢

魏元忠，唐高宗時遷監察御史。帝嘗從容曰：「外以朕爲何如主？」對曰：「周成、康，漢文、景也。」曰：「然則有餘恨乎？」曰：「有之。王義方，一世豪英而死草萊，議者謂陛下不能用賢。」帝曰：「我適用之，聞其死，顧已無及。」元忠曰：「劉藏器行副於才，陛下所知，今七十爲尚書郎，徒嘆彼而又棄此。」帝默然慚。夫劉藏器年七十而不見用，張柬之七十餘而始大用，苟非狄仁傑之力薦，是又一藏器也。由是觀之，唐之遺才多矣。藩鎮之拒命也，又何怪哉！

西湖詩

禮部尚書毘陵朱公夢炎，字仲雅，《過錢塘西湖》一律云：「萬户烟銷一鏡空，水光山色畫圖中。璚樓燕子家家雨，錦浪桃花岸岸風。畫舫舞衣凝暮紫，綉簾歌扇露春紅。蘇公堤上垂楊柳，尚想重來試玉驄。」又湯仲友一律云：「山色波光步步隨，古今難畫亦難詩。水浮亭館花間出，船載笙歌柳外移。過眼年華如去鳥，惱人春色似遊絲。六橋幾見輪蹄換，取樂莫辭金屈戹。」二詩聲律相敵，皆作家也。

施錢修佛殿

宋孫莘老知福州時，民欠市易錢而繫獄者甚衆。有富人出錢五百萬葺佛殿，請于莘老，莘老徐曰：「汝輩所以施錢者，何也？」衆曰：「願得福耳。」莘老曰：「佛殿未甚壞，佛又無露坐者。孰若以錢爲獄囚償官逋，使數百人釋枷鎖之苦，其得福豈不多乎？」富人不得已，諾之，即日輸錢，囹圄遂空。吁！今之富家巨室，爲佛、老二氏建琳宫梵宇，妝神塑像，動逾千金。爲民上者，宜以莘老之法處之。

蔡京寄子詩

宋蔡攸既與王甫、童貫興燕山之役，攸父京以詩寄攸曰：「老懶身心不自由，封書寄與淚横流。百年信誓當深念，三伏征途合少休。目送旌旗如昨夢，心存關塞起新愁。緇衣堂下清風滿，早早歸來醉一甌。」徽廟聞之，命鄧珙索之，京即録以進呈。上讀之，徐曰：「好。改作『六月王師好少休』也。」蓋時白溝報不絶，故有是語。觀京此詩，亦深知是役之非也。何不早納忠於吾君，而力止其子之行？及此始以詩諷之，何太晚也？此西郊野叟所述云。

婦人夷狄四六

宋趙明誠内子李易安居士，有才致，能詩文，晦庵亦稱之。其《祭湖州文》曰：「白日正中，嘆龐翁之機捷；堅城自墮，憐杞婦之悲深。」婦人四六之工者。又政和間，北使《謝柑實表》云：「聘禮式陳，祝帝齡於紫闕；宸恩特異，錫仙宴於公郵。方厥包未貢之期，捧茲得惟馨之賜。天香滿袖，染湘水之清寒；雲液盈盤，浥洞庭之餘潤。梓里豈遑於遺母，楓庭切願於獻君。」夷狄四六之工者。

祈晴文

古之帝王遇災而懼，皆反己自責，以答天譴。嘗觀宋孝武帝《祈晴文》曰：「幽明失序，就陰則滯。連雲霖霪，注而不替。潤既違時，澤而非惠。幸輟霖而吐景，權停風而斂翳。昭鑾輅於天郊，光龍旂於田際。耒耨得施，黍稷獲藝。增高廩於嘉年，登十千於茲歲。」此文殊無自責之意。文既如此，况其實乎？

白雁詩

姑蘇顧文昱，字光遠，國初爲廣東行省郎中，能詩。其《題白雁》云：「萬里西風吹羽儀，獨傳霜翰向南飛。蘆花映月迷清影，江水涵秋點素輝。錦瑟夜調冰作柱，玉關曉度雪沾衣。天涯兄弟離群久，皓首江湖猶未歸。」此與雲間袁景文侍御《白燕》詩可相頡頏矣。

科舉年

國家以科舉取士，鄉試用子、午、卯、酉年，會試用辰、戌、丑、未年，蓋定制也。洪武三年庚戌，始命天下鄉試，四年會試。後復停止，至十七年甲子，復命天下鄉試，明年乙丑會試。自是間三歲舉行不輟。至永樂元年癸未，以内難初靖，至二年甲申始會試。永樂七年己丑，車駕巡狩北京，停廷試。明年庚寅十一月甲戌還京，九年辛卯春廷試。至天順七年癸未二月，禮部貢院火，會試士有燒死者，不克竟考，明年甲申復會試。正德十五年庚辰會試時，車駕方南巡，是歲秋始還京師，明年辛巳春廷試。辛亥狀元吴伯宗，前甲申狀元曾棨，辛卯狀元蕭時中，後甲申狀元彭教，辛巳狀元楊惟聰。

雁來紅詩

無錫周子羽，名翼，號戇齋，有《題雁來紅》一絶云：「翔雁南來塞草秋，未霜紅葉已先愁。緑珠宴罷歸金谷，七尺珊瑚夜不收。」真絶倡也。雁來紅，草名。

論兵

或問兵，蓉塘子曰：「不可輕言之，不可輕用之。聖王之大刑也，所以討亂臣賊子則用之，所以安中夏而攘夷狄則用之。故趙括輕言之，苻堅輕用之，皆喪其身以及其國也。君子戒之哉！」

或問兵，曰：「三代之兵，行仁義而救民者也；春秋之兵，假仁義而自濟者也；戰國之兵，仁義之賊也；漢唐之兵，雜王霸；五胡五季，則純乎戰國矣！」

或問將，曰：「三代之將，其上伊、吕，其次方、召，皆聖賢之徒也。春秋之將，亦多儒者；自戰國以下，皆戰將矣。惟漢之趙充國、諸葛亮，晉杜預，唐李靖，宋劉錡知書，觀其用師亦異乎諸將矣，有其責者宜取法。」

曰：「世之談兵者，皆言孫、吴。今讀其書及觀其行事，吴豈孫之匹哉？孔子所謂『譎而不正，正而不譎』者，二子亦然。」或問：「諸葛武侯明申、韓，有諸？」曰：「有之。爲將者必法孫、吴，法孫、吴必明申、韓，明申、韓必尚黄、老，於武侯見之矣。」噫！後世不能純乎三代之師者，以此。

或問：「今天下一家，所慮者夷狄耳。彼既不免侵軼，則將何以應之？」曰：「周伐玁狁，逐之盡境止焉；其伐荆蠻，亦曰威之使服而已，此上策也。無奇功，無暴師，不以病民爲尚。後世得方叔、召虎、尹吉甫爲將，則中國可以久安長治矣。」曰：「衛、霍、英、衛何如？」曰：「當中國之方盛，值夷狄之始衰，制之無不得意也。一勞永逸之説，窮黷之飭辭耳，非三代聖王之軌。」

或問將，曰：「漢之漢壽亭侯，何如？」曰：「義而正。」「宋鄂國武穆王？」曰：「仁而正。」「唐李西平？」曰：「忠而不伐。」「後世之將，如三子者，亦可謂名將矣，惜乎達機則未也。孰見機？尉遲、鄂國、韓蘄王，近之矣。」

或問遁甲之説，曰：「古人不言。孫子曰『不可取於鬼神』，奚其道？」

或問戰，曰：「勢均以德，德均以力，力均以智，智均以人，人均以地，地均以天。」

或問用兵，曰：「恃天不如恃人，恃人不如恃德。桀、紂恃天，不如湯、武之恃人也；桀、紂恃人，不如湯、武之恃德也。恃天者崩，恃德者興。」

「自古帝王，漢高祖善將將，唐太宗善將兵。項羽、曹操，將也，百戰百勝，故不能有天下。唐太宗臨危制變，料敵設奇，此借前人之言而評魏武也。然帝王之知用兵者，莫如太宗，以其習孫、吴而知奇變也，魏武其匹乎？」

或問西漢之臣善用兵者，曰：「莫如董公，惜其不爲高帝用；其次則子房；其次陳平，平全用吴起權詐。高帝之取天下，非三人之籌畫，莫之能一。韓信以下，皆戰將也。其識取天下之樞者，此三人焉。」

或問八陣之形，曰：「其止也，如《易》六十四卦之方圖；其動也，如六十四卦之圓圖。」或曰：「如井田之形，虚其中以居大將也。」曰：「否。既居大將，何得謂虚中？中即太極，以樞紐變化，根柢萬務。《河圖》、《洛書》相爲表裏，武侯之陣法，多用九宫變化也。」

或問：「八陣之形，小則聚豆，大則聚石，可試爲之？」曰：「不然。聚豆聚石，此定勢也，五尺童子，按其圖而能爲之。至於變化應用，非人莫能試也。」

曰：「八陣之妙，不過方圓動静而已。動而無動，非不動也，不輕動也。静而無静，非不静也，不敢懈也。其止而方也，不可克也；其動而圓也，不可禦也。運用之妙，存乎將之心，不可以告人者。」

或問木牛流馬。曰：「此武侯巧思之妙也。百世之上下，未有能之者〔二〕，惟四陝之地能用

〔二〕「未」，原本漫漶，據復旦大學圖書館藏舊鈔本補。

之，而不利於廣漠大野之地。今其《經》之傳于世者，僞書耳。」曰：「後有作者乎？」曰：「有武侯之巧思則能之。」

或問旌旗金鼓，曰：「一軍之動静進退，全倚於此。旌旗，以萬人之目爲一人之視；金鼓，以萬人之耳爲一人之聽。然不欲多。旗多則易亂，鼓多則易衰。在隨機應變，用之何如耳。」此皆予之謬論耳，或者有取焉。

泛湖詞

宋紹興間，太學生于國寶因泛西湖，賦《風入松》詞一闋云：「一春長費買花錢，日日醉湖邊。玉驄慣識西湖路，驕嘶過，沽酒樓前。紅杏香中簫鼓，緑楊影裏鞦韆。　暖風十里麗人天，花壓鬢雲偏。畫船載得春歸去，餘情付，湖水湖烟。明日重携殘酒，來尋陌上花鈿。」思陵見而喜之，恨其後叠第五句「重携殘酒」酸寒，改曰「重扶殘醉」。虞邵庵因歐陽原功言及此，與陳衆仲尋腔度之，歌之一再。董此宇求書其事，虞因書之并系以詩云：「重扶殘醉西湖上，不見春風見畫船。頭白故人無在者，斷隄楊柳舞青烟。」

顧人

《前漢書·丙吉傳》：吉爲廷尉監，哀皇曾孫無辜，擇謹厚女(徙)［徒］胡組，令乳養之。及組日滿當去，曾孫思慕之，吉以私錢顧組。又《南史·武陵王紀》：「以金囊擲游擊將軍樊猛，曰：『以此雇卿，送我見七官。謂梁元帝。』」此古用「雇」字。

詠儀秦藺相如〔一〕

高太史季迪有《詠儀秦》一絶云：「二子全操六國權，朝談縱合暮衡連。天如早爲生民計，各與城南二頃田。」又《詠藺相如》一絶云：「危計難成五步間，置君虎口幸全還。世人莫笑三閭懦，不勸懷王入武關。」二詩寓議論於吟詠之間，求生於已死之後，不可以尋常時人目之也。

史書失實

《魏書》：「孫權與曹操相持於濡須。權乘大船來觀曹公軍，曹公使弓弩亂發箭，著其船。

〔一〕按，原本是條重出，見本卷前「詠儀秦相如」條。

船偏重，將覆。乃迴船，復以一面受箭。箭匀船平，乃迴。」此亦「血流漂杵」之言也，其誇誕謬妄之甚耳。

詠漁父詞

舊見一《詠漁父》詞云：「一竿風月，一簑烟雨，家在釣臺西住。賣魚生怕近城門，况肯向紅塵深處。潮來解纜，潮平舉棹，潮落放歌歸去。傍人錯比做嚴光，自是無名漁父。」詞亦溜麗可愛。以調按之，乃《鵲橋仙》也，惜忘作者名氏耳。

長相思

万俟雅言有《題山驛·長相思》一詞云：「短長亭，古今情，樓外凉蟾一暈生。雨餘秋更清。暮雲平，暮山横，幾葉秋聲和雁聲。行人不要聽。」又朱希真《除夕·鷓鴣天》詞云：「檢盡曆頭冬又殘，愛他風雪耐他寒。拖條竹杖家家酒，上個籃輿處處山。添老大，轉痴頑，謝天教我老來閑。道人還了鴛鴦債，紙帳梅花醉夢間。」二詞皆可愛。

曹操言君臣

曹操既以譖而殺崔琰，復以譖而廢毛玠，桓階、和洽皆爲之陳理。操曰：「此捐君臣之恩義，妄爲死友怨嘆，殆不可忍也。」吁，操豈知君臣之恩義者哉！豺狼其性，梟獍其心。虐弑天下之母，毒害人主之嗣，殘殺忠良，竊取權柄，則爲操之私臣者，皆賊之從也。操既不知君臣之恩義，則事於操者，又豈知君臣之恩義哉！彼苟知君臣之恩義，則豈肯捨獻帝而私立於操之庭，而甘心爲賊之從哉？既立其庭，則死生以之，又何辭焉？若操者，可謂徒責人而忘自責者也。

温公論漢昭烈即位

司馬温公《漢昭烈帝即位論》，專主勢力强弱大小而言，至於天地之大綱常，君臣之大名分，略不之及。其云：「據漢傳於魏而晉受之〔二〕，晉傳於宋以至於陳而隋取之，唐傳於梁以至於周而宋承之，故不得不以魏、宋、齊、梁、陳、後梁、後唐、後晉、後漢、後周年號以紀諸國之事，非尊此而卑彼，有正閏之别也。」吁！曰帝、曰主、曰崩、曰殂、曰伐、曰寇，非尊此而卑彼，何也？況其

〔二〕「據漢傳」，原本漫漶，復旦本作「漢傳」，據《四部叢刊》本《資治通鑑》卷六十九補。

尊曹魏而卑昭烈，尤其著書立意之大失者，豈《春秋》誅亂臣賊子之義哉？

帝昭烈之賢

漢昭烈有三代帝王之資，有三代帝王之學，鄭康成、陳元方不爲無助也。觀其臨終敕帝禪之言，治而不亂，高祖、光武有所不及也。天若祚漢，使之光復舊物，其治效宜不在兩漢之下矣。較之曹孟德分香賣履，孫仲謀委托非人，豈其儔侶哉？天厭火德，悲夫！

陳壽評三國

晉史官陳承祚作《三國志》，獨尊曹魏以天子之制，而夷漢、吴如春秋列國，義例不明，固不待言矣。而其評雖褒美魏武，不過一權謀之士；雖貶絀昭烈，猶謂其有帝王之風。而其評諸葛武侯之美，二國之臣皆所無也。其謂應變將略非其所長者，承祚，晉人，爲司馬懿與武侯相持而作遜辭，以溢美懿也。其隱然與昭烈君臣之意，往往見於《志》中，讀者自當見之。

蓉塘詩話卷之九

借竹道人投甕隨筆

仁和姜南明叔著

貧富不愛錢

錢昕，字景寅，蘇州常熟人，正統乙丑進士，歷官湖廣布政使，以廉慎著稱。同時有魚侃者，亦常熟人，永樂二十二年進士，歷官開封知府，亦有廉名。然昕故富家，而侃則貧士，人尤以爲難。鹽山王文肅公翺爲吏部尚書，常稱之曰：「富不愛錢，錢昕；貧不愛錢，魚侃。」

不受雲布

湘陰宋端，成化間知華亭縣，以雲布一端獻其師華容黎侍郎淳。淳題其外封曰：「昔之縣令拔茶種桑，今之縣令錦上添花。」不受而還之。華亭之雲布，不始於端，黎雖誤責之，然充其言，豈有病吾民者乎？

表語用事

宋王德用，號「黑王相公」，年十九從父討西賊，威名大震。西人兒啼，即呼「黑大王來」以懼之。德用在朝，屢引年，仁宗惜其去，兩爲減年。一日，除樞密使，孔道輔上言：「德用貌類藝祖，宅枕乾岡。」即出知隨州。謝表云：「狀類藝祖，父母所生；宅枕乾岡，先朝所賜。」時人莫不多其言。又趙葵，理宗朝拜右相，言者論葵非由科目進，且曰：「宰相須用讀書人。」葵因力辭，其表有云：「霍光不學無術，每思張詠之語以自慚；后稷所讀何書，敢以趙抃之言而自解？」乃出判潭州，人亦服其用事之切。

神宗論温公詩

神宗一日在講筵，既講罷，賜茶，甚從容。因謂講筵官曰：「數日前見司馬光《王昭君》古風詩，甚佳。如：『宫門銅鐶雙獸面，回首何時復來見。自嗟不若住巫山，布袖蒿簪嫁鄉縣。』讀之使人愴然。」時君實病足，在告已數日矣。吕惠卿曰：「陛下深居九重之中，何從而得此詩？」上曰：「亦偶然見之。」惠卿曰：「此詩不無深意。」上曰：「卿亦嘗見此詩耶？」惠卿曰：「未嘗見此詩，適但聞陛下舉此四句耳。」上曰：「此四句有甚深意？」吁！奸人類皆以言語文字激怒人主，以陷人于罪。既以此陷蘇子瞻，而惠卿復欲以此中傷司馬公。苟非神宗之明，幾何而不墮其萋菲之中耶？

逐臣表語

丁晉公謂文字雖老不衰，在《朱崖答胡則侍御書》曰：「夢幻泡影，知既往之本無；地水火風，悟本來之不有。」在海外十四年，及北遷道州，謝表云：「心若傾葵，漸暖長安之日；身同旅雁，乍浮楚澤之春。」又《謝復祕書監表》云：「炎荒萬里，歲律一周。傷禽無振羽之期，病樹絶沾春之望。」人亦哀之。初，盧丞相多遜謫海外，國史載其《謝表》，末云：「流星已遠，拱北極已無由；海日空懸，望長安而不見。」又其孫載作《范陽家誌》，附其臨終自作遺表，略云：「昔日位居黄閣，衆口鑠金；此時身謝朱崖，蔓草縈骨。」亦可哀也。國朝陳學士循《釋罪謝恩表》云：「幽蟄春生於腐草，廢爐暖發於寒灰。縶鳥出籠，復遂山林之素性；涸魚得水，遂逃鼎俎之横災。」語亦工而有味也。

盧杞奏食官豕

唐盧杞爲虢州刺史，奏言虢有官豕三千爲民患。德宗曰：「徙之沙苑。」杞曰：「同州亦陛下百姓，臣謂食之便。」帝曰：「守號而憂他州，宰相才也。」詔以豖賜貧民，遂有意柄任矣。然則杞固奸邪，其爲州郡，蓋亦有可觀者。吁！始之取寵也，以愛一州之民；終之售奸也，卒以遺天下之患。孔子曰：「小人不可大受而可小知也。」信夫！

雜種

今人詈人之桀猾不循理者，曰「雜種」。按《晉書·前燕載記贊》曰：「蠢兹雜種，奕世彌昌。」「雜種」二字見此。

吴城感舊

「城死秋風蔓草深，豪華都向此銷沉。趙佗空有稱尊計，劉表初無弭亂心。半夜危樓俄縱火，十年高塢謾藏金。廢興一夢誰能問，回首青山落日陰。」此高侍郎季迪《吴城感舊》之作也。使張士誠而聞此，當含愧入地矣。然以本朝《續綱目》之例論之，亦不必深責也。

與帶獎忠

正統己巳，大駕北狩，虜情莫測，邊警日嚴。選使虜者，得中書舍人趙榮，陞大理寺少卿以行。高文懿公穀，時在内閣，嘉榮之奮忠，解所束金帶與之。

危不遺家

正統己巳秋，北虜寇邊，王師敗績於土木。大駕北狩，京師戒嚴，朝士多遣家南徙。禮部侍郎李公紹時爲修撰，獨曰：「主辱臣死，奚以家爲？」卒不遺。

觜鼻

今世人見人有不當意者，輒曰「觜鼻」。按《金史》，宋破金泗州，守將畢資倫不肯降，繫之鎮江獄者十四年。及盱眙將士降，宋使總帥納合買住已下，北望哭拜，謂之辭故主，駐資倫在旁觀之。資倫見買住，駡曰：「納合買住，國家未嘗負汝，何所求死不可，乃作如此觜鼻耶？」買住不敢仰視，資倫後投江死。「觜鼻」二字見此。

握兩手汗

今世人旁觀人涉險而濟者，輒曰：「爲爾捻兩把汗。」按《元史》，憲宗召趙璧問曰：「天下何如而治？」對曰：「請先誅近侍之尤不善者。」憲宗不悦。璧退，世祖曰：「秀才，汝渾身都是膽耶，吾亦爲汝握兩手汗也。」

吴越春秋語

孟子曰：「險阻既遠，鳥獸之害人者消，然後人得平土而居之。」趙曄《吴越春秋》云：「民去崎嶇，歸於中國。」雖襲孟子意，亦簡而佳。

叙虞芮質成

虞芮質成之事，《左傳》、《家語》、《説苑》皆載之。觀其叙事之法，《説苑》不如《家語》，《家語》不如《左傳》。

刮湯洗胃

齊高帝初鎮淮陰時，有故吏東莞竺景秀，嘗以過繫作部。帝謂參軍荀伯玉曰：「卿比看景秀否？」答曰：「數往候之，備加責誚。云：『若許某自新，必吞刀刮腸，飲灰洗胃。』」帝善其言，即釋之，卒爲忠信士。

太白論詩

唐詩之所以爲善者，以其能振起齊梁以來艷薄之習〔二〕，而遠接漢魏之古雅也。而李太白以唐人之作，能復元古而續大雅。吁！以唐人之作，欲窺鄭、衛《緇衣》、《雞鳴》、《淇澳》、《定中》之藩籬〔三〕，且不能得，况望二《雅》乎？以唐人之詩，被之管絃，而歌于朝廷郊廟，其與成周諸《雅》類乎？不類乎？康節謂删後無詩，則信然矣。

脛大於股

賈誼曰：「天下之勢，方病大瘇。一脛之大幾如腰，一指之大幾如股。」按《説苑》引孔子曰：「脛大於股者，難以步；指大於臂者，難以把。本小末大，不能相使也。」誼之言，疑亦本於此。

〔二〕「甚」，原本作「起」，據張國鎮本改。
〔三〕「衛」，原本作「魏」，據張國鎮本改。

温嶠去王敦像

晉成帝時，温嶠爲使，持節都督平南將軍，鎮武昌。在鎮見王敦畫像曰：「敦大逆，宜加斫棺之戮，受崔杼之刑。古人合棺而定謚，《春秋》大居正，崇王父之命，未有受戮於天子而圖形於群下。」命削去之。吁！惟此義不行於天下，則河北逆黨以安、史爲聖人而祀之，又何怪乎？

題嚴子陵祠詩

唐洪子輿《題嚴子陵祠》詩，末云：「高風激終古，語理忘榮賤。方驗道可尊，山林情不變。」詩通篇格調高古，結句辭意俱到，可與范碑頡頏，同垂不朽。子輿，睿宗時爲御史，勁直不阿。

送李邕詩

唐明皇《送李邕之任滑臺》詩有云：「課成應第一，良牧爾當仁。」帝之初政清明，故形於歌詠，莫非愛民之意。及天下小康，淫侈交蝕其天，而蓄一忍心，遂至一日殺三愛子而不少恤。甚至雲南之征，喪師無紀。《詩》云：「靡不有初，鮮克有終。」帝之謂乎！

貴賤定分

《戰國策》淳于髡曰：「狐裘雖弊，不可以補黄狗之皮。」《漢書》賈誼曰：「履雖鮮，不加於首；冠至弊，不以苴履。」皆言貴賤有定分也。

鬼教

李瑒，北魏孝明帝時爲高陽王雍友。以時人多絶户爲沙門，上言：「三千之罪，莫大於不孝。不孝之大，無過於絶祀。安得輕縱背禮之情，而肆其向法之意；舍當世之禮，而求將來之益；棄堂堂之政，而從鬼教乎？」沙門都統僧暹等忿瑒「鬼教」之言，以瑒爲謗毁佛法，泣訴靈太后，責之。瑒自理曰：「鬼神之名，皆是通靈達稱，佛非天非地，本出於人，名之爲鬼，愚謂非謗。」「鬼教」二字見此，甚新。

鬚鬢早白

晉王彪之年二十，鬚鬢皓白，時人謂之王白鬚。武帝太元初，爲光禄大夫，儀同三司，卒年七十三。然世人謂髮早白者爲衰徵，恐不盡然也。

孌童

北齊文宣在晉陽，太子監國，集諸儒講《孝經》，令楊愔傳旨，謂國子助教許散愁曰：「先生在世，何以自資？」對曰：「散愁自少以來，不登孌童之床，不入季女之室，服膺簡策，不知老之將至。平生素懷，若斯而已。」太子曰：「顏子縮屋稱貞，柳下嫗而不亂，未若此翁白首不娶者也。」乃賚絹百匹。

三二陸

陸機字士衡，陸雲字士龍，晉人號二陸。陸琰字温玉，陸瑜字幹玉，陳人號二陸。陸九齡字子壽，陸九淵字子静，宋人號二陸。右皆兄弟以文學顯于時。

三王褒

漢王褒字子淵，晉王褒字偉元，周王褒字子深，右三人皆有文學。

誰不譽之？朕亦嘗譽之矣。」吁！子振，反覆小人，固不足道也。帝所以諱子振之罪者，正所以諱己用桑哥之失也。

爲吏名言

張無垢先生子韶，宋高宗紹興三年進士及第，僉書鎮東軍判官。在僉廳究心吏事，胥曹建白不能有所欺。嘗大書于壁曰：「此身苟一日之閑，百姓罹無涯之苦。」趙置使彦直，孝宗淳熙八年舉進士。知青陽縣，告其守史彌遠曰：「催科不擾，是催科中撫字；刑罰無差，是刑罰中教化。」人以爲名言。

紙羽木箭

郎基，齊文宣帝天保四年，除海西鎮將。遇東方白額稱亂，淮南州郡皆從逆。梁將吴明徹攻圍海西，基固守，乃至削木爲箭，剪紙爲羽。圍解還朝，僕射楊愔迎勞之曰：「卿本文吏，遂有武略，削木剪紙，皆無故事，班、墨之思，何以相過？」

漢太祖唐太宗好士形於言

漢太祖《大風歌》云：「安得猛士兮守四方。」唐太宗《春日玄武門宴郡臣》詩云：「粤余君萬國，還慚撫八埏。庶幾保貞固，虛己厲求賢。」二君英略，古今罕及，而好士之心，拳拳如此。宜乎爲三代以後賢君之冠已。

丹之所藏者赤

諺言：「近朱者赤，近墨者黑。」按《説苑》，孔子曰：「不知其子，視其所友。不知其君，視其所使。」又曰：「與善人居，如入蘭芷之室，久而不聞其香，則與之化矣；與惡人居，如入鮑魚之肆，久而不聞其臭，亦與之化矣。」故曰：「『丹之所藏者赤，烏之所藏者黑』，君子慎所藏。」諺言本此。

馮子振反覆

元世祖時，馮子振嘗爲詩譽桑哥，且涉大言。及桑哥敗，即告詞臣撰碑引諭失當。國史院編修官陳孚發其奸狀，乞免所坐，遣還家。帝曰：「詞臣何罪？使以譽桑哥爲罪，則在廷諸臣，召詣祕書部，除蘭臺令史，與前睢陽令陳宗、長陵令尹敏、司穎從事孟異共成《世祖本紀》。遷爲郎，典校祕書。固又撰功臣、平林、新市、公孫述事，作列傳、載記二十八篇奏之。帝乃復使終成前所著書。」然則《晉書》載〔一〕，蓋亦有所祖而名也。

玉階怨

新喻梁孟敬先生寅，作《玉階怨》樂府云：「團扇且棄置，夕氣涼轉添。流螢點魚鑰，隕葉近鰕簾。羅衣舊恩賜，不令珠淚霑。」拳拳不忘舊恩，可謂怨而不怒者。讀者不必論其辭也。

曲恕

宋文帝元嘉間，雍州刺史張邵，以黷貨將致大辟。左衛將軍謝述表陳邵先朝舊勳，宜蒙優貸。帝手詔訓納焉。述語子綜曰：「主上矜邵夙誠，自將曲恕，吾所啓繆會，故特見納。若此迹宣布，則爲侵奪主恩。」使綜對前焚之。「曲恕」二字甚新，述此事亦可爲法。

〔一〕按，「載」下疑脱「記」字。復旦本此上有眉批，「『蓋』字疑是『記』字。」

漢四皓歌

《古今樂録》：「四皓隱居南山，高祖聘之不甘，仰天嘆而作歌。」按《漢書》四皓，即東園公、綺里季、夏黄公、甪里先生，年皆八十餘，鬚眉皓白，故曰「四皓」。崔鴻曰：「四皓爲秦博士，見焚書坑儒，退隱商山，乃作歌曰：『昊天嗟嗟，深谷逶迤。樹木漠漠，高山崔嵬。巖居穴處，以爲幄茵。燁燁紫芝，可以療飢。唐虞往矣，吾當安歸？』」此載於先秦文章及文指，世皆見之矣。然余讀皇甫謐《高士傳》云：「四皓見秦政暴，乃逃入藍田山，作歌曰：『漠漠高士，深谷逶迤。燁燁紫芝，可以療飢。唐虞世遠，吾將安歸？駟馬高蓋，其憂甚大。富貴之留人，不如貧賤之肆志。』」兩歌互有不同〔二〕，然《高士傳》之歌尤勝，故併録之。眉山史繩祖云。

載記所始

《晉書》有載記，其名蓋始於班孟堅。《東漢書》：「顯宗時，有人上書告固私作國史〔三〕，上

〔二〕「互」，原本作「玄」，據宋刻《百川學海》本《學齋占畢》卷二改。
〔三〕「史」，原本脱，據《四部叢刊續編》本《後漢書》卷四十上《班彪列傳》補。